LA FÊTE DU SIÈCLE

Niccolò AMMANITI

LA FÊTE DU SIÈCLE

roman

traduit de l'italien par Myriem Bouzaher

ROBERT LAFFONT

Titre original : CHE LA FESTA COMINCI

ISBN 978-2-221-11605-0
(édition originale : ISBN 978-88-06-19101-6 Giulio Einaudi editore s.p.a., Turin)

À Anatole,
qui m'a sorti d'une boîte

Première partie

Genèse

Suicide is painless
It brings on many changes…
The game of life is hard to play
I'm gonna lose it anyway
The losing card I'll someday lay
So this is all I have to say.

MASH,
Suicide is Painless

Tu es fort, tu es beau, tu es invincible,
Tu es incorruptible, tu es un… Ah… Ah…
auteur-compositeur-interprète.

EDOARDO BENNATO,
Auteur-compositeur-interprète

1.

Attablés à la pizzeria *Jerry 2* d'Oriolo Romano, les Enragés d'Abaddon tenaient réunion.

Leur leader, Saverio Moneta dit Mantos, était inquiet.

L'heure était grave. S'il ne parvenait pas à reprendre en main la secte, cela risquait d'être le dernier rassemblement des Enragés.

L'hémorragie avait commencé quelque temps auparavant. Le premier à les quitter avait été Paolino Scialdone dit Le Faucheur. Sans un mot, il les avait largués et était entré chez les Fils de l'Apocalypse, un groupe sataniste de Pavie. Deux ou trois semaines plus tard, Antonello Agnese dit Molten s'était acheté une Harley Davidson d'occase et avait rejoint les Hell's Angels de Subiaco. Et pour finir, Pietro Fauci dit Nosferatu, bras droit de Mantos et fondateur historique des Enragés, s'était marié et avait ouvert une boîte de plomberie-chauffagerie à l'Abetone.

Ils n'étaient plus que quatre.

Il lui fallait tenir un discours très sérieux, les faire filer droit et recruter de nouveaux adeptes.

– Mantos, tu prends quoi ? lui demanda Silvietta, la vestale du groupe. Une rouquine maigrichonne, aux yeux ronds et proéminents sous des sourcils minces placés trop haut sur le front. Dans une narine et au centre de la lèvre inférieure, elle avait un anneau argenté.

Saverio jeta un coup d'œil distrait au menu. – Voyons voir… Des spaghettis à la *marinara* ? Non, vaut mieux pas, l'ail me reste sur l'estomac… Allez, va pour les *papardelle.*

– Les font sans chichis, mais elles sont bonnes ! approuva Roberto Morsillo dit Murder, un gros lard de presque deux mètres, aux cheveux longs teints en noir et aux binocles graisseuses. Il portait un T-shirt effiloché des Slayer. Originaire de Sutri, il étudiait le droit à Rome et travaillait au Bricocenter de Vetralla.

Saverio examina ses disciples. Bien qu'ils aient dépassé la trentaine, ils s'habillaient encore comme une bande de hardos ringards. Dire qu'il ne cessait de leur recommander : « Faites gaffe. Vous devez passer pour des gens normaux, virez-moi ces piercings, ces tatouages, ces putains de clous partout… » Mais il n'y avait pas moyen.

C'est ça ou rien, pensa-t-il, résigné.

Mantos leva les yeux, son image se reflétait dans le miroir publicitaire de la bière Moretti accroché derrière le comptoir de la pizzeria. Mince, un mètre soixante-douze, des lunettes de vue à monture métal, des cheveux sombres peignés avec la raie à gauche. Il portait une chemisette bleue boutonnée jusqu'en haut, un pantalon de velours côtelé bleu marine et une paire de mocassins collège.

Un type normal. Comme tous les grands Paladins du mal : Ted Bundy, Andreï Tchikatilo, Jeffrey Dahmer, le cannibale de Milwaukee. Des gars que vous pouviez croiser dans la rue et sur qui vous n'auriez pas parié un kopeck. Et pourtant, ils étaient les enfants chéris du Démon.

Qu'aurait fait Charlie Manson à ma place, s'il avait eu des disciples aussi nases ?

– Maître, faudrait qu'on te parle… On a pensé à un truc à propos de la secte… – le troubla Edoardo Sambreddero dit Zombie, le quatrième du groupe, un grand échalas qui ne pouvait avaler ni ail, ni chocolat, ni boissons gazeuses. Il souffrait d'œsophagite congénitale. Il aidait son père à poser des installations électriques à Manziana. – Techniquement parlant, nous, en tant que secte, on n'existe pas.

Saverio avait deviné où voulait en venir l'adepte, mais il feignit de ne pas comprendre. – Qu'est-ce que tu veux dire ?

– Depuis quand on a fait le serment du sang ?

Saverio haussa les épaules. – Ça fait au moins deux ou trois ans.

– Sur Internet, par exemple, on parle jamais de nous. Des Fils de l'Apocalypse, tout le temps, susurra Silvietta d'une petite voix si basse que personne ne l'entendit.

Zombie pointa un gressin contre son chef. – Pendant tout ce temps, nous, qu'est-ce qu'on a fabriqué ?

– De tous les trucs que tu nous avais promis, lesquels on a faits ? surenchérit Murder. Les sacrifices humains, on n'en a pas vu la couleur, et t'avais dit qu'on en ferait des tas. Et les rites d'initiation avec les vierges ? Et les orgies sataniques ?

– Primo, le sacrifice humain, on l'a fait, et comment ! rétorqua Saverio, agacé. Bon, d'accord, il n'était peut-être pas très réussi, mais on l'a fait. Et l'orgie aussi.

En novembre de l'année précédente, Murder avait rencontré dans le train Silvia Butti, une fille d'Oriolo Romano, elle aussi étudiante à Rome, en psycho. Ces deux-là avaient beaucoup de choses en commun : leur amour pour la Lazio, les films d'horreur, les Slayer et les Iron Maiden, en somme le bon vieux rock Heavy Metal des années quatre-vingt. Ils s'étaient mis à chatter sur MSN et à se retrouver via del Corso le samedi après-midi.

Ce fut Saverio qui eut l'idée de sacrifier Silvia Butti à Satan dans la forêt de Sutri.

Il y avait juste un petit problème. La victime devait être vierge.

Murder avait juré ses grands dieux. – J'ai tout essayé, mais quand j'ai voulu me la faire, y a pas eu moyen.

Zombie avait ricané. – Et l'idée t'a pas effleuré qu'elle avait peut-être pas envie de baiser avec un gros lard comme toi ?

– Abruti, elle a fait un choix personnel de chasteté. Cette fille-là, elle est vierge à cent pour cent. Et puis, excusez-moi, mais si jamais elle l'était pas, ça ferait quoi ?

Saverio, maître et théoricien du groupe, était préoccupé. – Eh ben, ce serait assez grave. Le sacrifice deviendrait inutile, ou pire, il se retournerait carrément contre nous. Les puissances infernales, mécontentes, pourraient nous attaquer et nous détruire.

Après des heures de discussions et de recherches sur Internet, les Enragés en avaient conclu que la virginité de la victime n'était pas un problème substantiel. Alors, ils avaient élaboré un plan.

Murder avait invité Silvia Butti pour une pizza party à Oriolo Romano. À la lueur des chandelles, il lui avait offert des *supplì*, des filets de morue et une bière géante dans laquelle il avait fait fondre trois cachets de Rohypnol. Au dessert, l'étudiante tenait à peine sur ses jambes et bredouillait des choses sans queue ni tête. Murder l'avait chargée dans sa voiture et, sous prétexte d'aller voir l'aube au lac de Bracciano, il l'avait amenée à la forêt de Sutri. Là, avec des blocs de tuf, les Enragés d'Abaddon avaient élevé une table sacrificielle. La jeune fille, presque inconsciente, avait été déshabillée et allongée sur l'autel. Saverio avait invoqué le Malin, tranché la tête d'un poulet et aspergé de sang le corps nu de l'étudiante, et puis, ils l'avaient sautée tous les trois. Après quoi, ils avaient creusé un trou et l'avaient enterrée vivante. Le rite était consommé et la secte avait entrepris son voyage dans les obscurs territoires du Mal.

Le problème s'était présenté trois jours plus tard. Les Enragés sortaient du Flamingo, où ils avaient vu *Massacre à la tronçonneuse : Le Commencement*, quand ils s'étaient retrouvés nez à nez avec Silvia. La jeune fille, assise sur un banc du jardin public, mangeait une *piadina*. Elle ne se souvenait pas très bien de la soirée, mais elle pensait s'être amusée. Elle avait raconté que, lorsqu'elle s'était réveillée sous terre, elle avait creusé jusqu'à la surface.

Saverio l'avait enrôlée comme prêtresse officielle de la secte. Quelques semaines plus tard, elle s'était fiancée avec Murder.

– Bon, c'est vrai, l'orgie, vous l'avez faite, ricana Silvietta, gênée. Vous me l'avez racontée mille fois.

– Ouais, mais t'étais pas vierge. Et donc, techniquement, la messe a échoué..., fit Zombie.

– Mais comment vous avez pu penser que j'étais vierge ? Mon premier rapport...

Saverio l'interrompit. – C'était quand même un rite satanique...

Zombie coupa court. – OK, on laisse tomber le sacrifice. Mais qu'est-ce qu'on a fait d'autre ?

– On a égorgé quelques brebis, il me semble, non ?

– Et puis ?

Mantos, sans le vouloir, éleva la voix. – Et puis ! Et puis ! Et puis, il y a les graffitis sur le viaduc d'Anguillara Sabazia !

– Tu parles ! Tu le sais que Paolino, avec les gars de Pavie, ils ont éventré une nonne ?

L'unique chose que réussit à faire le leader des Enragés d'Abaddon fut d'écluser un grand verre d'eau.

– Mantos, t'as entendu ? – Murder mit ses mains en porte-voix. – Ils ont éventré une nonne de cinquante-huit ans.

Saverio haussa les épaules. – C'est des conneries, tout ça. Paolo, il veut nous faire crever de jalousie, il regrette de nous avoir lâchés. – Mais il avait le sentiment qu'il ne s'agissait pas d'une connerie.

– Le JT, tu le regardes ou pas ? continua Murder, impitoyable. Tu te rappelles cette nonne originaire de Caianello qu'on a retrouvée décapitée près de Pavie ?

– Eh ben ?

– Eh ben, c'étaient les Fils de l'Apocalypse. Ils l'ont embarquée à un arrêt de bus et puis Kurtz l'a décapitée avec une hache à double tranchant.

Saverio le détestait, ce Kurtz, leader des Fils de l'Apocalypse de Pavie. Toujours le premier de la classe. Toujours à faire les choses les plus extrêmes. Bravo, Kurtz ! Compliments, Kurtz ! T'es le meilleur !

Saverio se passa une main sur le visage. – Bon, d'accord, les enfants... mais n'oubliez pas que c'est une période super dure pour moi. La naissance des jumeaux. Ce foutu emprunt pour la nouvelle maison.

– À propos, comment ils vont, les petits ? demanda Silvietta.

– C'est des tubes digestifs. Ils mangent et ils caguent. Et la nuit, ils nous empêchent de dormir. En plus, ils ont chopé la rougeole. Ajoutez à ça que le père de Serena s'est fait opérer des hanches, et que tout le magasin de meubles repose sur mes épaules. Vous pouvez me dire comment je fais pour organiser un truc pour la secte ?

– Dis-moi, y aurait pas des occases au magasin ? Je voudrais m'acheter un convertible trois places, le mien, mon chat me l'a bousillé, demanda Zombie.

Le chef des Enragés n'écoutait pas, il pensait à Kurtz Minetti. Haut comme trois bites à genoux. Pâtissier de profession. Déjà, il avait fait cramer un représentant de chez Vorwerk et maintenant il avait décapité une nonne.

– En tout cas, vous êtes des ingrats – et il les désigna un à un. Moi, je me casse le cul comme un malade pour cette secte. Si j'avais pas été là pour vous faire entrer dans le culte des Enfers, vous, à cette heure, vous en seriez encore à lire *Harry Potter*.

– OK, Saverio, mais essaie de nous comprendre, aussi. Nous, on y croit au groupe, mais on peut pas continuer comme ça. – Murder, nerveux, croqua un gressin. – On a qu'à laisser tomber et on reste bons amis.

Le chef des Enragés, exaspéré, abattit ses deux mains sur la table. – Voilà ce qu'on va faire. Donnez-moi une semaine. Une semaine, vous pouvez pas me refuser ça.

– Et tu en feras quoi ? demanda Silvietta en mordillant son anneau sur la lèvre.

– Je suis en train de préparer une action énorme. Une mission hyper dangereuse… – Il prit une pause. – Mais après, plus question de reculer. Parce que vous, pour causer, vous vous posez là. Mais dès que le risque se présente… – Il prit une petite voix geignarde. – Je peux pas, je suis désolé… J'ai des soucis familiaux, ma mère va pas très bien… Faut que je bosse. Et il regarda surtout Zombie, qui, l'air coupable, plongea le nez dans son assiette. – Non. On risque tous notre peau de la même façon.

– Mais tu peux pas déjà nous en dire quelque chose ? demanda timidement Murder.

– Non ! Tout ce que je peux vous dire, c'est que cette action nous propulsera en tête de la top list des sectes sataniques d'Italie.

Silvietta lui attrapa le poignet. – Mantos, allez, s'il te plaît, dis-nous juste un petit truc. J'ai trop envie de savoir…

– Non ! J'ai dit non ! Vous devez attendre. Si, dans une semaine, je ne vous présente pas un projet sérieux, alors, salut, bye bye, au revoir et on dissout la secte. Ça vous va ? – Il se leva. Ses yeux noirs étaient devenus rouges, ils reflétaient les flammes du four à pizza. – Maintenant, disciples, honorez-moi !

Les adeptes baissèrent la tête. Le leader leva les yeux au plafond et écarta les bras.

– Qui est votre père charismatique ?

– Toi ! dirent en chœur les Enragés.

– Qui a écrit les Tables du Mal ?

– Toi !

– Qui vous a enseigné la Liturgie des Ténèbres ?

– Toi !

– Qui a commandé les *pappardelle* ? fit le garçon, une rangée d'assiettes fumantes sur les bras.

– Moi ! Saverio tendit la main.

– Ne touchez pas. C'est brûlant.

Le leader des Enragés d'Abaddon s'assit et, en silence, se mit à manger.

2.

À une cinquantaine de kilomètres de la pizzeria *Jerry 2*, à Rome, la capitale de l'Italie, une petite Vespa trois vitesses peinait dans la montée de Monte Mario. En selle, le célèbre écrivain Fabrizio Ciba. Le scooter s'arrêta au feu et, au vert, il emprunta la via della Camilluccia. Au bout de deux kilomètres, il freina face à un portail grand ouvert. À côté, une plaque en cuivre annonçait : « Villa Malaparte ».

Ciba enclencha la première et s'apprêtait à affronter la longue montée couverte de gravier qui menait à la demeure quand se présenta un primate engoncé dans un costume en flanelle grise. – S'il vous plaît ! S'il vous plaît, vous là ! Vous allez où ? Vous avez votre invitation ?

L'écrivain enleva son casque bol et fouilla dans les poches de sa veste froissée. – Non, je ne crois pas l'avoir… J'ai dû l'oublier.

L'homme se campa devant lui, jambes écartées. – Alors, vous pouvez pas entrer.

– J'ai été invité à…

Le videur sortit une feuille et enfourcha des petites lunettes de vue à monture rouge. – Comment vous avez dit que vous vous appelez ?

– Je ne l'ai pas dit. Ciba. Fabrizio Ciba.

Le type commença à parcourir de l'index la liste des invités, en faisant signe que non de la tête.

Il ne m'a pas reconnu. Fabrizio ne s'en offusqua pas vraiment. De toute évidence, le primate ne pratiquait pas la littérature, mais, bon Dieu, la télé, il ne la regardait jamais ? Ciba animait une émission appelée *Crime et Châtiment* tous les mercredis soir sur RAI 3 justement pour des cas comme celui-là.

– J'suis désolé. Votre nom, il figure pas sur ma liste.

L'écrivain était venu présenter le nouveau roman du prix Nobel de littérature Sarwar Sawhney, *Une vie dans le monde*, publié chez Martinelli, sa propre maison d'édition. À soixante-treize ans et, à son actif, deux livres épais comme le manuel de Droit privé, Sawhney avait reçu le prix de l'Académie suédoise. Pour lui rendre les honneurs de la maison, Ciba serait accompagné de Gino Trimagli, titulaire de la chaire de littérature anglo-américaine de l'Université *La Sapienza* de Rome, mais la vieille baderne avait été conviée uniquement pour donner une empreinte d'officialité à l'événement. C'est Fabrizio qui sonderait les entrailles du roman pour en révéler les arcanes et les livrer en pâture au public romain, notoirement assoiffé de culture.

Ciba commençait sérieusement à s'énerver. – Écoute-moi. Si tu laisses tomber ta liste et que tu regardes l'invitation, le petit bristol blanc de forme rectangulaire qu'hélas je n'ai pas sur moi, tu verras mon nom, puisque c'est moi le présentateur de la soirée. Si tu veux, je me casse. Mais quand on me demandera pourquoi je ne suis pas venu, je dirai que… C'est comment ton nom ?

Heureusement, une hôtesse, carré blond et tailleur bleu, se matérialisa. Dès qu'elle vit sur la Vespa d'époque son auteur favori, sa mèche rebelle et ses grands yeux verts, elle faillit s'étaler par terre. – Laisse-le passer ! Laisse-le passer ! hurla-t-elle d'une voix aiguë. Tu ne vois pas qui c'est ? C'est Fabrizio Ciba ! – Puis, les jambes raidies par l'émotion, elle rejoignit l'écrivain. – Je suis absolument désolée ! Mon Dieu, quelle terrible situation ! Je suis plus que mortifiée ! Je m'étais absentée un instant et vous êtes arrivé comme ça... Je suis désolée, désolée, tellement désolée... Je suis...

Fabrizio offrit un petit sourire satisfait à la fille.

L'hôtesse regarda sa montre. – Il est très tard. Tout le monde doit vous attendre. Allez-y, allez-y, je vous en prie. – Elle flanqua une bourrade au videur et, tandis que Fabrizio passait, elle hurla : – Après, vous pourriez me dédicacer votre livre ?

Ciba laissa sa Vespa au parking et se dirigea vers la villa, de la démarche légère de l'athlète de demi-fond.

Un photographe, camouflé dans les haies de laurier, déboula dans l'allée arborée et courut à sa rencontre. – Fabrizio ! Fabrizio, tu te souviens de moi ? – Il se mit à le suivre. – On a mangé ensemble à Milan dans ce restau... *La Compagnie des navigateurs*... Jc t'ai invité dans ma villa à Pantelleria, et tu as dit que tu viendrais peut-être...

L'écrivain leva un sourcil et dévisagea le baba cool déplumé bardé d'appareils photo. – Bien sûr que je me souviens... – Il n'avait pas la moindre idée de qui c'était. – C'est juste qu'il est tard, excuse-moi. Une autre fois. On m'attend...

Le photographe insistait : – Écoute, Fabrizio, tandis que je me lavais les dents, j'ai eu une idée puissante : je voudrais faire quelques clichés de toi dans une décharge illégale...

Sur le seuil de la villa Malaparte, son éditeur Leopoldo Malagò et la responsable des relations publiques de Martinelli, Maria-Letizia Calligari, lui faisaient signe de se dépêcher.

Le photographe ahanait sous ses quinze kilos de matos pendus autour du cou, mais il ne lâchait pas l'affaire. – C'est une chose insolite... géniale... les ordures, les rats, les mouettes... Tu comprends ? Le *Venerdì di Repubblica*...

Le photographe, épuisé, se plia en deux en appuyant sur sa rate. – Je peux t'appeler dans les prochains jours ?

L'écrivain ne se donna pas la peine de lui répondre.

– Fabrizio, c'est toujours pareil avec toi... L'Indien est arrivé depuis une heure. Ce casse-couilles de Tremagli voulait commencer sans toi. – Malagò le poussa vers le salon tandis que Maria-Letizia Calligari lui rentrait la chemise dans le pantalon en bougonnant : – Regarde comment t'es attifé ! On dirait un clochard. La salle est pleine. Il y a même le maire. Remonte ta fermeture Éclair.

Fabrizio Ciba avait quarante et un ans, mais, pour tous, il était le jeune écrivain. Cet adjectif, répété à l'envi par la presse et les médias, avait un effet thaumaturgique sur son physique. Fabrizio ne faisait pas plus de trente-cinq ans. Il était maigre et tonique sans pratiquer aucun sport. Il se saoulait chaque soir, mais son ventre était resté plat comme une planche.

Tout le contraire de son éditeur, Leopoldo Malagò dit Leo. Malagò avait trente-cinq ans et en paraissait, pour être gentil, dix de plus. Il avait perdu ses cheveux dès son jeune âge, mais un fin duvet était resté accroché à son crâne. Sa colonne vertébrale s'était tordue en épousant la forme de la chaise Stark sur laquelle il passait dix heures par jour. Ses joues s'étaient affaissées et couvraient comme un pieux rideau son triple menton. La barbe qu'il avait astucieusement laissée pousser n'était pas assez fournie pour cacher cette région montueuse. Il avait le ventre dilaté comme si on le lui avait gonflé avec un compresseur. La maison Martinelli ne lésinait pas sur la dépense quand il s'agissait de nourrir ses éditeurs. Grâce à une carte de crédit spéciale, ils pouvaient se bâfrer dans les restaurants les meilleurs et les plus coûteux, en invitant écrivains, pisse-copie, poètes et journalistes à des déjeuners de travail. Le résultat de cette politique était que les éditeurs de chez Martinelli étaient une bande de fines gueules obèses, aux veines constellées de molécules de cholestérol qui y naviguaient sans encombre. En somme, malgré les lunettes en écaille et la barbe qui lui donnaient un air de séfarade new-yorkais, malgré les costumes souples couleur vert marais, Leo, pour ses conquêtes amoureuses, devait compter sur son pouvoir, son manque de scrupules et son insistance obtuse. Cela ne valait pas pour les femmes de chez Martinelli. Elles y entraient comme des secrétaires falotes et, au cours de leurs années de service, elles s'amélioraient constamment, grâce à d'énormes investissements sur leur personne. À cinquante ans, surtout si elles avaient des rôles de représentation, elles devenaient des bombes glaciales sans âge. Maria-Letizia Calligari en était un exemple emblématique. Personne ne connaissait son âge. Les uns disaient qu'elle avait soixante ans bien portés, les autres trente mal portés. Elle n'avait jamais ses papiers d'identité sur elle. Les mauvaises langues chuchotaient qu'elle ne conduisait pas pour ne pas avoir de permis dans son sac. Avant le traité de Schengen, elle se rendait seule au Salon du livre de Francfort, pour ne pas faire voir son passeport. Mais une fois, elle avait commis une erreur. Un soir, au Salon de Turin, elle avait laissé échapper qu'elle avait connu Cesare Pavese.

– Surtout, Fabrizio, n'agresse pas tout de suite le pauvre Tremagli, le pria Maria-Letizia.

– Allez, vas-y. Et s'il te plaît, casse la baraque. Malagò poussa Fabrizio vers la salle de conférences.

Quand il entrait dans l'arène, Ciba avait un truc pour se charger en énergie. Il pensait à Mohamed Ali, le grand boxeur, au moment où il avançait vers le ring en hurlant pour s'encourager : « Je vais le démolir ! Je lui laisserai même pas le temps de me voir qu'il sera déjà au tapis. » Il fit deux petits bonds sur place, se dégourdit le cou, ébouriffa ses cheveux. Et, chargé comme une pile, il entra dans la grande salle décorée de fresques.

3.

Le leader des Enragés d'Abaddon était au volant de sa Ford Mondeo dans la circulation menant à Capranica. Sur ce tronçon de route, les centres commerciaux restaient ouverts tard et il y avait toujours des ralentissements. En général, ça ne dérangeait pas Saverio de rouler à la queue leu leu, c'était le seul moment de la journée où il pouvait penser à ses affaires en paix. Sauf que là, il était super en retard. Serena l'attendait pour dîner. Et en plus, il devait passer à la pharmacie pour prendre des antipyrétiques pour les jumeaux.

Il repensait à la réunion. Elle n'aurait pas pu se passer plus mal et, comme toujours, il s'était mis dans la merde tout seul. Pourquoi avait-il dit aux Enragés que, s'il n'arrivait pas avec un projet d'ici une semaine, il dissoudrait la secte ? Il n'avait pas le début du commencement d'une idée ; or, pour planifier une action satanique, c'est bien connu, il faut du temps. Dernièrement, il avait essayé d'imaginer une mission, mais rien. Au magasin de meubles, le mois des affaires avait été crevant. Du matin au soir enfermé là-dedans avec le vieux toujours sur son dos dès qu'il essayait de souffler un peu.

En réalité, une toute petite idée avait germé dans son esprit : profaner le cimetière d'Oriolo Romano. Sur le papier, c'était une belle action. Bien menée, elle pouvait donner quelque chose de sympa. Mais, en y réfléchissant, il avait décidé d'y renoncer. D'abord, en face du cimetière, il y avait un va-et-vient incessant de voitures, donc il fallait s'y introduire tard dans la nuit. Le mur d'enceinte faisait plus de trois mètres de haut et était hérissé de tessons de bouteilles. Devant les grilles, des bandes d'adolescents se donnaient rendez-vous et parfois s'ajoutait à tout cela une fourgonnette qui vendait du cochon de lait rôti. À l'intérieur du cimetière, vivait le gardien, un ex-carabinier cinglé. Il fallait donc être silencieux, mais desceller les tombes, sortir les cercueils, prendre les ossements et les empiler, inévitablement, ça faisait un peu de bruit. Saverio avait aussi pensé à crucifier l'ex-carabinier, tête en bas, sur le caveau des Mastrodomenico, la famille de sa femme.

Trop d'emmerdes.

Son portable se mit à sonner. Sur l'écran apparut : SERENA.

Saverio Moneta lui avait servi le bobard habituel : le tournoi de Donjons & Dragons. Cela faisait un bon bout de temps que, pour cacher ses activités satanistes, il lui racontait qu'il était un champion de jeux de rôles. L'histoire ne tiendrait pas très longtemps encore. Serena était soupçonneuse, elle n'arrêtait pas de lui poser des tas de questions, elle voulait savoir avec qui il jouait, s'il avait gagné… Pour qu'elle se rassure un peu, un jour, il avait organisé à la maison une fausse partie avec les Enragés. Mais quand sa femme avait vu Zombie, Murder et Silvietta, au lieu de se calmer, elle était devenue encore plus méfiante.

Il prit une profonde inspiration et répondit au téléphone. – Chérie, je sais, je suis en retard, mais j'arrive. Il y a une circulation pas possible. Il doit y avoir un accident.

Serena lui répondit avec sa délicatesse habituelle : – Aoooh ! T'es tombé sur la tête ou quoi ?

Saverio s'enfonça dans le siège de la Mondeo. – Pourquoi ? Qu'est-ce que j'ai fait ?

– Il y a ici un type de DHL avec un paquet énorme. Il me réclame trois cent cinquante euros. Il dit que c'est pour toi. Alors, je paye ou pas ?

Oh ! putain, Durandal est arrivée.

Il avait acheté sur eBay la fidèle reproduction de l'épée de Roland, le paladin de Charlemagne. La légende veut qu'elle ait appartenu avant lui à Hector de Troie en personne. Mais cet abruti cérébrolésé de Mariano, le gardien de son immeuble, aurait dû l'intercepter. Serena ne devait rien savoir de cette épée.

– Oui, oui, paye, dès que j'arrive je te rembourse, dit Saverio avec une feinte sérénité.

– Mais t'es fou ? Trois cent cinquante euros ! Qu'est-ce que tu t'es acheté ? – Puis Serena s'adressa au coursier de DHL. – S'il vous plaît, vous pourriez me dire ce que contient ce paquet ?

Tandis qu'un jet d'acides peptiques brûlait les parois de son estomac, le grand maître des Enragés d'Abaddon se demanda pour quelle foutue raison il avait choisi une vie aussi mortifiante. Lui, il était un sataniste. Un homme attiré par l'inconnu, le côté obscur des choses. Mais, en ce moment, dans sa vie, il n'y avait rien d'obscur et d'inconnu, sauf la raison qui l'avait poussé dans les bras de cette harpie.

– Alors, qu'est-ce qu'il y a dans ce paquet ? redemanda Serena à l'homme de DHL.

Il entendit dans le lointain la voix du coursier. – M'dame, il est tard. C'est écrit sur le bordereau d'accompagnement.

Saverio pendant ce temps se cognait la nuque contre l'appui-tête et murmurait : – Quel bordel… Quel bordel…

– Là-dessus il est écrit que ça vient de *The Art of War* de Caserta… Une épée ?

Saverio leva les yeux au ciel et fit un effort pour ne pas se mettre à hurler à la mort.

– Mais qu'est-ce que tu vas faire d'une épée ?

Mantos secoua la tête. Sa pupille droite fut impressionnée par un immense panneau sur le côté de la route.

LA MAISON DE L'ARGENTERIE
LISTES DE MARIAGE
CADEAUX EN ARGENT UNIQUES ET EXCLUSIFS

– C'est un cadeau, Serena. Une surprise. Tu peux comprendre ça ? Sa voix avait monté de quelques octaves.

– Mais pour qui ? J'ai franchement l'impression que t'es devenu fou.

– Pour qui ? Et pour qui ça peut être à ton avis ? Devine un peu ?

– Qu'est-ce que j'en sais, moi…

– Pour ton père !

Il y eut un instant de silence. – Mon père ? Mais qu'est-ce que tu veux qu'il en fasse, d'une épée comme ça ?

– Qu'est-ce qu'il va en faire ? Eh ben, il va l'accrocher au-dessus de la cheminée, non ?

– Au-dessus de la cheminée ? À la montagne, tu veux dire ? Au chalet de Roccaraso ?

– Gagné !

La voix de Serena s'adoucit sur-le-champ. – Oooh… comme c'est gentil… Je ne m'attendais pas à une attention aussi mignonne. Poussin, de temps en temps, tu sais me surprendre.

– Bon, je te quitte maintenant, tu sais qu'on ne doit pas téléphoner en conduisant.

– OK. Mais viens vite.

Saverio acheva sa conversation et jeta le téléphone dans le vide-poches.

4.

Dans la salle de conférences de la villa Malaparte, il y avait des gens partout. Beaucoup étaient debout le long des couloirs latéraux. Quelques étudiants étaient assis par terre, en tailleur, face à la table des conférenciers. D'autres s'étaient perchés sur les rebords des fenêtres. Étrange que personne ne se soit accroché aux lustres de Murano.

Dès que le premier photographe aperçut l'écrivain, les flashes commencèrent à crépiter. Trois cents têtes pivotèrent et il y eut un instant de silence. Puis, lentement, un murmure s'éleva.

Ciba marchait avec six cents yeux pointés sur lui, qui l'observaient. Il se retourna un instant, baissa la tête, se toucha le lobe de l'oreille et afficha un regard apeuré en essayant de paraître gauche et embarrassé. Genre extraterrestre téléporté des grottes vénusiennes. Le message corporel qu'il envoyait était simple : Je suis le plus grand écrivain existant sur terre, et pourtant, moi aussi, il m'arrive d'être en retard car, malgré tout, je suis un type normal, tout pareil à vous. Il apparaissait exactement tel qu'il voulait paraître. Jeune, tourmenté, la tête dans les nuages. Une veste en tweed élimée aux coudes et rangée dans un pot de confiture, un pantalon difforme de deux tailles trop grand (il se le faisait faire dans un kibboutz près de la mer Morte), un gilet acheté à un charity-shop de Portobello, les vieilles Church's qu'on lui avait offertes le jour de sa soutenance de maîtrise, son nez à peine trop grand pour son visage et cette touffe de cheveux rebelles qui retombait sur ses yeux verts. Une star. Un acteur anglais qui avait le don d'écrire comme un dieu.

Tandis qu'il avançait vers la table, Fabrizio examina la composition du public. Il l'estima à dix pour cent d'autorités, quinze pour cent de journalistes et photographes, un bon quarante pour cent d'étudiants, ou plutôt d'étudiantes chargées d'hormones, et trente-cinq pour cent de dondons en odeur de ménopause. Puis il calcula le pourcentage de son livre et de celui de l'Indien que ces braves gens tenaient sur leur poitrine. Facile. Le sien était cyan clair avec le titre d'un beau rouge sang, celui de l'Indien blanc avec les lettres noires. Plus de quatre-vingts pour cent étaient bleu ciel ! Il réussit à fendre les derniers agrégats de la foule. Qui lui serrait la main, qui lui donnait une tape fraternelle comme s'il était rescapé de Koh Lanta.

Enfin, il arriva à la table des présentateurs. L'écrivain indien était assis au centre. Il ressemblait à une tortue à qui on aurait retiré la carapace, il portait une tunique blanche et des lunettes de vue à monture noire. Il avait un visage placide et des petits yeux liquides et distants. Un tapis de cheveux noirs plaqués en arrière à la brillantine l'aidait à ne pas ressembler à une momie égyptienne. Quand il vit Fabrizio, l'Indien inclina légèrement la tête et joignit ses paumes de main en signe de salut. Mais ce qui aimanta l'attention de Ciba, ce fut la créature féminine assise à côté de

Sawhney. La trentaine. Sang-mêlé. Mi-indienne, mi-caucasienne. Elle pouvait être mannequin, et pourtant, ces petites lunettes posées sur son nez retroussé lui donnaient un air d'institutrice. Une baguette chinoise retenait ses cheveux longs, rassemblés de manière désordonnée. Des mèches folles, couleur goudron, retombaient sur son cou maigre. Une petite bouche charnue, paresseusement ouverte, ressortait comme une prune mûre sur son menton pointu. Elle portait un chemisier en lin blanc, assez ouvert pour mettre en lumière un décolleté ni trop petit ni trop abondant.

Un 90B, calcula Fabrizio.

Les bras couleur bronze s'achevaient sur des poignets fins couverts de lourds bracelets de cuivre. Les doigts sur des ongles vernis de noir. En prenant place, Fabrizio zieuta sous la table pour voir si là aussi elle était bien faite. Des jambes élégantes pointaient d'une jupe sombre. Ses pieds maigres étaient lacés dans des spartiates et ses ongles de pied étaient laqués du même vernis noir. Qui était cette déesse tombée de l'Olympe ?

Tremagli, assis à sa gauche, souleva un regard sévère de ses feuilles. – Bien, M. Ciba a daigné arriver… – Il fixa avec ostentation sa montre. – Je crois, si vous en êtes d'accord, que nous pourrions commencer.

– D'accord.

Fabrizio Ciba, pour le dire sans circonlocutions, l'émérite professeur Tremagli le faisait chier. Jamais il ne l'avait agressé par des critiques vénéneuses, mais il ne l'avait jamais complimenté non plus. Simplement, pour l'émérite professeur Tremagli, l'œuvre de Ciba n'existait pas. Lorsqu'il évoquait l'état actuel, lamentable, de la littérature italienne, il encensait un tas d'écrivaillons connus de lui seul et qui, s'ils vendaient à tout casser mille cinq cents exemplaires, faisaient la fête en famille. Jamais une allusion, jamais un commentaire sur Fabrizio. Enfin, un jour, dans le *Corriere della Sera*, à la question directe : « Professeur, comment expliquez-vous le phénomène Ciba ? », il avait répondu : « Si on doit parler de phénomène, il s'agit d'un phénomène passager, une de ces tempêtes redoutées des météorologues mais qui passent sans causer de dégâts. » Et il avait précisé : « Quoi qu'il en soit, je ne l'ai pas lu avec attention. »

Fabrizio s'était mis à baver comme un chien hydrophobe et s'était précipité sur son ordi pour écrire une réponse flamboyante à publier en une de *La Repubblica*. Mais quand sa rage était retombée, il avait effacé le dossier.

La première règle de tout écrivain véritable : jamais au grand jamais, même à l'article de la mort, même sous la torture, ne répondre aux offenses. Tout le monde attend que vous tombiez dans le piège de la réplique. Non, il faut se montrer inaccessible comme un gaz noble et lointain comme Alpha du Centaure.

Cela dit, il avait eu envie d'attendre le vieux en bas de chez lui, de lui arracher sa putain de canne et de s'en servir pour taper sur sa caboche comme sur un tambour africain. Quel pied, il aurait renforcé sa réputation d'écrivain maudit, du type qui répond aux offenses littéraires par les poings, comme les mecs, les vrais, pas comme ces intellectuels à la con avec leurs petites réponses acides, en page deux à la section culture. Sauf que cet homme-là avait soixante-dix ans et qu'il clamserait au beau milieu de l'avenue de Somalie.

Tremagli, avec un ton d'hypnotiseur, entama une leçon sur la littérature indienne qui partait des premiers textes en sanscrit de 2000 avant J.-C. retrouvés dans les tombes rupestres de Jaipur. Fabrizio estima que, pour arriver à l'an 2000 après J.-C., il lui faudrait au minimum une heure. Les premières à tomber anesthésiées seraient les vieilles dondons, puis les autorités, puis tous les autres, y compris Fabrizio et l'écrivain indien.

Ciba posa son coude sur la table et son front dans la paume de sa main, essayant de faire trois opérations en même temps :

1) vérifier qui étaient les autorités présentes ; 2) comprendre qui était la déesse assise à côté de lui ; 3) réfléchir sur ce qu'il allait dire.

La première opération, il l'accomplit rapidement. Au deuxième rang, il y avait la maison Martinelli au grand complet : Federico Gianni, l'administrateur délégué, Achille Pennacchini, le directeur général, Giacomo Modica, le directeur commercial, et une troupe d'éditeurs parmi lesquels Leo Malagò. Puis, tout le gynécée du service de presse. Si même Gianni avait bougé son cul depuis Gênes, cela signifiait qu'ils faisaient grand cas du livre de l'Indien. Qui sait, peut-être même qu'ils espéraient en vendre quelques exemplaires.

Au premier rang, il reconnut l'assesseur à la culture, un réalisateur télé, quelques acteurs, une brochette de journalistes et d'autres visages vus mille fois mais il ne savait ni où ni quand.

Sur la table, il y avait les cavaliers avec les noms des participants. La déesse s'appelait Alice Tyler. Elle murmurait à l'oreille de Sarwar Sawhney la traduction du discours de Tremagli. Le vieux, yeux clos, faisait oui de la tête avec la régularité d'une pendule. Fabrizio ouvrit le roman de l'Indien et découvrit que la traduction était d'Alice Tyler. Donc, elle n'était pas seulement la traductrice de la soirée. Il se mit sérieusement à penser qu'il avait trouvé la femme de sa vie. Belle comme Naomi Campbell et intelligente comme Margherita Hack.

Depuis quelque temps, Fabrizio Ciba avait envisagé la possibilité d'établir une relation stable avec une femme. Cela, peut-être, l'aiderait à se concentrer sur son nouveau roman, bloqué au deuxième chapitre depuis trois ans.

Alice Tayler, Alice Tayler ? Où avait-il entendu ce nom ?

Il faillit tomber de sa chaise. C'était la même Alice Tayler qui avait traduit Roddy Elton, Irvin Parker, John Quinn et toute la bande des écrivains écossais.

Elle a dû tous les connaître ! Elle a dû aller dîner avec Parker qui après a dû la sauter dans un squat londonien, entre mégots écrasés sur la moquette, seringues usagées et canettes de bière vides.

Un doute atroce. *Mais est-ce qu'elle a lu mes livres ?* Il devait le savoir là, maintenant, tout de suite, immédiatement. C'était un besoin physiologique. *Si elle n'a pas lu mes livres et ne m'a pas vu à la télé, elle pourrait penser que je suis n'importe qui, me prendre pour un de ces écrivains médiocres qui vivent d'animation et d'événements culturels.* Cela était insoutenable pour son ego. Tout rapport paritaire, où il n'était pas la star, provoquait en lui de désagréables effets secondaires : sécheresse de la gorge, vertiges, vomissements et diarrhée. Pour la courtiser, il ne devrait compter que sur son charme, son ironie cinglante, son imprévisible intelligence et pas sur ses œuvres. Et heureusement qu'il ne prenait pas en considération l'hypothèse qu'Alice Tayler les ait lues et les ait trouvées mauvaises.

Et il en arriva au dernier point, le plus épineux : de quoi allait-il parler après la logorrhée du vieux phraseur ? Au cours des dernières semaines, plusieurs fois, Ciba avait essayé de lire le pavé indien mais, après quelques dizaines de pages, il avait allumé la télé et regardé les championnats d'athlétisme. La bonne volonté, il l'avait mise, mais ce bouquin était d'un ennui mortel, casse-couilles au possible. Il avait appelé un de ses amis… un fan, écrivain de Catanzaro, un de ces êtres falots et serviles qui lui tournaient autour en essayant, tels les cafards, de se nourrir des miettes de son amitié. Toutefois, celui-là, au contraire des autres, était doté d'un certain esprit analytique, et, par certains aspects, d'une pétillante capacité créative. Un gars que peut-être, dans un futur indéfini, il ferait publier chez Martinelli. Mais pour l'instant, cet ami de Catanzaro, il lui confiait des tâches secondaires, comme lui écrire ses articles pour un hebdo féminin, traduire un texte de l'anglais, faire des recherches à la bibliothèque et, ici, se farcir la lecture de la bête et lui composer un joli petit résumé critique qu'en un quart d'heure, il ferait sien.

Ciba sortit de sa veste, en essayant de ne pas trop le montrer, les trois petits feuillets rédigés par son ami.

Fabrizio, en public, ne lisait jamais. Il improvisait, se laissait inspirer par le moment. Il était connu pour ce talent, pour la sensation magique de spontanéité qu'il offrait à ses auditeurs. Son esprit était une forge ouverte vingt-quatre heures sur vingt-quatre. Il n'y avait pas de filtre, il n'y avait pas de dépôt et, quand il se lançait dans ses monologues, il fascinait tout le monde : du pêcheur de Mazara del Vallo au moniteur de ski de Cortina d'Ampezzo.

Mais ce soir-là, une amère surprise l'attendait. Il lut les trois premières lignes du résumé et pâlit. Cela parlait d'une saga familiale de musiciens. Tous contraints, par un insondable destin, à jouer du sitar pendant des générations et des générations.

Il attrapa le livre de l'Indien. Le titre était *La Conjuration des vierges*. Alors pourquoi, dans le résumé, était-il question d'*Une vie dans le monde* ?

Un horrible soupçon. L'ami de Catanzaro s'était trompé ! Ce connard s'était gouré de livre.

Désespéré, il dévora la quatrième de couverture. Elle ne parlait pas du tout de joueurs de sitar, mais d'une famille de femmes dans les îles Adaman.

À cet instant, Tremagli acheva son monologue.

5.

Il était effondré à l'idée que sa Durandal payée trois cent cinquante euros irait atterrir au-dessus de la cheminée de son beau-père. Saverio Moneta avait acheté cette grande et belle épée dans l'intention de trucider le gardien du cimetière d'Oriolo ou, au moins, de l'utiliser comme arme sacrificielle pour les rites de sang de la secte.

Les voitures roulaient au pas. Une rangée de palmiers, brûlés par l'hiver, était recouverte d'illuminations bariolées qui brillaient sur les capots des Mercedes et des Jaguar immobiles sur les parkings des concessionnaires.

Il a dû y avoir un accident.

Saverio alluma la radio et chercha la fréquence de Radio Trafic. Une partie de son cerveau travaillait sans cesse en quête d'une action à proposer à Murder et aux autres.

Et si on assassinait le père Tonino, le curé de Capranica ?

Son portable sonna une nouvelle fois. *Je t'en prie... Serena... Encore ?* Mais sur l'écran de l'appareil était inscrit : NUMERO PRIVE. Ça devait être le vieux salopard qui se cachait pour essayer de le piéger.

Egisto Mastrodomenico, le père de Serena, avait soixante-dix-sept ans et pourtant il manipulait portables et ordinateurs comme un gamin de seize ans. Dans son bureau, au dernier étage de son magasin, Les Maîtres Charpentiers Tyroliens, il avait une batterie d'ordinateurs reliés à un réseau de caméras vidéo qui aurait fait pâlir d'envie un casino de Las Vegas. Le rendement des quinze vendeurs était surveillé toute la journée, plus que s'ils étaient dans un jeu de téléréalité. Et Saverio, qui était chef du rayon Meubles Tyroliens, avait quatre objectifs pointés sur lui.

Non, ce soir, j'ai pas le courage de l'écouter. Il augmenta le volume de l'autoradio, pour couvrir le son du portable.

Mantos haïssait son beau-père avec une telle intensité qu'il en avait attrapé une colite spasmodique. Le vieux Mastrodomenico ne ratait jamais une occasion de l'humilier, de lui faire sentir qu'il était un minable, un pique-assiette qui continuait à travailler au magasin uniquement parce qu'il était marié à sa fille. Il l'offensait devant ses collègues mais aussi devant les clients. Une fois, pendant les promotions de printemps, il l'avait traité de crétin en hurlant dans le micro ouvert. Sa seule consolation était de savoir que, tôt ou tard, ce salopard crèverait. Alors, tout changerait. Serena était fille unique et il deviendrait le directeur du magasin de meubles. Même si, depuis quelque temps, il commençait à douter que le vieux puisse mourir. Il avait tout eu. On lui avait enlevé la rate. On l'avait opéré d'un abcès sébacé dans l'oreille et il avait failli devenir sourd. Il avait un œil dévasté par la cataracte. À soixante-quatorze ans, il avait emplafonné sa Mercedes, à deux cents à l'heure, contre un poids lourd arrêté à une station Agip. Il était resté dans le coma pendant trois semaines, et il s'était réveillé, plus en colère qu'avant. Ensuite, on lui avait diagnostiqué un cancer des intestins mais, comme il était âgé, la tumeur n'arrivait pas à se développer. Et comme si cela ne suffisait pas, pendant le baptême des jumeaux, il avait débaroulé les escaliers de l'église et s'était fracturé le bassin. Maintenant, il vivait dans un fauteuil roulant et c'était Saverio qui devait l'amener au boulot le matin et le ramener à la maison le soir.

Le portable continuait à sonner et à vibrer dans le vide-poches à côté du levier de vitesse.

– Va te faire foutre ! – gronda-t-il, mais le foutu sens de culpabilité inscrit dans ses chromosomes lui imposa de répondre. – Papa ?

– Mantos ?

Ce n'était pas la voix du vieux. Et il ne pouvait pas connaître son identité satanique.

– Qui c'est ?

– Kurtz Minetti.

En entendant le nom de l'éminent prêtre des Fils de l'Apocalypse, Saverio Moneta ferma les yeux et les rouvrit, serra le volant de la main gauche et le portable de la main droite, mais l'appareil glissa comme une savonnette mouillée et atterrit entre ses jambes. Pour le récupérer, il ôta le pied de l'embrayage, le moteur se mit à hoqueter et il cala. Derrière, les klaxons retentissaient et Saverio hurlait à Kurtz : – Deux secondes… Je suis au volant. Deux secondes, je me gare.

Un motocycliste sur un gros scooter à trois roues frappa au carreau. – Mais tu le sais, que t'es une tête de nœud ?

Finalement, Saverio ramassa le portable, redémarra et réussit à se garer.

Que lui voulait Kurtz Minetti ?

6.

À peine Tremagli eut-il conclu son intervention, les auditeurs se mirent à se redresser sur leurs chaises, à dégourdir leurs jambes ankylosées, à se donner des tapes de solidarité pour avoir surmonté une épreuve aussi pénible. Un instant, Fabrizio Ciba espéra que les choses en resteraient là, que le professeur avait épuisé tout le temps imparti pour la rencontre.

Tremagli regarda Sawhney, certain qu'il ferait des commentaires, mais l'Indien sourit, et, une fois encore, inclina la tête en signe de salut. À ce stade, la patate chaude passa à Fabrizio. – Eh bien, je crois que c'est à vous.

– Merci. – Le jeune écrivain se massa le cou. – Je serai bref. – Puis il s'adressa au public. – Je vois que vous êtes légèrement éprouvés. Et je sais qu'il y a, dans l'autre pièce, un excellent buffet. Il se maudit au moment même où il prononça ces mots. Il avait publiquement offensé Tremagli, mais il vit dans les yeux des auditeurs une étincelle d'approbation qui confirmait ses paroles.

Il chercha une attaque, une connerie quelconque avec laquelle démarrer. – Aaah… Il s'éclaircit la voix. Tapota le micro. Se versa un verre d'eau et y trempa ses lèvres. Rien. Son esprit était un écran noir. Un écrin vide. Un univers froid et sans étoiles. Une boîte de caviar sans le caviar. Ces gens étaient venus ici de tous les coins de la ville, affrontant la circulation, ne trouvant pas à se garer, prenant une demi-journée de liberté parce qu'il était là, lui. Et lui, que dalle, il n'avait rien à leur dire. Il regarda son public. Le public pendu à ses lèvres. Le public qui se demandait ce qu'il attendait pour commencer.

La Guerre du feu.

Une vision fugace d'un vieux film français, vu dieu sait quand, descendit en lui comme l'esprit divin et excita son cortex qui libéra des essaims de neurotransmetteurs, lesquels s'abattirent sur des récepteurs prompts à les accueillir en réveillant d'autres cellules du système nerveux central.

– Pardonnez-moi. Je m'étais perdu dans une image fascinante. – Il rejeta ses cheveux en arrière, régla mieux la hauteur du micro. – C'est l'aube. Une aube grise et vieille de huit cent mille ans. Il fait froid mais il n'y a pas de vent. Un canyon. Une végétation basse. Des cailloux. Du sable. Trois petits êtres velus, d'un mètre cinquante, recouverts de peau de gazelle, sont au centre d'un fleuve. Le courant est impétueux, ce n'est pas n'importe quel petit fleuve mais un fleuve comme il se doit. Un de ces cours d'eau où, bien plus tard, passeront des familles américaines bardées de gilets gonflables à bord de canots pneumatiques colorés. – Fabrizio fit une pause technique. – L'eau est grise et elle est basse et glacée. Elle doit leur arriver aux genoux, mais le courant est terriblement fort. Et eux, ils doivent traverser le fleuve et ils marchent en posant précautionneusement un pied devant l'autre. L'un des trois, le plus gros, qui, avec ces tresses et cette boue ressemble un peu aux rastas jamaïcains, serre entre ses mains une espèce de panier, un truc fait en branchages humides entrelacés. Au centre du panier tressaute une petite flamme, une minuscule flamme en proie aux vents, une petite flamme qui risque de s'éteindre, minuscule, qui doit être alimentée continuellement avec du petit bois et des boules de cactus séchées que les deux autres serrent entre leurs bras. La nuit, ils se relaient pour la garder allumée, recroquevillés dans une caverne humide. Ils ne dorment que d'un œil, attentifs à ce que le feu ne s'éteigne pas. Pour trouver du bois, ils doivent affronter les bêtes sauvages. Énormes, terrifiantes. Des tigres aux crocs en forme de sabre, des mammouths velus, des tatous monstrueux à la queue pointue. Nos petits ancêtres ne sont pas au bout de la chaîne alimentaire. Ils ne la regardent pas de haut en bas. Ils sont en bonne position au hit-parade, mais au-dessus d'eux, il y a quelques créatures qui ont un caractère pas du tout amical. Ils possèdent des dents affûtées comme des rasoirs, des venins capables d'abattre un rhinocéros en trente secondes. C'est un monde d'épines, d'aiguillons, de dards, de plantes colorées et toxiques, de minuscules reptiles qui projettent du liquide semblable à du Cif ammoniacal… Ciba se tâta la mâchoire et lança un coup d'œil inspiré vers les voûtes décorées de fresques de la salle.

Le public n'était plus là, il était dans la préhistoire. Attendant qu'il poursuive.

Fabrizio se demanda pourquoi il les avait amenés dans la préhistoire, et où il allait finir. Mais peu importait, il devait continuer. – Nos trois hommes sont au centre de ce fleuve. Le plus gros, le porteur du feu, est en tête de file. Les bras raides comme des morceaux de marbre, il tient devant lui le faible flambeau. Il sent ses muscles hurler de douleur, mais il avance en retenant son souffle. La seule chose qu'il ne peut faire, c'est tomber. S'il tombe, ils n'auront plus la chaleur qui leur permettra de ne pas mourir de froid dans ces nuits sans fin, de cuire la chair coriace des phacochères, d'éloigner du campement les bêtes sauvages. – Il lorgna du côté de l'Indien. Il suivait ? Apparemment oui. Alice lui traduisait et lui, il souriait, la tête un peu relevée, comme le font parfois les aveugles. – Vous devez vous demander : quel est le problème ? Il ne faut pas grand-chose pour allumer un feu. Vous rappelez-vous ce livre d'histoire du collège ? Ces illustrations où l'on voyait le fameux homme primitif, avec barbe et pagne, qui frotte deux pierres à côté d'un beau feu préparé par un scout diligent ? Où ils sont, ces maudits silex ? En avez-vous jamais trouvé un seul durant vos balades en montagne ? Moi, jamais. Vous voulez fumer une cigarette pendant un trekking, vous êtes essoufflé mais une belle petite Marlboro serait vraiment la bienvenue, vous n'avez pas de briquet et alors, que faites-vous ? Facile ! Vous ramassez deux pierres et crac, une étincelle. Hé non, mes amis ! Ce n'est pas comme cela que ça marche. Et nos ancêtres, pour leur malheur, vivent seulement cent ans avant ce génie, un génie sans nom, un génie auquel personne n'a pensé à dédier un monument, un génie du niveau de Leonard de Vinci et Einstein, qui découvrira que certaines pierres, riches en soufre, frottées l'une contre l'autre, produisent des étincelles. Ces trois-là, pour avoir du feu, ils doivent attendre que la foudre tombe du ciel et brûle une forêt. Un événement qui arrive de temps en temps, mais pas si souvent que ça. « Excuse-moi, chéri, faudrait que je rôtisse ce brontosaure mais j'ai pas de feu, tu ne voudrais pas aller me chercher un incendie », dit maman hominidée à son fiston. Et le fiston s'en va. Elle ne le reverra que trois ans plus tard. – Rires du public. Et même, quelques applaudissements. – Maintenant vous comprenez pourquoi ces trois-là doivent garder ce feu allumé. Le fameux feu sacré… – Ciba inspira et offrit un large sourire à son public. – Pourquoi est-ce que je vous raconte tout cela ? Je ne sais pas… – Rires. – Ou plutôt si, je sais… Et je crois que vous aussi vous avez compris. Sarwar Sawhney, cet écrivain exceptionnel, est un de ces êtres qui ont assumé la lourde et terrible responsabilité de garder le feu allumé et de nous le livrer quand le ciel s'obscurcit et que le froid nous pénètre l'âme. La culture est un feu qui ne peut s'éteindre et se rallumer avec une allumette. On doit la préserver, garder son élévation, la nourrir. Et tous les écrivains, et je m'inscris moi aussi parmi ces écrivains, ont le devoir de ne jamais oublier ce feu. – Ciba se leva. – Je voudrais que vous vous leviez tous. Je vous le demande, s'il vous plaît. Levez-vous un instant. Il y a ici parmi nous un grand écrivain qui doit être honoré pour ce qu'il fait.

Tout le monde se leva dans un grand fracas de chaises pour applaudir frénétiquement le vieil Indien, qui se mit à hocher de la tête, plutôt embarrassé. – Bravo, bravo ! Formidable ! Merci d'exister ! hurlait un type qui entendait sans doute le nom de Sawhney pour la première fois et n'achèterait sûrement pas son livre. Même Tremagli, de mauvais gré, dut se lever et applaudir à cette bouffonnerie. Une fille au deuxième rang sortit un briquet. Elle fut aussitôt imitée par tous. Quelqu'un éteignit les lustres et la longue salle fut lugubrement illuminée par cent petites flammèches. On se serait cru à un concert de Claudio Baglioni.

– Pourquoi pas. Ciba sortit lui aussi son briquet. Il vit l'administrateur délégué, le directeur général et le groupe entier de la maison Martinelli l'imiter.

L'écrivain était satisfait.

7.

– Mantos, j'ai une proposition à te faire. Je t'attends demain à Pavie pour un déjeuner de travail. Je t'ai fait réserver un avion pour Milan.

Saverio Moneta était sur le bas-côté de la route départementale pour Capranica et il ne pouvait croire que le fameux Kurtz Minetti, le très haut prêtre des Fils de l'Apocalypse, celui qui avait décapité une sœur avec une hache à double tranchant, était en train de parler avec lui. Il passa une main sur son front brûlant. – Demain ?

– Oui. J'envoie un de mes adeptes te chercher à Linate. Kurtz avait une voix rassurante et sans accent.

– Mais demain, c'est quel jour ?

– Samedi.

– Samedi… Laisse-moi réfléchir. C'était impossible. Le lendemain commençait la semaine des chambres pour enfants, et s'il demandait encore un jour de congé au vieux, l'autre l'aspergerait de kérosène et le réduirait en cendres sur le parking du magasin.

Il prit son courage à deux mains. – Non, demain, je ne peux pas. Je suis désolé, mais je ne peux vraiment pas. *Je dois être le premier à avoir osé dire non à une invitation du plus grand membre du satanisme italien. Du coup, il va me raccrocher au nez.*

Mais Kurtz lui demanda : – Et tu serais libre quand ?

– En fait, tu sais, en ce moment, je suis pas mal occupé…

– Je comprends. Kurtz, plutôt qu'agacé, semblait décontenancé.

Mantos se risqua à proposer : – On ne pourrait pas en parler par téléphone ? Tu me cueilles dans une période difficile.

Kurtz inspira par le nez. – Je n'aime pas parler par téléphone. C'est pas sûr. Je peux juste t'en toucher deux mots. Comme tu le sais sans doute, les Fils de l'Apocalypse sont la première secte sataniste d'Italie et, en ordre de grandeur, la troisième d'Europe. Notre site Internet enregistre cinquante mille connexions par jour, et nous avons un calendrier très riche en activités. On organise des orgies, des raids, des messes noires et des excursions dans des lieux satanistes, comme la pinède de Castel Fusano et les grottes d'Al Amsdin en Jordanie. On a aussi un ciné-club où on projette le must du cinéma démoniaque. Et on a en chantier un semestriel illustré intitulé *Famille satanique*. – Sa voix avait changé, elle était devenue plus captivante. Ce discours, il devait l'avoir servi plusieurs fois déjà. – Nos adeptes sont éparpillés un peu partout sur toute la péninsule. Notre siège historique restera à Pavie, mais désormais, étant donné la situation, on a décidé de se développer. Et c'est là que tu interviens, Mantos.

Saverio déboutonna son col de chemise. – Moi ? Comment ça, moi ?

– Oui, toi. Je sais que t'as des problèmes de gestion avec tes Enragés d'Abaddon. C'est un phénomène commun à toutes les petites sectes. Le Faucheur m'a dit que tu as eu plusieurs défections la saison dernière et que vous n'êtes plus que trois.

– Eh ben... En fait, si tu me comptes moi, on est quatre.

– En plus, vous n'avez encore rien fait d'important, sauf, ça a été signalé sur notre forum, des graffitis à la gloire du Démon sur le viaduc d'Anguillara Sabazia.

– Ah, vous les avez remarqués ? fit Saverio, pas peu fier.

– En l'état actuel des choses, votre secte est vraiment mal en point. Et tu n'es pas sans savoir qu'avec la crise qu'il y a en ce moment, vous risquez de ne pas tenir encore un an. Excuse-moi si je suis franc, mais vous êtes une réalité insignifiante dans le dur panorama du satanisme italien.

Saverio détacha sa ceinture de sécurité. – On y travaille. Notre programme, c'est de chercher de nouveaux adeptes et d'accomplir des actions qui pourront nous faire remarquer dans le monde du satanisme. On n'est pas nombreux, mais très unis.

Pendant ce temps, Kurtz suivait son idée et poursuivait. – Ce que je te propose, c'est de dissoudre les Enragés et d'entrer dans la nichée maudite des Fils de l'Apocalypse. Ce que je t'offre, c'est de devenir notre référent pour l'Italie centrale.

– Comment ça ?

– Tu seras le directeur de la succursale de l'Italie centrale et de la Sardaigne des Fils de l'Apocalypse.

– Moi ? – Le cœur de Saverio se gonfla d'orgueil. – Pourquoi moi ?

– Le Faucheur m'a parlé en bien de toi. Il m'a dit que tu as du charisme, l'envie de faire, et que tu es un fervent fidèle de Satan. Et tu n'es pas sans savoir que pour être le chef d'une secte satanique, il faut aimer les forces du Mal plus que soi-même.

– Vraiment, il a dit ça ? – Saverio ne s'y attendait pas. Il était persuadé que Paolo le détestait. – D'accord, je marche avec toi.

– Excellent. On va organiser une orgie à Terracina en ton honneur. On a là-bas quelques novices de l'Agro Pontin...

Mantos se laissa aller contre l'appuie-tête. – Murder, Zombie et Silvietta seront très heureux de ta proposition.

– Attends. L'offre ne vaut que pour toi. Tes adeptes devront remplir le formulaire d'adhésion à télécharger sur notre site et nous l'envoyer. Nous évaluerons au cas par cas pour savoir si on les admet ou non.

– Je vois.

La voix de Kurtz était redevenue plate. – Tu n'es pas sans savoir que les favoritismes sont la mort de toute entreprise.

– Bien entendu.

– Tu devrais monter à Pavie pour un petit stage où on te donnerait des notions de base sur la liturgie qu'on a adoptée.

Saverio regarda par la fenêtre. Les automobiles étaient encore à la queue leu leu. Au-delà de la route, sur un terre-plein couvert de panneaux publicitaires, passa en flèche le train régional pour Rome. On aurait dit un serpent lumineux. Devant une supérette SMA, des gens avec des caddies s'agglutinaient. La lune, au-dessus des toits, ressemblait à un pamplemousse mûr, et l'étoile du Nord, celle qui guide les marins… c'était celle-là, l'étoile du Nord ?

Me sens pas très bien.

Sans doute les *pappardelle* au jus de lièvre, elles lui étaient restées sur l'estomac. Il sentait une pression pénible sous la bouche œsophagienne. Il ouvrit grand les mâchoires comme s'il devait bâiller, mais il produisit une sorte de râle qu'il étouffa d'une main.

Kurtz continuait à expliquer : – … Dans un premier temps, tu pourrais partager les responsabilités avec le Faucheur…

Fait trop chaud là-dedans… Il perdait le fil de la conversation, il appuya sur le bouton d'ouverture de la fenêtre.

– … Sur ce point, il te manque des bases, mais ça c'est moi qui te les donnerai, t'inquiète pas et puis…

Une bouffée d'air qui sentait les frites et le kebab du kiosque devant le centre commercial entra dans l'habitacle. L'odeur rance lui donna la nausée. Il creusa le dos et réprima un rot.

– … Nous organiserons une série de messes sataniques dans la zone des Castelli Romani, bien entendu sous ton contrôle direct, et puis il faudrait…

Il essaya de se concentrer sur le monologue de Kurtz, mais il avait la sensation d'avoir englouti un kilo de tripes avariées. Il déboutonna son pantalon et sentit que son ventre se dilatait.

– … Enotrebor, notre référent pour l'Italie du Sud, fait des choses remarquables dans la Basilicate et le Molise…

Un Alka-Seltzer, un Coca-Cola…

– Mantos ? Mantos, t'es là ?

– Hein ?

– Tu m'écoutes ?

– Oui, oui… Bien sûr…

– Alors, ça t'irait une rencontre la semaine prochaine pour jeter les bases d'un schéma de travail ?

Saverio Moneta aurait voulu lui dire oui, que c'était un honneur, qu'il était heureux d'être le représentant de l'Italie du Centre et de la Sardaigne, et pourtant… Et pourtant, il n'en avait pas envie. Il se souvint du jour où son père lui avait offert un Malaguti 50. Pendant toutes ses années de lycée, Saverio avait rêvé d'un scooter et son père lui avait promis que s'il avait la moyenne au bac, il lui en offrirait un. La dernière année, il avait drôlement mis le paquet et il avait fini par y arriver. La moyenne. Et son père était revenu du travail et lui avait montré son vieux Malaguti pétaradant. « Le voilà. Il est à toi. Il faut tenir ses promesses. »

Saverio s'attendait à un scooter neuf. « Mais comment ? Tu me donnes le tien ?

– J'ai pas d'argent pour en acheter un autre. Pourquoi ? Il te va pas bien, celui-là ? Qu'est-ce qu'il a qui ne va pas ?

– Rien, rien du tout… Mais comment tu vas faire pour aller à l'usine ? »

Son père avait haussé les épaules. « En transport en commun. Où est le problème ?

– Il va falloir que tu te réveilles une heure plus tôt.

– Les promesses sont les promesses. »

Mais sa mère ne lui avait pas épargné un « Et tu as le courage de laisser ton père aller à pied au boulot ? »

Les mois suivants, Saverio avait essayé de prendre le Malaguti, mais chaque fois qu'il montait dessus, il voyait l'image de son père qui, à cinq heures du matin, sortait de leur immeuble, emmitouflé dans son pardessus. Une angoisse terrible montait en lui, et il avait fini par le laisser dans la cour et quelqu'un l'avait volé. Comme ça, ils s'étaient retrouvés à pied tous les deux, son père et lui.

Cela n'avait rien à voir avec tout ça, et pourtant il se disait qu'avec les Enragés il avait fait quelque chose de bien. Et il le devait un peu à la bande de ringards qui le suivaient. Il ne pouvait pas les lâcher.

Kurtz voulait l'entuber. Comme son père l'avait entubé avec le scooter. Et comme le vieux, quand il lui avait dit qu'il lui confierait un poste de responsabilité dans l'entreprise. Comme Serena, quand elle disait qu'elle serait sa geisha et que, avoir un bébé ou des jumeaux, au fond, c'était la même chose.

C'était pour ça qu'il était devenu sataniste. Parce que tout le monde le couillonnait.

Quel genre de cadeau c'est, un cadeau où, chaque fois qu'on le prend, on oblige son père à aller bosser en bus ?

Saverio Moneta les haïssait tous. Tous autant qu'ils étaient. L'humanité entière qui fonctionne en trompant et abusant ses semblables. Dans la haine, il s'était nourri, revigoré, protégé. La haine lui avait donné la force de résister. Et Saverio avait fini par en faire sa religion. Et Satan son Dieu.

Et Kurtz était comme tous les autres. *Putain, comment il se permet de dire que les Enragés d'Abaddon sont une réalité insignifiante ?*

– Non, dit-il.

– Non quoi ?

– Non. Je ne suis pas intéressé. Merci, mais je reste à la tête des Enragés d'Abaddon.

Kurtz était scié. – T'es sûr ? Réfléchis bien. Je ne te ferai pas d'autres propositions.

– Tant pis. Les Enragés d'Abaddon sont peut-être une réalité insignifiante, comme tu dis. Mais même une tumeur, à ses débuts, elle n'est qu'une cellule, et puis elle pousse, elle se reproduit, et puis elle te détruit. Les Enragés deviendront une réalité avec laquelle tout le monde devra compter. Attends et tu verras.

Kurtz éclata de rire. – T'es pathétique. Vous êtes finis.

Saverio attacha sa ceinture de sécurité. – Peut-être, mais tu n'es pas sans savoir que ce n'est pas dit. Ce n'est pas dit du tout. Et plutôt que d'être ton représentant, je me fais curé. Il raccrocha.

Les restes du crépuscule s'étaient dissous et les ténèbres étaient tombées sur la terre. Le leader des Enragés d'Abaddon mit son clignotant et repartit sur la départementale en faisant crisser ses pneus.

8.

Le vieil écrivain indien se tenait assis dans un coin de la salle, un verre d'eau à la main.

Il était arrivé de Los Angeles le matin même, après deux semaines éreintantes de promotion aux États-Unis, et maintenant, la seule chose dont il avait envie, c'était de rentrer à l'hôtel, et de s'allonger sur son lit. Il essaierait de dormir mais n'y arriverait pas, et finirait par prendre un somnifère. Le sommeil naturel avait abandonné son corps depuis longtemps. Il pensa à sa femme Margaret, à Londres. Il aurait voulu l'appeler. Lui dire qu'elle lui manquait. Qu'il rentrerait bientôt. Il regarda de l'autre côté de la salle.

L'écrivain qui avait parlé du feu était entouré d'un attroupement de lecteurs qui voulaient un autographe sur leur exemplaire. Et pour chacun, le jeune homme avait un mot, un geste, un sourire.

Il envia sa jeunesse, sa désinvolte volonté de plaire.

Lui, tout cela ne lui importait plus. Qu'est-ce qui lui importait ? *Dormir*. Six heures de sommeil sans rêves. Même le tour du monde qu'on l'avait obligé à faire après le Nobel n'avait aucun sens. Il était un pantin, ballotté de part et d'autre du globe pour être exhibé au public, confié aux bons soins de gens qu'il ne connaissait pas, qu'il oublierait dès qu'il repartirait. Le livre, il l'avait écrit. Un livre qui lui avait coûté dix ans de sa vie. Ce n'était pas assez ? Cela ne suffisait pas ?

Pendant la présentation, il n'avait pas réussi à aller plus loin que les remerciements. Pas comme l'écrivain italien. Il avait lu son livre dans l'avion. Un roman bref et fluide. Il l'avait lu par scrupule, car il n'aimait pas être présenté par des auteurs dont il ne connaissait pas l'œuvre. Et il avait bien aimé. Il aurait voulu le lui dire. Et ce n'était pas gentil de sa part de rester à l'écart.

Dès que le vieux se leva de sa chaise, trois journalistes qui le guettaient se jetèrent sur lui. Sawhney expliqua qu'il était fatigué. Que le lendemain, il serait très heureux de répondre à leurs questions. Mais il le dit si bas, avec tant de douceur, qu'il ne parvint pas à éloigner ces pénibles flagorneurs. Heureusement une femme arriva, de sa maison d'édition italienne, qui les chassa.

– Quel est le programme maintenant ? demanda-t-il à la femme.

– Il y a le cocktail. Et puis, dans une petite demi-heure, nous irons dîner dans un restaurant typique, au Trastevere, réputé pour ses spécialités romaines. Vous aimez les spaghettis à la *carbonara* ?

Sawhney lui posa la main sur le bras. – J'aimerais bien aller discuter avec l'écrivain… – Oh mon Dieu, comment s'appelle-t-il déjà ? Sa tête ne fonctionnait plus très bien.

La femme vint à son secours. – Ciba ! Fabrizio Ciba. Bien sûr. Ne bougez pas, je vous l'appelle tout de suite. Et elle se jeta dans la foule en faisant claquer ses talons aiguilles.

– Vous savez, ce n'est pas à moi qu'il faut le demander, l'autographe, mais à Sawhney. C'est lui qui a eu le Nobel, pas moi. – Fabrizio Ciba essayait d'endiguer la marée de livres qui le submergeait. Son poignet était endolori, tellement il avait signé. – Quel est votre nom ? Paternò Antonia ? Comment ? Attendez un moment... Ah, vous avez aimé Erri, le père de Penelope ? Il vous rappelle votre grand-père ? À moi aussi.

Une petite boulotte en sueur se fraya un chemin à coups de coude, et lui mit sous le nez un exemplaire de *La Fosse aux lions.* – Je suis venue de Frosinone rien que pour vous. J'ai jamais lu vos bouquins. Mais tout le monde dit qu'ils sont super bien. Je l'ai acheté à la gare. Vous êtes génial... et tellement beau. Je vous regarde toujours à la télé. Ma fille, elle est amoureuse de vous... Et moi aussi... un peu.

Sur le visage de Ciba était imprimé un sourire gentil. – Eh bien, vous devriez peut-être les lire, vous pourriez ne pas les aimer.

– Vous plaisantez ou quoi ?

Un autre livre. Une autre signature.

– Comment vous appelez-vous ?

– Aldo. Vous pouvez écrire : À Massimiliano et Maria-Pia ? Mes enfants. Ils ont six et huit ans, ils le liront quand ils seront plus gr...

Il les haïssait. C'était un tas d'ignorants. Un troupeau de moutons. Il s'en fichait, qu'ils l'apprécient. Ils seraient accourus avec le même enthousiasme pour les mémoires de famille du directeur du JT de RAI 2, pour les confidences amoureuses de la plus niaise des potiches télévisuelles. Ils voulaient juste avoir leur petite conversation avec la star, leur autographe, leur moment avec l'idole. S'ils avaient pu, ils lui auraient arraché un bout de ses vêtements, une mèche de cheveux, une dent, et ils auraient rapporté ça à la maison comme une relique.

Il n'en pouvait plus d'être gentil. De sourire comme un idiot. D'essayer d'être modeste et aimable. En général, il arrivait très bien à cacher le dégoût physique que lui inspirait le contact humain non choisi. Il était un maître de la dissimulation. Quand c'était le moment, il se lançait dans la boue, convaincu qu'il aimait ça. Il sortait de ces bains de foule bouleversé mais purifié.

Toutefois, ce soir-là, un doute atroce empoisonnait sa victoire. Celui de ne pas avoir le bon comportement, la retenue du véritable écrivain. D'un écrivain sérieux comme Sarwar Sawhney. Pendant la présentation, le vieux n'avait pas décroché un mot. Il était resté là, comme un ascète tibétain, avec ses yeux d'ébène, sages et distants, tandis que lui, il faisait le pitre avec ses conneries sur le feu et la culture. Et comme d'habitude, une question s'imposa à son esprit, sur laquelle reposait toute sa carrière. *Quelle part de mon succès dois-je à mes livres, et quelle part à la télévision ?*

Comme toujours, il préféra ne pas se donner la réponse mais se taper un ou deux scotchs. Toutefois, il devait d'abord se débarrasser de cet essaim de mouches. Quand il vit la pauvre Maria-Letizia jouer des coudes, il ne put que se réjouir.

– Sawhney veut te parler… Dès que tu as fini, tu pourrais aller le voir ?

– Tout de suite ! J'y vais tout de suite ! – lui répondit-il. Et comme s'il avait été convoqué par le Père Éternel en personne, il se leva et, à tous les fans qui n'avaient pas encore reçu leur certificat de participation, il annonça : – Sawhney veut me parler. S'il vous plaît, laissez-moi passer.

À la table des apéritifs, il siffla deux scotchs coup sur coup et se sentit mieux. Maintenant, avec l'alcool dans le corps, il pouvait affronter le prix Nobel.

Leo Malagò s'approcha en frétillant, heureux comme un chien qui aurait reçu une tartine au sanglier. – Génial ! Tu as bluffé tout le monde avec ta petite histoire de feu. Je me demande où tu vas chercher tout ça. Bon, mais maintenant, Fabrizio, s'il te plaît, te bourre pas la gueule. On doit aller dîner. – Il le prit par le bras. – Je suis allé vérifier au stand des livres. Tu sais combien tu en as vendu ce soir ?

– Combien ? il ne put s'empêcher de répondre. C'était un réflexe conditionné.

– Quatre-vingt-douze ! Et tu sais combien il en a vendu, Sawhney ? Neuf ! Tu peux pas savoir comme il est furibard, Angiò. – Massimo Angiò dirigeait le domaine étranger. – C'est le pied de le voir aussi furax ! À propos, dis donc, elle est super canon, la traductrice ! Le visage de Malagò se détendit. Ses yeux devinrent soudain pleins de bonté. – Tu t'imagines, se la taper…

Fabrizio, en revanche, avait perdu tout intérêt pour la fille. Son humeur dégringolait comme un thermomètre durant un coup de gel improvisé. Que lui voulait l'Indien ? Le réprimander pour les conneries qu'il avait sorties ? Il se poussa au cul. – Excuse-moi une seconde.

Il le vit dans un coin. Il était assis face à la fenêtre et regardait les feuillages des arbres griffer le ciel jaunâtre de Rome. Ses cheveux noirs brillaient sous la lumière des lustres.

Il s'approcha de lui avec prudence. – Excusez-moi…

Le vieil Indien se retourna, le vit, sourit en découvrant une dentition trop parfaite pour être vraie. – Je vous en prie, prenez une chaise.

Fabrizio se sentit comme un gamin convoqué par le directeur d'école pour lui passer un savon.

– Comment allez-vous ? lui demanda Fabrizio dans son anglais scolaire, en s'asseyant en face de lui.

– Bien, merci. – Puis l'Indien se corrigea. – En vérité, je suis un peu fatigué. Je n'arrive pas à dormir. Je souffre d'insomnie.

– Moi non, heureusement. Fabrizio se rendit compte qu'il n'avait rien à lui dire.

– J'ai lu votre livre. Un peu rapidement, dans l'avion, je m'en excuse…

Fabrizio s'étrangla et laissa échapper un – Et ? Il allait entendre le jugement du prix Nobel de littérature. De l'écrivain le plus important au monde. Celui qui avait eu la meilleure revue de presse de ces dix dernières années. Une partie de son cerveau se demanda s'il avait vraiment envie de l'entendre.

Il a détesté, c'est sûr.

– J'ai aimé. Beaucoup.

Fabrizio Ciba éprouva une sensation de bien-être envahir tout son corps. Une sensation semblable à celle qu'éprouvent les toxicomanes quand ils s'injectent de l'héroïne de bonne qualité. Une espèce de chaleur bienfaisante qui fourmilla dans sa nuque, descendit le long de la mâchoire, lui ferma les paupières, s'insinua entre les gencives et les dents, descendit le long de la trachée-artère, irradia, bouillante et agréable comme du Vicks VapoRub du sternum jusqu'à sa cage thoracique et sautilla d'une vertèbre à l'autre jusqu'à son bassin. Son sphincter eut une palpitation et, en même temps, les poils de ses bras se dressèrent. C'était comme prendre une douche chaude sans se mouiller. Mieux. Un massage sans être palpé. Pendant cette réaction physiologique qui dura environ cinq secondes, Fabrizio fut aveugle et sourd et quand enfin il revint à la réalité, Sawhney était en train de parler.

– … des lieux, des faits et des personnes qui ignorent tout de la force qui les élimine. Vous ne croyez pas ?

– Si, bien sûr, répondit-il. – Il n'avait rien entendu. – Merci. Je suis heureux.

– Vous savez comment intéresser le lecteur, comment faire vibrer les meilleures cordes de sa sensibilité. J'aimerais lire quelque chose de plus long.

– *La Fosse aux lions* est le livre le plus long que j'aie écrit. Il y a peu… – en réalité, cela faisait presque cinq ans –, j'ai écrit un autre roman, *Le Rêve de Nestor*, mais lui aussi est assez court.

– Comment se fait-il que vous ne vous aventuriez pas plus loin ? Vous avez, à n'en pas douter, les moyens expressifs pour le faire. N'ayez pas peur.

Laissez-vous aller sans crainte. Si je peux vous donner un conseil, ne vous réfrénez pas, laissez-vous emporter par la narration.

Fabrizio faillit embrasser ce cher adorable petit vieux. C'était si juste, ce qu'il disait. Il savait qu'il était en mesure d'écrire le GRAND ROMAN. Mieux, LE GRAND ROMAN ITALIEN, genre *Les Fiancés* par exemple, celui qui, selon les critiques, manquait à notre littérature contemporaine. Après diverses tentatives, il travaillait depuis quelque temps sur la saga d'une famille sarde, de 1600 à nos jours. Un projet ambitieux, mais qui avait certainement plus de force que *Le Guépard* ou *Les Vice-Rois*.

Il allait le lui dire, mais un peu de pudeur l'en empêcha. Il se sentit en devoir de répondre à ses compliments. Il commença à inventer : – En tout cas, je voudrais vous dire que votre livre m'a littéralement enthousiasmé. C'est un roman extraordinairement organique et la trame est si intense… Comment faites-vous ? Quel est votre secret ? Il y a une énergie dramatique qui m'a ébranlé pendant des semaines. Le lecteur est non seulement appelé à évaluer la conscience et l'innocence de ces puissantes figures féminines, mais aussi à travers leurs aventures, comment dire… Oui, le lecteur est obligé de transférer son regard des pages du livre à sa propre réalité.

– Merci, dit l'Indien. C'est si agréable de se faire des compliments mutuels.

Les deux écrivains éclatèrent de rire.

9.

Le leader des Enragés d'Abaddon, assis à la table du coin repas, finissait une assiette de lasagnes qui flottaient dans un lac de béchamel réchauffée. Il avait la nausée, mais il devait feindre de ne pas avoir dîné.

Serena, assise les jambes posées sur le lave-vaisselle, se passait du vernis à ongles. Comme toujours, elle ne l'avait pas attendu pour manger. La télévision, sur le plan de travail en Formica, diffusait *Qui veut gagner des millions ?*, le programme préféré de Saverio après *Mystères* qui passait sur RAI 3. Mais l'esprit du leader des Enragés était loin. Il ne cessait de penser au coup de fil avec Kurtz Minetti.

Je suis positivement génial. Il s'essuya la bouche avec sa serviette. *Comment je lui ai dit ? Non. Je ne suis pas intéressé.* Quel sataniste à la ronde aurait eu le cran de refuser l'offre de devenir le référent des Fils de l'Apocalypse pour l'Italie du Centre ? Il eut envie de téléphoner à Murder et de lui raconter comment il avait envoyé chier Kurtz, mais Serena pouvait l'entendre et puis, il ne voulait pas lui faire savoir ce que cette merde de Kurtz pensait des Enragés d'Abaddon, il le prendrait très mal.

Il était surpris de la puissance avec laquelle était sorti ce non, sans hésitation. Il ne put s'empêcher de le prononcer à nouveau : – Non !

– Non quoi ? lui demanda Serena sans même lever les yeux des ongles des mains qu'elle était en train de vernir de laque rouge.

– Rien, rien. Je pensais à un truc… Saverio eut l'impulsion de tout raconter à sa femme, mais il se retint. Si elle découvrait qu'il était le chef d'une secte satanique, au minimum elle demanderait le divorce.

Mais ce non pouvait être le début d'un tournant existentiel. C'était un non qui, inévitablement, déclencherait une avalanche de non qu'il était temps de prononcer. Non aux week-ends de travail. Non au boulot de larbin. Non à sortir tous les jours la poubelle.

– Il y a le reste de dinde d'hier. Réchauffe-le-toi au micro-ondes. Serena s'était levée et agitait ses mains en éventail.

– Non. Cela sortit naturellement.

Serena bâilla. – Bon, je vais me coucher. Quand t'as fini, débarrasse la table, descends la poubelle et éteins les lumières.

Saverio l'observa. Elle avait un short en jean stretch couvert de strass, des bottes de cow-boy en vernis blanc et un T-shirt noir avec dessus un énorme V de Valentino.

Même les gamines devant les centres commerciaux ne s'habillent pas comme ça.

Serena Mastrodomenico avait quarante-trois ans et tout le soleil qu'elle avait pris dans sa vie l'avait desséchée comme une tomate déshydratée. Elle était très maigre, bien qu'elle ait accouché de jumeaux depuis même pas un an. De loin, elle faisait son effet, avec cette silhouette mince, ces petits seins en pomme et ce hâle café au lait. Mais dès qu'on s'approchait et qu'on l'observait bien, on découvrait que la peau était relâchée et épaisse comme celle d'un rhinocéros et qu'un réseau de fines rides parcourait son cou, le contour de ses lèvres et son décolleté. Les yeux verts, brillants et vifs étaient posés sur des pommettes hautes et rondes comme deux pommes Vista Bella.

Souvent, elle se perchait sur des chaussures ouvertes qui mettaient en valeur ses chevilles fuselées et ses petits pieds gracieux. Elle portait des robes légères d'où pointaient les dentelles d'un soutien-gorge de deux tailles trop petit et aux coussinets synthétiques. Elle se couvrait de bijoux ethniques, plus qu'une princesse berbère le jour de son couronnement.

Pendant ses longues années de mariage, Saverio avait remarqué que sa femme avait pas mal de succès auprès des hommes, surtout les jeunes. Chaque fois qu'il allait aux entrepôts du magasin de meubles, les expéditeurs, un troupeau d'obsédés sexuels, l'interpellaient. Ils n'avaient aucun respect, même pour la fille du patron.

« Quel spectacle ça doit être, ta bonne femme au pieu. C'est autre chose que les gamines, elle, elle a de l'expérience. Elle te déplie comme un canapé-lit. » « Allez, fais-nous un petit porno », « Save', mais comment tu fais pour la satisfaire ? Une gonzesse comme elle, à mon avis, ça a besoin d'un bataillon de gaillards… », « C'est le genre qui se la joue mijaurée mais qui en fait est une sacrée salope… ». Et d'autres vulgarités qu'il ne valait mieux pas répéter.

Si ces débiles avaient su la vérité. Serena détestait le sexe. Elle disait que c'était vulgaire. Elle haïssait toute forme de nudité, elle trouvait répugnants les fluides corporels et tout ce qui avait à voir avec les rapports physiques (sauf les massages, mais pratiqués uniquement par des femmes).

Toutefois, pour Saverio Moneta, quelque chose clochait dans cette histoire. Si le sexe la dégoûtait à ce point, pourquoi sortait-elle attifée comme une playmate ? Et pourquoi, parmi toutes les places de parking, garait-elle le SUV juste devant l'entrepôt ?

Saverio se leva de table et se mit à débarrasser. Il n'avait pas envie d'aller se coucher, il était trop content. Heureusement, les jumeaux dormaient. C'était le bon moment pour se concentrer sur l'idée qui réveillerait les Enragés d'Abaddon et le reste du monde. Il prit un bloc-notes et un stylo, il attrapa la télécommande pour éteindre quand il entendit Gerry Scotti dire : – Incroyable ! Notre sympathique Francesco de Sabaudia est arrivé tout gentiment à la question à un million d'euros…

Le concurrent était un petit bonhomme nerveux, un rictus accroché aux lèvres. On aurait dit qu'il était assis sur un porc-épic. Gerry, en revanche, avait l'expression satisfaite d'un chat de gouttière qui a boulotté une boîte de thon au naturel. Il ne manquait plus qu'il se fasse les griffes sur le fauteuil. – Alors, cher Francesco, vous êtes prêt ?

Le petit homme déglutit et ajusta le revers de sa veste. – Un peu…

Gerry gonfla son large thorax et s'adressa au public, amusé. – Un peu ? Vous avez entendu ça ? – Puis, soudain sérieux, il parla aux téléspectateurs. – Qui parmi vous, à sa place, ne serait pas nerveux ? Mettez-vous dans sa peau. Un million d'euros peut vous changer la vie. – Il s'adressa de nouveau à Francesco. – Vous aviez dit que votre rêve était de payer le prêt de votre maison. Et maintenant ? Si vous deviez gagner, en plus du prêt, que feriez-vous ?

– Eh ben, j'achèterais une voiture à ma mère et puis… – Le concurrent était en train de suffoquer. Il haleta et réussit à répondre. – Je voudrais faire une donation à l'institut San Bartolomeo de Gallarate.

Gerry le toisa. – Et de quoi s'occupe-t-il, cet institut, si vous me permettez ?

– D'aider les SDF.

– Ah bien, mes compliments. – Le présentateur incita le public à taper dans ses mains, et le public lui rendit un applaudissement retentissant. – Vous êtes un philanthrope. Mais dites-moi, j'espère qu'après, on ne va pas vous voir débouler en Ferrari ? Non. On voit bien que vous êtes un brave homme.

Saverio secoua la tête. Si lui avait gagné une telle somme, il aurait acheté un château médiéval dans les Marches et il en aurait fait la base opérationnelle des Enragés.

– Mais venons-en à la question. Prêt ? Gerry ajusta son nœud de cravate, s'éclaircit la voix et, tandis que sur l'écran apparaissaient la question et les quatre propositions, il énonça :

Qui était Abaddon ?

A) Un pasteur anglican du XVIIIe

B) Un démon cité dans l'Apocalypse

C) Une divinité assyrienne

D) Une fête religieuse maya

Saverio Moneta faillit tomber de sa chaise.

10.

Après la piqûre revitalisante pour son ego, l'humeur de Fabrizio Ciba était à des niveaux stratosphériques. Il avait écrit un roman important et il en écrirait un encore plus important. Il n'y avait plus de raison de s'interroger sur les raisons de son succès. Et donc, quand il vit Alice Tyler parler avec le directeur des ventes de chez Martelli, il décida que le moment était venu d'intervenir. Il finit son whisky, ébouriffa ses cheveux et dit à l'écrivain indien : – Je vous prie de m'excuser, je dois aller saluer quelqu'un. Et il partit à l'attaque.

– Me voilà, salut, je suis Fabrizio Ciba. – Il s'immisça entre eux deux, puis, à Modica : – Comme vous êtes des sangsues et que vous ne me payez pas un radis pour vos présentations, je peux faire tout ce dont j'ai envie, donc, je viens chercher la traductrice la meilleure et la plus fascinante du monde et je l'emmène boire une coupe de champagne.

Le directeur des ventes était un petit gros d'une pâleur cadavérique et la seule chose qu'il réussit à faire fut de se gonfler comme un poisson ballon.

– Ça ne te dérange pas, n'est-ce pas, Modica ? – Fabrizio attrapa la traductrice par le poignet et l'entraîna vers le buffet des rafraîchissements. – C'est le seul moyen de se libérer de lui, lui parler d'argent. Je voulais te faire mes compliments, tu as fait un excellent travail avec le livre de Sawhney, j'ai vérifié la traduction mot à mot…

– Ne te moque pas de moi, pouffa-t-elle, amusée.

– C'est vrai, je te le jure ! Je jure sur la tête de Pennacchini ! J'ai vérifié chacune des huit cents pages, et rien, tout est parfait. – Il posa une main sur son cœur. – Juste une remarque… voilà, page six cent quinze, tu as traduit *creel* par panier pour la pêche et pas par nasse… – Fabrizio essayait de regarder son visage, mais il ne pouvait décoller ses yeux de ses nichons. Et ce chemisier ajusté ne l'aidait pas. – Excuse-moi, mais les traductrices ne devraient-elles pas être moches et mal habillées ?

C'était une promenade de santé. Il était redevenu Ciba le conquistador, celui des meilleures occasions. – Alors, on se marie quand ? Moi j'écris des livres et toi tu les traduis, ou mieux, le contraire, toi tu écris des livres et moi je les traduis. *On sera invincibles !* – Il lui versa une coupe. Lui en revanche se servit un autre whisky. – Oui, on devrait vraiment le faire…

– Quoi ?

– Nous marier, non ? – Il fut contraint de répéter. Il eut le vague sentiment que la fille ne répondait pas précisément à ses avances. Elle n'était pas la classique cagole italienne et il aurait peut-être dû employer une stratégie plus soft. – J'ai une idée. Et si on s'enfuyait ? J'ai ma Vespa là-dehors. Tu imagines comme ce serait bien, ici tout le monde qui s'ennuie à mourir, à parler de littérature, et nous en train de nous balader dans Rome et de nous amuser comme des petits fous. Qu'est-ce que tu en dis ?

Il la regarda avec les yeux d'un enfant qui demande à sa maman une part de gâteau.

– Mais tu es toujours comme ça ? Alice se passa une main dans les cheveux et entrouvrit ses lèvres sur des dents très blanches.

Fabrizio ronronna. – Comme ça comment ?

– Ben, comme ça... – Elle resta un instant en silence, cherchant le mot, puis elle soupira : – Idiot !

Idiot ? Pourquoi idiot ? – C'est la part enfantine du génie, déclara-t-il.

– Non, on ne peut pas s'en aller. Tu ne te souviens pas ? Il y a le dîner. Et Sawhney...

– Le dîner, je l'avais oublié. Exact, mentit-il. Il avait exagéré en lui demandant de fuir avec lui et maintenant il essayait d'endiguer son refus.

Elle l'attrapa par le poignet. – Viens avec moi.

Quand il passa devant le buffet, Ciba prit au vol une bouteille de whisky.

Où l'emmenait-elle ?

Puis il vit la porte du jardin.

11.

Il était évident que Satan avait utilisé Gerry Scotti pour communiquer avec lui. Comment était-il possible que, parmi toutes les infinies questions qui existent dans l'univers, les auteurs de l'émission aient choisi justement celle sur Abaddon ? C'était un signe. De quoi, Saverio n'en avait pas la moindre idée. Mais il ne faisait aucun doute que c'était un signe du Mal.

Le type de Sabaudia s'était planté. Il avait répondu qu'Abaddon était un pasteur anglican du

XVIIIe siècle et il s'en était retourné chez lui payer son emprunt.

C'est bien fait pour toi. Ça t'apprendra à ne pas savoir qui est Abaddon le destructeur.

Saverio prit dans un tiroir une boîte d'Alka-Seltzer, mit le comprimé effervescent dans un verre d'eau et repensa à la journée écoulée. Les douze dernières heures avaient quelque chose de prodigieux. Tout avait commencé par sa décision soudaine de faire le grand saut avec les Enragés. Puis le refus à Kurtz Minetti. Et maintenant, LA question. Il devait chercher d'autres signes de la présence du Malin dans sa vie.

Quel jour était-ce ? Le 28 avril. À quoi correspondait le 28 avril dans le calendrier satanique ?

Il alla chercher la sacoche de son ordinateur portable au salon. La ligne ethnique Zanzibar équipait la pièce. Des meubles équarris dans un bois noir et huileux marqueté de losanges en peau de zèbre. Ils dégageaient une curieuse odeur épicée qui, à la longue, donnait mal au crâne. L'écran plasma Pioneer était installé sous une énorme mosaïque que Serena avait composée avec des coquilles de moules, de palourdes et des pierres colorées ramassées au mont Argentario. C'était censé représenter une sirène assise sur un rocher qui jouait sur ses longs cheveux comme sur les cordes d'une harpe.

Saverio se connecta à Internet et chercha sur Google : calendrier sataniste. Il découvrit que le 28 avril ne correspondait à rien. Mais le 30 avril, c'était la nuit de Walpurgis. Date du grand rassemblement des sorcières au sommet du mont Brocken.

Il se leva, perplexe. À la façon dont les choses s'étaient passées, il était sûr pourtant que le 28 avril était un jour satanique.

Même si, en réalité, le 28 n'est pas très loin du 30, la nuit de Walpurgis.

Il s'approcha du carton près de la porte d'entrée. Il coupa le ruban adhésif et l'ouvrit. Puis, comme un ancien paladin, il s'agenouilla devant le trésor, plongea les mains parmi les billes de polystyrène et sortit Durandal. Il la souleva en la tenant des deux mains. La lame en acier trempé, la garde en fer forgé et la poignée recouverte de cuir. Il avait longtemps été indécis, hésitant entre l'épée et un katana japonais, mais il avait bien fait de choisir une arme qui appartenait à notre tradition culturelle. Elle était belle à couper le souffle.

Il sortit sur le balcon, la plaça devant le disque de la lune et, comme Roland à Roncevaux, se mit à la faire tournoyer. Il aurait volontiers défié Kurtz Minetti en duel. Dans son siège de Pavie.

Moi avec Durandal et lui avec une hache à double tranchant.

Il imagina qu'il esquivait une attaque, se retournait et, d'un coup de fendant précis, décapitait le grand prêtre. Puis il aurait dit : « Venez à moi ! Vous serez des Enragés. » Et tous les Fils de l'Apocalypse se seraient inclinés devant lui. Ça oui, ça aurait eu de la gueule. Sauf que Kurtz Minetti, bien qu'il soit haut comme trois bites à genoux, était un disciple de Sante Lucci, un maître shaolin de Trieste.

Saverio, par une pirouette, détruisit le séchoir à linge. L'idée que ce bijou allait finir au-dessus de la cheminée de son beau-père à Roccaraso le rendait malade.

Le téléphone retentit. La sonnerie se tut. Serena avait répondu. Peu après, il l'entendit hurler : – Saverio, c'est pour toi. Ton cousin. Dis-lui que la prochaine fois qu'il appelle à cette heure, je lui fais avaler son dentier.

Le leader des Enragés d'Abaddon rentra dans le séjour et remit l'épée dans le carton, prit le téléphone sans fil et répondit, expéditif : – Antonio ? Qu'est-ce qu'il y a ?

– Salut, cousin. Comment tu vas ?

– Pas trop mal. Il est arrivé quelque chose ?

– Non, rien. Ou plutôt si. J'ai besoin de ton aide.

Manquait plus que ça. Il ne venait donc à l'idée de personne que Saverio Moneta avait lui aussi quelques affaires à régler ? – Non, écoute... Je suis super débordé... Je suis désolé.

– Attends. Toi, t'auras rien à faire. Je sais bien que t'es occupé. Mais je t'ai vu traîner quelquefois avec des jeunes...

Il m'a vu avec les Enragés. Faut faire plus attention.

– Je suis dans la merde. Quatre Polacks m'ont planté au dernier moment. Je cherche des remplaçants. Ils auront à porter des caisses de vin, à disposer les tables dans le jardin, à débarrasser. Des trucs de ce genre. Des hommes de peine, mais sérieux. Même sans grande expérience, il suffit qu'ils aient envie de bosser et qu'ils filent droit.

Antonio Zauli était le chef de rang de *Food for Fun*, un traiteur de la capitale qui, grâce à la supervision de Zóltan Patrovič, l'imprévisible chef bulgare du très célèbre restaurant *Les Régions*, était devenu le numéro un à Rome dans l'organisation de banquets et buffets.

Saverio n'écoutait pas. *Et si je décapitais le père Tonino d'un coup de Durandal ? En plus, il est parkinsonien, je lui rends service. Demain, après le pédiatre, j'emmène l'épée chez le rémouleur… non, en faisant ça je copie un peu Kurtz Minetti.*

– Saverio, t'es là ?

– Oui… Excuse-moi… Non, c'est pas possible, lança-t-il.

– C'est pas possible, mon cul. Tu m'as même pas écouté. T'as pas compris. Je suis désespéré, moi. Je joue ma peau sur cette fête. Ça fait six mois que j'y bosse, Save'. – Il baissa la voix. – Jure-moi que tu le dis à personne.

– Quoi ?

– Jure d'abord.

Saverio regarda en l'air et s'aperçut combien le lustre ethnique était moche. – Je te le jure.

Antonio, avec un ton de conspirateur, susurra : – Tout le monde va y venir, à c'te fête. Dis-moi un VIP. N'importe lequel. Allez. Le premier qui te passe par la tête.

Saverio réfléchit un instant. – Le pape.

– Ouais, c'est ça ! Un VIP, j't'ai dit. Des chanteurs, des acteurs, des footballeurs…

Saverio soupira. – Mais j'en sais rien, moi ! Qu'est-ce que tu me veux ? Qui je pourrais te dire ? Paco Jiménez de la Frontera ?

– L'avant-centre de la Roma. Bingo !

Voilà, s'il y avait au monde un mot que Saverio Moneta détestait, c'était bien « bingo ». Lui, comme tous les satanistes sérieux, il détestait la culture de masse, le slang, Halloween et l'américanisation de la langue. Si ça n'avait tenu qu'à lui, tout le monde aurait été obligé de parler encore en latin.

– Dis-m'en un autre !

Saverio n'y tint plus. – J'en sais rien ! Et j'en ai strictement rien à faire ! J'ai tellement d'autres choses à penser, moi.

Antonio prit un ton offensé. – Mais qu'est-ce que tu as ? Tu sais que t'es bizarre ? Moi je vous offre, à tes potes et à toi, l'occasion de prendre du blé, de participer à la fête la plus fermée de ces dernières années, d'approcher les personnages les plus célèbres et toi tu m'envoies chier ?

Saverio avait envie de déchirer la carotide de son cousin et de se baigner dans son sang, mais il s'assit sur le divan et essaya de le calmer. – Non, Anto', excuse-moi, vraiment, ce n'est pas après toi que j'en ai. Je suis crevé, c'est tout. Tu sais, les jumeaux, mon beau-père, c'est une période plutôt difficile…

– Ouais, je te comprends. Mais, si tu penses à quelqu'un, fais-moi signe. Pour demain matin, je dois dégoter quatre mecs. Penses-y, allez. Dis-leur que ça paye très bien, et que pendant la fête, il y aura même un concert de Larita et un feu d'artifice.

Le leader des Enragés d'Abaddon dressa ses antennes. – Qu'est-ce que tu as dit ? Larita ? Larita la chanteuse ? Celle qui a fait *Live in Saint Peter* et *Unplugged in Lourdes* ? Celle de la chanson *King Karol* ?

Elsa Martelli, Larita à la scène, avait été pendant quelques années la chanteuse des Lord of Flies, un groupe death metal de Chieti Scalo. Leurs chansons étaient des hymnes au Malin et étaient très appréciées de la communauté sataniste italienne. Puis, soudain, Larita avait quitté le groupe et s'était convertie à la religion chrétienne, en se faisant baptiser par le pape, et avait entrepris une carrière solo comme chanteuse pop. Ses disques étaient un mélange cucul la praline de new age, d'amours adolescentes et de bons sentiments, et c'est pourquoi ils obtenaient un énorme succès dans le monde entier. Mais elle était détestée par tous les satanistes.

– Oui. Je crois bien que oui. Larita… celle qui chante *L'Amour tout autour.* Antonio n'était pas un expert en musique pop.

Saverio s'aperçut que l'air sentait bon, une odeur de terre et de gazon fraîchement tondu. La lune avait disparu et tout était sombre. Les fenêtres vibraient et le ficus s'agitait, secoué par une rafale de vent inopinée. Il commença à pleuvoir. De grosses gouttes lourdes mouchetèrent le dallage de la terrasse, un éclair, comme une lézarde, déchira les ténèbres et, un instant, le ciel fut ramené au jour avec une explosion qui fit trembler la terre, hurler les antivols et aboyer les chiens.

Saverio Moneta, assis sur le canapé, vit une armée de gros nuages noirs tortueux fondre sur Oriolo Romano. L'un d'eux, plus grand que les autres, juste en face de lui, se replia et s'allongea sur un côté, se transformant en une espèce de visage. Des yeux noirs et une bouche grande ouverte. Aussitôt après, revinrent les ténèbres.

– Sainte Vierge du Carmel ! – s'exclama-t-il malgré lui. Il courut fermer la baie vitrée, la pluie inondait le parquet. – D'accord ! dit-il en haletant dans le combiné.

– D'accord quoi ?

– J'ai les trois gars. – Puis il se frappa la poitrine de la main. – Et le quatrième, c'est moi.

12.

Fabrizio Ciba et Alice Tyler étaient assis sagement sur un banc en marbre devant la fontaine ovale. À droite, un bosquet de bambous éclairé par un spot halogène. À gauche, un massif d'hortensias. Entre eux deux, vingt centimètres. Il faisait froid et sombre. Les lumières de la ville dans leur dos se reflétaient sur la surface de l'eau et sur les jambes splendides d'Alice.

Fabrizio Ciba but une gorgée d'alcool à la bouteille et la passa à la jeune femme, qui se mit à siroter. Il devait agir vite. Dans ce froid de canard, ils risquaient la parésie. Que faire ? Lui sauter dessus tout de suite ? *Je ne sais pas… Tu sais comment elles sont, ces intellectuelles anglo-saxonnes.*

Le vainqueur du box-office, le troisième homme le plus sexy d'Italie selon l'hebdomadaire féminin *Yes* (derrière un pilote de moto et un acteur de sitcom à mèches platine) ne pouvait absolument pas admettre un refus. Cela l'aurait contraint, sans doute, à des années de psychanalyse.

Le silence commençait à devenir inquiétant. Il sortit tout de go : – Tu as traduit aussi Irvin Parker, non ? – Tandis qu'il prononçait ces mots, il se rendit compte que c'était la pire des choses à dire pour une approche rapide.

– Oui. Tous ses romans sauf le premier.

– Ah... Et tu l'as connu ?

– Qui ?

– Parker.

– Oui.

– Et comment il est ?

– Sympa.

– Vraiment ?

– Très.

Non ! Ça ne marchait pas. Et en plus, il la sentait distraite. Les vingt centimètres qui les séparaient semblaient être vingt mètres. Il valait mieux rentrer et laisser tomber. – Écoute, on va...

Alice le regarda. – Il faut que je te dise une chose. – Ses yeux brillaient. – Une chose un peu embarrassante... – Elle reprit son souffle comme si elle devait se libérer d'un secret. – Quand j'ai fini de lire *La Fosse aux lions,* j'ai été très émue... je me suis sentie mal, tu vois, ce soir-là je devais sortir mais je suis restée à la maison, j'étais trop ébranlée. Et le lendemain, je l'ai relu de nouveau et je l'ai trouvé encore plus beau. Je ne sais comment dire, ça a été une expérience unique... J'ai trouvé tant d'analogies avec ma vie.

Ciba était parcouru par des vagues de plaisir, des flots d'endorphine qui dévalaient de sa tête vers le bas, tourbillonnant dans ses veines comme le pétrole dans un oléoduc. Si ce n'est que cette fois, contrairement à ce qui s'était passé avec Sawhney, le plaisir fut canalisé dans son uretère, dans l'épididyme, dans ses artères fémorales et explosa à l'intérieur de son organe reproducteur, qui se remplit de sang, lui provoquant une féroce érection. Fabrizio l'attrapa par les poignets et lui glissa sa langue dans la bouche. Et elle, qui allait avouer qu'elle lui avait écrit une longue lettre, se retrouva avec cette langue entre les amygdales. Elle émit une série de voyelles – U e ou ! – qui signifiaient « Tu es fou ! ». Par instinct, elle essaya de se libérer de la gastroscopie, mais n'y arrivant pas, elle s'avoua vaincue et lui mit la main dans les cheveux et appuya plus fort ses lèvres sur sa bouche et commença à mouliner de sa petite langue charnue.

Fabrizio, la sentant acquise, lui enserra la taille de ses bras et appuya sa poitrine contre la sienne, sentant sa ferme consistance. Elle souleva une de ses merveilleuses jambes. Il l'attira sur son érection. Elle souleva alors son autre merveilleuse jambe. Et il lui mit une main entre les cuisses.

Federico Gianni, l'administrateur délégué de Martinelli, et son fidèle acolyte Achille Pennacchini étaient appuyés à la balustrade de la grande terrasse qui dominait le jardin et Rome.

Gianni était un grand escogriffe toujours tiré à quatre épingles dans des costumes fluides griffés Caraceni. Jeune, il avait joué au basket jusqu'à arriver en série A2 mais à vingt-cinq ans, il avait tout plaqué pour prendre en main la gestion d'une usine de chaussures de sport. Puis, par Dieu sait quels chemins et contacts, il était arrivé à l'édition, d'abord dans une petite maison milanaise, et, pour finir, il avait débarqué chez Martinelli. La littérature, il n'y comprenait strictement rien. Il traitait les livres comme une paire de tennis et il était fier de sa façon de penser.

Tout le contraire de Pennacchini, que Gianni avait sorti de l'université d'Urbino, où il enseignait la littérature comparée, pour le mettre à la direction de la maison d'édition. C'était un universitaire, un homme de lettres et tout en lui le montrait : les lunettes rondes en écaille devant des yeux bleus esquintés par la lecture, le veston à carreaux chiffonné, la chemise en coton épais à col boutonné, les cravates en laine et les pantalons à rayures en coton. Il parlait peu. Toujours à voix basse. Et il tergiversait. On n'arrivait jamais à savoir ce qu'il pensait vraiment.

– Voilà une bonne chose de faite. – Gianni s'étira. – J'ai l'impression que ça s'est bien passé

– Très bien, fit en écho Pennacchini.

Rome ressemblait à une énorme couverture sale incrustée de lumières.

– Elle est grande, cette ville, observa Gianni face à ce spectacle.

– Très grande. Elle va des Castelli jusqu'à Fiumicino. Elle est vraiment immense.

– À ton avis, elle fait combien de diamètre ?

– Euh, j'en sais rien... Au moins quatre-vingts kilomètres..., lança Pennacchini.

Gianni jeta un coup d'œil à sa montre. – Dans combien de temps on va au restaurant ?

– Une vingtaine de minutes au maximum.

– Le buffet était dégueulasse. J'ai mangé deux tramezzini au saumon tout secs. J'ai faim. – Il fit une pause. – Et en plus, j'ai envie de pisser.

Pennacchini, à la dernière affirmation de son chef, hocha la tête d'avant en arrière comme un pigeon.

– Moi, si j'osais, je ferais ça dans le jardin. En plein air. Y a rien de mieux que de pisser devant un tel spectacle. Regarde là-bas au fond, on dirait qu'il y a un orage. – Gianni se pencha par-dessus la terrasse et regarda dans la végétation sombre. – Tu surveilles que personne ne me voie ? Ou plutôt, si quelqu'un vient par ici, arrête-le.

– Et qu'est-ce que je lui dis ? murmura le directeur, embarrassé.

– À qui ?

– À celui qui pourrait venir par ici.

Gianni réfléchit deux secondes. – Eh ben, j'en sais rien… Discute avec lui, bloque-le.

L'administrateur délégué descendit les marches qui menaient au jardin en baissant la fermeture Éclair de son pantalon. Pennacchini se posta, comme un garde suisse, en haut des escaliers.

13.

Larita.

C'était elle, l'élue. Ils allaient sacrifier la chanteuse de Chieti Scalo au Seigneur du Mal. Pendant la fête, Mantos la décapiterait avec Durandal.

– C'est autre chose qu'une bonne sœur… Je vais te faire voir, moi, Kurtz, ricana Saverio en se mettant à sautiller dans le salon.

Que se passerait-il au niveau planétaire quand on apprendrait que la chanteuse qui avait vendu dix millions de CD entre l'Europe et l'Amérique latine et qui avait chanté pour le pape à Noël avait été décapitée par les Enragés d'Abaddon ? La nouvelle serait à la une des journaux du monde entier. Au niveau de John Lennon et de Janis Joplin…

Saverio eut un doute. Janis Joplin, elle avait été assassinée ou pas ?

On n'en a rien à fiche ! Ce dont il ne se fichait pas, en ce moment, c'était qu'avec un coup pareil, on se souviendrait de lui pour toujours. On lui consacrerait des sites Internet, des forums et des blogs. Son visage serait imprimé sur les T-shirts de milliers de gamins. Et des groupes de satanistes, pendant des générations et des générations, s'inspireraient de la figure de Mantos et seraient fascinés par sa personnalité charismatique et psychotique, à l'égal de Charles Manson.

Saverio attrapa l'iPod de Serena sur le buffet à côté de la porte d'entrée de la maison. Il était certain que sa femme avait quelque chose de la chanteuse dans son mp3. Et en effet, il y avait quelque chose. Il appuya sur *play*. L'artiste se mit à chanter, de sa voix mélodieuse et riche en octaves, l'histoire d'amour de deux adolescents.

À gerber !

Cette saleté avait réuni les choses qu'il haïssait le plus sur terre : l'amour et les mômes.

Du meuble à liqueurs, il sortit une bouteille de Jägermeister et se mit à la biberonner.

C'était très amer.

14.

Le banc en marbre était inconfortable. Fabrizio et Alice Tyler étaient emmêlés l'un à l'autre tandis que des rafales de mistral commençaient à agiter le bosquet de bambous. L'écrivain avait une main appuyée sur le muret en béton et l'autre sur un sein de la traductrice. La traductrice, quant à elle, avait une main encastrée dans son dos et l'autre glissée dans le pantalon de l'écrivain. La ceinture, tel un lacet hémostatique, bloquait l'afflux du sang, et donc, la seule chose qu'elle pouvait faire de ses doigts engourdis était de lui serrer la queue. Fabrizio haletait à son oreille, essayant de libérer son nichon du carcan du soutien-gorge mais, n'y arrivant pas, il décida qu'il allait explorer ses parties intimes.

Ils ne se rendirent pas compte que l'administrateur délégué, à une dizaine de mètres, était en train de pisser, jusqu'à ce qu'ils l'entendent soupirer. – Aaaah !! J'en avais vraiment besoin. Ça soulage !

Ils s'immobilisèrent comme des soles et s'ils avaient pu, à l'instar de la *Solea solea*, ils auraient changé de couleur, se fondant dans le décor alentour. Fabrizio lui susurra à l'oreille. – Chut, y a quelqu'un… Tais-toi, s'il te plaît. Ne respire pas. – Ils se pétrifièrent, comme deux cadavres moulés de

Pompéi. Chacun, la main sur les parties génitales de l'autre.

Une seconde voix. Plus lointaine. – Il a été très bon ce soir, Ciba.

Mais combien sont-ils ?

La voix la plus proche répondit : – Ouais, ça, je dois dire que, pour ce genre de choses, Ciba, c'est le meilleur !

– C'est Gianni ! L'administrateur délégué ! expliqua-t-il à Alice, en un souffle de voix.

– Mon Dieu, mon Dieu, mon Dieu, invoqua-t-elle. Et s'ils nous voient ?

– Chut. Ne parle pas. – Fabrizio leva la tête. La silhouette de Gianni se dressait derrière le massif d'hortensias. Ciba se rebaissa. – Il est en train de pisser. Il ne peut pas nous voir. Il va s'en aller.

Mais l'administrateur délégué, qui souffrait de la prostate, resta là à secouer son appendice en attendant des décharges successives.

– Pas mal, l'histoire du feu ! Une connerie, mais efficace, rien à dire. Faut qu'on l'invite plus souvent à faire ces trucs-là, il est magnétique.

Fabrizio sourit, satisfait, et regarda Alice qui souffla, amusée. Que pouvait-il désirer de plus ? Il flirtait avec une sorte de mannequin métisse et intellectuelle et, en même temps, il recevait les louanges extrêmes du roi de sa maison d'édition.

Il effleura son clitoris. Elle frissonna et haleta à son oreille. – Doucement… doucemeeeennnnt… Sinon, je vais me mettre à huurleeeer…

Sa queue s'était transformée en un petit bloc de ciment armé.

– Mais pour parler de choses sérieuses... Il en est où, Ciba, de son nouveau roman ?

–Je n'arrive pas à savoir... Le peu que j'en ai lu... Pennacchini resta coi. Il lui arrivait souvent de se bloquer, comme si on le débranchait.

– Quoi, Pennacchini ? Qu'est-ce que tu as lu ?

–Je trouve ça, euh, très flou, voilà... Davantage... comment dire... des tentatives maladroites qu'une véritable narration...

Fabrizio, qui s'affairait à dégrafer sa ceinture, se figea.

–J'ai compris, c'est une daube. Comme son dernier, là... *Le Songe de Nestor.* J'en suis pas satisfait du tout... Et en plus il marche plutôt mal. De la part d'un type qui a vendu un million et demi d'exemplaires, je m'attendais franchement à plus. Avec toute cette pub qu'on lui a achetée. T'as vu les chiffres semestriels ? S'il y avait pas *La Fosse aux lions*...

Alice, d'une main experte, libéra enfin son érection et commença à le branler.

– ... Faut qu'on discute du contrat pour le prochain livre. Son agent a perdu la tête. Elle a demandé un chiffre astronomique. Avant de signer, on doit bien réfléchir. On ne peut pas être pris à la gorge par un type qui, au fond, ne vend pas plus qu'Adele Raffo, qui prend exactement la moitié que ce qu'il palpe.

Ciba crut s'évanouir. Ce fils de pute était en train de le comparer à une nonne obèse qui écrivait des recettes de cuisine ! Et c'était quoi, cette histoire de rediscuter le contrat ? En plus, c'était un grand faux jeton. Il lui avait dit que *Le Songe de Nestor* était un livre nécessaire, le roman de sa maturité.

Alice, pendant ce temps, tout absorbée, n'écoutait pas, continuait à le branler avec un mouvement précis du poignet, dans le sens contraire des aiguilles d'une montre, mais, à sa grande surprise, l'opération ne produisait pas l'effet escompté, au contraire. Il était littéralement en train de flétrir sous ses doigts. Elle le regarda, embarrassée. L'écrivain était atterré. – Qu'est-ce qui se passe ? Il arrive par ici ?

– S'il te plaît… Une seconde. Tais-toi un instant.

Alice discerna une fausse note dans la voix de Fabrizio, elle lâcha l'appendice flasque et se mit à écouter.

– … De toute façon, il va pas nous quitter ! Où il irait ? Y a pas un éditeur disposé à lui offrir autant que ce qu'on lui donne. Même pas la moitié. Non mais, pour qui il se prend ? Grisham ? En plus, j'ai appris que son émission n'a pas encore été confirmée pour l'an prochain. S'ils la sucrent, Ciba coule à pic. Faut lui rabattre son caquet. Mieux, la semaine prochaine, Achille, je veux organiser une réunion avec Modica et Malagò, comme ça on verra quoi faire… Tu veux que je te dise ? Il écrira jamais un autre livre, ce type-là. Il est asséché. – Un instant de silence. – Aaah ! J'ai terminé. Je me retenais depuis l'avion. Puis, des bruits de pas sur le gravier.

Ciba resta suspendu en l'air, incapable de réagir, puis il retomba par terre, dans la boue de la planète terre, ou mieux, sur la femme dans le vagin de laquelle il avait toujours son médium enfoncé. Une femme, d'ailleurs, qu'il connaissait à peine. Et qui travaillait dans le même domaine que lui. Une étrangère. Une espionne potentielle.

Il se releva, le visage congestionné et des yeux de psychopathe.

Elle couvrit son sein de son chemisier et fit une grimace indéfinissable.

De la compassion ! Elle éprouve de la compassion pour moi ! comprit Fabrizio. Il retira son doigt et l'essuya sur sa veste. Que diable faisait-il ? Il était devenu fou ? Il s'était jeté comme un adolescent en rut sur une inconnue tandis que sa maison d'édition complotait contre lui.

Je dois répondre à cet affront.

Il n'y avait qu'une seule personne qui pouvait l'aider. Son agent. Margherita Levin Gritti.

– Excuse-moi, mais je dois y aller ! fit-il distraitement en glissant son mollusque dans son pantalon et en s'éloignant à toute vitesse.

Elle resta là, sans savoir que penser, puis elle reboutonna son chemisier.

15.

Le leader des Enragés d'Abaddon avait enfin trouvé l'idée. Il devait rejoindre illico ses adeptes et les mettre au courant de la situation. Peu importait qu'il soit plus de dix heures du soir. De toute façon, ils étaient chez Silvietta pour regarder un film.

Toutes lumières éteintes, il alla dans le placard à balai. Bien cachés derrière les barils de lessive et les boîtes à chaussures, tassés dans un sac du supermarché GS, il y avait les uniformes des Enragés. C'était lui qui les avait dessinés et fait réaliser par un couturier chinois de Capranica. C'étaient de simples tuniques en coton noir (à l'inverse des tenues criardes des Fils de l'Apocalypse, or et violet) avec une capuche en pointe. Comme chaussures, après plusieurs hésitations, il avait choisi des espadrilles noires.

Saverio revint dans le salon et, en essayant de ne pas faire de bruit, il prit Durandal dans le carton, les clés sur le buffet. Il attrapa son parapluie et la bouteille de Jägermeister et il était sur le point d'abaisser la poignée de la porte de la maison quand le lustre s'éclaira, inondant de lumière la ligne Zanzibar.

Serena, en nuisette, était à la porte du séjour. – Où tu vas ?

Saverio fit le gros dos, baissa la tête et tenta de cacher l'épée derrière son dos sans y parvenir. – Je sors un moment…

– Où ?

– Je vais au magasin pour voir un truc…

Serena était perplexe. – Avec l'épée ?

– Oui… – Il devait immédiatement inventer une connerie. – Tu vois… Y a un meuble… Y a un meuble de salon qui pourrait la contenir parfaitement et je voulais vérifier si elle y entrait. J'y vais et je reviens. J'en ai pour une minute. Va dormir.

– Et dans ce sac plastique, qu'est-ce qu'il y a ?

Saverio regarda autour de lui. – Quel sac ?

– Celui que tu as à la main.

– Ah… Celui-là ? – Saverio haussa les épaules. – Non, c'est rien… C'est des vêtements que je dois rendre à Edoardo. Pour un bal masqué.

– Mais tu as quel âge, Saverio ?

– C'est quoi, cette question ?

– J'en ai marre de toi. Profondément marre.

Quand Serena disait qu'elle en avait marre, profondément marre, sur ce ton épuisé, Saverio savait qu'une dispute allait éclater dans les minutes qui suivaient. Et se disputer avec Serena, ce n'était jamais une bonne chose. Elle était capable de vous anéantir, de se transformer en quelque chose de si terrible que c'en était indescriptible. La meilleure stratégie était de la fermer et de supporter. S'il se mettait à hurler, les jumeaux se réveilleraient et commenceraient à pleurnicher, et alors, il lui faudrait rester à la maison.

Laisse-la parler. Hautain.

– Et y a pas que moi qui en ai marre de toi. Tu sais ce qu'il dit, papa ? Il dit que de tous les rayons du magasin, le tien est le seul qui soit déficitaire.

Saverio, en dépit de ce qu'il venait de se promettre, n'y résista pas. – Évidemment ! Les meubles tyroliens, tout le monde trouve que c'est à chier. Personne en veut ! C'est pour ça que ton père m'a confié le rayon. Tu le sais très bien. Comme ça, il peut me…

Serena l'interrompit, étrangement sans hausser le ton. Elle semblait si découragée qu'elle n'avait même plus la force de hurler. – Ah, les meubles tyroliens sont à chier !? Il ne t'a pas échappé que mon père a vendu pendant plus de vingt ans seulement et exclusivement des meubles tyroliens ? Tu oublies que c'est lui qui le premier les a introduits au Latium. Tu sais combien l'ont copié, après ? Le rustique et tout le reste, c'est arrivé grâce à ces meubles que tu trouves tellement à chier. – Elle croisa les bras. – Tu respectes rien… T'as pas de respect pour mon père, et même pas pour moi. Moi, j'en ai vraiment assez de te couvrir, d'entendre tous les jours mon père insulter mon mari. Ça me mortifie. – Elle secoua la tête, amère. – Attends… Attends… Comment il t'appelé l'autre jour ? Ah oui, voilà… Un cloporte sans couilles. Tu le sais où il t'aurait envoyé à cette heure, si je n'avais pas été là, moi ?

Saverio serra la poignée de Durandal comme s'il voulait la briser. Il aurait pu le tuer, ce vieux salopard. Ça serait si facile. Un coup sec d'épée entre la troisième et la quatrième cervicale.

– Comment lui donner tort ? – Serena le montra de la main. – Regarde-toi, tu sors en cachette la nuit avec des habits de carnaval, une épée, et tu t'en vas jouer chez tes petits copains… Mais tu n'as plus treize ans. Et moi, je ne suis pas ta mère.

Saverio, tête basse, planta la pointe de Durandal dans le parquet.

– Ça ne peut plus continuer comme ça. J'ai perdu tout respect pour toi. Moi j'ai besoin d'un homme. Tu t'es jamais demandé pourquoi je ne veux pas faire l'amour avec toi ? – Elle pivota et retourna dans la chambre. Il l'entendit dire : – Sors. Vas-y, cours. Tu voudrais quand même pas faire attendre des petits camarades ? Et descends la poubelle.

Saverio resta pendant une minute environ immobile sur le pas de la porte. Dehors, l'orage ne semblait pas vouloir se calmer. S'il sortait maintenant, sa vie deviendrait un enfer pendant une semaine. Il remit Durandal dans le carton et le sac avec les tuniques dans le placard. Il se mit à biberonner la bouteille d'Amaro. Mieux valait dormir sur le canapé. Le lendemain matin, Serena serait plus calme et ils pourraient faire la paix, ou quelque chose comme ça.

Il devait lui prouver qu'il n'était pas un cloporte sans couilles. Et pour y parvenir, il n'y avait qu'un moyen : reconquérir le budget trimestriel et clouer le bec au vieux salopard. Il restait encore un mois avant la fin du trimestre et s'il se mettait à bosser dur, il pouvait y arriver. Il prit une autre gorgée d'alcool et, un peu stone, il alla à la salle de bains se laver les dents.

Comment lui était venue cette idée à la con de trucider Larita ? Pour le faire, il devait prendre un jour de congé et, avec le bilan dans le rouge, c'était vraiment pas le moment. Et puis, il fallait l'admettre, tout comme sa femme, les Enragés aussi ne croyaient plus en lui.

Il cracha le dentifrice dans le lavabo, s'essuya la bouche et se regarda dans la glace. Ses tempes étaient presque blanches et le voile de barbe sur le menton était gris.

Tu n'as plus treize ans. Et moi, je ne suis pas ta mère.

Serena avait raison. Mille fois raison. S'il ne lui prouvait pas qu'elle pouvait avoir confiance en lui, à la mort du vieux, elle ne lui confierait jamais la gestion du magasin de meubles.

Et j'ai deux enfants à élever. Ils ne doivent pas grandir en pensant qu'ils ont un incapable pour père.

Et c'était de sa faute, de sa seule faute, si tout le monde pensait ça.

Basta ! Il faut en finir avec cette histoire de secte satanique. Demain, je convoque les Enragés et je leur dis qu'on ne joue plus.

Il quitta sa chemise et son tricot de peau. Même les quelques poils qu'il avait sur la poitrine commençaient à grisonner. Il tourna le robinet de la douche, puis le referma. Il ouvrit grand la bouche dans un hurlement muet. Ses joues ruisselaient de larmes.

Pourquoi était-il tombé si bas ? Pour quelle raison absurde s'était-il volontairement enfermé dans une cage avec cette harpie et avait-il jeté les clés de son existence ? Jeune, il avait un tas de projets. Faire le tour de l'Europe en train. Aller en Transylvanie pour visiter le château du comte Vlad. Voir les dolmens et les sculptures de l'île de Pâques. Apprendre le latin et l'araméen. Il n'avait rien fait de tout cela. Il s'était marié trop tôt avec une femme qui adorait les clubs de vacances et les razzias dans les Usines Center.

Il revint au lavabo et se regarda de nouveau dans la glace, comme pour s'assurer qu'il était encore lui-même. Il attrapa la serviette de toilette et la plaça sur sa tête.

– Attends… Attends un instant, se dit-il.

Il ne devait pas oublier. Cette journée avait été spéciale et une dispute avec Serena ne suffirait pas à l'effacer. Il sentait par toutes les fibres de son corps que c'était le début d'une nouvelle existence, il suffisait d'avoir le courage de se rebeller. Et ce n'était pas à cause de Gerry Scotti, ni du gros nuage avec le visage de Satan qui lui était apparu comme un présage, ce n'était pas à cause de Kurtz qui l'avait appelé pour être son représentant. C'était à cause de ce non. Ç'avait été trop bien. Trop gratifiant. Il ne pouvait pas le gâcher ainsi. C'était la première fois qu'il avait dit NON. Un vrai NON.

Si tu abandonnes la secte, tu dois être conscient que ta vie désormais ne sera qu'une kyrielle de OUI. Tu dois être conscient que tu t'éteindras doucement, dans l'indifférence générale, comme un cierge sur une pierre tombale abandonnée. Si maintenant tu déposes Durandal et si tu vas dormir sur le canapé, il n'y aura plus de messes noires, d'orgies sataniques et de graffitis sur les viaducs. Il n'y aura plus de dîners avec tes adeptes. Jamais plus. Et tu ne les regretteras pas car tu seras trop déprimé pour pouvoir les regretter. C'est maintenant que tu dois décider. Décider si tu es l'esclave de ta femme ou si tu es Mantos, le grand maître des Enragés d'Abaddon. Décider qui tu es, putain.

Il ôta la serviette de sa tête, en une lampée il vida la bouteille de Jägermeister, attrapa son rasoir, le brancha et se rasa la boule à zéro.

16.

Asséché.

Fabrizio Ciba gravissait en Vespa la rue panoramique de Monte Mario. Accélérateur à fond, il se penchait à droite et à gauche comme Valentino Rossi. Il était hors de lui. Ces infâmes salauds de chez Martinelli avaient dit qu'il était asséché, et ils s'apprêtaient à lui faire un enfant dans le dos. À lui qui les avait tirés de la faillite, qui avait vendu plus que tous les autres écrivains italiens réunis, qui avait été traduit en vingt-neuf langues parmi lesquelles le swahili et le ladin.

– En plus, vous palpez vingt pour cent sur les droits étrangers, hurla-t-il en doublant, en déhanché, une Ford Ka.

S'ils pensaient pouvoir le traiter comme une nonne boulimique, ils se foutaient le doigt dans l'œil jusqu'au coude.

– Qu'est-ce que vous croyez ? Tout le monde me veut. Et vous verrez à la sortie de mon nouveau roman, salopards que vous êtes.

Il commença à zigzaguer dans la circulation du viale delle Milizie. Puis il s'élança dans le couloir du tram. Il s'arrêta au feu rouge en faisant crisser ses pneus.

Il devait se barrer chez un autre éditeur. Et puis ficher le camp de ce foutu pays. *L'Italie ne me mérite pas.* Il pouvait vivre à Édimbourg, parmi les grands écrivains écossais. Il n'écrivait pas en anglais, mais cela n'avait aucune importance. Il trouverait toujours quelqu'un pour le traduire.

Alice…

Il fut traversé par la vision d'eux deux dans un cottage écossais. Elle toute nue qui traduisait et lui qui préparait un plat de *rigatoni* au poivre et au fromage. Il l'appellerait demain pour s'excuser.

Une goutte grosse comme un grain de café le frappa en plein front, suivie par une autre sur son épaule, une sur le genou, une…

– Nooooon !

L'averse éclata. Sur les trottoirs, les gens couraient s'abriter. Les parapluies s'ouvraient. Des bourrasques de vent secouaient les platanes le long de l'avenue.

Fabrizio décida de continuer quand même, l'appart de son agent n'était pas loin. Il prendrait une bonne douche chaude, et puis ils organiseraient la contre-offensive.

Il arriva sur les quais du Tibre. Des millions de voitures immobiles embouteillaient le passage souterrain. Toutes klaxonnaient. La pluie fouettait les tôles, l'asphalte et tout le reste. Les phares créaient une réverbération aveuglante.

Putain, mais qu'est-ce qui se passe ?

Vendredi soir + blaireaux en goguette + pluie = Centre-ville bloqué toute la nuit.

Fabrizio détestait le vendredi soir. Des hordes de barbares, déboulant du Prenestino, de Mentana, de Cinecittà, des Castelli, de la ceinture du périphérique, se déversaient dans le centre historique, le Trastevere et la Pyramide, en quête de pizzerias, pubs irlandais, restaurants mexicains et autres paninothèques. Tous bien déterminés à se divertir.

L'écrivain, en pestant, s'engouffra lui aussi sur le quai du Tibre. Il n'arrivait pas à avancer. La Vespa ne passait pas entre les voitures. Il se hissa sur le trottoir, mais là aussi la progression était difficile. Il y avait des automobiles garées de partout, abandonnées sans ordre les unes sur les autres, comme les miniatures d'un gamin trop gâté. Il arriva, trempé jusqu'au slip, à une espèce de goulot d'étranglement qui aboutissait dans un lac. Les voitures le traversaient en soulevant des vagues dignes d'un hors-bord. Il inspira profondément et s'élança. Il fit les vingt premiers mètres dans une explosion d'éclaboussures. Les roues disparurent dans un liquide sombre et glacé. Maintenant, il roulait plus mollement. Le niveau de l'eau dépassait le fond de la Vespa. Elle lui arrivait aux chevilles. Le moteur commença à crachouiller, à hoqueter. Comme une bête blessée, le scooter se traînait spasmodiquement, émettant un son désespéré. Fabrizio en selle implorait entre ses dents. – Allez, putain, allez, putain, allez putain de merde… Tu vas y arriver !

Mais la Vespa émit un râle et mourut à l'endroit le plus profond.

Fabrizio Ciba descendit en blasphémant la Vierge et tous les saints du Paradis. L'eau lui arrivait aux mollets. Ses pieds clapotaient dans ses vieilles Church's. Il bourra le scooter de coups de latte. Il ne pouvait croire que l'humanité, la mécanique et la nature, d'un commun accord, en l'espace de quarante minutes, se soient liguées contre lui.

Les voitures, où s'entassaient des monstres tatoués et la boule à zéro, le croisaient en le douchant. Ils le montraient du doigt, secouaient la tête, riaient et s'éloignaient.

Il se regarda. Sa veste s'était transformée en un horrible poncho dégoulinant. Son pantalon était boueux et trempé.

Tête basse, tremblant, il poussa la Vespa hors du lac. La pluie ruisselait sur son cou, coulait dans son dos et entre ses fesses. Il ne sentait plus ses pieds. Il abandonna le scooter et continua son chemin.

Heureusement, il n'était pas loin du domicile de son agent. Il resterait dormir chez elle. Il se ferait préparer une camomille au miel. Il prendrait deux aspirines et se ferait cajoler et rassurer. Il s'endormirait blotti contre ces seins chauds pendant qu'elle lui murmurerait avec douceur qu'elle allait botter le cul des connards de Martinelli.

Il se mit en route, soulagé, tandis que des rafales de vent le poussaient par-derrière. La silhouette lugubre du Castel Sant'Angelo était enveloppée d'eau. Il traversa le pont des anges. Le fleuve en crue vrombissait sous ses pieds en s'engouffrant entre les piles du pont.

Sur la rive opposée, le quai était un serpent de tôle qui klaxonnait, immobile et bouillonnant de rage. Les bouches d'égout vomissaient des torrents gris qui dévalaient impétueusement le long des trottoirs. Toutes les rues, ruelles, brèches qui menaient au centre historique étaient contrôlées par des groupes d'agents en ciré jaune, armés d'une palette de signalisation qui tentaient d'endiguer le flot de véhicules. On aurait dit l'exode d'une ville sous la menace des bombes.

Fabrizio se fraya un chemin entre les voitures et emprunta la première ruelle qui se présenta à lui. Il déboucha sur une placette où deux types se battaient pour une place de parking. Les fiancées, toutes les deux blondes, toutes les deux habillées comme des mannequins Versace, s'égosillaient par la portière.

– Enrico ! Tu vois pas que c'est une tête de nœud ? Laisse tomber !

– Franco ! Il en vaut pas la peine, c'est un tas de merde.

Fabrizio passa à côté d'eux sans daigner leur accorder un regard. Il entra dans la via dei Coronari.

Un cauchemar.

Mais c'était fini, il était arrivé.

17.

– Alors, comme ça, tu ne veux pas faire l'amour avec moi ?

Serena ouvrit un œil. Pour réussir à s'endormir, elle s'était enfilé vingt-cinq gouttes de Lexotan. Elle leva à peine la tête et vit sur le seuil de la chambre la silhouette sombre de son mari.

– Qu'est-ce que tu veux ? – marmonna-t-elle en sentant le goût douçâtre des benzodiazépines sur sa langue engourdie. – Tu vois pas que je dors ? Tu veux qu'on s'engueule ?

– Tu as dit que tu ne veux pas faire l'amour avec moi.

– Arrête ! Fiche-moi la paix. Ça vaut mieux, le congédia-t-elle, en renfonçant sa tête dans l'oreiller. Malgré le sommeil, un coin de son cerveau remarqua que Saverio avait un ton différent, très déterminé. Et ça ne lui ressemblait pas d'affronter les choses aussi directement. *L'imbécile a dû se soûler.* Elle se mit à fouiller dans le tiroir du chevet, en quête de son masque pour dormir et de ses boules Quiès. Elle avait été à Rome toute la journée à la recherche d'un tour de potier, et elle était épuisée. Elle n'avait aucune envie de se mettre à se disputer.

– Redis-le. Redis-le, si t'as le courage, que tu veux pas faire l'amour avec moi.

– Je ne veux pas faire l'amour avec toi. T'es content maintenant ? Elle trouva le masque.

– Tu préfères te faire baiser par les gars du service expéditions, hein ?

Là, il exagérait. Il fallait le remettre à sa place. Elle se redressa et rugit : – Tu es devenu fou ou quoi ? Comment tu oses ? Je te... Mais elle n'arriva pas à continuer parce que, bien qu'elle ait la lumière du couloir dans les yeux, il lui semblait que Saverio était nu et... *Non, non, ça n'est pas possible... Il s'est rasé la boule à zéro*. Un frisson remonta le long de sa colonne vertébrale.

– Tu sais ce qu'ils me disent chaque fois que je vais à l'entrepôt ? Que tu pourrais être une star du porno. Et au fond, ils n'ont pas tous les torts, vu la manière dont tu t'attifes. Quelle pute tu fais ! Tu es tellement pute que tu dis que baiser, c'est vulgaire, mais tu te refais faire les nichons. Et il se mit à rire trivialement.

Serena était pétrifiée. Elle ne respirait plus, son cœur affolé cognait dans sa poitrine et son sang vrombissait dans ses artères. Il y avait quelque chose qui n'allait pas chez son mari. Et ce n'était pas parce qu'il était devenu subitement jaloux ou parce qu'il s'était rasé la tête. Bien sûr, c'étaient des symptômes inquiétants. Mais ce qui la terrorisait, c'était sa voix. Elle avait changé. On n'aurait pas dit la sienne. Elle était profonde et méchante. Et ce rire malfaisant, de psychopathe, de possédé du démon.

Serena Mastrodomenico avait toujours été consciente que, tôt ou tard, son mari péterait les plombs. C'était un frustré. Trop réprimé, trop complaisant, trop accommodant, trop gentil avec tout le monde. Elle, elle l'aimait bien comme ça. Il lui rappelait ces chevaux de trait qui tirent la charrette et prennent des coups toute leur vie et meurent, anéantis par l'épuisement. Mais elle savait que Saverio avait au fond de lui un enfer qui brûlait nuit et jour. Et elle, elle s'amusait à le titiller, pour voir jusqu'à quel point il résisterait, et s'il laisserait échapper un jour ou l'autre une bouffée de rage. En dix ans de mariage, ce n'était jamais arrivé.

C'est en train d'arriver maintenant, putain de merde. Elle se souvint de ce film. C'était l'histoire d'un employé modèle, avec une famille parfaite, qui, piégé dans un embouteillage, perdait les pédales et faisait un massacre avec un fusil à pompe. Son mari était pareil à ce type-là.

Saverio s'avança lentement vers le lit. – Tu ne me connais pas, Serena. Tu n'as même pas idée de quoi je suis capable. Tu crois tout savoir, mais tu ne sais rien.

Serena vit que son mari empoignait la grosse épée, elle poussa un hurlement étranglé et se colla au mur.

– Tais-toi ! Tais-toi ! Tu vas réveiller les gosses ! Aah… C'est vrai ! Parlons-en des gosses. Tu crois que je ne sais pas pourquoi tu as tant insisté pour les faire dans une éprouvette ? C'est pas à cause de l'âge. Tu croyais que je l'avais avalée, ta connerie de l'âge. Non ! C'est parce que je te dégoûte. – Saverio leva les bras et l'épée, se montrant nu. – Dis-moi, je te dégoûte à ce point ?

Serena Mastrodomenico n'était pas experte en syndromes psychotiques, bien qu'elle eût fréquenté deux ans l'université de psychologie. Mais la sagesse populaire affirmait que les fous, il fallait toujours leur donner raison. Et en ce moment, cela lui semblait être un comportement plus que jamais approprié.

– Non… Non… tu ne me dégoûtes pas, bredouilla-t-elle, stupéfaite d'avoir encore assez de souffle pour parler. Écoute-moi, Saverio. Pose cette épée. Je suis désolée pour ce que je t'ai dit. – Elle déglutit. – Tu le sais que je t'aime…

Il se mit à soubresauter, en proie au rire. – Non… S'il te plaît, celle-là, tu devais vraiment pas me la faire. Tu m'aimes ! Toi, tu m'aimes ? C'est la première fois que je t'entends dire que tu m'aimes depuis que je te connais. Même quand je t'ai donné ta bague de fiançailles, tu ne me l'as pas dit. Tu m'as demandé si on pouvait la changer. – Il tourna la tête vers la fenêtre, comme s'il y avait quelqu'un. – T'as compris ? T'as compris ce qu'il faut faire pour être aimé de sa propre femme ? Et ils disent que le mariage est une institution en crise.

Elle devait s'enfuir. La fenêtre qui donnait sur le balcon était fermée et les volets baissés. Et même si elle avait réussi à l'ouvrir, ils habitaient au troisième étage et dessous il y avait l'esplanade asphaltée du parking. Et si elle criait au secours, il la frapperait avec l'épée. La seule chose qui lui restait à faire était d'implorer sa pitié et d'en appeler au bon vieux Saverio, qui quelque part devait encore se cacher dans l'esprit malade de ce schizophrène.

Mais c'était là chose impensable. En quarante-trois ans, Serena Mastrodomenico n'avait demandé pitié à personne. Même pas aux ursulines qui lui frappaient le bout des doigts avec une règle en fer. Le caractère de Serena avait été forgé selon la rigide éthique luthérienne des Maîtres Charpentiers Tyroliens. Papa, qui avait passé les années de sa jeunesse comme apprenti dans une menuiserie de Brunico, lui avait dit que les bois les plus prisés se brisent mais ne plient pas.

(Et toi, mon trésor, tu es dure et précieuse comme de l'ébène. Et tu ne te laisseras jamais marcher sur les pieds par personne. Même pas par ton mari. Promets-le-moi.

Oui, papounet, je te le promets.)

Et donc, vous pensez si elle allait demander pitié à ce foutu raté de merde de parasite de psychopathe de Saverio Moneta, fils d'un modeste ouvrier de chez Osram et d'une ménagère ignorante. Elle, elle l'avait décrotté, elle l'avait fait entrer dans son lit, elle l'avait fait accepter par son saint homme de père, elle avait accueilli son sperme vérolé pour lui faire des enfants et maintenant il la menaçait avec une épée.

Serena attrapa le réveil sur la table de chevet et le lui lança à la tête en grinçant des dents : – Va te faire foutre ! Tue-moi ! Fais-le si t'as le courage. J'ai pas peur de toi, cloporte sans couilles ! Et, des deux mains, elle lui fit signe d'approcher.

18.

L'immeuble de Margherita Levin Gritti était ancien et cossu, avec un grand porche qui cachait une petite porte.

Fabrizio Ciba appuya sur un bouton de l'interphone doré. Un spot au-dessus de la caméra vidéo lui darda une lumière dans les yeux. Claquant des dents, il attendit une demi-minute puis sonna une deuxième fois. Il regarda sa montre. Minuit dix.

Du point de vue d'un calcul stochastique, se dit Fabrizio, il était hautement improbable qu'elle ne soit pas chez elle. Ce n'était pas possible d'enfiler l'une derrière l'autre un nombre aussi élevé de déveines. Ça serait comme lancer les dés et faire dix fois sept.

Il s'accrocha à la sonnette. – Réponds ! Réponds ! Réveille-toi !

Et, grâce à Dieu, une voix répondit : – C'est qui ? Fabrizio, c'est toi ?

– Oui, c'est moi. Ouvre, dit-il à l'œil de la caméra.

– Qu'est-ce que tu fabriques ici à cette heure ? La voix était étonnée.

– Laisse-moi monter. Je suis trempé.

La femme resta silencieuse, puis : – Je ne peux pas… Pas ce soir. Excuse-moi.

– Mais qu'est-ce que tu racontes ? Fabrizio n'en croyait pas ses oreilles.

– Je suis désolée…

– Écoute, il s'est passé un truc très grave. Martinelli veut me virer. Ouvre, lui ordonna-t-il. Je suis pas là pour baiser.

– … Moi je *suis en train* de baiser.

– Comment ça, t'es en train de baiser ? C'est pas possible !

– Et pourquoi ce ne serait pas possible ? Qu'est-ce que tu veux dire ? La voix de son agent s'altérait.

– Rien, rien. Bon, écoute, c'est pas grave, ouvre quand même. Je t'explique deux ou trois choses, je me sèche et j'appelle un taxi.

– Appelle-le de ton portable.

– Tu sais très bien que je n'ai pas de portable. Écoute, t'arrête une minute de baiser et tu reprends après. C'est pas la mer à boire, non ?

– Fabrizio, tu ne te rends pas compte de ce que tu dis.

Ciba sentit la rage envahir ses tripes. – C'est toi qui ne te rends pas compte ! Et regarde-moi, bordel ! – Il écarta les bras. – Je suis trempé comme une soupe ! Je risque la pneumonie. Je suis mal ! Ouvre cette foutue porte, nom de Dieu !

La voix de l'agent était ferme. – Appelle-moi demain matin.

– Donc, tu ne m'ouvres pas ?

– Non. Je te l'ai dit, je ne t'ouvre pas.

Fabrizio Ciba explosa. – Alors tu sais ce que je te dis, moi ? Va te faire foutre ! Va te faire foutre, toi et cette pauv' femme, je sais que c'est la poétesse, qu'est-ce que tu crois ? Comment elle s'appelle, bordel ? Bon, ça fait rien, allez vous faire foutre toutes les deux, sales grosses gouines de merde. T'es virée.

Il s'éloigna en flanquant des coups de latte dans les voitures garées.

19.

Quelle femme ! Quelle tigresse !

Saverio Moneta avait toujours su que sa femme avait des couilles, mais il n'aurait jamais pensé qu'elle en ait à ce point. Elle était prête à se battre, même au péril de sa vie. C'était exactement pour ça qu'il avait décidé de l'épouser. Son père, sa mère et toute la famille (y compris ceux de Benevento, qui ne l'avaient vue qu'une fois) l'avaient averti qu'elle n'était pas le genre de femme qu'il lui fallait. Elle était trop gâtée, elle le dominerait, le piétinerait, le réduirait au rang d'un domestique philippin. Mais lui, il n'avait écouté personne et il l'avait épousée.

Il tendit l'épée et la lui pointa sur la gorge. – Alors comme ça, tu n'as pas peur ?

– Non ! Tu me dégoûtes ! Serena lui cracha au visage.

Saverio s'essuya la joue en souriant. – Ah, je te dégoûte. Il glissa la pointe de Durandal dans la boutonnière de sa chemise de nuit et d'un coup de poignet, il fit sauter le premier bouton.

Serena était tout entière crispée, les griffes laquées de rouge prêtes à l'écorcher vif.

– Je vais te tuer, là, maintenant. Saverio fit sauter le deuxième bouton. Les seins, gros comme deux melons, avec leurs tétons sombres durcis par la peur, apparurent dans leur synthétique splendeur.

– Qu'est-ce que tu fais ? Dégueulasse ! Je ne te permets pas ! siffla Serena, les yeux réduits à deux fentes sombres.

Saverio lui mit la lame sous la gorge et la colla contre la tête de lit. – La ferme ! Tu dois la fermer ! Je ne veux pas t'entendre.

– Tu es un minable.

Il l'attrapa par les cheveux et lui appuya la tête contre l'oreiller. Il jeta l'épée et, de la main droite, il lui serra le cou comme on ferait à un serpent venimeux, puis il se jeta sur elle de tout son poids. – Et maintenant, tu fais quoi, hein, tu fais quoi ? Tu peux plus bouger. Tu peux pas hurler. T'as peur, hein ? Dis-le que t'as peur !

Serena ne lâchait rien. – Moi, je n'ai peur de personne.

Saverio s'aperçut qu'il avait une violente érection, et qu'il la désirait à en crever. – Je vais te faire voir… – Il lui arracha la culotte et la mordit sur une fesse. – Je vais te faire voir qui c'est qui commande ici.

Un hurlement étouffé sortit de l'oreiller. – Si tu essayes, je te jure sur nos enfants que je te tue.

– Tue-moi ! Tue-moi, vas-y. De toute façon, j'en ai rien à foutre de cette vie de merde. Il lui écarta les jambes et glissa une main entre ses cuisses. Il se fraya un chemin et la pénétra brutalement. Sa queue s'enfonça jusqu'à ses viscères brûlants.

Elle, comme une chatte devenue folle, libéra un de ses bras et, d'un coup de patte, lui lacéra la cage thoracique de quatre griffures sanguinolentes. – Tu es en train de me violer, gros porc. Je te hais… Tu ne peux pas savoir combien je te hais…

Saverio, exalté par la douleur, continuait à la pilonner désespérément. Il avait des vertiges tandis que son sang tourbillonnait dans ses tympans.

Serena avait réussi à relever sa tête de l'oreiller et maugréait. – Arrête ! Tu me fais gerber… Tu me fais… Elle ne put continuer car elle se mit à arquer les reins, s'offrant à lui davantage.

Saverio se rendit compte qu'il avait gagné. La pute était en train de jouir. C'était vraiment sa journée !

Mais maintenant, il y avait un problème. À ce rythme forcené, il n'allait pas durer longtemps. Il sentait l'orgasme qui traversait les tendons de ses jambes, mordait les muscles de ses cuisses et, insouciant de sa volonté, pointait tout droit vers le trou du cul et les couilles. Il pensa à Sting. À ce grand fils de pute de

Sting qui pouvait baiser jusqu'à quatre heures d'affilée sans décharger. Comment faisait-il ? Il se rappela que, dans une interview, l'artiste anglais avait expliqué qu'il avait appris la technique chez les moines tibétains... Un truc de ce genre. Quoi qu'il en soit, c'était une question de respiration.

Saverio, se tenant d'une main sur une omoplate de sa femme et de l'autre contre le mur, se mit à inspirer et à expirer à l'instar d'un gonfleur pour canots, essayant de ralentir un peu le rythme.

Serena, sous lui, se contorsionnait comme la queue coupée d'un lézard.

Il l'attrapa de nouveau par les cheveux puis lui serra un nichon. – Tu aimes ça. Dis-le !

– Non, non. J'aime pas ça. Ça me dégoûte. – Et pourtant, on n'aurait pas dit que ça la dégoûtait. – Salopard. Tu es un abominable salopard. Elle frappa le matelas et balança un coup dans le radio-réveil, qui se réveilla de sa torpeur et se mit à chanter « She's Always a Woman » de Billy Joel.

Autre signe sans équivoque que Satan était de son côté. Saverio disait à ses disciples qu'il aimait Sepultura et Metallica, mais, en secret, il adorait ce bon vieux Billy Joel. Personne n'écrivait des chansons aussi romantiques.

Il serra les dents et, avec une vigueur renouvelée, il recommença à la marteler. – Je vais te défoncer... Je jure que je vais te défoncer. Prends-toi ça aussi, sale pute. Et il lui enfila un doigt dans le cul.

Serena se raidit complètement, allongea bras et jambes et souleva la tête, le regarda avec une grimace de douleur, puis elle se rendit en soupirant dans un filet de voix : – Je viens… Je viens… Va te faire foutre. Va te faire foutre, maudit salaud.

Saverio se laissa enfin aller, relâcha les cuisses et jouit la bouche ouverte. Épuisé par la fatigue, en sueur, il s'affala sur le cou de Serena, plongea sa bouche dans ses cheveux et soupira : – Maintenant, dis-moi que tu m'aimes !

– Oui. Je t'aime. Mais laisse-moi dormir.

20.

Sur le corso Vittorio Emmanuele, Fabrizio Ciba avait renoncé à chercher un taxi. La longue avenue était embouteillée. Les basses des woofers faisaient pulser les automobiles arrêtées. Au coin d'une rue, il y avait un bar éclairé. Il se précipita à l'intérieur.

Une chaleur asphyxiante. Une puanteur de sueur à en avoir le tournis. Des gens partout qui jouaient des coudes en s'entassant dans l'espace exigu. Et ils dansaient. Sur le comptoir. Sur les tables. Un orchestre endiablé des Caraïbes jouait une salsa merdique à vous crever les tympans.

Un type se planta devant lui, court sur pattes, frange blonde et débardeur. Il portait autour de la taille une espèce de ceinturon de cow-boy avec des petits verres à la place des cartouches. En main, il serrait une bouteille. – Eh ben, t'es dans un de ces états, toi ! Fais-toi une belle tequila boom boom. Ça va te faire du bien.

Fabrizio la but cul sec. L'alcool réchauffa ses entrailles congelées. – Une autre.

Le type lui en reversa une.

Cette fois encore, il la but cul sec. – Aaah ! Ça va mieux. Remets-moi ça !

– T'es sûr ?

Fabrizio fit signe que oui. Il posa sur le comptoir un billet de cinquante euros détrempé. – Verse et fais pas chier.

Le serveur hocha la tête mais obéit.

Il avala d'un trait le verre avec une grimace de dégoût. Puis il regarda le garçon. – Écoute, je suis Fabrizio Ciba et j'ai un… – Il se figea. Dans les yeux du nain planait le vide intersidéral. Il n'avait pas la moindre idée de qui était Fabrizio Ciba. Il le regardait comme on regarde les clodos alcooliques. – Il y a un téléphone d'où je peux appeler ?

– Non. À Piazza Venezia, il devrait y avoir une cabine.

D'accord, se dit l'écrivain, il devait recourir à la méthode qu'il avait coutume d'employer avec les abrutis dans son genre. – Écoute, je te file encore cent euros et tu m'accompagnes via Mecenate. C'est pas loin, au-dessus du Colisée.

Le nain à frange haussa les épaules. – J'aimerais bien ! Mais faut que je bosse, là.

– Déconne pas ! Putain, je t'ai pas demandé la lune !

Le garçon lui servit un verre et le posa violemment sur le comptoir. – Tiens, çui-là, c'est ma tournée, et puis tu te casses. Sans histoires. OK ?

Fabrizio avala la tequila cul sec, et s'essuya la bouche sur sa manche. – Si t'es dans la merde, y a personne pour te donner un coup de main, hein ? – Il fit deux pas en arrière et écrabouilla les pieds de quelqu'un.

Une voix féminine se lamenta. – Aaïeee ! Cet idiot m'a bousillé le gros orteil !

Il essaya de voir son visage, mais il avait les lumières du comptoir en plein dans les yeux. Il leva une main pour lui demander pardon, mais une voix masculine lui aboya après : – Écoute... Tu deviens chiant là. Regarde ce que tu lui as fait !

– Oh tu parles, c'est pas grave ! Je comprends pas... C'est une moule... Les mollusques, ils devraient pas avoir un seuil de douleur plus élevé ? – Il ferma les yeux, s'aperçut que la musique avait cessé. – J'imagine qu'aucun de ces messieurs... – Il n'arriva pas à poursuivre. Il devait s'asseoir. Il rouvrit les yeux et le bar avec tous ces visages flous tourna autour de lui. – Qu'il est horrible, votre monde..., bredouilla-t-il et il essaya de s'agripper au petit nain, mais il s'effondra au sol entre les jambes des gens.

– Foutez-moi ça dehors ! Ça suffit maintenant ! Chaque fois, c'est la même histoire dans ce quartier.

– C'est bon... Il se releva, aidé par quelqu'un.

Et sans s'en rendre compte, il se retrouva à l'extérieur, sous le déluge. Le froid et la pluie lui donnèrent un coup de fouet et il se sentit un peu plus lucide. Il allait se taper ce kilomètre et demi à pied sous la flotte.

Il arriva à Piazza Venezia les yeux fermés, les jambes flageolantes. Il la traversa sans se soucier des voitures qui pilaient en le klaxonnant. La via dei Fori Imperiali s'ouvrit à lui. Elle semblait infinie. Au loin, comme un mirage, brillait le Colisée enveloppé d'eau. La pluie cinglait les pavés, qui brillaient sous les phares des voitures.

La seule chose que j'aie à faire, c'est de marcher tête baissée.

Mais faut que je gerbe d'abord.

Il ne cessait de penser à ce salaud de Gianni qui l'avait poignardé dans le dos, à cette salope d'agent qui ne l'avait pas fait monter, à ces enfoirés du bar.

Demain… je me cherche… un nouvel agent… et j'envoie un beau mail… à Martinelli.

Le Colisée se rapprochait. On aurait dit un énorme panettone illuminé.

Fabrizio était épuisé, mais il accéléra le pas en puisant dans ses dernières forces.

Je me barre de chez Martinelli.

Il sentit qu'il manquait d'air et que des serres glacées lui labouraient le cœur.

Oh ! mon Dieu…

Il leva les yeux au ciel, tendit une main comme pour se rattraper à quelque chose, trébucha, le trottoir se plia et vint à sa rencontre, le frappant sur une pommette.

Il se rendit compte qu'il était étendu à terre et qu'il perdait connaissance. L'élancement de douleur avait gagné son bras gauche. Il vomit une chose acide et alcoolisée qui se dilua dans une flaque d'eau.

Infarctus.

Sa tête s'était transformée en une boule enflammée. Dans ses oreilles vrombissait un réacteur. Le Colisée, la rue, les lumières, la pluie tourbillonnaient autour de lui, se fondant en des spirales lumineuses.

Il essaya de s'asseoir, mais ses jambes ne le soutinrent pas. Il retomba par terre. Alors, il se traîna à la force des bras vers la rue, tandis que les voitures passaient près de lui sans même ralentir. Il leva une main et murmura : – Au secours ! Au secours ! Je vous en supplie… Aidez-moi !

Fabrizio Ciba, l'écrivain du best-seller international *La Fosse aux lions*, le présentateur du programme culturel *Crime et Châtiment*, le troisième homme le plus sexy d'Italie selon l'hebdomadaire *Yes*, comprit que personne ne s'arrêterait et qu'il allait mourir dans son vomi face aux Forums Impériaux. Il vit la photo de son corps effondré par terre. Sur fond de ruines romaines.

Ça sera dans tous les journaux. Qu'est-ce qu'ils vont bien pouvoir écrire ? Comme Janis Joplin ?

Son bras retomba mollement à terre. Il resta ainsi en se demandant pourquoi, pourquoi c'était justement à lui que tout cela arrivait.

Je n'ai rien fait de mal.

Tout devenait flou. Il n'y avait plus que des petits points violets.

Il posa la tête à terre et ferma les yeux.

21.

Les époux Moneta étaient allongés sur le lit. Dehors, l'orage commençait à perdre de la force.

Saverio regarda sa femme. Elle dormait, tournée de l'autre côté, le masque sur les yeux.

À peine avaient-ils fini de faire l'amour, Serena lui avait dit qu'elle l'aimait. Il ne devait pas y croire. Serena était traîtresse comme un scorpion. Pour qu'elle le lui dise, il avait été obligé de la violer.

Mais à la fin, elle a joui.

Une faiblesse de Serena qui lui coûterait cher.

Demain, en y repensant, elle va devenir folle de rage. Elle sera plus égoïste, plus autoritaire et insensible que jamais. Elle pourrait même le raconter au vieux.

Malgré cela, il n'arrivait pas à la haïr. Il avait dû se retenir de lui dire : « Moi aussi. Tu ne peux pas savoir à quel point. Plus que tout au monde. »

Mais maintenant, à tête reposée, il se sentait différent. Ce non continuait à bourdonner dans sa tête. La phase du cloporte sans couilles était terminée. La métamorphose était achevée, et il ne lui restait plus qu'à prendre son envol et à disparaître.

Il avait fait une promesse aux Enragés et il la tiendrait. Il sacrifierait Larita à Satan et ils deviendraient la secte la plus célèbre au monde. Saverio Moneta ferait voir à tous quelle espèce de malade mental il était.

La police les choperait. Ça, c'était sûr. Et l'idée de passer le reste de ses jours en prison le terrorisait. Il y avait des gens très méchants là-bas dedans. Des assassins, des mafieux, des vrais psychopathes. Bien sûr, s'il entrait en tôle en tant que Mantos, le seigneur du Mal, le monstre qui avait décapité la chanteuse Larita et s'était roulé dans son sang, peut-être qu'ils auraient peur de lui. Et qu'ils le laisseraient tranquille.

Peut-être que oui... Peut-être que non... Peut-être qu'ils sont tous fans de Larita. Et ils me feront la peau, comme ce pauvre malheureux de Jeffrey Dahmer.

Cette histoire de prison, c'était vraiment emmerdant.

À moins que…

Il sourit dans le noir. Il y avait une issue.

Il quitta le lit. Ouvrit l'armoire. Prit un survêtement noir qu'il avait acheté en pensant qu'il ferait du jogging, ce qu'il n'avait jamais fait. Il le passa et mit la capuche. Il sortait de la chambre quand Serena marmonna : – Où tu vas ?

– Dors.

22.

– Vous avez besoin d'aide ?

… *Quoi ?*

– Vous m'entendez ? Vous m'entendez ?

… *Quoi ? Qui ?*

– Vous allez bien ?

Une voix. Une femme.

Fabrizio Ciba rouvrit les yeux à grand-peine. – Je me sens mal… Aidez-moi… S'il vous plaît. Il attrapa la cheville d'une silhouette noire debout devant lui.

– Oh mon dieu, mais vous… Vous êtes l'écrivain… Bien sûr, vous êtes Fabrizio Ciba ! Qu'est-ce que vous faites là par terre ? Je suis tout émue de vous rencontrer !

– Oui… Ciba… C'est moi… Je suis Fabrizio Ciba ! Je vous en supplie, aidez-moi, emmenez-moi…

– Je vous emmène à l'hôpital ?

Avec le peu de lucidité qui lui restait, Fabrizio comprit que s'il allait à l'hôpital, cela atterrirait dans tous les journaux. Et ils écriraient qu'il était alcoolique ou pire. – Non. Chez moi. Emmenez-moi chez moi... Via Mecenate...

– Bien sûr, bien sûr. Je vous y emmène tout de suite. Vous savez, vous êtes mon écrivain préféré, bien meilleur que Saporelli. J'ai lu tous vos livres. J'ai adoré *La Fosse aux lions*. Je suis indiscrète si je vous demande un autographe ? Mais je n'ai pas mon livre.

Fabrizio sourit. Comme il aimait ses lecteurs !

– Je vais vous installer dans ma voiture.

Il se sentit attrapé par les aisselles. Il vit une auto aux portières ouvertes. La femme le traîna et l'aida à monter sur le siège arrière.

C'est encore moi le plus fort, je suis loin d'être asséché..., se dit-il tout en s'évanouissant.

23.

Zombie, Murder et Silvietta étaient en veine de discussions cinématographiques.

Ils étaient affalés sur un divan et se passaient un chillum fait maison avec une bouteille d'eau Rocchetta. Au fond, il y avait un mélange grisâtre de vodka et de fumée. D'un trou pointait un Bic vide dans lequel était glissé un joint à deux feuilles. Ils venaient de regarder *Blackwater Valley Exorcism*. Ils avaient adoré le film et s'accordaient à dire qu'il était bien meilleur que *L'Exorciste*, encensé par tout le monde. D'abord, il était tiré d'une histoire vraie, et, selon leurs critères, les histoires vraies étaient supérieures aux histoires inventées. Et puis, la scène d'ouverture était grandiose : Isabel, la fille d'une famille pauvre de paysans texans, mangeait un lapin vivant. C'était un film authentique, frais, et on comprenait que le metteur en scène et les acteurs s'étaient engagés à fond dans l'entreprise, malgré le faible budget dont ils disposaient.

Silvietta se mit à rouler un autre joint. Elle était la rouleuse officielle du groupe. – Mais, à ton avis, Zombie, *Blackwater*, c'est même mieux qu'*Omen ?*

Zombie bâilla. – Bonne question... Je sais pas.

Silvietta bâilla elle aussi. – Je suis stone. Cette marocaine, elle est bestiale.

Murder décolla le dos du canapé et s'étira les bras. – Et si on allait faire dodo ?

La vestale passa la langue sur la colle du papier à cigarettes et d'un mouvement technique, elle scella le joint et l'alluma. – OK, allez, on se fait le pétard de la bonne nuit. – Puis elle commença à ramasser les CD de heavy metal, les revues de tatouages, les papiers gras des beignets de fleurs de courgette et des olives farcies à la mode d'Ascoli éparpillés sur le sol. Quand elle forçait sur la fumette, elle était prise du syndrome de la ménagère. – Zombie, pourquoi tu restes pas dormir ici ?

– Eh ben... Je sais pas... Non, vaut mieux pas, fit Zombie en cherchant ses rangers. Demain matin, je dois accompagner ma mère faire des analyses à Formello.

Ce n'était pas vrai, mais ce divan où ils le faisaient dormir avait des ressorts défoncés et puis, ça le gonflait de passer toujours pour le type qu'a pas de gonzesse, chose vraie au demeurant. Ces deux-là n'arrêtaient pas de répéter qu'ils détestaient les amoureux, les petits couples collés l'un à l'autre et les conneries romantiques du genre Saint-Valentin, et pourtant dès qu'ils le pouvaient, ils s'isolaient ensemble et faisaient comme s'il n'existait pas.

Qu'est-ce que ça leur coûtait de dormir tous les trois dans le grand lit ? Ce n'était pas qu'il ait eu des idées de partouze (même si en vérité, ça ne lui aurait pas déplu), mais ils avaient fait le serment satanique, oui ou non ? Et puis, il n'arrivait franchement pas à comprendre ce que Silvietta trouvait de si intéressant à ce pignouf de Murder. Lui, il était mille fois mieux. D'accord, il avait ce problème d'œsophagite gastrique, mais avec les médicaments, ça lui était presque complètement passé.

Zombie ramassa une chaussure. – Non... Je rentre chez moi. C'est mieux.

Murder souleva ses cent kilos de graisse et alla ouvrir le frigo du coin cuisine. – Comme tu le sens.

Silvietta ouvrit la fenêtre en grand pour faire partir la fumée. Dehors, la pluie avait presque cessé. Elle resta un moment à fixer la nuit, puis elle se retourna vers les deux autres. – À votre avis, Mantos, quelle action il va nous proposer ?

Murder sortit un vieux pot de mayonnaise et se mit à l'inspecter. – J'ai l'impression qu'il le sait pas lui-même, il a plus d'idées, il est à plat. Vous l'avez pas vu à table ? Tout nerveux... Je vous l'avais dit qu'on aurait dû suivre Paolo chez les Fils de l'Apocalypse. À cette heure… vous imaginez, les orgies, les sacrifices.

Zombie noua ses lacets. – Ils sont à Pavie. C'est super loin. Et moi, je dois bosser.

Murder plongea un doigt dans la crème jaune et se le fourra dans la bouche. – Tu vois que tu sais rien du tout. Les Fils de l'Apocalypse, ils organisent des raids le week-end. Tu pars le vendredi soir et le dimanche soir tu rentres en train. Le lundi, t'es au boulot.

Silvietta arrangea ses cheveux. – C'est sûr… Même si les allers-retours, ça finit par chiffrer.

Zombie se gratta la mâchoire. – Vous voulez que je vous dise ? Saverio, il a pas le charisme d'un Kurtz Minetti ou, je sais pas moi, d'un Charles Manson. Faut l'admettre, les Enragés d'Abaddon sont morts !

– Ils sont jamais nés, le corrigea Murder.

– Non ! C'est pas vrai. – Silvietta versa le liquide vaisselle dans l'évier. – C'est une période. Vous savez bien que Saverio a un tas de problèmes familiaux. Moi, j'ai une confiance absolue en lui, et je l'abandonnerai jamais. Si lui, il avait pas été là, jamais je serais entrée dans les Enragés et jamais j'aurais fait votre connaissance. Et puis, on était d'accord pour lui donner une deuxième chance.

– Ouais. C'est vrai. On la lui doit, répéta Zombie, peu convaincu.

À ce moment-là, l'interphone sonna.

Murder regarda les deux autres. – Eh ben, qui c'est qui vient casser les couilles ?

Silvietta soupira. – Ça doit être la vieille du dessous.

– Et qu'est-ce qu'elle veut ?

– Elle dit que quand on parle, elle entend tout. À la réunion des copropriétaires la dernière fois, elle a semé un souk qu'en finissait plus.

Murder baissa la voix. – Et qu'est-ce qu'il faudrait qu'on fasse ? Qu'on soit muets ?

– Non mais, Murder, mon amour, je te l'ai déjà dit mille fois que tu dois parler plus doucement.

– Écoute, si y en a un qui parle fort ici, c'est lui.

Zombie se mit une main sur le front. – Je me disais, aussi. Ça finit toujours par être ma faute.

L'interphone retentit à nouveau.

Silvietta s'approcha de l'appareil. – Qu'est-ce que je fais ? Je réponds ? Et qu'est-ce que je lui dis ?

Murder haussa les épaules. – Dis-lui de pas faire chier.

La jeune fille inspira un bon coup et attrapa le combiné. – Oui ?! – Elle resta un instant silencieuse puis appuya sur le bouton. – D'accord. J'ouvre.

Murder se précipita sur le chillum pour le faire disparaître. – Mais t'es marteau ? Tu la fais monter ?

Silvietta ouvrit la porte d'entrée. – C'est Saverio.

Une minute plus tard, apparut le leader des Enragés d'Abaddon. Il était tout de noir vêtu. Les lunettes de soleil. Et la boule à zéro.

Zombie s'approcha de lui. – Saverio, mais qu'est-ce que t'as fabr… ?

Mantos lui fit signe de se taire, puis, d'un geste théâtral, il enleva ses lunettes et les dévisagea un à un. – Je sais, vous devez penser que le grand Mantos est fini. Qu'il s'est crétinisé avec sa famille et son travail.

Murder, coupable, baissa la tête.

Saverio le regarda, déçu. – Murder, toi justement, toi qui as été le premier à qui j'ai fait lire les Tables du Mal. Toi, qui ne savais même pas ce qu'étaient les cours sataniques. Toi, tu n'as pas confiance en ton maître. Cette secte est une secte unie par la foi en le Malin. Rappelle-toi qu'il est très difficile d'y entrer et très facile d'en sortir.

Murder bredouilla : – Non, mais bon, Saverio. C'est pas à toi que j'en voulais. Enfin, je veux dire... Tu le sais...

Le leader des Enragés d'Abaddon regarda par la fenêtre puis recommença à les fixer. – À dater d'aujourd'hui, Saverio Moneta n'existe plus. Il est mort en cette soirée de tempête. Dorénavant, seul existe Mantos, le maître suprême. On est quel jour aujourd'hui ?

– Le 28 avril, je crois, dit Silvietta.

– Marquez cette date d'une pierre blanche. Aujourd'hui est un tournant historique. Les Enragés sortent des ténèbres vers la conquête de la lumière. Cette date sera inscrite au calendrier satanique et évoquée par le monde chrétien avec horreur. – Le leader des Enragés leva les bras au plafond. – Moi, je suis le père charismatique. Moi, je suis le loup qui apporte la mort dans le troupeau du Bon Pasteur. Moi, je suis celui qui a eu l'Idée !

– Je le savais que c'était un grand, hurla aux deux autres Silvietta, surexcitée. – Vous avez vu ? Je vous l'avais bien dit.

– Raconte, Mantos ! Murder tendit une main vers le père charismatique retrouvé.

Le leader baissa les bras et sortit de la poche de son survêtement un CD. Il le jeta sur la table basse devant le canapé.

Zombie recula, comme s'il y avait eu une tarentule. – Oh bon Dieu, pourquoi t'as le CD de cette conne de Larita ?

Mantos indiqua le disque. – Vous savez où elle a enregistré ce live ? À Lourdes. Vous savez que sa chanson *King Karol*, en l'honneur de Wojtyla, est au top ten depuis six mois ?

Murder fit une grimace de dégoût. – Traîtresse, elle s'est convertie au christianisme. C'est une ennemie de Satan.

Silvietta s'assit sur les genoux de son fiancé. – Ouais, mais faut la comprendre. J'ai lu dans *Gente* une interview où elle explique pourquoi elle a abandonné les Lords of Flies. Elle a eu une histoire d'amour avec Rotko, le chanteur des Remy Martin, et ensemble ils sont entrés dans le tunnel de la drogue. Lui, il est resté toxico, elle, elle s'en est sortie grâce à don Toniolo. Dans la communauté, elle a eu l'illumination et elle s'est convertie à la pop.

Mantos la fit taire. – Larita mourra de la main des Enragés d'Abaddon. Telle est la mission.

Dans la pièce, un silence lourd tomba. Un chien, quelque part, se mit à hurler à la mort.

Zombie se gratta la tête. Silvietta se rongea les ongles. Murder nettoya ses lunettes avec son T-shirt, puis expira et dit : – Ça c'est du lourd ! Du vraiment lourd. Je m'attendais pas à un truc de ce genre.

– Et comment on va faire ? T'as un plan ? balbutia Zombie.

Mantos écarta les bras. – Évidemment. Demain, à Rome, il y a une fête où sont invités tous les VIP d'Italie. Et pendant la fête, Larita chantera. Nous, on va être engagés comme larbins. Au moment opportun, nous enlèverons Larita et inonderons la terre du sang de la salope.

– Mais avant, on la baise, hein ? demanda Zombie, visiblement excité.

– Bien entendu, avant, il y a l'orgie satanique. Le lendemain, les Enragés d'Abaddon seront dans les JT du monde entier. Ça, c'est du sérieux, autre chose que des rumeurs de nonnes décapitées. Chacun de vous deviendra un héros dans le milieu satanique et un ennemi pour le reste du monde.

Zombie se caressait le cou. – Mais on va se faire choper, c'est sûr, Saverio. Moi j'ai aucune envie d'aller en tôle.

Mantos fit non de la tête. – Tu n'iras pas.

– Et comment c'est possible ?

– T'inquiète. – Le leader des Enragés tourna lentement sur lui-même, s'arrêta et mit les mains sur ses hanches. – Ils nous choperont jamais. Parce qu'on va se suicider.

Les Enragés s'observèrent en silence.

Murder fut le premier à parler. – Oooh, attends un peu, mais tu parles sérieux, là, Saverio ? C'est pas un peu trop ?

– D'abord, ne m'appelez plus jamais Saverio. Ensuite, ne craignez rien, la mort sera une liqueur très douce pour nous. Nous finirons assis aux côtés de Lucifer. – Mantos leva les bras. – Maintenant, agenouillez-vous et rendez honneur à votre père charismatique.

Tous les trois se courbèrent jusqu'à terre.

Mantos se pencha, toucha la tête de ses adeptes et, en roulant des yeux, il commença à rire.

Deuxième partie

La Fête

Je suis un grand faussaire quand je feins l'allégresse.

TIZIANO FERRO,
À mon âge

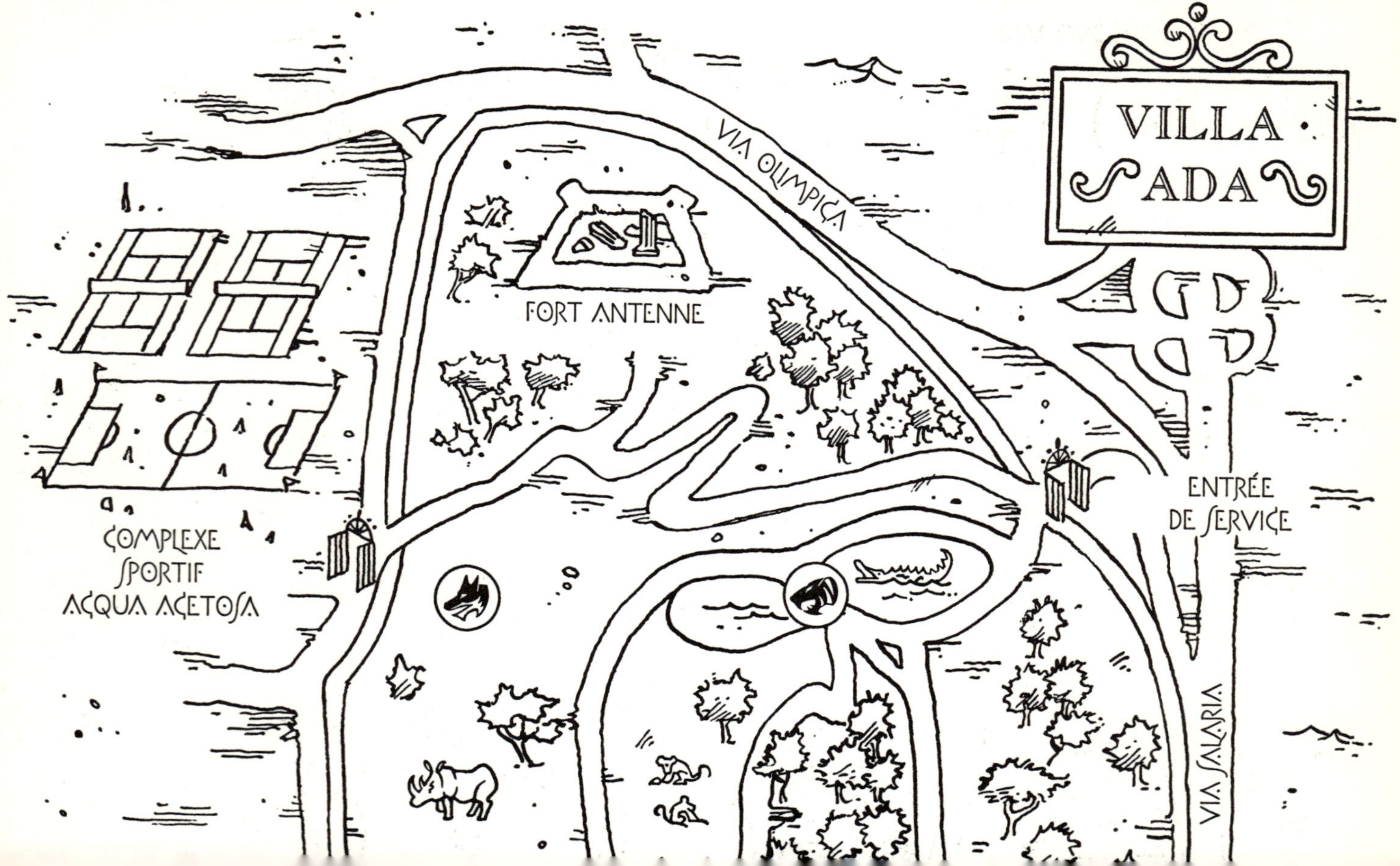
VILLA ADA
VIA OLIMPICA
FORT ANTENNE
ENTRÉE DE SERVICE
COMPLEXE SPORTIF ACQUA ACETOSA
VIA SALARIA

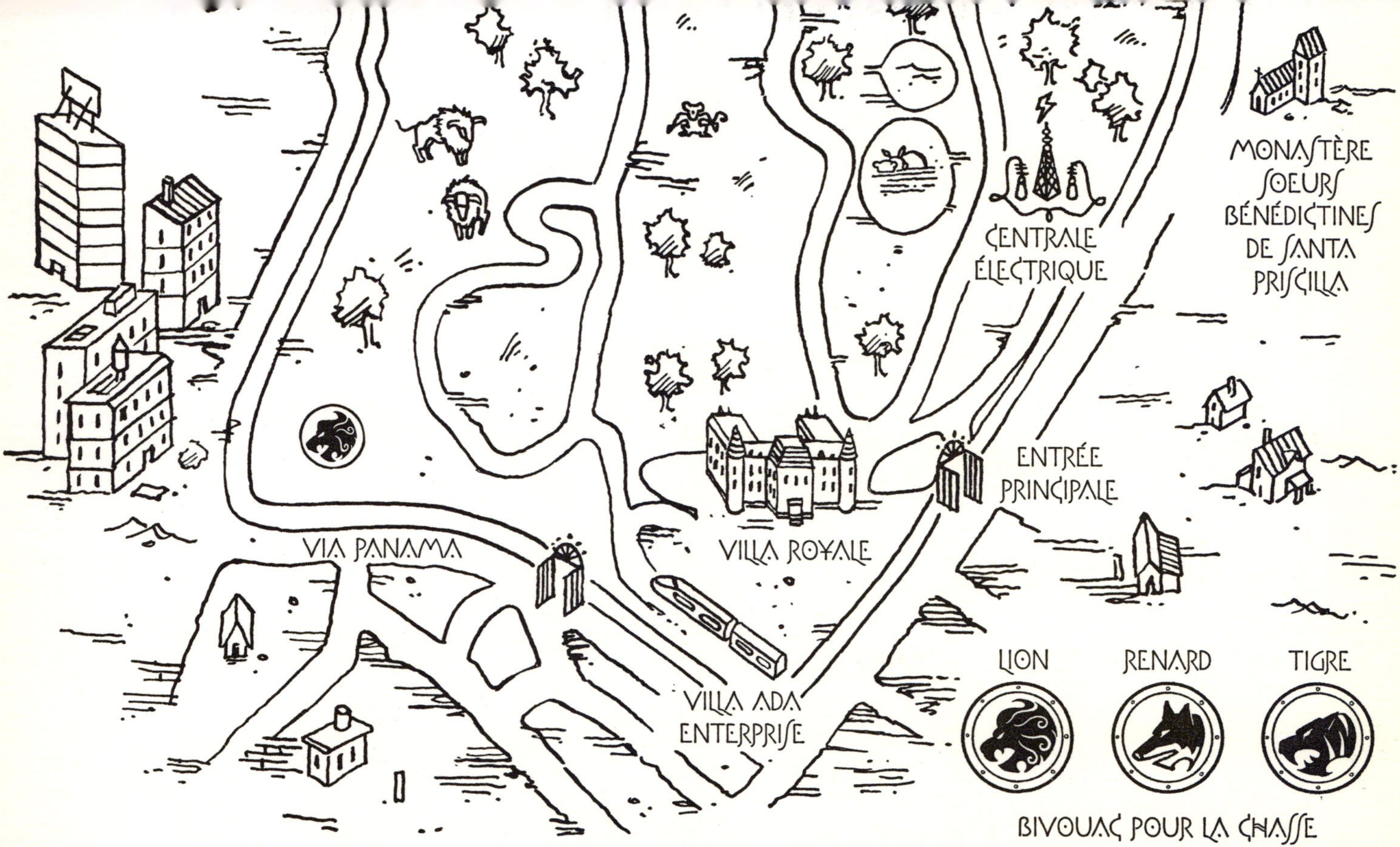
MONASTÈRE
SOEURS
BÉNÉDICTINES
DE SANTA
PRISCILLA
CENTRALE
ÉLECTRIQUE
ENTRÉE
PRINCIPALE
VILLA ROYALE
VIA PANAMA
VILLA ADA
ENTERPRISE
LION
RENARD
TIGRE
BIVOUAC POUR LA CHASSE

Au cours des repas en plein air, les Romains discutent souvent pour savoir quel est le plus beau parc de la ville. À la fin, inévitablement, trois lieux se disputent le podium, Villa Doria Pamphili, Villa Borghèse et Villa Ada.

Villa Doria Pamphili, derrière le quartier de Monteverde, est la plus étendue et la plus spectaculaire ; Villa Borghèse, en plein cœur de la ville, est la plus célèbre (qui ne connaît pas l'esplanade du Pincio d'où l'on jouit d'une vue inoubliable du centre de Rome et de la Piazza del Popolo ?) ; Villa Ada, des trois, est la plus ancienne et la plus sauvage.

Du modeste avis de l'auteur de cette histoire, Villa Ada l'emporte sur toutes les autres. Elle est très grande, environ cent soixante-dix hectares de bois, de prés et de fourrés compris entre la via Salaria, le viaduc de l'Olimpica et le complexe sportif d'Acqua Acetosa. Elle abrite aujourd'hui encore des écureuils, des taupes, des hérissons, des lapins de garenne, des porcs-épics, des fouines et une riche communauté d'oiseaux. Sans doute à cause de l'incurie et de l'abandon total dans lequel est le parc, lorsqu'on s'enfonce dans ses bois, on a aussitôt l'impression d'être dans une forêt. La ville et ses bruits disparaissent et l'on se retrouve au milieu de pins centenaires, de bosquets de lauriers-roses, de chemins boueux qui sinuent entre des ronciers impénétrables et des troncs abattus, des champs d'orties et de grands prés couverts d'herbes folles. Entre les frondaisons, on entrevoit de vieilles constructions abandonnées tapissées de lierre, des fontaines démantelées par les figuiers sauvages et des bunkers qui servaient à on ne sait pas quoi. Si on ne le connaît pas bien, mieux vaut ne pas s'aventurer seul dans le bois, on risque de s'y perdre pendant des jours. Le sous-sol de la Villa est sillonné par les catacombes de Priscilla, où les premiers chrétiens enterraient leurs morts.

Dans la partie nord, au-delà d'un grand lac artificiel, s'élève une colline boisée appelée fort Antenne parce que, à la fin du XIXe siècle, l'armée italienne y avait construit des fortifications pour défendre Rome des attaques françaises. Quand Rome n'existait pas encore, déjà s'élevait en ce lieu l'antique cité d'Antemnae. Le nom, selon l'historien romain Varron, dérive d'Ante amnen (devant le fleuve), car c'était là que l'Anio se jetait dans le Tibre. De cette position, la ville dominait le trafic fluvial vers le gué de l'île Tibérine. Romulus, en 753 avant J.-C. la conquit, ses habitants furent accueillis comme des citoyens romains et des colons furent envoyés sur leurs terres. À partir du IIIe siècle avant J.-C., la ville déclina et fut abandonnée. Les hauteurs d'Antemnae, durant les siècles de la décadence romaine, abritèrent les Goths d'Alaric qui, venus du Nord, se préparaient à conquérir Rome. Pendant des siècles et des siècles, on n'en a plus aucune nouvelle et on doit attendre le XVIIe pour qu'elle refasse parler d'elle. Rome était encore loin et là-bas c'était la rase campagne. La zone était devenue la propriété agricole du Collège irlandais. Puis, en 1783, la terre fut achetée par le prince Pallavicini, qui y construisit une villa. La propriété passa, à la moitié du XIXe, aux princes Potenziani et fut vendue en 1872 à la famille royale, qui en fit sa résidence romaine. Victor-Emmanuel II, qui aimait l'art de la vénerie, acheta d'autres terrains limitrophes pour en faire sa propriété de chasse.

À sa mort, Humbert Ier lui succéda, qui préféra aller s'installer avec toute sa cour au Quirinal. La Villa fut achetée pour cinq cent trente et une mille lires par le comte suisse Tellfner, administrateur des biens de la famille royale, qui lui donna le nom de son épouse Ada, dont il était, paraît-il, éperdument amoureux.

En 1900, le roi Humbert Ier fut assassiné par un anarchiste. Son successeur, Victor-Emmanuel III, décida de retourner vivre dans la Villa de son grand-père, laquelle resta la résidence officielle des souverains jusqu'à 1946, année de la chute de la monarchie, quand le roi et sa famille furent contraints à l'exil.

La Villa passa à l'État italien, à l'exception de la Villa Royale, que les Savoie donnèrent généreusement en concession au gouvernement égyptien, en signe de reconnaissance pour l'hospitalité reçue après l'exil en 1946. L'édifice devint l'ambassade d'Égypte.

À dater de ce moment-là, Villa Ada fit partie du domaine public et fut transformée en parc communal. De nouvelles allées furent tracées, on construisit des parcours de santé pour les athlètes, on creusa des lacs artificiels et on planta de nombreuses espèces arboricoles non autochtones.

En 2004, pour renflouer les caisses vides de la commune, le conseil municipal décida de mettre aux enchères toute la zone de Villa Ada pour la somme astronomique de trois cents millions d'euros.

La vente eut lieu au Capitole le 24 décembre, au milieu des protestations des Romains furibonds envers ce que les annales capitolines nommèrent « le grand hold-up ». Y participèrent des personnages de la stature de Bono des U2, l'entrepreneur russe

Roman Arkadievitch Abramovitch, Paul McCartney, Air France, et un cartel de banques suisses.

Contre toute attente, celui qui réussit à s'en emparer pour la somme de quatre cent cinquante millions d'euros, fut Salvatore Chiatti, dit Sasà, un promoteur de Campanie, aux origines obscures, qui, au cours des années quatre-vingt-dix avait réussi à accumuler un capital immense en biens immobiliers. Il avait fini en prison pour évasion fiscale et vol qualifié, mais, grâce à la loi d'amnistie, il avait été libéré.

Quelques jours après, dans une interview au quotidien Il Messaggero, *le promoteur motiva ainsi son acquisition : « Maman m'y emmenait souvent quand j'étais petit. J'ai été poussé par la nostalgie. » Chose fausse, puisque Chiatti avait passé son enfance à Mondragone, à travailler dans l'atelier de son carrossier de père. Le journaliste lui avait ensuite demandé :*

– Et que comptez-vous en faire ?

– Ma résidence romaine.

Pendant quelques années, la Villa resta close. Les habitants du quartier constituèrent un comité pour la restitution du parc aux Romains. On disait que Chiatti, en réalité, l'avait acheté pour spéculer et cherchait des associés étrangers pour la transformer en zone résidentielle avec un parcours de golf, un club d'équitation et une piste de go kart.

En 2007, les travaux de restructuration commencèrent. Les murs d'enceinte furent rehaussés à dix mètres et, au sommet, furent posés des rouleaux de fil de fer barbelé. Tous les cinquante mètres, le long des remparts, apparurent des tourelles d'où pendaient des grappes de caméras.

La marquise Clotilde, veuve du général Farinelli, du haut de son penthouse de la via Salaria, réussissait à entrevoir entre les feuillages des arbres un coin du parc. À un journaliste de l'hebdomadaire Panorama, *la vieille dame révéla qu'elle voyait un va-et-vient incessant d'ouvriers. Ils plantaient des arbres, déboisaient. Et elle avait vu aussi deux girafes et un rhinocéros. Le journaliste accorda peu de crédit à sa source, étant donné que la veuve Farinelli avait soixante-dix-huit ans et un début d'Alzheimer.*

Mais la marquise avait bien vu.

Sasà Chiatti avait construit des marais, des fleuves, des sables mouvants et il s'était attaché à repeupler le parc. Il avait acheté aux zoos abandonnés et aux cirques démantelés de l'Est des ours, des phoques, des tigres, des lions, des girafes, des renards, des perroquets, des grues, des hérons, des macaques, des magots, des hippopotames, des piranhas, et il les avait éparpillés dans les cent soixante-dix hectares de Villa Ada. Toutes étaient des bêtes nées et grandies en captivité, donc dociles et dépendantes de la nourriture fournie par les gardiens. Elles vivaient dans un paradis naturel, où les règles primordiales proie-prédateur n'existaient plus. Au fil du temps, la faune hétérogène avait trouvé une sorte d'équilibre. Chaque espèce avait creusé sa niche écologique. Les hippopotames s'installèrent dans le petit lac à côté du vieux pavillon du bar et n'en bougèrent plus, les crocodiles colonisèrent avec les piranhas le second lac artificiel non loin des balançoires et des toboggans. Lions et tigres formèrent une colonie sur le mont Antenne. Les chauves-souris australiennes, des bestiaux de six kilos chacun, trouvèrent refuge dans les catacombes. À côté de l'ex-ambassade, dans une grande prairie, paissaient les gnous, les zèbres, les chameaux, et des troupeaux de buffles que Sasà s'était fait amener directement de Mondragone.

Avec la faune aviaire, les choses furent un peu plus compliquées. Stefano Coppé, affalé de tout son long à côté de son scooter Burgman 250 après avoir été heurté par une Opel Meriva sur la bretelle entre la Salaria et l'Olimpica, vit tournoyer au-dessus de lui une colonie de vautours et il comprit qu'il lui fallait numéroter ses abattis. Un couple de condors nicha sur le balcon de la famille Rossetti, via Taro, et déchiqueta Anselmo, le chat tigré de la maison, qui avait tenté une défense désespérée de son balcon. Les athlètes d'Acqua Acetosa virent des milans et des hiboux perchés sur les poteaux de rugby. Le poissonnier de via Locchi fut dépouillé d'un bar de trois kilos par un aigle pêcheur. Des perroquets et des toucans s'écrabouillèrent sur les pare-brise des voitures qui filaient sur le périphérique.

L'idée de Sasà Chiatti était simple et grandiose à la fois : pour la pendaison de crémaillère de sa Villa, organiser une fête si exclusive et si somptueuse qu'elle resterait dans les annales des siècles à venir comme le plus grand événement mondain de l'histoire de notre République. Et lui, il passerait de la réputation de promoteur immobilier louche à celle de magnat milliardaire radieux et excentrique. Des politiciens, des entrepreneurs, des gens du spectacle et du sport viendraient lui rendre hommage à sa cour, exactement comme au Roi-Soleil à Versailles. Mais pour cela, il ne suffisait pas de faire une fête avec musique, danses, buffet et cotillons. Il fallait quelque chose d'absolument spécial et inimitable qui laisserait tout le monde bouche bée.

L'idée lui vint une nuit en voyant Out of Africa, *avec Robert Redford et Merryl Streep.*

Un safari ! Il devait organiser pour ses invités un safari surprise. Dans sa mégalomanie, il décida qu'un seul, ce n'était pas suffisant. Il en fallait trois. La classique chasse anglaise au renard, la chasse africaine au lion, avec des rabatteurs de couleur, et la chasse indienne au tigre, sur des éléphants.

Mais pour que tout fonctionne, il fallait que rien ne filtre à l'extérieur sur les préparatifs de la fête. À tous les gardes, aux ouvriers, au personnel, il fit signer un contrat de confidentialité.

Il convoqua le fameux chasseur blanc Corman Sullivan, qui s'honorait d'avoir accompagné l'écrivain Ernest Hemingway à la chasse au gros en 1934. Sullivan avait un âge indéterminé qui allait de quatre-vingts à cent ans, il était atteint de cirrhose chronique et, depuis vingt ans, il vivait dans une maison de repos des sœurs missionnaires à Manzini Town, dans le Swaziland, petit État limitrophe de l'Afrique du Sud. Arrivé à l'aéroport de Fiumicino, le chasseur, affaibli par diverses infections pulmonaires, dut rester trois jours dans un caisson hyperbare, aménagé à Civitavecchia. Puis, finalement, il fut transporté à Villa Ada en ambulance. Il passa deux autres jours allongé sur un lit à cracher sang et catarrhe et à faire baisser la fièvre tierce qui le frappait cycliquement. Quand il eut la force de marcher, le vieil ivrogne s'affaira pour organiser les trois chasses.

Pour la chasse à courre, il n'y avait pas de gros problèmes. Sasà Chiatti avait restauré l'écurie des Savoie, dans laquelle il avait installé vingt-cinq lipizzans pur-sang. Quant au chenil, il abritait une meute de beagles achetée à un laboratoire pharmaceutique en faillite. Pour la chasse indienne non plus, Sullivan ne rencontra pas de difficultés. Le promoteur avait acheté quatre éléphants atteints de dermatose érythémateuse à un cirque de Cracovie. Les problèmes surgirent pour la chasse au lion. Ils durent engager une trentaine de rabatteurs parmi les communautés du Burkina Faso et du Sénégal cantonnées devant la gare Termini. Ceux-ci ne se souvenaient pas très bien de l'art de la chasse au grand fauve, mais ils assurèrent qu'ils feraient du bon boulot ou qu'en tout cas, ils en sortiraient vivants. Comme il se trouvait à la gare, Sasà embaucha aussi des Philippins pour cornaquer les éléphants.

Mais son coup de génie entrepreneurial fut de faire sponsoriser ses safaris par le styliste Ralph Lauren, qui choisit le kaki et le fuchsia comme couleurs dominantes pour les uniformes de chasse.

La restauration aussi devait être planifiée dans les moindres détails. La majeure partie des fêtes achoppe justement sur la nourriture et, à ce moment-là, tout le reste est à jeter. Chiatti ne regarda pas à la dépense et fit appel à Zóltan Patrovič, l'imprévisible chef bulgare, propriétaire du restaurant pluri-étoilé Les Régions. *Chaque safari aurait son campement où les hôtes dégusteraient des plats en harmonie avec le thème de la chasse. Le campement de la battue au renard avait de grands plaids en cachemire à motifs tartans déployés sur une prairie de bruyère. Là, on servirait du saumon, du gibier, du pudding, le tout évidemment réinterprété par la touche de Zóltan Patrovič. Pour la chasse au tigre, les invités seraient accueillis dans trois cases flottantes amarrées sur le lac artificiel. Chiatti les avait fait venir du lac Dal au Cachemire. Là, des sherpas serviraient du riz basmati, du poulet au curry et autres délices hindoues. Pour le safari africain, Corman Sullivan insista pour avoir cinq tentes de camping et des brasiers pour faire rôtir de la viande d'autruche et de mouton.*

La fête commencerait à l'heure du déjeuner et s'achèverait à l'aube du lendemain. On installerait, éparpillés dans toute la Villa, des tentes pour se reposer, des points d'information et des stands gratuits de boissons.

Voici le programme dont accouchèrent Salvatore Chiatti, avec Ingrid Bocutte, la grande organisatrice d'événements viennois, et Corman Sullivan, à l'issue d'un briefing qui avait duré six jours.

Programme

12 h 30 Buffet de bienvenue
14 h 30 Discours de Salvatore Chiatti à ses hôtes
15 h 00 Organisation des groupes de chasse
Distribution des vêtements et attribution
des armes
15 h 40 Départ des safaris
16 h 00-20 h 00 Chasse
20 h 30 Arrivée aux bivouacs et dîner
23 h 00 Retour à la Villa Royale
24 h 00 Spaghetti party de minuit
02 h 00 Concert live de Larita à la Villa
Ada
04 h 00 Spectacle pyrotechnique
by Xi-Jiao Ming
and the Magic Flying Chinese Orchestra
04 h 30 Dances and revival by DJ Sandro
06 h 00 Croissants party
07 h 00 Fin

24.

Fabrizio Ciba se réveilla avec la certitude qu'on l'avait exhumé d'un cercueil. Il souleva la paupière droite et une lame de soleil lui transperça la pupille. Les yeux fermés, il se mit à passer sa langue gonflée comme celle d'un veau sur ses lèvres sèches. Il bougea à peine la tête. La douleur fut si intense qu'elle le laissa sans souffle, il n'arriva même pas à se plaindre. C'était comme si un courant alternatif confluait de ses omoplates vers ses vertèbres cervicales, traversait la matière grise, coulait de ses tempes à ses arcades sourcilières, et de là, dans les globes oculaires. Il se toucha les cheveux, même eux lui faisaient mal. Il se tourna sur le côté pour se cacher du soleil. Son estomac se contracta et se relâcha, envoyant une bouillie acide le long du gosier de notre écrivain, qui faillit vomir. – C'est bon… C'est bon… Je me tiens tranquille…, implora-t-il, désespéré. Il resta ainsi, traversé par des courants électriques en haut et démangé par les acides gastriques en bas.

Qu'est-ce que j'ai foutu hier soir ?

Il ne se rappelait même pas comment il avait réussi à rentrer chez lui. Il se souvenait qu'il était en train de marcher, ivre mort, sur la via dei Fori Imperiali et qu'il pleuvait. Ses jambes, tout à coup, avaient cédé sous lui. Après, le trou noir.

Mais je suis à la maison ? À grand-peine, il réussit à regarder autour de lui et comprit qu'il était en slip, sous une couverture, allongé sur le canapé de son appartement, via Mecenate.

Un vieil écrivain alcoolique d'Udine lui avait donné la recette d'une mixture de son invention en cas de gueule de bois extrême. Même si ce qu'éprouvait Fabrizio en ce moment ressemblait davantage au choc postopératoire d'une chirurgie du cerveau qu'à un lendemain de cuite.

Tu mets dans un verre d'eau trois Alka-Seltzer, deux comprimés d'Haldol, trente-cinq gouttes de Novalgine, tu manges un bout de pain et tu retournes dormir. Tu verras...

Tu verras quoi ?

L'écrivain d'Udine ne prenait pas en considération la difficulté objective de composer la mixture galénique dans les conditions précaires où se trouvait Fabrizio. Cela dit, tant bien que mal, Ciba réussit à se lever. Il tituba dans l'appartement en s'accrochant à tout ce qu'il trouvait. Il entra dans la salle de bains et prépara à grand-peine la potion. Il la but cul sec, rota, se traîna dans sa chambre, ferma les volets, débrancha le téléphone et se glissa au lit. Le contact avec les draps frais, l'odeur de l'adoucissant sur l'oreiller et le poids léger de la couette furent les seules sensations agréables dans l'enfer où il s'était réveillé. Il eut l'impression que le lit l'englobait et le protégeait de tous les méchants du monde, comme fait la coquille avec le bernard-l'hermite.

Il mourut.

Il se réveilla au bout de quelques heures. Le sommeil et le cocktail avaient fait leur effet. Ses tempes pulsaient encore et il était courbatu comme s'il avait fait l'ascension du mont Rose, mais il se sentait mieux.

Il lambina dans l'appartement, essayant de comprendre ce qui s'était passé. Avant tout, il lui fallait un café bouillant, un beau sandwich au jambon et stracchino, et une douche.

Sous la pluie du robinet mélangeur et l'estomac plein, les fragments de la soirée se recomposèrent. Il y avait trois faits marquants :

1) les éditions Martinelli voulaient le virer ;

2) il avait envoyé chier son agent, son unique alliée ;

3) il avait eu un début d'infarctus, un ictus, un truc de ce genre

Le dernier point était celui qui le souciait le moins. Étant chroniquement terrorisé par les médecins et la douleur, Fabrizio Ciba minimisait tout problème de santé. C'était la faute de toutes ces tequilas boom boom.

Les autres points, en revanche, l'angoissaient beaucoup. Il devait échafauder un plan au plus vite. Gianni avait raison, aucun autre éditeur ne le paierait autant que Martinelli.

Il sortit sur la terrasse et s'appuya sur la rambarde, tentant de s'éclaircir les idées. Ciel et soleil étaient amalgamés en une espèce de truc opalescent qui pesait sur la capitale comme un gaz fétide, et le vacarme de la circulation était assourdissant même à cette hauteur En bas, il vit le Colisée, et autour le va-et-vient des touristes, des cars, des centurions et des vendeurs de bimbeloterie. Il pensa à leurs vies sordides, aux soirées à la pizzeria, aux vacances. Aux traites de la bagnole. Aux queues à la poste. Des problèmes simples et communs.

Les bienheureux ! Ils ne savaient pas ce que c'était que la vraie souffrance. *Pourquoi je bosse pas dans une*

agence immobilière ? Sans ce tourment créatif, sans la responsabilité de devoir dire des choses intelligentes à l'humanité. Et si je m'arrêtais ? Si je laissais tout tomber, pour toujours ?

L'image de Jerome David Salinger, le grand auteur de *L'Attrape-cœurs,* lui revint à l'esprit. *Jerome… Toi, tu es un géant, ça oui. Comme moi, tu as pondu trois livres dans la souffrance. Comme moi, tu as fait ton chef-d'œuvre, puis tu as disparu et tu es devenu un mythe. Je devrais faire ça moi aussi. Avec les droits de* La Fosse aux lions*, théoriquement je pourrais y arriver. Mais faudrait que je réduise un peu mon train de vie.*

Fabrizio Ciba dépensait, l'un dans l'autre, quinze mille euros par mois. Même si son dernier roman, *Le Songe de Nestor,* était sorti depuis maintenant plus de cinq ans, et s'était vendu à moins de deux cent mille exemplaires, grâce à *La Fosse aux lions,* il pouvait se permettre un tel train de vie. Ce petit roman de cent vingt pages était encore en tête des classements. Il avait été traduit presque partout dans le monde, et les droits cinématographiques avaient été achetés par la Paramount.

Si Ciba avait été avisé, il aurait pu vivre tranquillement jusqu'à quatre-vingts ans sans avoir rien à foutre du matin au soir. Certes, il lui fallait renoncer au penthouse de via Mecenate. Et vendre aussi son refuge dans les montagnes à Majorque. Et surtout, pour conserver la même aura de mystère que Salinger, il ne devait plus accorder la moindre interview. Pas d'émissions télé, pas de fêtes, pas de baises de-ci, de-là, en somme se transformer en un moine claustré et se faire chier à mourir dans un ermitage solitaire pour le restant de ses jours.

En Amérique, ça peut se faire peut-être. La nature, le désert, les grands espaces... mais en Italie, où est-ce que je peux aller m'enfermer ? Dans un studio du côté du Fort Boccea ? Et puis, tout seul, dans un ermitage, sans chatte... Je me suicide en l'espace de deux semaines.

Le mot « chatte » le ramena heureusement sur terre.

Il devait partir. S'en aller quelques jours à Majorque. Là-bas, dans la solitude, il reprendrait en main son roman qui n'avait pas bougé depuis...

Son cerveau fit un imperceptible click, comme si un disjoncteur salutaire s'était déclenché. Cette pensée disparut comme elle était venue et son attention revint sur Majorque.

C'est sûr que tout seul... Qui pouvait-il emmener ? Il fallait une fille qui fasse remonter un peu son estime de soi. Mais surtout, qui ne lui brise pas menu les couilles avec mômes, mariage et autres prises de tête.

Alice Tyler... La traductrice.

Non, trop intello. Et puis, il avait tellement merdé avec elle...

En revanche, dans la riche corbeille de la Libre Université des Études Sociales de Rome, il n'avait que l'embarras du choix. Au moins sept étudiantes de son cours d'écriture créative auraient renoncé à leurs droits civiques rien que pour passer un week-end avec lui. Et il y en avait une, une dénommée Elisabetta Cabras, qui devait être une belle cochonne. L'écriture, elle n'y pigeait que dalle, mais elle avait un talent insolite pour les scènes érotiques. On devinait que c'était du vécu. Ciba imagina la jeune Cabras nue autour de la piscine, avec ses gros nichons, un verre de bloody mary à la main, face au soleil qui se noyait dans la mer des Baléares.

Il revint à l'intérieur et s'assit à son bureau. Sur la table, étaient amoncelés des piles de feuilles imprimées, de livres, de fascicules reliés, des canettes de bière et des cendriers débordants de mégots. Il chercha le mémoire de la jeune Cabras sur lequel elle avait sûrement dû écrire son numéro de portable, il heurta la souris et l'écran de son ordinateur s'éclaira. Il y avait le début du second chapitre de son nouveau roman :

> Vittoria Cubeddu avait ce que l'on nomme un accent italien correct. Au contraire de toute la famille Cubeddu qui parlait le dialecte lent et traînant d'Oristano. Quant à la maison

Il avait passé trois jours à écrire ces deux phrases, s'obsédant à changer sans arrêt les adjectifs, à déplacer les substantifs, à inverser les verbes. Malgré lui, il les relut et eut une remontée acide. D'une claque, il ferma son ordi. – Putain, mais qu'est-ce que c'est que cette connerie ? Ça, c'est censé être le nouveau roman national ? Je suis nul ! Et il se balada dans l'appartement, flanquant des grands coups de latte dans le canapé et les poufs marocains. Essoufflé, il s'assit sur son lit. La douleur aux tempes était revenue le tourmenter. Il devait réagir. Au-dedans de lui, enseveli sous un océan d'inutiles conneries, il y avait encore l'esprit de l'écrivain qu'il avait été jadis. Il devait le faire réémerger. Faire *tabula rasa*, cesser de boire, cesser de fumer et se remettre à écrire, avec la force et l'envie de ses débuts.

Mais comment ? En quatre ans, il avait abandonné cinq romans. La grande saga sarde lui semblait être la seule œuvre qui ait un sens, et au lieu de ça… rien, c'était juste chiant. Oui, il fallait partir une dizaine de jours à Majorque, pour faire une toilette cérébrale.

Tandis qu'il se remettait à chercher le numéro d'Elisabetta Cabras, le téléphone de la maison sonna. Au bout du fil, il y avait sûrement un casse-couilles. Mais il décida de répondre quand même. C'était peut-être sa conne d'agent qui lui présentait ses excuses.

Il adopta un ton agacé. – Allô ? Qui est à l'appareil ?

– Salut, ma poule !

Fabrizio ferma les yeux et se pencha en arrière, comme le ferait un footballeur qui vient de rater un penalty.

Paolo Bocchi. Le casse-couilles par antonomase. Pour des raisons qu'il ne saisissait pas, cet être n'arrêtait pas de zonzonner autour de lui comme un moustique assoiffé de sang. À dire vrai, une raison, il y en avait une. Le professeur Paolo Bocchi disposait toujours de n'importe quelle substance psychotrope que la nature et la chimie fournissaient à l'homme.

Un peu d'herbe à Majorque, en fait, ce serait pas plus mal.

– Alors, ma vieille poulette, comment tu vas ?

S'il y avait une chose qui le dérangeait profondément, c'était l'attitude potache et lourde que Paolo Bocchi avait à son égard. Avoir été en classe ensemble au lycée San Leone Magno ne lui donnait pas droit à cette familiarité.

– Écoute, Paolo, c'est pas le jour. Fabrizio essaya de rester calme.

– M'en parle pas. Aujourd'hui, me suis déjà tapé deux nez et une lipo. J'suis HS.

Le professeur Paolo Bocchi était le chef de service de chirurgie esthétique de la clinique San Roberto Bellarmini. Élève du grand Roland Château-Beaubois, il était considéré comme le numéro un de la chirurgie esthétique capitoline. Il avait rendu leur jeunesse à des milliers de vieilles dondons. Le seul problème était qu'il sniffait comme un fou.

– Oh ! Tu sais quoi ? J'ai réussi. J'ai lu *La Fosse aux lions*. Tu veux que je te dise ? C'est gé-nial !

– Bravo. Il est sorti il y a huit ans.

– Mais comment tu fais pour entrer comme ça dans la tête des gens ? On les voit, les personnages. Je t'assure, mieux qu'au ciné. Les infirmières, elles y croyaient pas que je pouvais lire un livre…

– Bon, essaya de couper court Fabrizio. Écoute, je suis un peu charrette. Je pars en Espagne, là. Et même…

Un hurlement : – Quoi ? Et la fête de Chiatti ?

Fabrizio se frappa le front. Il avait totalement oublié la fête de Salvatore Chiatti. L'invitation lui était arrivée depuis deux mois. Un carré de plexiglas aux lettres dorées en bas-relief, strictement confidentiel.

Depuis un an environ, on ne parlait plus que de cette fête. Au dire de tous, ça risquait d'être l'événement le plus sélect et grandiose de ces dernières décennies. Rater un tel rendez-vous, c'était un grave outrage à sa condition de VIP. Mais Fabrizio n'était pas dans l'état psychologique idoine pour affronter des mondanités. Pour surmonter ce genre d'épreuve sociale, il faut être à cent pour cent, spirituel et vif comme jamais. Et lui, en ce moment, il était aussi spirituel qu'un réfugié ougandais.

Salinger. Pense à Salinger.

Fabrizio secoua la tête. – Naaan, chez ce promoteur véreux, ce mafieux ? Jamais ! C'est bling-bling à mort.

– T'es marteau ou quoi ? T'as pas compris ce qu'a claqué ce fou mégalo ? Ça se chiffre en millions ! Un bazar pareil, ça se rate pas. Tout le monde y sera. Musiciens, artistes, footeux, hommes politiques, top models, tout le monde, j'te dis ! Un barnum insensé. Tu pourrais écrire un roman à ce sujet.

– Non, écoute, Paolo, ces fêtes, je les connais par cœur. Tu te fais chier à mourir. Et puis, c'est justement ce type de présentialisme que je dois éviter. Pense à Salinger…

– Qui ?

– Laisse tomber. En tout cas, on s'appelle quand je rentre, allez…

– Mais t'es sûr ? – Paolo Bocchi était incrédule. – M'est avis que tu fais une connerie. Il y a… comment je pourrais te dire… – Le grand chirurgien était un roi du bistouri, mais un désastre lexical. – T'as vraiment rien compris… du cul à gogo. Deux jours à boire et à baiser dans le parc. T'es dingue.

– Je sais, je sais. Écoute, j'ai des soucis avec ma maison d'édition. Je suis pas dans le mood.

– T'inquiète, ça, je m'en occupe. Paolo Bocchi rit de bon cœur.

– Oublie-moi. J'en ai fini avec ces saloperies.

– Alors, fais comme tu veux, putain. Mais juste pour te faire comprendre, y aura Larita. C'est la seule chose qui a filtré. Tu te rends compte ?

– Larita ? La chanteuse ?

– Non, Larita la charcutière ! Bien sûr, la chanteuse !

– Et qu'est-ce que j'en ai à foutre ?

– Elle a gagné je ne sais combien de Grammy Award et de disques de platine.

Fabrizio voulait couper court. – Bon, écoute, Paolo, je vais y penser. Mais maintenant, s'il te plaît, laisse-moi raccrocher.

– C'est ça, oui, penses-y. Infirmière, alors vous me le faites, ce drainage, on va pas y passer la nuit…

– Mais, t'es où, là ? demanda Ciba, ébahi.

– En salle d'op. Mais, t'inquiète, j'ai mon oreillette. Salut, mon grand. Et il raccrocha.

Ciba retourna dans le salon chercher le mémoire d'Elisabetta Cabras. Et il découvrit une feuille collée à la lampe de son bureau.

Bonjour Fabrizio,

Je suis Lisa, la fille qui t'a ramené chez toi hier soir.

Excuse-moi de te le dire, mais t'étais vraiment dans un état pitoyable.

T'avais dû boire un max. Je ne sais pas ce qui t'est arrivé, mais je suis contente d'avoir été là pour te sauver. Comme ça, j'ai eu la chance de te voir en vrai et de me rendre compte que t'es encore plus craquant qu'à la télé. J'aurais pu profiter de toi.

Je t'ai déshabillé et allongé sur le canapé, mais je suis une fille à l'ancienne, et certaines choses, moi, je les fais pas.

Et puis, me retrouver dans ta maison, la maison de mon idole, de mon number one, c'est incroyable.

C'est juste trop. Personne me croira.

Le bras où tu m'as fait l'autographe, je me le laverai plus jamais. J'espère que tu feras pareil avec ta hanche.

Fabrizio souleva son T-shirt. Et il vit, juste au-dessus de la fesse gauche, les restes illisibles d'un numéro de téléphone. – Nooon ! La douche ! Il recommença à lire.

Rappelle-toi que tu es toujours le meilleur, tous les autres sont cent mètres en dessous de toi.

Mais maintenant j'arrête avec tous ces compliments parce que t'en pourras plus des nénettes comme moi. Appelle-moi, si tu veux.

Lisa

Fabrizio Ciba relut trois fois le billet et à chaque lecture, il sentait son physique et son mental de plus en plus tonifiés.

Il se répéta tout, avec satisfaction : – Tu es le number one. Tu es le meilleur, tous les autres sont cent mètres en dessous de toi. J'aurais pu profiter de toi. – Il montra la fenêtre et dit : – Je t'aime, douce Lisa.

Voilà qui est Fabrizio Ciba, bordel de merde !

Il eut l'impulsion infantile de scanner la lettre et de l'envoyer à ces ordures de Gianni & Co. Au lieu de cela, il alluma la chaîne stéréo et glissa dedans un vieux CD live d'Otis Redding. Les woofers des grandes baffles Tannoy se mirent à vibrer et le vumètre bleu de son vieux MacIntosh se mit à ondoyer tandis que le chanteur de Georgie attaquait « Try a Little Tenderness ».

Fabrizio adorait cette chanson. Il aimait qu'elle commence doucement, tranquillement et puis que, lentement, elle augmente jusqu'à se transformer en un rythme forcené avec la voix rauque et pâteuse du vieil Otis qui faisait le contrepoint.

L'écrivain prit une bière dans le frigo et se mit à danser nu dans le salon. Il sautillait comme le grand Mohamed Ali avant un combat et criait à l'univers entier : – Allez vous faire foutre ! foutre ! Je suis Ciba ! Je suis le plus beau de tous ! Puis il sauta sur la table Gae Aulenti et, se servant de la canette comme d'un micro, il commença à chanter. À la fin du morceau, il s'écroula sur le canapé, épuisé. Il était hors d'haleine, il avait l'estomac gonflé comme une outre, mais il était encore le meilleur. Il lui en fallait d'autres pour l'abattre. Il se mit naturellement à penser au grand écrivain Francis Scott Fitzgerald. Un type qui avait vécu dans la débauche, entre fêtes merveilleuses et femmes de rêve.

Il était de nouveau lui. Le vieux combattant.

Fabrizio Ciba se mit à chercher, au milieu des papiers et du courrier qui encombraient son bureau, l'invitation à la fête.

25.

Les Enragés d'Abaddon, à bord de la Ford Mondeo de leur leader, étaient bloqués dans la circulation. Le GPS indiquait la Villa Ada à un kilomètre, mais les postes de contrôle sur la via Salaria avaient créé un embouteillage sur l'Olimpica et sur la via dei Prati fiscali.

Mantos, au volant, observa ses adeptes dans le rétroviseur. Ils avaient été très sages. Ils avaient ôté leurs piercings et s'étaient lavés. Silvietta avait même teint ses cheveux en noir. Mais depuis qu'ils étaient partis d'Oriolo, ils restaient silencieux, avec des mines longues et soucieuses. Il devait les réveiller, tel est le devoir d'un leader. – Alors, les enfants ? Vous êtes prêts ?

– Un peu nerveux… Murder avait la bouche sèche.

Silvietta se mordait la lèvre. – Moi je n'ai jamais été aussi tendue, même pas pour mon exam de psycho générale.

Mantos mit son clignotant, se gara sur le bas-côté de l'Olimpica et les regarda : – Vous avez confiance en moi ?

La face de Zombie avait le teint d'un chou-fleur bouilli. – Nous avons confiance, maître.

– Écoutez-moi bien. La mission, vous le savez, est une mission suicide. Vous avez encore la possibilité de laisser tomber. Je n'oblige personne. Mais si vous décidez de rester, nous devrons être une équipe parfaite, synchronisée comme une montre suisse. Nous devons être impitoyables et avoir confiance dans le Malin qui veille sur nos têtes. – À ce moment-là, l'autoradio répandit dans l'habitacle les cœurs de *Carmina Burana*. « O Fortuna velut Luna statu variabilis, semper crescis aut descrescis. » – Écoutez-moi ! C'est nous les plus méchants. Et moi, je veux la tête de Larita. Une fois à l'intérieur de la Villa, personne ne s'attendra à notre attaque. Eux, ils vont s'amuser, boire, baisser la garde et nous on va les démolir. Zombie, derrière, y a un tapis de bain roulé. Prends-le mais fais bien attention.

L'adepte s'étira vers la plage arrière et remit le rouleau entre les mains de Saverio. Le leader des Enragés d'Abaddon posa le tapis sur ses genoux, et d'un geste lent et solennel, il le déroula.

Un rayon de soleil traversa la vitre et fit briller l'acier.

« Vita detestabilis nunc obdurat et nunc curat. » Le chœur continuait son crescendo impétueux.

Mantos, avec un peu de difficulté, souleva l'arme au-dessus de l'appuie-tête. – Voici Durandal, la reproduction exacte de l'épée de Roland à Roncevaux.

– Nooon ! firent en chœur les adeptes. Elle est magnifique !

Saverio ouvrit la portière. – Sortons de la voiture.

Silvietta lui serra l'épaule, essayant de l'arrêter. – Attends, ô Maître, on peut nous voir.

– Peu importe. On va se cacher derrière la voiture.

Les Enragés sortirent et se planquèrent derrière la Ford.

– Agenouillez-vous. – Saverio plaça la lame de Durandal au-dessus de la tête de ses adeptes. – Murder ! Zombie ! Silvietta ! Moi, Mantos, votre père charismatique, Grand Prêtre du Malin et humble serviteur de Satan, je vous nomme Paladins du Mal. Que personne n'ose briser notre serment, aujourd'hui et pour l'éternité ! Nous accomplirons notre mission jusqu'au bout. Jusqu'au sacrifice final de nos propres vies. Maintenant, embrassons-nous !

Les Enragés s'enlacèrent alors et s'embrassèrent, émus.

– Ben, qu'est-ce que vous fabriquez ? Z'êtes devenus fous ?

Ils se retournèrent.

Le cousin de Saverio, Antonio Zauli, au volant d'un fourgon, les regardait, ébahi.

– Non… C'est que…, bredouilla le leader des Enragés, penaud.

– Allez… Z'êtes en retard… Faut que vous vous enregistriez. En voiture.

On les fit entrer par la GATE OUEST, celle de service. En tout, dans la Villa, il y avait trois autres entrées. Deux étaient fermées et servaient en cas d'urgence, et la troisième, sur la via Salaria, l'entrée principale, était destinée aux invités. D'imposantes portes en fer de dix mètres de haut coulissaient sur des rails, mues par des pompes hydrauliques.

L'entrée de service était surveillée par des gardes privés qui patrouillaient et contrôlaient la marchandise à l'entrée et à la sortie. Un peu plus loin, s'élevait le point d'enregistrement, une structure à deux étages tout en verre et colonnes d'acier anodisé. Le personnel, des cuisiniers jusqu'aux rabatteurs pour la chasse, devait être enregistré avant d'accéder à l'intérieur.

Les Enragés d'Abaddon prirent la queue. Devant eux, il y avait une trentaine de personnes, en majorité de couleur.

– On a l'impression d'être à l'aéroport, commenta Zombie, qui était allé une fois à Cologne pour un concert d'AC/DC.

Quand ce fut leur tour, un gardien leur fit remplir un très long questionnaire et signer un contrat, écrit en tout petit. Puis, on leur imprima sur le poignet un code-barres d'identification. De là, à travers un couloir bas éclairé par une lumière diffuse, ils passèrent dans une longue salle avec des enfilades d'armoires métalliques où ranger leurs vêtements et prendre les uniformes. Silvietta se changea dans le vestiaire pour femmes. On lui avait donné une jupe noire, un chemisier blanc et des boots à semelles de gomme renforcées. Quand elle réapparut, les autres se mirent à rire et à se moquer d'elle. Personne ne l'avait jamais vue en jupe. Mais ils durent admettre que ça lui allait plutôt bien.

Sur un panneau, il était écrit en plusieurs langues qu'il était formellement interdit d'introduire à l'intérieur de la Villa des objets personnels, y compris des téléphones portables, des appareils photo et des caméras vidéo.

– Comment on va faire pour passer l'épée ? Et les tuniques ? On peut pas organiser le rituel sans nos tuniques, murmura Murder dans l'oreille de Mantos, qui les gardait cachées dans son sac à dos. Sous le bras, il serrait le tapis de bain dans lequel était enroulée Durandal.

Ça, Saverio n'y avait pas pensé. Et maintenant ? L'important était de faire croire que tout était sous contrôle. – Pas de problème. Calmos. Il prit une profonde inspiration et passa sous le portique, en priant pour que l'alarme ne sonne pas.

Mais il n'en fut pas ainsi.

– Venez ici, lui intima un gardien alourdi par le gilet pare-balles. Qu'est-ce que vous avez là ?

Mantos déroula le tapis avec désinvolture.

Le gardien hocha la tête. – Les armes ne sont pas autorisées.

Mantos haussa les épaules, comme si c'était la centième fois qu'il se heurtait à ce type d'emmerdement. – Ce n'est pas une arme. C'est juste une reproduction de Durandal, l'épée qui a appartenu à Roland et, avant lui, à Hector.

L'homme enleva ses lunettes noires, découvrant deux petits yeux aussi expressifs qu'une lampe de chevet. – En quel sens ?

Le leader des Enragés regarda ses adeptes qui, en même temps que le gardien, attendaient une réponse. Il sourit. – Dans le sens qu'elle a une valeur exclusivement esthétique. Cela lui sembla être une excellente réponse. Du genre définitif, qui n'admet aucune réplique.

– Et à quoi elle vous sert ? répliqua pourtant le type.

– À quoi elle me sert ? Je vais vous l'expliquer. – Il prit une profonde inspiration et se lança. – Elle me sert à couper le rôti. Moi je suis le préposé à la découpe des viandes rouges. Et les vêtements que j'ai dans mon sac à dos servent au spectacle de magie. Je suis le magicien Mantos et ces trois-là sont mes assistants.

Le gardien gratta sa nuque rasée. – Donc, si je comprends bien, vous, vous êtes un magicien préposé à la découpe des viandes rouges ?

– Exactement.

Quelque chose se brisa dans les certitudes granitiques du type. – Un instant. Il s'éloigna et alla tenir conciliabule avec un bonhomme qui devait être son supérieur.

Puis il revint et dit : – C'est bon, vous pouvez passer.

Les Enragés, tout raides, franchirent la zone de contrôle et se retrouvèrent sur une esplanade remplie de caisses de vin, de nourriture et de containers. Sur un côté, était garée une rangée de voiturettes de golf. La place était fermée par un grillage en acier auquel étaient accrochées des pancartes qui disaient : ATTENTION. CLÔTURE ÉLECTRIQUE.

Dès qu'ils furent seuls, les Enragés ne purent contenir leur joie.

– Grand Mantos ! Tu es mythique ! Murder donna une série de tapes affectueuses au maître.

Silvietta se serra contre le Très Grand. – Géniale, ton histoire du magicien découpeur de viandes.

– Qui sait ce qu'ils se sont dit, les deux autres. Tu leur en as bouché un coin, ricanait Zombie.

– Ça suffit ! Ça suffit comme ça. Le leader tentait d'endiguer les baisers de ses adeptes.

– Encore ! Mais alors, z'êtes des pédés ? leur hurla Antonio au volant d'une golfette. Allez, magnez-vous de monter. Je vous emmène à la zone des cuisines. Y a un tas de trucs à faire et les invités vont commencer à arriver dans pas longtemps.

Mantos regarda autour de lui. – Mais à quoi ça sert, tout ce dispositif de sécurité ?

Antonio appuya sur l'accélérateur : – Z'allez pas tarder à comprendre.

Ils franchirent le portail et prirent un petit sentier de terre qui s'enfonçait dans le bois. Au début, ils ne s'aperçurent de rien, puis Zombie eut l'impression de voir quelque chose bondir entre les branchages des arbres. Jusqu'à ce qu'ils entendent des hurlements stridents sur leur passage.

– Des gibbons. Z'inquiétez pas. Ils sont inoffensifs.

– Nooon. C'est pas possible ! Regardez. Zombie indiqua quelque chose de l'autre côté du bois. Là où les arbres se clairsemaient, une verte prairie s'ouvrait, sur laquelle paissaient des gnous, des gazelles et des girafes. Plus loin, dans un lac limoneux, on apercevait les croupes boueuses d'un troupeau d'hippopotames. Dans le ciel, tournoyaient des vols de vautours.

Mantos n'en croyait pas ses yeux. – On dirait qu'on est au Zoo Safari de Fiumicino.

– Et ça, c'est rien. Z'allez voir plus tard, sourit Antonio, satisfait.

Sur leur droite, cachée par une rangée de chênes verts, ils entrevirent une espèce de centrale électrique en miniature. De grands transformateurs peints en vert se confondant avec la végétation émettaient un ronflement sourd. Des tuyaux colorés pointaient de la structure et s'enfonçaient dans le terrain.

– Ça, c'est ce qui alimente tout le parc, expliqua Antonio. Chiatti produit sa propre énergie électrique, en utilisant du gaz. C'est plus intéressant que de l'acheter à l'Acea, vu la quantité de kilowatts dont il a besoin pour maintenir sous tension les clôtures, éclairer le parc, faire tourner la salle des ordinateurs…

La route fut traversée par une dizaine de zèbres suivis par quelques poulains. Silvietta était aux anges. – Regardez les bébés. Qu'est-ce qu'ils sont mignons !

Ils attendirent qu'ils passent et reprirent leur chemin.

Saverio, d'un ton désintéressé, demanda à son cousin : – Dis-moi, Larita, elle est déjà là ?

Antonio leva les bras. – Je crois que Chiatti lui a réservé un appartement dans la Villa Royale, mais j'en sais pas plus.

Peu après, à travers les faîtes des arbres, apparut un vieil édifice de trois étages, couronné par une terrasse à deux tourelles.

– On arrive à la Villa Royale.

La cour postérieure de la demeure, cachée par de hautes haies de buis, était un va-et-vient frénétique d'hommes et de moyens de transport, dans le nuage de poussière soulevé par les pneus des fourgons, pick-up et autres Land-Rover. Des équipes d'ouvriers en uniformes verts déchargeaient de la nourriture, des bouteilles, des nappes, des verres, des couverts, et des tables sous le commandement d'hommes vêtus de noir qui hurlaient plus fort que s'ils étaient dans une prison militaire. Sous un auvent, accroupis dans la poussière, les rabatteurs de couleur, en pagne, mangeaient dans des gamelles ce qui semblait être des tortellinis en bouillon.

Dans un coin, il y avait des préfabriqués d'où sortaient de la fumée et une odeur de nourriture.

– Voilà les cuisines. Dans quelques minutes, Zóltan Patrovič va arriver pour vérifier que tout se passe bien. S'il vous plaît – le visage d'Antonio se fit sérieux –, vous faites pas choper à vous rouler les pouces.

– Et c'est qui, Zóltan Patrovič ? déglutit Silvietta, inquiète.

– On voit que vous débarquez d'Oriolo. C'est un célèbre chef bulgare. Il est très exigeant, donc, faites bien votre boulot.

Ils descendirent tous les quatre de la golfette.

Antonio indiqua un homme en noir. – Maintenant, allez voir ce type là-bas, et demandez-lui ce que vous avez à faire. On se voit plus tard… Et, s'il vous plaît, pas de conneries.

26.

Fabrizio Ciba était arrêté au feu rouge du carrefour de la Salaria avec l'avenue Regina Margherita, chevauchant sa Vespa qui crachotait de la fumée noire. Il avait réussi à la récupérer et à la faire redémarrer

À côté de lui, deux adolescentes sur un scooter pilèrent, fesses et string débordant de leur jean taille basse. Elles l'observèrent un instant, piaillèrent tout excitées, puis celle de derrière l'interpella : – Pardon... Mais tu serais pas Ciba ? L'écrivain de la télé ?

Fabrizio dégaina son expression ironique, découvrant sa dentition blanchie. – Si, mais ne le dites à personne. Je suis en mission secrète.

La blondinette lui demanda : – Dis donc, t'irais pas à la fête à la Villa Ada ?

L'écrivain haussa les épaules comme pour dire · « Bien obligé. »

L'autre gamine, en mâchouillant son chewing-gum, implora : – Tu pourrais pas nous faire entrer ? S'te plaît... S'te plaît... Pour l'amour de Dieu... Tout le monde y sera...

– Si seulement, mais j'ai l'impression que c'est vraiment impossible. Je m'amuserais beaucoup plus si vous y étiez vous aussi.

Le feu passa au vert. L'écrivain enclencha la première et la Vespa bondit. Pendant une seconde, Ciba se vit reflété dans la vitrine d'une boutique. Pour l'occasion, il avait mis un pantalon de toile marron clair, une chemise Oxford bleu ciel, une cravate Cambridge bleue élimée qui avait appartenu à son grand-père et une veste en coton madras à trois boutons de J. Crew, à rayures blanches et grises. Le tout rigoureusement froissé.

Plus il roulait vers la Villa Ada, plus la circulation augmentait. Des groupes d'agents de police tentaient de la dévier sur la via Chiana et la via Panama. Sur les trottoirs, le long des rues, derrière les barrières de sécurité contrôlées par des CRS en tenue anti-émeute, une foule s'amassait. Beaucoup étaient des jeunes rebelles des centres sociaux qui manifestaient contre la privatisation de la Villa Ada. Aux balcons étaient accrochées des banderoles. L'une d'elles, très longue, disait : CHIATTI MAFIEUX ! RENDS-NOUS NOTRE PARC ! Une autre : CONSEIL MUNICIPAL BANDE DE VOLEURS ! Et aussi : LA VILLA ADA DOIT REVENIR AUX ROMAINS !

Fabrizio décida de garer sa Vespa et de réfléchir sur un aspect qu'il n'avait pas pris en considération. En participant à la fête de Chiatti, son image publique d'intellectuel engagé allait en prendre un sacré coup. Lui, il était un écrivain de gauche. Il avait fait l'ouverture du congrès national du PD, en appelant à une mobilisation urgente pour la culture italienne désormais à l'agonie. Il n'avait jamais rechigné à aller faire une signature au centre culturel Leoncavallo de Milan ou au centre social Brancaleone de Rome.

Il est encore temps pour moi de m'en retourner chez moi, personne ne m'a vu...

– Salut, ma poule !

Fabrizio se retourna. Paolo Bocchi, au volant d'une Porsche Cayenne, s'arrêta à côté de lui.

Oh non !

– Allez, la scribouille, laisse tomber ta chiotte et monte dans mon carrosse ! Tu feras une entrée digne de ce nom.

– Vas-y, vas-y, j'ai un coup de fil de boulot à passer, on se retrouve à l'intérieur, mentit Fabrizio.

Le chirurgien indiqua un groupe de jeunes à keffieh. – Mais qu'est-ce qu'ils cherchent, ces casse-couilles ? Et il partit en klaxonnant frénétiquement.

Que faire ? S'il devait s'en aller, il valait mieux le faire vite. Des photographes et des équipes de télé rôdaient, faméliques, en quête d'invités.

Tandis qu'il observait les jeunes des centres sociaux qui hurlaient aux policiers : « Vous êtes des merdes et des merdes vous resterez », Fabrizio se souvint d'une chose que parfois, de manière inexplicable, il oubliait : *Je suis un écrivain, moi. Je raconte la vie, moi. Tout comme j'ai dénoncé l'abattage des forêts millénaires en Finlande, je peux l'étriller, cette bande de parvenus, de mafieux. Un article bien senti dans la page culture de* La Repubblica *et je leur règle leur compte à tous. Je suis différent, moi.* Il observa ses vêtements froissés. *Vous pourrez pas m'acheter, moi ! Je vous encule, moi !* Il remonta sur sa Vespa, passa la première et affronta la foule.

La composition des spectateurs derrière les barrières de sécurité était en train de changer. Maintenant il y avait davantage de gamines et de familles entières avec leur portable, qui se mirent à le photographier et à lui hurler de s'arrêter.

Il arriva enfin au portail d'accès défendu par une vingtaine d'hôtesses et un bataillon de gardes privés. Une fille blonde sculptée dans un tailleur moulant s'avança vers lui. – Bonjour. Ravie de vous compter parmi nous. Nous n'étions pas certains de votre présence, vous n'avez pas confirmé.

Fabrizio enleva ses Ray-Ban et la regarda. – Vous avez raison, je suis terriblement coupable. Comment puis-je me faire pardonner ?

La fille sourit. – Vous n'avez rien à vous faire pardonner... il suffit que vous me donniez votre invitation. Et elle tendit la main vers l'écrivain.

Fabrizio prit l'enveloppe. Dedans, outre l'invitation, il y avait une carte magnétique. Il la remit à l'hôtesse, qui la passa dans un lecteur. – Tout est en règle, monsieur Ciba. Votre Vespa, vous avez intérêt à la garer ici sur la gauche et à emprunter la passerelle à pied. Amusez-vous bien.

– Merci, répondit l'écrivain, et il enclencha la première. Il tourna à gauche, au-delà du tapis rouge qui menait à l'entrée, vers une esplanade où s'amassaient déjà BMW, Mercedes, Hummer, et autres Ferrari. Il mit la Vespa sur la fourche, enleva son casque, arrangea ses cheveux avec ses doigts. Tandis qu'il jetait un coup d'œil de contrôle au rétroviseur, il entendit, derrière les barrières de sécurité, un hurlement étranglé : – Aoooh ! Faux-cuuuul ! – Il n'eut pas le temps de comprendre ce qu'il se passait que quelque chose de lourd le frappa à l'épaule gauche. Il pensa un instant que les Black Bloc avaient balancé une pluie de pavés. Il pâlit et recula, terrorisé, courut se tapir derrière un SUV. Puis, avalant de l'air, il regarda son épaule agressée. Un *arancino* sicilien, farci de riz et de petits pois, avait explosé sur sa veste, et coulait lentement sur sa poitrine, laissant une bavure huileuse de mozzarella et de sauce tomate bouillante. Fabrizio arracha de son épaule l'*arancino* comme si c'était une sangsue infectée et le jeta violemment à terre. Vexé, bafoué, humilié, il se tourna vers la foule. Trois hommes en veste et cravate, cheveux frisés et barbe, le regardaient avec haine, autant que s'il était Mussolini (arrêté d'ailleurs précisément à la Villa Ada). Ils le montraient, les bras tendus et lui hurlaient en chœur : – Ciba, salaud ! Crève ! T'es qu'un vendu ! L'écrivain réussit à esquiver de justesse un pichet d'un litre de Coca-Cola qui explosa sur le capot du SUV.

Un blindé vomit une phalange de CRS qui agressa à coups de matraque les agitateurs. Tous trois essayèrent de se défendre en soulevant une barrière de sécurité. Celui qui lui avait lancé l'*arancino* fut frappé à l'arcade sourcilière par un policier, un flot de sang jaillit, transformant son visage en un masque rouge. Les deux autres finirent à terre sous les coups des matraques.

Un jeune policier prit l'écrivain par le bras et l'entraîna en arrière en hurlant : – Allez, allez, faut pas rester là !

Fabrizio, angoissé et bouleversé, le suivit sans réussir à détacher ses yeux de l'homme ensanglanté qui, par terre, continuait à hurler : – Ciba, ordure ! T'es comme les auuuutrees ! Hypocrite ! Vendu ! T'es à gerber ! – Tandis que les CRS continuaient à cogner, les limousines s'arrêtaient sur le tapis rouge et les invités défilaient sous les flashs des fans et des photographes. Fabrizio Ciba se réfugia entre les voitures, son cœur lui martelant le sternum. – Mais, putain de

Dieu…, haleta-t-il en essuyant la sueur de son front, … ils sont dingues !

– Vous vous sentez bien ? lui demanda le policier.

Ciba lui fit signe que oui de la tête.

– Qu'est-ce que vous attendez ? Allez, allez-y, ici c'est dangereux.

Fabrizio se sentit défaillir. *Non, non, moi je rentre à la maison.*

Il ne pouvait pas. Il s'imagina les titres des journaux. *L'écrivain Fabrizio Ciba, hué par les centres sociaux à la fête de Chiatti, prend la fuite.* Soit dit en passant, ces trois gars semblaient être tout, sauf des jeunes des centres sociaux.

Désormais, il était dans la merde et la seule voie pour en sortir, à ce stade, était de rester quelques heures à la fête puis de rentrer chez lui pour écrire un bel article enflammé. Il se dirigea vers la passerelle avec sa veste maculée d'huile et de sauce tomate. Il décida qu'il valait mieux la quitter et la tenir nonchalamment accrochée à son épaule.

Devant l'entrée de la Villa, la situation était complètement différente. Des berlines élégantes continuaient à cracher des acteurs, des footballeurs, des politiciens, des bimbos, sous les applaudissements et les hurlements des spectateurs écrasés contre les barrières de sécurité comme des poulets sur un gril. Un truc pareil, il ne l'avait jamais vu, même à la Mostra de Venise. Les VIP saluaient et les femmes se laissaient photographier dans leurs robes griffées. Une fille réussit à franchir les barrières et se lança sur Fabio Sartoretti, le comique de *Bazar*. Mais ses gardes du corps la clouèrent à terre et la rejetèrent dans la foule, qui la ravala.

Ciba prit son courage à deux mains et s'avança, tête basse, en espérant ne pas être reconnu. Mais voyant que ses fans le saluaient si chaleureusement, il ne put s'empêcher d'agiter la main.

À ce moment-là, une BMW aux vitres fumées freina devant la passerelle. De l'auto sortit une paire de jambes bronzées qui semblait interminable. Puis apparut le reste de Simona Somaini. La miss Italie 2003, qui avait embrassé avec succès la carrière d'actrice avec *SMS de l'au-delà*, était vêtue d'un mouchoir de poche en strass qui découvrait son dos et une bonne partie de son cul et voilait à peine ses seins et pas du tout son ventre lisse et bronzé. À côté d'elle, il reconnut la fameuse agent de spectacle Elena Paleologo Rosso Strozzi qui ressemblait, comparée à la diva, à un Pygmée rongé par le ver solitaire. Ciba, bien qu'il fût encore secoué par l'incident, à la vue de cette pouliche de race, pensa que sa journée au fond n'était pas totalement fichue. Et surtout, qu'il ne se l'était jamais faite, et que cette lacune devait être comblée.

Fabrizio bomba le torse, rentra le ventre et afficha son ineffable expression d'écrivain maudit. Il alluma une cigarette, la cala au coin de la bouche et passa à côté d'elle avec un air distrait.

– Fabri' ! Fabri' !

Ciba compta jusqu'à cinq, puis il se tourna et la regarda, perplexe, comme s'il avait devant lui une œuvre de Mondrian. – Attends… Attends… ? – Puis il secoua la tête. – Non… Je suis désolé…

L'actrice n'était pas vraiment vexée, elle était plutôt déconcertée. Au cours des dernières années, le seul moment où on ne l'avait pas reconnue, c'était quand elle était allée rendre visite à son oncle Pasquale dans un institut pour aveugles à Subiaco. Puis, elle se dit que l'écrivain souffrait de myopie. – Fabrizio ? C'est moi, Simona. Ne me dis pas que tu ne te souviens pas de moi ?

– À Recanati, peut-être ? – Fabrizio balança le premier nom qui lui passa par la tête. – Pour le séminaire sur Leopardi ?

– À la télé, *Porta a Porta*, il y a un mois ! – La Somaini aurait voulu lui faire la tête, mais le botox l'en empêcha. – La triste histoire du petit Hans…

Ciba se donna une tape sur le front. – Putain, bonjour l'Alzheimer… Comment peut-on oublier la Vénus de Milo ! En plus, j'ai ton calendrier dans les toilettes.

La Somaini émit un cri semblable à l'appel de la perruche en rut : – Ne me dis pas que tu as mon calendrier ! Un écrivain comme toi avec un calendrier de routiers.

Fabrizio mentit effrontément. – J'adore Février.

Elle fit bouffer sa chevelure. – Mais qu'est-ce que tu fais ici ? Je ne pensais pas que c'était ton genre, ces fêtes-là.

Ciba leva les mains. – Je ne sais pas… Une forme congénitale et jamais reconnue de masochisme ? Une insoutenable envie de socialisation ?

– Fabrizio, mais tu ne sens pas comme… une bonne odeur de sauce tomate et de mozzarella ? Le dernier *arancino* que la Somaini avait goûté, ç'avait été pour sa communion.

– Euh... Non, j'ai pas l'impression, dit Ciba en humant l'air. Rita Baudo, du journal télévisé TG4, le tira d'embarras. Elle arriva avec un micro, suivie par un caméraman.

– Mais voici l'actrice Simona Somaini comme toujours resplendissante avec l'écrivain Fabrizio Ciba ! Ne me dites pas que j'ai dégoté le scoop de l'année !

La Somaini, avec un réflexe pavlovien, s'enroula au bras de Ciba. – Mais qu'est-ce que tu racontes, Rita ? On est amis !

– Vous ne voulez rien révéler aux auditeurs de *Varietà* ? – Rita Baudo planta le micro contre les dents de Ciba, qui l'éloigna, agacé. – Tu as entendu ce qu'a dit Simona ? Juste de vieux amis.

– Alors, vous feriez un petit coucou à nos télé-spectateurs ?

Fabrizio agita la main devant la caméra : – Salut. Et il s'éloigna avec Simona Somaini à son bras.

Rita Baudo se tourna vers l'opérateur et regarda la caméra avec malice : – À mon avis, ces deux-là ne nous disent pas toute la vérité !

Un hurlement inhumain s'éleva du cercle infernal au-delà des barrières de sécurité. Rita Baudo se mit à courir. D'un Hummer descendaient Paco Jiménez de la Frontera et Milo Serinov, l'avant-centre et le gardien de la Roma.

27.

À environ trois cents mètres du parterre des VIP, sur l'esplanade à l'arrière de la Villa Royale, les Enragés d'Abaddon avaient été mis au turbin. Zombie outrageait la Vierge Marie et les saints du Paradis tout en déchargeant d'un fourgon des cartons de Fiano d'Avellino. Mantos avait atterri en cuisine comme marmiton. Murder et Silvietta, quant à eux, avaient reçu l'ordre d'astiquer six caisses de couverts en argent pour le dîner indien.

La vestale, yeux baissés, briquait une fourchette avec un chiffon. – Tu changes pas, hein.

Murder soupira. – Écoute, tu peux me lâcher, pour une fois…

– Non, je te lâche pas, mais alors pas du tout. T'avais promis que tu lui dirais dans la voiture. Pourquoi tu l'as pas fait ?

Murder jeta avec énervement un couteau à faire briller parmi ceux déjà lustrés. – J'ai essayé… Mais à la fin, j'ai pas eu le cran, après le discours qu'il nous a fait, comment je pouvais ? Et puis, excuse-moi, mais pourquoi c'est toujours à moi de dire les choses difficiles ?

Silvietta se leva d'un bond. Parfois, elle ne supportait pas son fiancé. – Je te signale que c'est toi qui m'as dit que tu le lui dirais. Qu'y avait pas de problème.

Murder écarta les bras. – Et effectivement, y a pas de problème. Dès que je peux, je le lui dis.

Sa fiancée l'attrapa au poignet. – Non, on va aller le lui dire maintenant, là, tout de suite ! Comme ça, on sera plus tranquilles. D'accord ?

Murder se leva de mauvais gré. – D'accord. Mais, franchement, t'es chiante… Tu le sais, qu'il va se foutre en rogne…

Ils traversèrent l'esplanade en faisant attention à ne pas se faire choper par Antonio, qui, debout sur une caisse, donnait des ordres à tout le monde. D'homme doux et affable, il s'était transformé en kapo.

Murder et Silvietta entrèrent dans les cuisines. C'étaient trois pièces énormes. Pleines d'appareils en acier inox, de vapeurs, de parfums et d'arômes de tous ordres. Il devait y avoir au moins une cinquantaine de cuisiniers vêtus de blanc, et coiffés de la toque. Et une armée de marmitons tous très affairés. Le bruit de casseroles et de voix était assourdissant.

Ils trouvèrent Saverio assis sur un tabouret, un épluche-légumes à la main. Il pelait un monceau de patates avec lequel on aurait pu nourrir tout Rebibbia.

Mantos les vit et il chuchota : – Qu'est-ce que vous faites là ? Vous êtes devenus fous ? Si on vous chope… J'ai dit à Zombie qu'on se voit dans une demi-heure dehors pour un briefing où je vous communiquerai le plan d'action. Maintenant, foutez le camp.

Murder le regarda et, en se tortillant, il murmura : – Attends… On a un truc important à te dire.

Mantos se leva et les attira dans un coin. – Quoi ?

– Voilà… Murder n'arrivait pas à poursuivre.

– Voilà quoi ? Allez, accouche !

Une voix flûtée avec un fort accent de l'Est s'éleva derrière eux : – Vous deux, qui vous a donné l'autorisation de pénétrer dans le temple ?

Dans les cuisines, s'était abattu un silence sépulcral. Même les hottes aspirantes et les mixeurs semblaient s'être tus. Les moineaux dehors étaient devenus muets.

Les Enragés se retournèrent et virent en face d'eux, enveloppé dans les vapeurs d'un pot-au-feu, un moine. À ceci près que la soutane était en soie noire, brodée d'oiseaux de paradis argentés. Il se tenait les doigts croisés, cachés dans les manches amples de sa robe, et il était pieds nus. Sous la capuche apparaissaient une barbichette blanche pointue, deux pommettes anguleuses, un nez crochu et deux yeux gris et froids comme une journée d'hiver sur la mer Caspienne.

Le leader des Enragés d'Abaddon eut la certitude que ce type-là était Zóltan Patrovič, l'imprévisible chef bulgare.

Saverio n'avait jamais vu le grand Raspoutine, le moine maudit qui, par ses manigances et ses maléfices, avait condamné le tsar et sa famille. Mais il pensa que l'homme devant lui devait en être la réincarnation.

Derrière lui, tous les cuisiniers et les marmitons s'étaient figés, les yeux baissés.

– Non… C'est que… On ne sait pas… Saverio fit sortir de sa bouche quelques mots en vrac. Il aurait voulu assumer la faute, mais c'était comme si sa langue avait été engourdie par une injection de lidocaïne. Et il n'arrivait pas à détourner les yeux de ceux du chef. Deux puits noirs. Ils étaient si profonds. Il eut l'impression qu'il était aspiré par eux.

Zóltan lui attrapa le front d'une seule main.

Le leader des Enragés sentit un flux bienfaisant de chaleur passer des doigts du chef dans son crâne et il se retrouva à penser à l'omelette aux macaronis que lui faisait sa tante Imma quand, enfant, il allait l'été à Gaète.

Il est en train de m'hypnotiser, pensa-t-il un instant, mais aussitôt après il songea qu'une omelette aussi bonne, il n'en avait plus jamais mangé. Elle était spéciale parce qu'elle la faisait avec le reste des pâtes *a la puttanesca* de la veille. Épaisse et compacte. Légèrement grillottée. Et dedans, plein d'olives et de câpres. Dommage que la tante Imma soit morte, sinon il l'aurait appelée sur le champ pour lui en réclamer une. Puis il se dit qu'au fond, il suffisait de demander pardon à Zóltan et après de foncer à la maison et de s'en faire une tout seul, aussi bonne. Qui sait s'il y avait des œufs au frigo ?

–Je vous prie de m'excuser. Vous avez parfaitement raison. Nous avons fait une erreur et nous sommes mortifiés. Mais maintenant, il faudrait que je sache si Serena a acheté des œufs, dit Mantos, sérieux.

– À genoux, ordonna Patrovič d'un ton neutre.

Tous les trois, comme téléguidés, s'agenouillèrent.

– Tête à terre.

Tous les trois mirent la tête à terre.

Le moine leur monta sur le dos.

C'est drôle, il n'est pas lourd du tout, se dit Saverio. *Il est peut-être en lévitation.*

Le chef resta en silence pendant au moins quelques minutes debout sur eux.

Saverio ne pouvait le voir, étant face contre terre, mais il imagina que le chef regardait les cuisiniers. À la fin, Zóltan dit : – Bien. À bon entendeur… Et il descendit du dos des Enragés.

Tous firent signe que oui et se remirent au travail sans broncher.

Il est télépathe, devina Saverio.

Puis le moine traversa la cuisine, avançant raide comme une statue de bois, comme si, sous la soutane, il y avait un skateboard. Les cuisiniers s'inclinaient et lui tendaient les plats. Lui, il passait sa main au-dessus, comme un pranothérapeute.

De temps à autre, il susurrait : – Moins de gingembre. Plus de sel. Trop de cumin. Il manque du romarin.

Et puis, d'un coup, il disparut comme il était apparu.

Buffet de bienvenue

28.

Fabrizio Ciba et les autres invités furent contraints eux aussi de se soumettre à une procédure semblable à celle qu'avaient subie les Enragés d'Abaddon pour entrer dans la Villa. L'écrivain traversa le portique détecteur de métaux.

Quand ce fut le tour de Simona Somaini, on l'obligea à laisser son téléphone portable.

– C'est quoi, cette bouffonnerie ? demanda l'écrivain à une hôtesse. La fille expliqua que Chiatti ne voulait pas que sa fête devienne un événement public. Donc on ne pouvait pas envoyer de photos, de vidéos et encore moins communiquer avec l'extérieur. C'est pourquoi les journalistes n'avaient pas été accrédités.

– T'inquiète, y aura les photographes de « Sourires et Chansons ». Chiatti leur a donné l'exclusivité, lui confia à voix basse la Somaini, qui, en la matière, était une experte.

Ils sortirent du poste de contrôle et se trouvèrent face à un petit train en forme de silure, placé sur un monorail. Dessus était écrit : VILLA ADA ENTERPRISE.

Ils s'assirent dans les petits fauteuils en cuir noir. Les haut-parleurs du wagon diffusaient la voix de Louis Armstrong qui chantait « What a Wonderful World ». Derrière eux vint s'installer Paco Jiménez de la Frontera, cheveux longs peroxydés et mâchoire carrée dont raffolaient les femmes. Pour l'occasion, le footballeur portait un smoking chatoyant et dessous un T-shirt en satin blanc. Sa compagne, le sculptural top model de Montopoli di Sabina, Taja Testari, était couverte de la tête aux pieds d'une robe d'organdi noir qui voilait son corps nu.

Fabrizio, après le grand gala de *Canale 5*, se l'était faite, mais il était tellement soûl que son seul souvenir était que, pendant leur baise, elle lui avait balancé un gnon sur le nez, il ignorait si c'était par jeu érotique ou parce qu'il avait déchiré sa robe.

Son coéquipier Milo Serinov, flanqué d'une ex-bimbo de la télé, les rejoignit, laissant derrière lui un sillage nauséabond d'after-shave.

Simona Somaini continuait à babiller en se serrant au bras de Fabrizio et en plaquant ses nichons contre lui. L'écrivain soupçonnait qu'elle faisait tout cela parce qu'elle savait que les droits de *La Fosse aux lions* avaient été vendus à la Paramount et Dieu sait ce qu'elle espérait. Elle ignorait que lui, il n'avait aucun pouvoir sur le film. Les Américains n'avaient même pas voulu le rencontrer. Ils avaient répondu à son agent qu'ils ne jugeaient pas cela nécessaire. Ils lui avaient donné un paquet de pognon à la condition de pas les faire chier.

L'écran plat sur le dossier du fauteuil de devant s'anima et apparut la grosse bouille de Salvatore Chiatti.

– Oh mon Dieu, il est pareil à Minos ! fit Simona en mettant une main devant sa bouche, de surprise.

Fabrizio en resta comme deux ronds de flan. Il n'imaginait pas que l'actrice puisse s'y entendre en mythologie grecque. – Minos ?

– Oui, le carlin de Diego Malara, mon coiffeur. C'est lui tout craché.

L'actrice ne se trompait pas, le promoteur immobilier de Campanie ressemblait d'une manière incroyable au mini molossoïde. Les yeux exophtalmiques, le nez petit et camus, le crâne rond qui s'enchâssait directement entre les épaules larges. Sur les côtés, au-dessus des oreilles minuscules, poussait une couronne de cheveux argentés, mais, pour le reste, il était complètement chauve.

– Bonjour, je suis Salvatore Chiatti. J'espère que cette fête dépassera tout ce que vous pourriez imaginer. Moi et mes assistants, nous avons déployé tous nos efforts pour que cela soit possible. Maintenant, s'il vous plaît, fermez les yeux. Je ne dis pas ça pour plaisanter. Faites-le vraiment. Les voyageurs se regardèrent entre eux, un peu gênés, puis ils obéirent.

La voix de Chiatti était de plus en plus mielleuse. – Imaginez que vous redevenez des enfants. Vous êtes seuls dans une petite cabane en bois, votre grand-mère est allée au village. Soudain, le ciel commence à gronder. Vous ouvrez la fenêtre et qu'est-ce que vous voyez ? Au fond de la plaine, une tornade fonce vers vous. Alors, désespérés, vous commencez à fermer tous les volets, à barricader la petite porte, mais le tourbillon en un instant est sur la masure et il vous emporte dans le ciel avec toute la cabane. La maison tourne, tourne, tourne… Et la tornade vous entraîne vers le haut, de plus en plus haut, au-delà de l'arc-en-ciel. – En fond sonore, s'éleva une version instrumentale de « Over The Rainbow ». – Et pour finir, elle vous dépose gentiment dans un nouveau monde jamais exploré. Dans un monde où la nature sauvage et préservée vit en harmonie avec les hommes. Maintenant vous pouvez ouvrir les yeux. Bienvenue au paradis terrestre. Bienvenue à la Villa Ada. Tenez-vous bien. Un, deux, trois, partez !

– Oh, mon Dieu ! Simona Somaini serra la main de Fabrizio Ciba tandis que le train démarrait, les plaquant à leur fauteuil. Ils traversèrent à toute allure quelques dizaines de mètres de bosquets, puis le rail comme des montagnes russes pointa vers le haut, les emportant au-dessus des ramures des pins. À leur passage, s'élevaient des vols de perroquets colorés, des grues cendrées et d'énormes vautours au cou déplumé. Puis, lentement, ils redescendirent, se retrouvèrent dans une prairie verdoyante, passèrent parmi les troupeaux de gnous, de zèbres, de buffles et de girafes qui ne semblaient pas être dérangés par le train. Ils continuèrent sur une petite hauteur où une colonie de lions sommeillait au soleil à côté d'une meute de lycaons, et de là ils dévalèrent une grande pente sur laquelle poussaient des arbres bas.

Les passagers hurlaient d'excitation en indiquant les animaux. Au milieu de la végétation, Fabrizio crut voir des singes. Le train prit un large tournant qui les ramena lentement à une trentaine de mètres de hauteur. De là, ils eurent une vue complète du parc. C'était un immense tapis vert et les immeubles du quartier Salario et le viaduc de l'Olimpica se discernaient à peine.

Dans une descente à couper le souffle, le train glissa sur un grand lac où étaient amarrées trois maisons flottantes. Le bolide pila dans l'eau dans une exultation d'éclaboussures et sous les hurlements des voyageurs.

Simona était enthousiaste. – Même à Gardaland, dans les cascades des pirates, je ne me suis pas amusée autant.

Le train revint en arrière, pointant vers un petit édifice à tourelle et jardin à l'italienne, avec des haies formant de grands dessins géométriques. Là, il ralentit brusquement et s'arrêta. Les portes s'ouvrirent en un chuintement. Sur le quai, les attendaient des hôtesses qui offraient des jumelles et des livrets avec les photos des animaux de la réserve.

– Où est-ce qu'on boit ? J'ai besoin d'un bourbon, fit Ciba, s'interdisant d'exprimer le profond mépris qu'il éprouvait pour Chiatti et cette mise en scène du zoo-safari. Sans parler de la petite histoire à la mords-moi-le-nœud qu'il avait racontée, pompée du *Magicien d'Oz*. Ce dédain, il le ferait grandir, l'affinerait, le rendrait sublime et puis il le restituerait avec la puissance d'une bombe nucléaire dans son grand article pour *La Repubblica*.

À cette pensée, il se sentit mieux. Il était encore l'enfant terrible de jadis, l'écrivain acéré et coupant comme un éclat insensé qui réduirait en miettes cette pathétique baraque.

29.

Au même moment, derrière une cabane à outils, se tenait le briefing des Enragés d'Abaddon.

Mantos était assis sur un motoculteur. – Alors, disciples, écoutez-moi bien. – De son sac à dos, il sortit un vieux guide de Rome. Il mouilla son index et commença à le feuilleter. – Ça, c'est Villa Ada. – Il le posa sur le capot et tous s'attroupèrent. – On est ici, à la Villa Royale. Et d'après ce que j'ai lu sur le programme, dans environ une heure vont démarrer les trois chasses. Elles suivront trois parcours différents et puis chaque groupe atterrira dans un campement pour le dîner. Après le repas, tous les hôtes se réuniront et c'est là qu'il devrait y avoir le concert de Larita. – Il fit claquer ses doigts et serra les dents. – Manque de pot, à ce moment-là, Larita, elle sera bel et bien sacrifiée. Parce que nous, on va l'enlever pendant la chasse.

Silvietta leva la main. – Je peux dire quelque chose ?

Mantos détestait être interrompu quand il expliquait une action. – Je t'en prie.

– À mon avis, Larita, elle va pas participer au safari. Moi je la connais. Elle est anti-chasse. Elle a même fait une campagne.

Putain, cette éventualité-là, il n'y avait pas pensé. Mantos fit semblant de rien. – Excellent, Silvietta, c'est une hypothèse à prendre en considération. Toutefois, on ne peut être sûr de rien. On le saura au dernier moment. Et, pour ce faire, nous devrons être le plus près possible des invités et de Larita. Nous devons nous déguiser en serveurs.

– Dis-moi, Mantos, y a un truc que j'ai pas très bien compris, intervint Zombie. Pendant la chasse, qui te dit qu'on va la choper toute seule ? Va y avoir un tas de gens.

Le leader cette fois ne fut pas pris au dépourvu. – Bravo ! Toi, t'es un bon ! Et tu sais pourquoi, Zombie ? Parce que c'est toi – il le montra du doigt –, justement toi qui vas nous permettre de ne pas nous faire prendre.

– Moi ? Et comment ?

– Tu es électricien, pas vrai ?

Zombie se gratta la nuque. – Ben, ouais.

– Bon. Au crépuscule, tu iras à la centrale électrique, celle qu'on a vue tout de suite à l'entrée. Tu t'y introduiras en cachette et tu couperas le courant dans le parc. Alors, sans éclairage, pour nous ce sera du gâteau. À la faveur des ténèbres, on enlèvera la petite conne. Et, pour ce faire, on utilisera ça. – Toujours de son sac à dos, il sortit un flacon de liquide transparent. – C'est un anesthésique vétérinaire très puissant, le Sedaron. On l'utilise pour les chevaux. Deux gouttes suffisent, et t'es HS. Ça, en revanche, je l'ai trouvé dans les communs. – Il montra un tube en plastique rigide. Puis il arracha une feuille du guide de Rome et le roula en cône. À sa veste, il prit une épingle et l'enfila dans la pointe du petit cornet. – Messieurs, voici une sarbacane. Les indigènes d'Amazonie, avec cette arme meurtrière, ils vont à la chasse. Moi, à l'école, j'étais un as de la sarbacane, on m'appelait l'Indien. Je neutralise Larita et puis... – Il indiqua sur la carte les hauteurs du fort Antenne. – On l'emmène là-haut. Là où il y a les restes d'un antique temple romain. Et c'est là qu'on accomplira le sacrifice à Satan. – Il les regarda un à un. – Bon. Il me semble que tout est clair. Y a des questions ?

Zombie leva le doigt. – Mais comment je les coupe les fils ? Avec les dents ?

– T'inquiète. À ça aussi il y a une réponse. Dans une caisse de couverts, j'ai vu un énorme ciseau à volailles en argent. C'est ça que tu utiliseras. Autres questions ?

Murder leva timidement l'index.

– Dis-moi.

L'adepte prit une grande inspiration avant de parler. – Voilà... Je me demandais si par hasard t'étais revenu sur l'idée du suicide de masse.

– En quel sens ?

– Euh… Enfin… Il est vraiment nécessaire ?

Mantos serra les poings pour ne pas se mettre en colère. – Alors, on s'est pas compris ? T'as envie de passer le reste de tes jours à moisir en tôle ? Moi non. De cette façon, on les baise tous. Ils pourront jamais nous arrêter. Vous voulez devenir un mythe, oui ou non ?

– Effectivement…, admit Murder.

Les autres, en silence, firent oui de la tête.

– C'est parfait. Alors on peut passer à la phase numéro un de notre plan : Silvietta et Murder, allez récupérer des tenues de serveurs ; toi, Zombie, va chercher le ciseau à volailles ; moi…

– Oh ! Vous quatre, qu'est-ce que vous foutez là ? – Un des hommes d'Antonio était apparu derrière eux. – J'ai besoin d'un coup de main. Toi – il indiqua Mantos – faut que tu apportes une caisse de merlot d'Aprilia dans la villa, illico.

Mantos se leva et chuchota à ses adeptes : – On se retrouve ici dans un quart d'heure.

30.

Après mille hésitations sur la façon la plus efficace de faire son entrée, Fabrizio Ciba décida qu'il apparaîtrait avec Simona Somaini à son bras.

Au centre du jardin à l'italienne, s'ouvrait une place circulaire avec une grande fontaine hexagonale en pierre. À la surface, flottaient des pétales de rose.

Sur les côtés étaient disposées des charrettes siciliennes sur lesquelles étaient entassées des victuailles à foison. Des sculptures de glace représentant des anges et des faunes fondaient sous le tiède soleil d'une journée du printemps romain. Dans un coin, étaient installées les tables dressées. Au milieu des invités, naviguaient des paons, des faisans et des dindons apprivoisés. Un groupe de musiciens sur des échasses jouait des airs baroques.

Beaucoup d'invités étaient déjà arrivés. Des gens du show-biz, des politiciens, et toute l'équipe de la Roma dont Chiatti était un grand tifoso.

Fabrizio, Simona pendue à son bras, se fraya un chemin dans la foule. Il se sentait observé et envié. Il offrit à nouveau l'attitude qu'il avait adoptée à la présentation à la villa Malaparte. Égaré et accablé, obligé pour d'inexplicables raisons de se mêler à ces gens si différents de lui. Il vit la charrette des alcools forts.
– Tu veux quelque chose, Simona ?

L'actrice regarda avec horreur les bouteilles d'alcool. – Un bon verre d'eau minérale naturelle.

Fabrizio siffla coup sur coup deux scotchs. L'alcool le relaxa. Il alluma une cigarette, et se mit à observer les invités comme s'ils étaient à l'intérieur d'un aquarium. Tous se regardaient, se reconnaissaient, se critiquaient, se saluaient d'un léger signe de tête et se souriaient avec satisfaction, conscients d'appartenir à une communauté de Pères éternels. Fabrizio n'arriva pas à comprendre si le fait qu'il n'y ait pas de public pour les applaudir les rendait nerveux ou heureux.

Puis il aperçut, à l'écart, assis à une table, tout seul, un vieil homme.

Non ! C'est pas possible ! Même lui…

Umberto Cruciani, l'auteur de *La Muraille occidentale* et de *Pain et Clous*, les chefs-d'œuvre de la littérature italienne des années soixante-dix.

– Dis donc, ce… ? Il allait demander confirmation à Simona, mais il laissa tomber.

Qu'est-ce qu'il foutait là, Cruciani ? Il vivait reclus dans une ferme de l'outre-Pô pavesan depuis vingt ans.

Le maître fixait les collines au loin, le regard courroucé sous les sourcils épais. Il ne semblait même pas être là, comme si une bulle de solitude le séparait de tout le reste.

– T'en penses quoi, de cette fête ? Perso, je trouve ça too much. Chiatti a déjà gagné.

Fabrizio se retourna.

Bocchi tenait un grand verre de mojito. Il était déjà en sueur, le visage cramoisi, les yeux excités.

– Ouais, c'est super, coupa court l'écrivain.

– T'as vu, pour finir, tout le monde est là. Y en a des tas qui disaient qu'ils viendraient pas même si on les payait, que c'était ringard. Eh ben, y en a pas un qui manque à l'appel.

Fabrizio lui indiqua le vieil écrivain. – Il y a même Umberto Cruciani.

– Et qui c'est, çui-là ?

– Comment ça, qui c'est, çui-là ? C'est un maître. Un égal de Moravia, Calvino, Taburni. Mais tu te rends compte que ses livres, quarante ans après, figurent encore parmi les meilleures ventes ? Si seulement *La Fosse aux lions* vendait la moitié de *Pains et Clous*. Je serais peinard, je pourrais même arrêter d'écrire…

– Mais lui, il a arrêté d'écrire ?

– Ça fait depuis 76 qu'il n'a rien publié. Mais mon agent m'a dit qu'il travaille depuis vingt ans sur un bouquin qu'il veut publier posthume.

– J'ai pas l'impression qu'il lui faille attendre longtemps.

– Cruciani fait partie d'une génération d'artistes qui n'existe plus. Des gens sérieux, liés à leur terre d'origine, à la vie paysanne, au rythme des champs. Regarde comme il est concentré, on dirait presque qu'il s'efforce de trouver la fin de son livre.

Le chirurgien aspira sur sa paille. – Il est en train de chier.

– Quoi ?

– Il est pas en train de penser. Il est en train de chier. Tu le vois, ce sac Vuitton à ses pieds ? C'est la poche qui contient les fèces.

Fabrizio en fut tourmenté. – Le pauvre. En plus, c'est un type étrange. Quand tu penses que personne n'a jamais lu une ligne de son nouveau roman. Même pas ses éditeurs.

Bocchi mit sa main devant la bouche pour étouffer un rot. – Après sa mort, on découvrira qu'il a écrit que dalle, je suis prêt à parier tout ce que tu veux.

– Non, non, il a écrit, il a écrit, c'est moi qui te le dis. Laisse tomber. Tout ce qu'il écrit sur son ordi, il le transfère sur une clé USB et il efface tout. Il est parano, il a peur de tout perdre. Tu le vois, ce médaillon en or qu'il a autour du cou ? C'est une clé USB de 40 GB de chez Bulgari, il ne la quitte jamais.

Simona, pendant ce temps, s'était procuré une assiette avec une seule et unique mini-mozzarella. – Vous n'imaginez pas tout ce qu'il y a de bon à manger. Il y a une charrette où ils font frire des artichauts, de la mozzarella et des fleurs de potiron. Mon dieu, j'adore ces petits beignets. J'en mangerais des tonnes. Dommage que je ne puisse pas…

Bocchi prit un glaçon dans son long drink et se le passa dans le cou comme si c'était le mois d'août. – Pourquoi ?

– Tu me demandes pourquoi ! J'ai pris trois cents grammes. Tu vois pas que je suis une baleine ? – L'actrice montra son ventre plat, sans une once de graisse au chirurgien. – On peut prendre rendez-vous pour une lipo ?

– Aucun problème, Simi. Mais à mon avis, les seules cellules graisseuses que t'as encore dans le corps, elles sont là. – Il indiqua son crâne. Et puis, sérieux : – Si tu veux, je te prends un rendez-vous pour une liposuccion du cerveau.

L'actrice émit un petit rire nonchalant. – T'es toujours aussi goujat.

Le chirurgien se leva et s'étira. – Bon, moi je vais faire un tour, à plus.

Fabrizio passa son bras autour de la taille fine de Simona. – On va faire un tour nous aussi ? Qu'est-ce que tu en dis ?

Elle posa sa tête sur son épaule. – D'accord.

Ils avancèrent, se laissant porter par le courant des invités. Fabrizio sentait la bonne odeur de shampoing dans les cheveux de l'actrice et l'alcool rendait ses pensées légères et son humeur positive. Ils étaient sans cesse arrêtés par des gens qui les saluaient et leur faisaient un tas de compliments. Personne ne pouvait s'empêcher de dire qu'ils formaient un couple splendide.

Peut-être qu'ils ont raison, je pourrais me fiancer avec Simona.

En effet, elle avait plusieurs cordes à son arc, l'actrice de Subiaco. D'abord, elle était totalement idiote et Fabrizio adorait les femmes idiotes, elles s'abreuvaient à sa personnalité comme une vache frisonne à une source. Le secret était de ne pas les écouter quand elles élucubraient sur les grands systèmes. L'un des principaux défauts des idiotes est une tendance innée à l'abstraction, à discuter sentiments, caractère, sens de la vie, horoscope. En général, elles sont tout à fait dépourvues de sens pratique et d'ironie. Si bien qu'elles ne passent pas leur temps à critiquer les conneries que vous faites. Dans la vie de tous les jours, elles sont gérables. Et puis, Mariano Santilli, un producteur de cinéma, amant de la Somaini pendant un an, lui avait raconté que, dans l'environnement domestique, Simona s'intégrait parfaitement au mobilier. Elle n'était pas du tout encombrante. Elle entrait en stand-by dès qu'elle avait franchi le seuil de la maison. Il suffisait de lui fournir une télécommande et un tapis roulant, et elle courait pendant des heures. Elle ne mangeait pas, travaillait comme une bête et quand elle ne travaillait pas, elle était à la salle de gym. Et, last but not least, elle était la femme la plus sexy d'Italie. Son calendrier était accroché partout. Des millions d'hommes se massacraient à se branler dessus et ils auraient crevé de jalousie en apprenant qu'il était le bienheureux qui se la tapait.

Et ça, c'est génial.

Au fond, même Arthur Miller s'était fiancé avec Marilyn Monroe.

– Écoute, Simona. Et si on se fiançait ? À mon avis, on serait LE COUPLE.

– Tu crois ? – L'actrice semblait flattée et en même temps désorientée. – Tu dis ça pour de vrai ? T'es trop mignon. Mais je sais pas si on s'entendrait... On est de signes opposés... Et puis, toi t'es un génie, t'écris des livres, et moi je suis une fille toute simple, j'ai rien à dire. Qu'est-ce que tu ferais avec quelqu'un comme moi ?

– Je vais te révéler un secret, Simona. Même les écrivains qui semblent si distants, au fond, ils ne sont rien d'autre que la version moderne des troubadours. Des gens qui racontent des histoires pour ne pas travailler. – Fabrizio la serra contre lui. – Tu connais Majorque ? Puis, du coin de l'œil, il vit Matteo Saporelli faire son entrée sur l'esplanade.

– Je suis...

Les autres mots de Simona se perdirent, comme si une turbine lui soufflait de l'air dans les oreilles. Il recula et se toucha le front. – Je crois que j'ai de la fièvre, bafouilla-t-il, soucieux, à Simona. Excuse-moi... Excuse-moi un instant. Fabrizio tituba jusqu'à la charrette des drinks.

Putain, quelle connerie j'ai fait de venir à cette fête de merde.

Pour comprendre la réaction de Ciba, il est nécessaire de savoir qui était et surtout quel âge avait

Matteo Saporelli. Mat, comme l'appelaient ses amis, avait vingt-deux ans. La moitié de l'âge de Fabrizio. C'était lui le véritable jeune talent de la littérature italienne. Il était sorti de nulle part avec son roman *Les Misères d'un homme de goût*, l'histoire d'un cuisinier qui, un beau jour, se réveille et découvre qu'il a perdu le goût mais qui continue à cuisiner en trompant son monde. Le livre avait atteint les sommets des classements avec une violence égale à celle de la navette spatiale quand elle entre dans l'ionosphère, et il n'en avait plus bougé. En une seule année, le jeune homme avait réussi le grand chelem : les prix Strega, Campiello et Viareggio.

Fabrizio ne pouvait ouvrir un journal, changer de chaîne, sans que lui apparaisse la bobine détestable de ce petit morveux de Saporelli. Partout où il y avait des questions à résoudre, une opinion à donner, il était là. Le problème de la castration des chats du Trastevere ? La troisième voie sur l'autoroute Salerne-Reggio-Calabria ? L'utilisation de la cortisone dans le traitement des fistules anales ? Lui, il avait la réponse toute prête. Mais ce qui dérangeait vraiment Fabrizio, c'était que les femmes raffolaient de lui, disaient qu'il ressemblait à Rupert Everett jeune. Enfin, Saporelli était publié chez le même éditeur que lui, Martinelli. Et ces dernières années, il lui avait damé le pion, quant aux ventes.

On lui avait raconté que sa rédactrice (qui entre autres était aussi la rédactrice de Fabrizio), pour fêter son prix Strega, lui avait taillé une pipe dans les toilettes du nymphée de Villa Giulia.

Quelle salope ! Moi, elle m'a jamais fait ça. Même quand j'ai gagné le Médicis en France. Qui vaut mille fois plus.

Il le toisa. Avec ses jeans repassés, ses mocassins, sa chemise blanche, son pull jeté sur les épaules et ses mains dans les poches, il voulait passer pour le gentil garçon, modeste et sans prétention. Un type qui se la pète pas.

Quelle hypocrisie ! Cet être sournois lui donnait envie de gerber !

Mais on me la fait pas, à moi. Je t'attends au prochain roman.

Fabrizio était si concentré sur sa détestation qu'il mit un certain temps à s'apercevoir que Saporelli discutait avec Federico Gianni. L'administrateur délégué de Martinelli donna une tape sur l'épaule du jeune écrivain et ils se mirent tous les deux à rire à s'en décrocher la mâchoire.

Ils sont comme cul et chemise.

Lui revinrent à l'esprit les mots qu'avait dits ce faux jeton de Gianni à la présentation de l'Indien. Il vit que tous les deux avaient été rejoints par ce vieux prétentiard de Tremagli avec sa femme, un troll à nichons. Bien entendu, le critique s'était répandu en éloges sur le roman de Saporelli. « La littérature italienne reprend son envol sur les ailes de Saporelli », avait-il eu le courage d'écrire.

Fabrizio s'enfila un autre scotch.

Le moment était venu d'affronter Gianni. Il commença à s'échauffer en pensant au grand Mohamed Ali. Il fit deux pas, mais s'arrêta d'un coup. Que diable était-il en train de faire ?

Règle numéro un : ne jamais montrer que tu crèves de jalousie.

Il valait beaucoup mieux mettre les voiles en entraînant sur ses pas la plus bandante de la fête. Il s'approcha de Simona Somaini, qui était au centre d'un attroupement d'acteurs de la série *Crimes en carrosse.*

– Excusez-moi. Je vous l'enlève un instant, fit-il aux autres en souriant, les dents serrées, puis il attrapa l'actrice par un poignet et, le visage pivoine, il lui dit à mi-voix : – Il faut que je te parle. C'est important.

Elle sembla un peu agacée. – Qu'est-ce qui se passe, Fabrizio ?

– Écoute-moi. Allons-nous-en. Dans pas longtemps, il y a un avion qui décolle pour les Baléares...

– Les Baléares ?

– Ah, oui, c'est vrai. Alors... les Baléares sont des îles espagnoles dans la mer. À Majorque, une des îles Baléares justement, j'ai une maison cachée dans les montagnes. Un nid d'amour. On part tout de suite. Si on fait vite, on arrivera à attraper un avion.

L'actrice le regardait, perplexe. – Mais là on est à la fête. Pourquoi on devrait s'en aller ? C'est génialissime. Tout le monde est là.

Il lui prit le bras et se pencha comme s'il devait lui révéler un secret. – Justement, Simona ! Nous, on ne doit pas être là où ils sont tous. Nous deux, on est spéciaux. On est LE COUPLE. On ne doit pas se confondre avec les autres. On se fera mille fois plus remarquer si on s'en va.

Simona n'était pas très convaincue. – Tu crois ?

– Écoute-moi. C'est pas difficile à comp… Mais ses mots moururent sur sa langue.

Simona Somaini était en train de subir une transformation somatique. Ses cheveux gonflaient et devenaient plus brillants et vaporeux, comme dans la pub pour un après-shampoing. Ses nichons gravissaient son thorax, comme s'ils étaient gênés par l'inutile vêtement qui les voilait. Elle regardait fixement devant elle comme s'il y avait eu le Messie en train de marcher sur les eaux de la fontaine. Puis, de nouveau, elle posa son regard sur Fabrizio et renifla. Elle était émue. – J'y crois pas ! Mais c'est… C'est Matteo Saporelli… Oh mon Dieu… Dis-moi que tu le connais, je t'en supplie. Bien sûr que tu le connais, vous êtes écrivains tous les deux. Moi j'ai de l'estime pour lui, et faut que j'aille lui parler tout de suite, là, maintenant. Morin fait un film tiré de son roman.

Fabrizio fit deux pas en arrière, horrifié, comme s'il s'était trouvé face à une possédée du démon. S'il avait eu à portée de main de l'eau bénite, il lui en aurait jeté dessus. – Mais tu es une monstresse ! Je ne veux plus jamais te voir. À grandes enjambées, il traversa l'esplanade, le jardin à l'italienne et arriva presque en courant à la gare.

Le train n'était pas là.

Il s'approcha d'une hôtesse. – Il est où ? Il arrive dans combien de temps ?

L'hôtesse regarda sa montre. – Dans un quart d'heure environ.

– Si longtemps que ça ? Mais il n'y a pas un autre moyen de partir ?

– À pied. Mais je ne vous le conseille pas, c'est plein d'animaux sauvages.

Un serveur le rejoignit en courant. Avant de parler il reprit son souffle. – Monsieur Ciba ! Monsieur Ciba ! Excusez-moi, M. Chiatti voudrait vous parler ? Pourriez-vous me suivre ?

31.

Zombie regarda autour de lui et s'approcha des caisses en bois qui contenaient l'argenterie pour les bivouacs. Il commença à lire les étiquettes sur les couvercles. *Four... Four... Cout... Cout... Cuil...*

– Ça, c'est que des couverts. – Il se dirigea vers une autre pile de containers. Il ouvrit une boîte et trouva, disposé dans un tissu en velours bleu, les ciseaux à volaille. Ils étaient si grands qu'on aurait dit des ciseaux à autruche. Il les prit et s'en retourna tout content vers le hangar, quand il vit Murder et Silvietta, derrière des toilettes mobiles, en train de s'habiller en serveurs. – Ça y est, les amis, j'ai trouvé..., dit-il, puis il se tut.

Les deux autres, tout en enfilant leur uniforme, discutaient, ou plus exactement, ils semblaient se disputer. Ils étaient si absorbés qu'ils ne s'étaient même pas aperçus de sa présence. Zombie s'approcha en catimini, et se cacha derrière une Land-Rover pour écouter.

– T'es vraiment au-dessous de tout ! Cette fois non plus, tu lui as rien dit, fulminait Silvietta.

– Je sais… Mais je lui ai quand même parlé un peu, le problème, c'est que je me suis bloqué. Écoute, c'est pas facile dans cette situation, bredouillait Murder.

– Eh ben, c'est pour ça que tu devais le lui dire ce matin, à Oriolo. Après, t'as dit que tu lui annoncerais dans la voiture… Et maintenant, comment on fait ?

Murder eut un mouvement d'agacement. – Excuse-moi, mais pourquoi c'est pas toi qui le lui dis ? Je comprends pas bien pourquoi ça doit obligatoirement être moi.

– Tu te fous de moi ? C'est toi qui as dit que ce serait mieux si c'était toi qui lui parlais. Que tu connais Saverio depuis longtemps et que tu sais comment le prendre.

Il se radoucit. – Franchement, c'est pas facile, chatounette, tu sais. C'est délicat, tu le sais mieux que moi.

L'Enragé entendit Silvietta soupirer. – La belle affaire ! Tu vas là-bas et tu lui dis : Écoute, pardonne-nous, Silvietta et moi on a décidé de nous marier et donc on peut pas se suicider. Point barre. C'est si difficile que ça ?

Zombie, les ciseaux à volaille lui tombèrent des mains.

Dans l'ex-résidence royale, Mantos, un carton de vin sous le bras, traversa l'entrée de service et se retrouva dans le salon. Il resta bouche bée. C'était autre chose que les cochonneries des Maîtres Charpentiers Tyroliens. Le mariage entre ancien et moderne était d'un goût raffiné. C'était cela qu'il entendait quand, aux brainstormings, il essayait de dégrossir le vieux Mastrodomenico et de l'ouvrir au monde de la Décoration Intérieure. Il franchit un dégagement et entra dans un bureau tapissé de bibliothèques très hautes. Tous les volumes étaient recouverts de papier Kraft et le titre était écrit en belles lettres. Cela donnait à la pièce un effet brunâtre. Au centre, il y avait un unique bloc en bois massif, si grand que ce devait être un baobab ou un séquoia. Dessus, un téléphone noir.

Il le regarda.

Ne fais pas ça.

Il posa le carton et souleva le combiné.

Je suis en train de faire une connerie.

Peu importait, avant de se lancer dans cette mission suicide, il devait entendre encore une fois la voix de sa femme.

Retenant son souffle, il composa le numéro du portable de Serena. – Chérie… C'est moi…

La réponse fut un : – Où tu es, bordel ?

– Mon amour, attends… Laisse-moi t'expliquer…

– Expliquer quoi ? Que t'es un pauvre couillon, l'agressa Serena.

Saverio s'assit dans le fauteuil. Il appuya les coudes sur la table.

Elle avait tout oublié. Comme si la nuit passée n'avait jamais existé. Elle était redevenue la cruelle Serena.

À quoi je m'attendais ? À ce qu'elle ait changé ?

Personne ne change. Et Serena était ainsi depuis sa naissance. La chimère d'un éventuel adoucissement l'avait coincé dans le mariage avec cette sorcière. Ce mécanisme pervers avait maintenu le lien. Et elle, elle en avait profité, le faisant se sentir un abruti sans couilles.

Un nœud à la gorge, il éloigna le combiné de son oreille, mais même comme ça, il l'entendait vociférer :

– Mais t'es ramolli du cerveau ! Ça fait des heures que je t'appelle sur ton portable et il est toujours éteint. Papa est hors de lui. Il veut te virer. Aujourd'hui, débute la semaine des chambres d'enfants. Ici, y a deux mille gamins qui hurlent. Et toi, t'es où ? Avec ces quatre débiles. Mais aussi vrai que la terre est ronde, ça, tu me le paieras très cher…

Saverio regardait par la fenêtre. Un rouge-gorge se lissait les plumes sur un cerisier. La vision s'embua, voilée par les larmes.

Pour se faire respecter par cette femme, il aurait dû la violenter toutes les nuits. La prendre à coups de pied comme une chienne, mais ça, ce n'était pas son idée de l'amour.

Au moins, maintenant, je suis certain d'avoir fait le bon choix.

Un étrange calme s'empara de Saverio. Il se sentit serein. Il n'avait plus de doutes.

Il approcha le combiné de sa bouche. – Serena, écoute-moi bien. Je t'ai toujours aimée. J'ai essayé par tous les moyens de te rendre heureuse, mais toi tu es une personne mauvaise et tu rends mauvais ce qui t'entoure.

Serena avait une voix rauque, de possédée. – Comment oses-tu ? Où tu es, dis-moi ? J'arrive et je te pète la gueule. Saverio, je te le jure sur la tête de mon père.

Le leader des Enragés d'Abaddon bomba le torse et d'une voix ferme dit : – Je ne suis pas Saverio, moi je suis Mantos. Et il raccrocha.

– Qu'est-ce que tu fais ici ? Qui t'a dit de prendre le ciseau à volailles ?

Zombie n'eut pas le temps de se retourner, de comprendre, qu'il fut attrapé par une oreille et traîné au milieu de l'esplanade. Il hurla, essayant de se libérer de cet étau. Du coin de l'œil, il réussit à voir Antonio qui lui triturait le pavillon de l'oreille.

Le chef de rang avait les veines du cou gonflées, les yeux injectés de sang et il postillonnait en beuglant à Murder et Silvietta : – Eh là ! Vous deux ! Pourquoi vous êtes habillés en serveurs ?

Zombie réussit à se libérer et se massa l'oreille bouillante.

– Vous devez être devenus fous. Vous vous croyez peut-être à la fête du Corégone à Capodimonte ? Mais je vais m'occuper de vous, moi. – Antonio flanqua une bourrade à Murder. – Dites-moi pourquoi vous êtes habillés en serveurs.

– On pensait être utiles. Ici, y a pas trop à faire…, lança Murder sans trop de conviction.

Antonio s'approcha à une vingtaine de centimètres de son nez. Son haleine sentait le menthol. – Utiles ? Vous pensez qu'on est là pour jouer ? Et à quoi on joue ? Un, deux, trois, soleil ? Chat perché ? Vous, peinards, z'avez décidé que vous voulez être serveurs. Vous, vous glandez et moi je suis viré. Z'avez pas pigé où on est ? Là-bas, y a des garçons du *Harry's Bar*, de l'*Hôtel de Russie*, des gars qui ont fait l'école hôtelière, j'ai refusé du personnel du *Caffè Greco*. – Antonio était cyanosé, il dut s'arrêter un instant pour reprendre son souffle. – Maintenant, z'allez me faire le plaisir de vous désaper et de partir d'ici. Z'aurez pas un radis et cette face de rat de Saverio gicle avec vous ! Faut jamais faire confiance à la famille. À propos, il est où ce… Antonio porta la main à son cou comme s'il avait été piqué par un taon. Il arracha quelque chose du col de sa chemise et ouvrit la main.

Sur sa paume, il trouva un cône en papier avec la pointe plantée d'une aiguille.

– Mais qu'est-ce…, réussit-il à dire, puis les globes de ses yeux se révulsèrent, faisant apparaître la sclérotique blanche, et sa bouche se paralysa en un rictus. Il fit un pas en arrière et, raide comme une statue, il s'écroula au sol.

Les Enragés le regardèrent, stupéfaits, puis, d'un buisson sortit Mantos, sarbacane en main. – Il faisait chier, non ? Vous pouvez pas savoir comme il faisait chier à l'école…

Murder tapa dans la main de son chef. – Tu l'as séché. Ce Sedaron, c'est de la bombe.

– Je vous l'avais dit. Bravo Zombie, tu as trouvé le ciseau à volailles.

– Et lui ? – Silvietta se pencha sur le corps d'Antonio. – Qu'est-ce qu'on en fait ?

– On le ligote et on le bâillonne. Et puis on le cache quelque part.

32.

Tandis qu'il suivait le serveur vers la Villa Royale, Fabrizio Ciba pestait à voix basse. Il n'avait pas de temps à perdre, il avait un avion à prendre et parler à Sasà Chiatti le rendait nerveux. C'était absurde, il s'était retrouvé devant Sarwar Sawhney, un prix Nobel, sans éprouver d'émotions particulières, et maintenant qu'il devait rencontrer un type insignifiant comme Chiatti, son cœur battait la chamade ? La vérité, c'était que les hommes riches et puissants lui ôtaient toute assurance.

Il entra dans la villa et en fut époustouflé. Il s'attendait à tout, sauf à une résidence meublée en style minimaliste. Le grand salon était une simple dalle de ciment. Dans une cheminée en pierre brute, brûlait une grosse bûche. À côté, quatre fauteuils des années soixante-dix et une table en acier longue d'une dizaine de mètres au-dessus de laquelle pendait un lustre ancien. Deux fines sculptures de Giacometti. Dans un autre coin, comme s'ils avaient été oubliés là, quatre œufs de Fontana et, sur les murs passés à la chaux, des *Cretti* d'Alberto Burri.

– Par ici… Le serveur lui indiqua un long corridor. Il le fit entrer dans une cuisine tapissée de faïences marocaines. D'une stéréo Bang & Olufsen sortaient les notes romantiques de *La Leçon de piano* de Michael Nyman.

Une grosse dondon trapue, aux cheveux acajou coiffés en casque, s'affairait aux fourneaux. Au centre de la pièce, autour d'une table en bois rustique, étaient assis Salvatore Chiatti, une sylphide albinos, un vieillard décrépit portant une tenue coloniale mitée, un moine et la chanteuse Larita.

Ils mangeaient ce qui avait tout l'air d'être des rigatoni *all'amatriciana* avec beaucoup de pecorino râpé.

Fabrizio eut la présence d'esprit de dire : – Bonjour tout le monde.

Chiatti portait une veste de velours beige avec des pièces aux coudes, une chemise de flanelle écossaise et un foulard rouge noué autour du peu de cou que la nature lui avait accordé. Il s'essuya la bouche et ouvrit les bras comme s'il le connaissait depuis cent ans. – Voilà le grand écrivain ! Quel plaisir de vous avoir ici. Asseyez-vous avec nous. Nous sommes en train de dîner à la bonne franquette. J'espère que vous n'avez pas mangé au buffet. Ces trucs-là, nous les laissons à nos hôtes VIP, pas vrai, maman ? – Il se tourna vers la dondon aux fourneaux. La femme, gênée, s'essuya les mains sur son tablier et esquissa un salut de la tête. – Nous, on est des gens simples. Alors on mange des pâtes. Prenez une chaise. Qu'attendez-vous ?

Au premier abord, il sembla à Fabrizio que Chiatti était une personne affable, avec un grand sourire jovial, mais on percevait que ses souhaits étaient des ordres et qu'il n'aimait pas qu'on lui désobéisse.

L'écrivain prit une chaise contre le mur et s'assit dans un coin entre le vieillard et le moine, qui lui firent de la place.

– Maman, sers une assiette aux petits oignons à M. Ciba, il me semble un peu abattu.

En un instant, Fabrizio se retrouva devant une portion gigantesque de rigatoni fumants.

Chiatti attrapa une fiasque de vin et lui remplit un verre. – Débarrassons-nous des présentations. Lui… – il indiqua le vieillard desséché – … c'est le grand chasseur blanc Corman Sullivan. Vous savez que cet homme a connu l'écrivain… Comment il s'appelle ?

– Hemingway…, dit Sullivan qui se mit à tousser, agité de soubresauts. Ses vêtements dégageaient des nuages de poussière. Quand il se reprit, il serra sans force la main de Fabrizio. Il avait des doigts longs, couverts de taches dépigmentées.

Le chasseur rappelait quelqu'un à Ciba. Mais bien sûr ! Il ressemblait tout craché à Ötzi, l'homme de Similaun, le chasseur qu'on avait trouvé congelé dans un glacier des Alpes.

Chiatti indiqua la sylphide. – Elle, c'est ma fiancée Ecaterina. La fille inclina la tête en signe de salut. Elle ressemblait à la Reine des neiges d'une saga nordique. Elle était si blanche qu'elle semblait morte depuis trois jours. À travers sa peau, on entrevoyait le sang couler dans ses veines. Ses cheveux, roux comme le feu, formaient une crinière autour de son visage plat. Elle n'avait pas de sourcils et son cou était aussi fin que celui d'un lévrier. Elle devait peser une vingtaine de kilos.

Fabrizio en entendant son nom se souvint. C'était le fameux top model albinos Ecaterina Danielsson. Une fille qui, un mois sur deux, faisait la couverture des magazines de mode du monde entier. Elle était, dans l'absolu, l'être morphologiquement le plus éloigné de Chiatti que la nature ait créé.

– Et celui-là... – en indiquant le moine. – Vous devriez le connaître. C'est Zóltan Patrovič.

Bien sûr que Fabrizio le connaissait. Qui ne connaissait pas l'imprévisible chef bulgare, propriétaire du restaurant *Les Régions ?* Mais il ne l'avait jamais vu de près.

Celui-là, en revanche, qui lui rappelait-il ? Voilà, Mephisto, l'ennemi juré de Tex Willer.

Fabrizio dut baisser le regard. Les yeux du chef semblaient le pénétrer au tréfonds et fouiller ses pensées.

– Et pour finir, notre Larita, qui cette nuit nous fera le grand honneur de chanter pour nous.

Enfin, Ciba se trouvait devant un être humain.

Mignonne, se dit-il en lui serrant la main.

Chiatti indiqua Ciba : – Et lui, vous savez qui c'est ?

Fabrizio était sur le point de dire qu'il n'était personne, quand Larita sourit en découvrant des incisives légèrement écartées et dit : – C'est le plus grand de tous. Il a écrit *La Fosse aux lions*. Très beau. Mais mon préféré, c'est *Le Songe de Nestor*. Je l'ai relu trois fois. Et les trois fois, j'ai pleuré comme une enfant.

Ce fut comme si un aiguillon avait touché en pleine poitrine Fabrizio Ciba. Ses jambes, l'espace d'un instant, se dérobèrent sous lui et il faillit s'affaisser sur l'épaule de l'homme de Similaun.

Enfin quelqu'un qui l'avait compris. C'était son meilleur livre, pour le terminer, il s'était pressé comme un citron. Chaque mot, chaque virgule étaient sortis à grand-peine. Quand il pensait au *Songe de Nestor*, une image lui venait à l'esprit. C'était comme si un avion avait explosé en vol et que l'appareil s'était dispersé sur un rayon de milliers de kilomètres dans un désert plat et stérile. C'était à lui que revenait la tâche de chercher les débris et de reconstituer la carlingue. Tout le contraire de *La Fosse aux lions,* qui avait coulé de lui sans souffrance, comme s'il s'était écrit tout seul. Et pourtant, il était certain que *Le Songe de Nestor* était son œuvre la plus mûre et la plus complète. Mais l'accueil de ses lecteurs avait été, pour le dire gentiment, tiède et les critiques l'avaient éreinté. Donc, en entendant la chanteuse dire ces choses, il ne put qu'éprouver une profonde gratitude.

– Tu es gentille. Ça me fait plaisir. Merci, lui dit-il presque gêné.

On aurait difficilement remarqué Larita en la croisant dans la rue, mais, à bien l'observer, on ne pouvait manquer d'admettre qu'elle était très jolie. Chaque partie de son corps était bien proportionnée. Le cou, les épaules ni trop grandes ni trop petites, les poignets fins, les mains délicates et gracieuses. Le carré de cheveux noirs cachait son front. Son visage était doux. Le petit nez mignon et cette bouche un peu trop large pour son ovale exprimaient une sympathie timide et sincère. Mais surtout, les grands yeux, couleur noisette striée d'or, qui à cet instant semblaient un peu perdus.

Bizarre, entre fêtes, signatures, concerts, salons, Ciba avait rencontré beaucoup de gens, et pourtant jamais une fois il n'avait croisé la chanteuse. Il avait lu quelque part qu'elle était une fille réservée et qu'elle s'occupait de ses affaires. Elle n'aimait pas s'exposer.

Un peu comme moi.

Et puis l'histoire de la conversion religieuse plaisait à Fabrizio. Lui aussi, ces derniers temps, il ressentait fortement l'appel de la foi. Larita était mille fois supérieure à cette bande de désespérés de chanteurs italiens. Elle restait dans sa maison sur l'Apennin tosco-émilien et elle créait…

Exactement ce que je devrais faire.

La vision habituelle se matérialisa dans son esprit. Eux deux dans un chalet rustique. Elle qui jouait, lui qui écrivait. À s'occuper de leurs oignons. Peut-être un enfant. Sûrement un chien.

Larita donna un petit coup à sa frange. – Inutile de remercier. Si une chose est belle dans la vie, elle est belle et c'est tout.

Je suis un fou. J'étais en train de m'en aller d'ici et ici il y a la femme de ma vie.

Chiatti applaudit, amusé. – Bravo. Vous avez vu, Ciba, quelle belle fan je vous ai dégotée ? Maintenant pour me remercier, vous devez me faire une faveur. Vous avez une poésie ?

Fabrizio fronça les sourcils. – Comment ça ?

– Une poésie, à réciter avant mon discours. J'aimerais bien être introduit par une de vos poésies.

Larita courut à son secours. – Non, lui, il n'écrit pas de poésie, du moins je crois.

Fabrizio lui sourit puis, sérieux, à Chiatti : – Exact. Je n'ai jamais écrit une seule poésie de ma vie.

– Et vous pourriez pas m'en écrire une, même très courte ? – L'entrepreneur regarda sa Rolex. – En une vingtaine de minutes, vous arrivez pas à m'en pondre une ? Quelques lignes suffisent.

– Ça serait magnifique, un petit poème sur les footballeurs. Je me souviens que Karen Blixen..., intervint Corman Sullivan, mais il ne put poursuivre, vaincu par une quinte de toux.

– Non. Je suis désolé. Je n'écris pas de poésie.

Chiatti gonfla les narines et serra les poings, mais sa voix continuait à être cordiale. – Alors j'ai une idée. Vous pourriez en lire une de quelqu'un d'autre. Je devrais avoir un livre de Pablo Neruda. Ça vous irait, comme ça ?

– Pourquoi devrais-je lire la poésie d'un autre auteur ? Il y a ici des centaines d'acteurs qui s'étriperaient pour ça. Demandez à l'un d'eux. Fabrizio commençait à se foutre en rogne.

Zóltan Patrovič, soudain, frappa son verre de son couteau.

Fabrizio se retourna et il fut captivé par le regard magnétique. Quel étrange phénomène, les yeux du chef semblaient avoir augmenté, jusqu'à occuper tout son visage. Sous la capuche noire, on aurait dit qu'il y avait juste deux énormes globes oculaires qui le fixaient. Fabrizio essaya de détourner son regard, mais il n'y parvint pas. Alors, il tenta de fermer les yeux pour briser l'enchantement, mais il échoua de nouveau.

Zóltan posa la main sur le front de l'écrivain.

Soudain, comme si quelqu'un l'avait introduit de force dans sa mémoire, Fabrizio se souvint d'un épisode oublié de son enfance. L'été, ses parents partaient en voilier et le confiaient à sa cousine Anna dans un chalet de Bad Sankt Leonhard, en Carinthie, chez une famille de paysans autrichiens. C'était une contrée magnifique, avec des montagnes couvertes de pins et des prairies vertes où paissaient des vaches tachetées. Lui, il portait un short à bretelles en peau, caractéristique de la région, et des bottillons à lacets rouges. Un jour, lors d'une cueillette de champignons avec Anna, ils s'étaient perdus dans la forêt. Impossible de retrouver leur chemin. Ils avaient tourné en rond, main dans la main, de plus en plus apeurés tandis que la nuit étendait ses tentacules sur les arbres tous pareils. Heureusement, à un moment donné, ils étaient tombés sur un petit chalet caché au milieu des pins. De la cheminée sortait de la fumée et les fenêtres étaient éclairées. Ils avaient toqué à la porte et une dame avec un chignon blond les avait fait asseoir à une table en compagnie de ses trois enfants et leur avait servi des Knödel, de grosses boulettes de pain et de viande dans du bouillon. Mon dieu, ce qu'elles étaient bonnes et tendres !

Fabrizio s'aperçut qu'il ne désirait rien de plus dans la vie que des Knödel en bouillon. Au fond, ça ne lui coûtait rien de dire oui à Chiatti, après, il pourrait toujours se trouver un restaurant autrichien.

– D'accord, je vais en lire une. Pas de problème. Excusez-moi, vous savez si dans les parages il y a un restaurant autrichien ?

33.

À chaque marche, la tête d'Antonio rebondissait et le bruit sourd résonnait contre la voûte d'un escalier qui se perdait dans les viscères de la terre. Murder et Zombie traînaient le chef de rang par les chevilles.

Le leader des Enragés, en tête du détachement, donnait de la lumière avec une torche électrique en éclairant le plafond de la galerie creusée dans le tuf. On voyait de la moisissure verdâtre et des toiles d'araignée. L'air était humide et sentait la terre mouillée.

Mantos n'avait pas la moindre idée de l'endroit où menait cet escalier. Il avait ouvert une vieille porte et s'y était glissé avant que quelqu'un puisse les voir.

Silvietta s'arrêta pour regarder Antonio. – Dites, les gars, ça va pas lui faire mal tous ces coups sur la cafetière ?

Saverio se retourna. – Il a la tête dure. On est presque arrivés. J'ai l'impression que ça finit là en bas.

Murder était fatigué. – Eh ben, tant mieux. Ça fait une plombe qu'on descend. On dirait une mine.

Ils finirent par atteindre une grotte. Zombie alluma deux torches fixées aux murs. Et une partie de la zone s'éclaira.

Ce n'était pas une grotte mais une grande pièce longue, au plafond bas, avec des rangées de tonneaux pourris et des tas de bouteilles poussiéreuses. De chaque côté de la pièce, une grille rouillée fermait une étroite galerie qui menait Dieu sait où.

– Cet endroit est parfait pour un rituel satanique. Murder attrapa une bouteille et épousseta l'étiquette « Amarone, 1943 ».

– Ça doit être les caves royales, suggéra Silvietta.

– Les rituels sataniques, ça ne se fait pas dans les caves. Au maximum, dans des églises déconsacrées ou en plein air. Et de toute façon au clair de lune. – Mantos indiqua un coin sous les torches : – Allez, on largue mon cousin ici et on y va. On n'a pas de temps à perdre.

Zombie, à l'écart, observait une grille. Silvietta s'approcha de lui. – C'est bizarre, hein ! Quatre galeries identiques. – Elle tendit la main à travers les barreaux. – Il y a de l'air chaud qui arrive. D'où il peut bien venir ?

Zombie haussa les épaules. – Rien à foutre.

– Tu crois que c'est sûr de le laisser ici ? Il va pas se réveiller ?

– J'en sais rien… Et c'est pas vraiment mon problème… Zombie s'éloigna, l'air détaché.

Silvietta le regarda, perplexe. – Mais qu'est-ce que tu as ? Y a quelque chose qui t'emmerde ?

Zombie s'engagea dans l'escalier sans répondre.

Mantos le suivit. – Allez, on bouge.

Les Enragés avaient remonté quelques centaines de marches quand ils entendirent, provenant d'en bas, un bruit étouffé.

Murder s'arrêta. – Qu'est-ce que c'était ?

– Ça doit être Antonio qui s'est réveillé, fit Silvietta.

Mantos secoua la tête. – Je crois pas, non. Il va roupiller quelques petites heures. Le Sedaron est super puissant.

Et ils continuèrent.

Si au contraire ils étaient revenus en arrière, ils auraient découvert que le corps d'Antonio Zauli avait disparu.

Discours de Salvatore Chiatti à ses hôtes

34.

Fabrizio Ciba, le recueil de poésies de Neruda en poche, tournait en rond derrière un chariot qui, pour l'occasion, avait été transformé en tribune. On lui avait posé un micro et expliqué que, d'ici quelques minutes, il allait monter sur scène pour réciter la poésie. Il n'arrivait pas à comprendre pourquoi il avait dit oui. Lui qui disait non à tout le monde. Aux attachés de presse les plus agressifs. Aux chefs de parti. Aux publicitaires qui lui promettaient des montagnes de fric.

Putain, qu'est-ce qui lui avait pris ? C'était comme si quelqu'un l'avait obligé à dire oui. En plus, Pablo Neruda, lui, ça le faisait chier.

– Tu es prêt ?

Fabrizio se retourna.

Larita s'approcha de lui, serrant dans une main une tasse à café. Elle avait un sourire qui faisait naître en vous l'envie de l'enlacer.

– Non, pas le moins du monde, admit-il, désespéré.

Elle racla le sucre collé au fond de la tasse et, sans le regarder, lui avoua : – Tu sais, une fois je suis venue à Rome t'écouter lire des extraits de *La Fosse aux lions* à la Basilique de Maxence.

Fabrizio ne s'y attendait pas – Nooon ? Mais pourquoi tu n'es pas venue me saluer ?

– On ne se connaissait pas. Moi, je suis du genre timide et puis il y avait une queue terrible de gens qui te demandaient un autographe.

– Tu as eu tort. C'est très grave.

Larita rit en s'approchant davantage. – Tu veux que je te dise ? Je déteste ce genre de fête. Je ne serais jamais venue si Chiatti ne m'avait pas offert un aussi gros cachet. Tu sais – continua la chanteuse – avec cet argent, je voudrais jeter les bases d'un sanctuaire pour cétacés à Maccarese.

Fabrizio en fut désarçonné et il tenta une attaque un peu faiblarde : – Tu aurais mal fait de ne pas venir, nous ne nous serions jamais rencontrés.

Elle se mit à jouer avec sa tasse. – Ça, c'est sûr.

– Dis-moi, tu es déjà allée à Majorque ?

Larita resta interdite. – C'est dingue que tu me poses cette question. Tu connais Escorca, au nord de l'île ?

– C'est près de chez moi.

– Je vais m'y installer six mois pour enregistrer mon prochain album.

Fabrizio se mit la main sur la bouche, ému. – Et moi j'ai une petite maison de campagne à Capdepera... !

La poisse voulut qu'à ce moment-là se pointe le type qui lui avait posé le micro. – Monsieur Ciba, vous devez monter sur scène. C'est à vous.

– Un instant, lui dit Fabrizio en lui faisant signe de rester en arrière, puis il posa la main sur le bras de Larita. Écoute, fais-moi une promesse.

– Laquelle ?

Il la regarda droit dans les yeux. – Pendant ce genre de fêtes, tout le monde joue un rôle, les gens se frôlent à peine. Nous, il nous est arrivé tout le contraire. Tout à l'heure, tu m'as dit que tu as aimé *Le Songe de Nestor*. Maintenant, tu me dis que tu vas à Majorque, précisément là où je vais écrire et chercher un peu de paix. Tu dois me promettre que nous nous reverrons.

– Excusez-moi, monsieur Ciba, faut vraiment y aller, là.

Fabrizio foudroya le type du regard, puis il dit à Larita : – Tu me le promets ?

Larita fit oui de la tête. – D'accord. Je te le promets.

– Attends-moi ici... J'y vais, je me couvre de ridicule et je reviens. Fabrizio, tout content, sans plus la regarder, monta les quelques marches qui conduisaient en haut du chariot. Il se retrouva sur une scène exiguë, face à l'esplanade du jardin à l'italienne bondée d'invités.

Ciba salua d'une main, se passa les doigts dans les cheveux, esquissa un demi-sourire, sortit le livre de poésie et il allait commencer à lire quand il vit Larita qui se frayait un chemin dans la foule et s'approchait de l'estrade. Sa bouche devint sèche. Il avait l'impression d'être revenu au temps des récitations à l'école. Il rangea le recueil et dit, gêné : – J'avais pensé vous lire une poésie du grand Pablo Neruda, mais j'ai décidé de vous en dire une à moi. – Pause. – Je la dédie à une princesse qui ne trahit pas ses promesses. Et il se mit à déclamer :

Mon ventre sera le coffre-fort
Où je te cacherai au monde.
J'emplirai mes veines
De ta beauté.
De ma poitrine, je ferai la cage
De tous tes chagrins.
Je t'aimerai comme le poisson clown aime l'anémone de mer.
Je chanterai ton nom ici, maintenant, sur-le-champ.
Et je crierai ta douceur parmi les sourds
Et je peindrai ta beauté parmi les aveugles.

Il y eut un instant de silence, puis éclata une salve d'applaudissements. Certains hurlaient. – Bravo, Ciba ! T'es vraiment un grand poète ! T'es meilleur qu'Ungaretti !

Larita battait des mains et lui souriait.

Fabrizio baissa la tête et leur fit signe d'arrêter, comme le ferait une personne timide et modeste, tandis que le promoteur immobilier montait sur le chariot et levait les bras, encourageant le public. Le parterre applaudit à s'en écorcher les mains. Ils étaient à deux doigts de faire la ola.

– Merci, Fabri'. Je ne pouvais avoir de meilleure introduction. Chiatti l'embrassa comme s'ils étaient de vieux amis et il le poussa hors de la scène.

L'écrivain descendit du chariot, le cœur battant la chamade, certain qu'il avait tout faux.

J'ai fait fort avec la poésie. Larita, ça a dû l'emmerder, c'est sûr. Je t'aimerai comme le poisson clown aime l'anémone de mer… Les aveugles… Les sourds… Quelle horreur !

Et puis, pour tout dire, ça n'était pas vraiment un texte original. Il avait réélaboré, à sa façon, une poésie du poète libanais Kahlil Gibran qu'il avait apprise par cœur à seize ans, en classe de neige, pour conquérir une barmaid de Bormio.

J'ai tout gâché.

Il l'avait vue applaudir, mais on sait bien qu'un applaudissement, ça ne se refuse à personne.

Et demain, ce salaud de Tremagli écrira dans le Messaggero *que j'ai plagié Gibran. Ils feront la comparaison entre ma poésie et la vraie.*

Il devait boire quelque chose et chercher à se calmer avant de revenir vers Larita. Il alla vers le stand des alcools forts et se fit verser un double Jim Beam.

Sasà Chiatti, sur scène, s'autocélébrait en énumérant les capitaux dépensés pour rénover la Villa. La foule l'applaudissait avec régularité toutes les deux minutes.

– Fabrizio... Fabrizio...

Il se retourna, certain que c'était Larita, mais il se trouva nez à nez avec Cristina Lotto.

Cristina Lotto, trente-six ans, était l'épouse d'Ettore Gelati, propriétaire d'un consortium d'eaux minérales et de plusieurs boîtes pharmaceutiques éparpillées sur le globe. Ils avaient deux enfants adolescents, Samuel et Ifigenia, qui étaient en pension en Suisse.

Cristina présentait une émission de bricolage sur une chaîne du câble. Elle montrait comment composer des centres de table originaux avec des bâtons ramassés sur la plage, ou tricoter au crochet des lunettes de toilettes bariolées.

C'était une blondinette bien charpentée, de très longues jambes élancées, un cul ferme et des petits nichons ronds parsemés de taches de rousseur. Elle avait la frimousse d'une jeune fille de bonne famille, élevée chez les sœurs. Des pommettes hautes et semées d'éphélides, des yeux bleus encadrés par des cheveux dorés et très raides. Une bouche avec des lèvres minces et le menton pointu.

Cristina était, à n'en pas douter, une belle femme au physique athlétique. Toujours habillée en jupe, gilets en angora et collier de perles, elle avait une petite voix plaintive qui ne transmettait aucune sensualité. Elle était excitante comme une feuille de laitue sans assaisonnement. Cela n'avait pas empêché Fabrizio de se la faire deux ou trois fois par mois au cours de ces deux dernières années. Les raisons ? Elles étaient assez obscures pour lui aussi. Certainement, cela avait à voir avec le fait qu'elle était l'épouse d'un homme qui se sentait le maître de l'univers. L'idée puérile que, pendant que l'entrepreneur se cassait le cul pour devenir l'homme le plus riche d'Italie, lui il tronchait sa femme, était pour Fabrizio une idée excitante et amusante à la fois. Il jubilait quand Cristina, après la baise, posait sa tête sur son thorax et lui racontait quelle baudruche était le sieur Gelati, avec sa passion pour le planeur et ses prétentions de noblesse. Ou quand Cristina s'attardait, avec une certaine ironie, sur les frustrations d'une existence à l'ombre d'un homme égotique et insensible.

Fabrizio se faisait raconter par le menu tous les faits les plus mesquins qui, à la fin, transformaient ce maître de l'univers en un pauvre minable.

Il y avait une autre chose à ne pas sous-évaluer. Fabrizio habitait un appartement très délabré et ne se nourrissait qu'au restaurant. Les Gelati, eux, possédaient un penthouse de cinq cents mètres carrés au-dessus de piazza Navona, avec une salle de bains en marbre blanc qui ressemblait à l'Ara Pacis, et un frigo grand comme une chambre forte, débordant d'huîtres très fraîches, de jambon Serrano et de spécialités provenant des quatre coins du monde. Cristina était toujours seule et quand il avait envie de se relaxer, Fabrizio allait chez elle. Il plongeait dans la piscine chauffée, regardait des matchs dans la petite salle de cinéma et se faisait préparer des dîners fins.

– Cristina ? fit Ciba surpris. Il n'était jamais arrivé qu'elle lui parle en public. Elle l'évitait soigneusement, terrorisée à l'idée que quelqu'un puisse les voir ensemble. La colère du maître de l'univers, s'il avait découvert leur relation, pouvait être effroyable et destructrice comme celle d'un dieu babylonien.

Cristina, pour l'occasion, portait un fourreau noir décolleté dans le dos jusqu'aux fesses et un chapeau à voilette. Elle était bouleversée. – Fabrizio, il faut que je te parle…

L'écrivain fut pris d'une nausée terrible. – Qu'est-ce qui se passe ?

– Une chose très grave…

35.

Un pianiste ébaucha le thème d'*Out of Africa*. Sasà Chiatti, au centre de la scène, demanda au public un instant de silence. – S'il vous plaît, je voudrais un tonnerre d'applaudissements pour Corman Sullivan...

Deux top models noires montèrent sur scène, soutenant bras dessus, bras dessous le vieux chasseur.

Silvietta posa le plateau de canapés au saumon et se mit à applaudir avec les invités.

Peut-être que c'est le Dalaï-Lama.

La vestale des Enragés était émue. Elle n'aurait jamais imaginé dans sa vie pouvoir participer à une fête aussi sélecte. Elle était sûre que même à Hollywood, ils n'arrivaient pas à en faire autant. Il suffisait de jeter un coup d'œil pour qu'apparaisse aussitôt un VIP. Non qu'elle ait aimé particulièrement les VIP, mais les voir de si près, ça lui en bouchait quand même un coin. Et puis, elle venait d'entendre Fabrizio Ciba dire un poème d'amour si doux qu'elle en était tout émue... ça devait être une personne exceptionnelle. Si timide et introverti. Peut-être qu'elle pouvait avoir un autographe. Une de ses poésies, ça ferait drôlement bien sur le faire-part de mariage. Elle pouvait essayer de lui en demander une. Il avait l'air d'un type qui, malgré le succès, n'avait pas pris la grosse tête.

Silvietta se dit qu'une telle fête pouvait lui inspirer quelques idées originales pour son repas de noce. Ces sculptures de glace, par exemple, ça devait pas être très difficile à faire. Et les paons et les dindons qui se baladent au milieu des invités, c'était aussi une bonne idée. Et les chariots avec la nourriture dessus. Mais la chose qui la ravissait, c'était ce vieux triporteur qui distribuait des glaces et de la granita.

On n'aura jamais assez d'argent pour tout ça.

Murder avait emprunté à la banque pour le mariage. Vingt mille euros qui suffisaient à peine à louer le *Vecchio Cantinone* de Vetralla, à payer le traiteur et la décoration florale pour l'église.

Ça sera une chose simple, mais ça rendra bien quand même.

Elle vit Zombie qui errait comme un spectre parmi les invités, un plat de tramezzini à la main. Il n'essayait même pas de jouer au serveur.

Dommage, il sera mort quand on se mariera.

Le fait qu'il n'assiste pas à leur mariage la rendait trop triste. Il était son meilleur ami, son Doudou, et elle avait espéré qu'il serait son témoin. Elle l'observa. Une vraie loque. Comme s'il était passé sous un tram. Peut-être que lui non plus, il avait pas envie de se suicider. Si c'était ça, il fallait qu'elle lui parle.

Elle abandonna le plateau de canapés et courut vers Zombie, qui s'était assis à une table et buvait un verre de *prosecco*.

– Doudou, qu'est-ce qui t'arrive ?

Il la regarda, l'air absent.

Silvietta s'agenouilla en face de lui et lui attrapa la main. – Oh, qu'est-ce que t'as ? T'es tout bizarre.

Il lâcha le morceau : – Je vous ai entendus.

Son estomac se serra et elle balbutia : – Quoi ? De quoi tu parles ?

–Je vous ai entendus. Vous vous mariez. Tu m'as rien dit.

–Je voulais te le dire, mais je… Silvietta n'arriva pas à poursuivre. Elle baissa la tête.

– Bon. Et depuis combien de temps vous faites les préparatifs ? Qu'est-ce que vous attendiez pour nous le dire ? Tu nous as mis sur la liste des invités ? Efface-nous, parce qu'on n'y sera pas.

– Écoute, pourquoi on laisse pas tomber tout ça ?

Zombie prit une autre coupe de *prosecco.* – Laisser tomber ? T'es tombée sur la tête ? Vous deux, vous pensez peut-être que c'est un jeu, qu'on est venus à une fête, pour jouer les satanistes. Tu te trompes. Ici, on va jusqu'au bout. Moi, j'abandonnerai jamais Mantos. Il a donné un sens à nos vies, il nous a montré l'imposture de cette société de merde. Il nous a indiqué la Voie du Mal. Il nous a appris à diriger notre haine. Mantos, il a quitté femme, enfants, magasin et il a décidé de s'immoler pour nous faire devenir la secte numéro un en Italie. Et vous, vous le trahissez comme ça ? – Il se leva et finit en une gorgée le *prosecco.* – Fais comme tu veux, bordel, mais sache que ma dernière pensée avant de mourir ira vers vous deux. Les plus infâmes que j'aie rencontrés de toute ma vie. Et il s'en alla.

Silvietta s'affaissa par terre et éclata en sanglots.

36.

– Mais qu'est-ce qui s'est passé, tu vas me le dire à la fin ? Fabrizio Ciba suivait Cristina Lotto dans la foule, tout en regardant autour de lui à la recherche de Larita, mais au milieu de ce bordel il était difficile de la dénicher.

– Ne me parle pas. Suis-moi et c'est tout. Mon mari pourrait nous voir, lui dit la femme en parlant tête basse comme si elle était suivie. Allons à l'intérieur.

Ils se glissèrent entre les chariots du buffet et entrèrent dans la villa.

Cristina regardait autour d'elle. Les invités avaient envahi les salons aussi. – Il doit bien y avoir une salle de bains, des toilettes.

Un instant, l'écrivain pensa que tout cela n'était qu'un prétexte pour se faire une baise vite fait aux chiottes. Mais elle était trop nerveuse. Et puis, Cristina, bien qu'elle soit une vieille nymphomane, avait toujours pris soin de planifier leurs rencontres amoureuses. C'était justement pour cela que Fabrizio avait continué à la fréquenter. Elle n'aurait jamais fait de conneries, elle tenait énormément à sa famille et s'ils se faisaient choper, elle avait plus à y perdre que lui.

– Écoute, on peut pas en parler demain ? Là, maintenant, j'ai à faire.

– Non. – Cristina ouvrit une porte. – Voilà, c'est là.

La salle de bains était une grande pièce d'environ soixante-dix mètres carrés. Entièrement couverte de douves en chêne et poutres en bois, plus encore que dans un chalet à Cortina. Ici aussi, c'était plein d'invités qui riaient et bavardaient, visage cramoisi et cravates à gros nœud. Des femmes se remaquillaient devant les miroirs. Une queue serpentait entre les colonnes pour accéder aux toilettes où l'on devait sans doute snifer tout et n'importe quoi. On respirait une atmosphère d'excitation absolument inhabituelle pour une fête romaine.

Deux types en smoking bavardaient en hurlant.

– J'ai acheté un *trullo* dans le Piémont.

– J'ignorais qu'il y avait des *trulli* au Piémont.

– Si, si. Et ce sont des originaux. On te les démonte pierre par pierre dans les Pouilles et on te les remonte à l'identique près d'Alessandria. Il y a un véritable complexe résidentiel de trulli.

– Et ça coûte très cher ?

– Tu veux que je te dise ? Non, absolument pas.

Cristina approcha sa bouche de l'oreille de Fabrizio. – Ce n'est pas bien ici. Suis-moi.

Ils trouvèrent une petite pièce, meublée avec simplicité. Ça devait être la chambre d'un domestique. Cristina ferma la porte à clé et s'assit sur le lit.

Fabrizio alluma une cigarette. – Bon, maintenant tu vas me dire ce qui se passe, s'il te plaît ?

Elle enleva son chapeau. – Samuel nous a surpris.

– Et c'est qui Samuel, putain ?

– Mon fils. Il nous a surpris.

Fabrizio ne comprenait pas. – Comment ça ?

– Il nous a surpris… – Cristina inspira comme si elle avait du mal à parler. – … pendant qu'on faisait l'amour dans la cuisine.

– Nom de Dieu ! Fabrizio s'assit sur le lit lui aussi.

Et si le gamin allait le raconter à Gelati ? Il mettait sa main au feu que ce miteux préférerait étouffer l'affaire plutôt que de passer pour un cocu. D'un certain côté, ça valait mieux. Cette histoire devait se terminer. Il n'aurait même pas à inventer un bobard pour y mettre fin. Et puis maintenant, son esprit fonctionnait comme un missile téléguidé qui a un seul objectif à atteindre : Larita et leur départ à Majorque.

Fabrizio se passa la main dans les cheveux, feignant de paraître consterné. – Et merde… Je suis vraiment désolé… Le pauvre petit, il doit être traumatisé.

Cristina esquissa un sourire, lèvres fermées. – Traumatisé ? Lui ? Il veut un max de pognon sinon notre partie de jambes en l'air se retrouve sur Internet.

Fabrizio n'avait pas bien compris. – Qu'est-ce que tu as dit ?

– Il nous a filmés avec son portable.

– Excuse-moi, mais… Comment il s'appelle, putain… ton fils, il est pas en pension en Suisse ?

– D'habitude, oui. Sauf que ce week-end là, il était à Rome. Il m'avait dit qu'il était chez un copain à la mer. Il a dû rentrer à la maison et…

– Mais tu l'as vue, cette vidéo ?

– Il me l'a envoyée par mail.

– Et qu'est-ce qu'on voit ?

– Toi et moi. On nous voit très bien. On dirait un film porno. En plus, la fin est terrible, toi tu me baises par-derrière pendant que moi je beurre les macaronis aux quatre fromages.

– Même ça il l'a filmé ?

– Oui.

Fabrizio se rendit compte que ses aisselles étaient trempées et froides et il lui sembla qu'il n'y avait plus d'air dans la pièce. Il ouvrit la fenêtre et se mit à respirer en essayant de se calmer. – Putain, la honte. – Il ne fallait pas se laisser prendre par la panique. – Allez, c'est un brave môme, il ferait jamais ça.

– Il le fera, c'est sûr. Cristina n'avait aucun doute.

– À mon avis, il est juste en colère contre toi parce que tu le négliges. C'est la manifestation classique d'un adolescent qui recherche l'attention de sa mère.

Cristina fit non de la tête.

– Combien il veut ?

– Cent mille euros.

Ciba écarquilla les yeux. – J'ai pas très bien compris. Tu as dit cent mille euros ? Mais il est complètement givré !

– Il en veut cinquante de moi et cinquante de toi. On doit lui faire un virement sur son compte en banque suisse. Il m'a donné son RIB.

– De moi ? Et pourquoi de moi ?

– Ça t'apprendra à baiser sa mère, il a dit. Et il a ajouté qu'il nous fait un prix d'ami. S'il vendait ça à un journal, il palperait beaucoup plus. Tu es la première star de la littérature à se faire choper dans une vidéo porno. Samuel dit que tu pourrais parfaitement rivaliser avec Paris Hilton et Pamela Anderson.

– Mais c'est vraiment un fils de pute, non ?

Cristina haussa les épaules. – Exactement.

– On peut pas marchander ? Une petite ristourne ? Cinquante à nous deux ? Qu'est-ce que t'en dis ?

– Je ne pense pas, non. Il est très déterminé, pareil que son père. Tu sais, quand il sera grand, Samuel veut être cinéaste... Sa vidéo a même un générique d'ouverture avec nos deux noms et la musique de *Gladiator*.

Fabrizio se mit à tourner en rond dans la pièce. – C'est terrible, ça. Ton fils est un authentique salaud. Et puis, qui nous dit qu'il n'en gardera pas une copie pour continuer à nous faire chanter ?

– Non ! Ça il ne le ferait jamais. Samuel est un gentil garçon. Il est honnête, j'ai confiance en sa parole.

– Honnête ? C'est un requin déguisé en gamin... Si c'est posté sur Internet, c'est la cata du siècle, pour moi. Ça me foutrait en l'air pour toujours. Et si on le faisait rosser par quelqu'un ?

– J'y avais pensé. Le beau-frère de mon carrossier, pour trois fois rien, lui flanquerait une belle raclée. Sauf que je suis sûre que ça le rendra encore plus méchant. Mais ne me dis pas que tu en fais une question d'argent. Ça ne te ressemble pas. C'est d'un si mauvais goût.

Ciba détestait passer pour un radin. – Non, non. C'est juste que jeter du fric comme ça... Mais dis-moi un truc, comment je me comporte, moi ?

Cristina le regarda sans comprendre. – En quel sens ?

– Euh, je veux dire... Voilà... – Il ne trouvait pas les mots pour s'exprimer. – Je fais bonne impression, au moins ? Mon bide, on le voit ? J'ai fait une bonne prestation ?

– Pas mal…

– Bon, ben, c'est déjà ça. – Fabrizio attrapa la poignée de la porte. – Envoie-moi le RIB pour le virement et il ne nous reste plus qu'à espérer. Qu'est-ce que tu veux que je te dise ?

– Et nous deux ?

– Nous deux, il me semble que ça suffit comme ça. Il sortit et ferma la porte derrière lui.

37.

Mantos, muni d'un plateau de coupes de champagne, évoluait comme un parfait serveur au milieu des invités, en quête de Larita. On avait l'impression d'être à la cérémonie des Golden Globes. Il y avait une moitié gens de télé, une moitié Ligue 1. Mais surtout, il y avait une densité de chattes au mètre carré à en avoir presque la nausée.

Enfant, Mantos n'aimait pas les sucreries. Les glaces, les crèmes, les cafés liégeois, ça n'était pas son truc. Il préférait le salé, même au petit déjeuner. Et au-dessus des pizzas, panini et toasts, ce qui l'emportait, c'étaient les tramezzini. Il les aimait tous, même si celui au poulet et celui aux crevettes-roquette se disputaient la première place. Au *Bar Internazionale* de Fiano Romano, ils n'avaient pas un grand choix et en plus ils étaient secs. Et le barman commettait la grave erreur de les réchauffer dans un four électrique et non sur une plaque. Même si, soit dit en passant, c'est seulement en présence de jambon ou de produits laitiers, type mozzarella ou fromage doux, qu'il faut utiliser la plaque chauffante.

Tout le monde lui racontait que les tramezzini, à Rome, c'était autre chose. Ils fondaient dans la bouche et étaient toujours frais. On les conservait sous des linges mouillés qui maintenaient le bon degré d'humidité. Saverio imaginait la capitale comme une ville où les maisons étaient triangulaires et où il y avait à longueur de rue des exposants de tramezzini.

Pour son anniversaire, il avait demandé à son père de l'emmener à Rome pour manger ces délices. Et son père, pour une fois, lui avait fait plaisir. Mieux, il avait exagéré. Sur les conseils de l'oncle Aldo, il l'avait amené à la *Maison du Tramezzino*, sur l'avenue du Trastevere, à l'angle de piazza Mastai.

Quand le petit Saverio Moneta avait fait son entrée dans ce temple culinaire, il en était tout ému. Devant lui, s'offraient des murailles de tramezzini conservés dans des réceptacles en cristal. Cela allait du simple jambon, mozzarella à celui avec saucisse, mayonnaise et endives. Perche, roquette et *stracchino*. Carpaccio d'agneau, sauce rose et saint-jacques. À un, deux, trois étages. Jusqu'au Club Sandwich Ambassador Grand Royal. Un bestiau à douze étages où étaient entassés soixante-cinq ingrédients.

« Tu as trois mille lires à ta disposition. Ne les gaspille pas. Choisis bien », lui avait dit son père.

Le gamin courait comme un fou d'un bout à l'autre du magasin sans réussir à prendre une décision.

Il avait les mains en sueur et l'estomac serré. À la fin, il était sorti, ses billets intacts.

Eh bien, il était dans cet état en ce moment, au milieu de ces cuisses vertigineuses, ces lèvres gonflées comme des limaces, ces seins ronds comme des coupoles de Brunelleschi, Mantos recula, pris de nausées, et il aperçut une brunette qui errait un peu perdue parmi ces super héros.

Larita…

On aurait dit une étudiante, avec cette jupe écossaise, cette veste noire et ce chemisier blanc.

Mantos initia une manœuvre de rapprochement tandis que Sasà Chiatti continuait à parler du haut de la scène. – … Nous avons voulu en faire des tonnes pour vous divertir… Il y a trois chasses. Au renard, au tigre et au lion. La chasse au renard est réservée à ceux qui savent bien monter à cheval. Et elle sera exécutée selon les antiques règles du duc de Beaufort. Une meute de trente beagles est prête dans les chenils. Pour cette chasse, l'uniforme est de rigueur : veste rouge, noire, en tweed ou pied-de-poule, cravate blanche, gants blancs, pantalons clairs et évidemment bottes et bombe.

Du public s'éleva un murmure. Les invités s'observaient entre eux en hochant la tête. – Mais comment on va faire ? – C'est une folie. – On n'est pas habillés pour.

Le promoteur immobilier les rassura. – Rassurez-vous, les enfants ! Tout est arrangé, ne vous énervez pas. Le styliste Ralph Lauren a généreusement offert les tenues pour les chasses. Derrière la villa, y a un campement où les nobles dames et les nobles messieurs pourront trouver tout ce dont ils ont besoin pour se préparer. Les tentes rouges sont pour la chasse au renard, les orange pour la chasse au tigre et les beiges pour la chasse au lion. Après, si vous le désirez, vous pourrez emporter les vêtements chez vous.

– Chiatti, t'es un seigneur ! hurla quelqu'un. – Ralph, t'es génial ! fit un autre.

Mantos était arrivé à quelques mètres de la chanteuse. Bras croisés, Larita regardait la scène, l'air de s'ennuyer un peu. Elle était toute petite, mais bien proportionnée. Et elle semblait totalement étrangère à tout ça.

Un grand échalas avec une barbe noire et des lunettes de soleil, portant un blouson de cuir râpé, des bottes de cow-boy en python, des jeans déchirés et une chemise à carreaux en flanelle s'était collé à elle et riait sans cesse, la bourrant de coups de coude, comme s'ils se connaissaient depuis des siècles. Mais elle n'avait pas l'air de s'amuser autant que lui.

Mantos avait la certitude que le cow-boy était célèbre. Là-dedans, il n'y avait pas beaucoup de possibilités : soit vous étiez VIP, soit vous étiez serveur. Il avait tout l'air d'un rockeur.

Les goûts du leader des Enragés d'Abaddon oscillaient entre des genres musicaux très différents : de *Carmina Burana* d'Orff à Wagner, des Popol Vuh à Dead Can Dance, sans oublier Billy Joel. La musique italienne, il ne la supportait pas.

Quand le cow-boy ôta sa casquette pour l'agiter à l'intention de Chiatti, Mantos vit le bandana avec le drapeau de la paix.

C'était l'emblème de Cachemire, le chanteur du groupe rock métal d'Ancône, Animal Death. Les idoles de Murder et Zombie.

Cachemire fit un signe à Mantos. - Hep ! Garçon, s'il te plaît !

Mantos fut contraint de se retourner. - Moi ?

– Oui, toi. Viens ici.

Le leader des Enragés s'approcha, tête basse. Il tendit le plateau avec la dernière coupe de champagne.

– T'aurais pas une petite mousse ?

– Non, je suis désolé.

– Et t'irais pas m'en chercher une ? Ou plutôt non, apporte-m'en carrément une caisse.

Mantos fit signe que oui.

Larita donna une tape sur l'épaule du chanteur. - Moi, je vais faire un tour. À plus.

Le leader des Enragés fut surpris par la voix de Larita. Rauque et profonde. Sur la nuque, sous les cheveux courts, elle avait un tatouage, deux petites ailes d'ange.

C'est là que s'abattra Durandal.

– OK, dit le cow-boy. À quelle chasse tu vas, toi ? Moi j'arrive pas à me décider.

– Moi, je n'y vais pas. Je déteste ces trucs-là. Larita s'éloigna, suivie à quelques mètres par Saverio qui fulminait en silence.

La conne n'allait pas participer aux chasses. Manquait plus que ça. La poisse continuait à s'acharner sur lui.

Soudain, la chanteuse s'approcha de lui : - Excusez-moi, vous n'auriez pas vu Ciba… Fabrizio Ciba ?

Putain, et c'est qui, ce Ciba ?

Mantos avait la langue paralysée et la seule chose qu'il réussit à faire fut de hausser les épaules.

Larita semblait étonnée de son ignorance. – L'écrivain ! Vous ne voyez pas qui c'est ? Celui qui a lu la poésie sur scène.

– Non, je suis désolé.

– Ça n'est pas grave. Merci quand même. Larita s'éloigna au milieu des invités.

Silvietta avait raison, cette pute était une défenseuse des animaux. Et maintenant, comment faire pour l'enlever ?

Mantos siffla la dernière coupe de champagne.

38.

Fabrizio Ciba lui aussi éclusait un double scotch, attablé en retrait. Il ne pouvait imaginer qu'il y ait un risque que la vidéo porno circule sur Internet.

– Mon frère ! Paolo Bocchi avançait vers la table, un autre mojito à la main. À la façon dont il titubait, il devait être déjà saoul. Les yeux injectés de sang, en sueur comme s'il venait de finir un match de basket. Sous les manches de sa veste, s'étaient formées deux auréoles sombres. Il avait dénoué sa cravate et déboutonné sa chemise, on entrevoyait l'ourlet de son tricot de corps en laine. Sa braguette était ouverte.

Le chirurgien attrapa Fabrizio par le cou. – Qu'est-ce tu fais là, tout seul ?

L'écrivain n'eut même pas la force de réagir. – Rien.

– On m'a dit que t'as lu une poésie grandiose. Dommage, j'étais aux chiottes, je l'ai ratée.

Ciba s'affaissa sur la table.

– T'as l'air effondré. Qu'est-ce qui s'est passé ?

– Je risque de me taper une honte planétaire.

Bocchi s'assit sur la chaise à côté de la sienne et alluma une cigarette, en tirant de grandes bouffées.

Ils restèrent silencieux pendant un moment. Puis le chirurgien leva la tête vers le ciel et souffla un nuage de fumée. – T'es chiant, Fabrizio. T'en es encore là.

– Où là ?

– Ces trucs de se taper la honte de sa vie. Ça fait combien de temps qu'on se connaît ?

– Trop longtemps.

Bocchi ne se vexa pas. – Depuis le lycée, t'as pas changé d'un iota. Toujours obsédé par ces histoires de se choper la honte. Comme s'il y avait quelqu'un qui te jugeait sans arrêt. C'est à moi de t'expliquer ça ? C'est toi l'écrivain, et certaines choses, tu devrais y arriver tout seul.

Fabrizio se tourna, agacé, vers son camarade de classe. – Comment ? De quoi tu parles ?

Bocchi bâilla. Puis il lui prit la main. – Alors t'as pas compris. Le temps de la honte est fini, mort, enterré. Il s'en est allé pour toujours avec le vieux millénaire. La honte n'existe plus, elle s'est éteinte comme les lucioles. Plus personne se chope la honte, sauf toi, dans ta tête. Mais tu les vois pas, tous ces gens-là ? – Il indiqua la masse qui applaudissait Chiatti. – On se couvre de fumier, heureux comme des cochons dans une porcherie. Regarde, moi, par exemple. – Il se leva en titubant. Il écarta les bras comme pour se montrer à tous, mais la tête lui tourna et il fut contraint de se rasseoir. – Moi, je me suis spécialisé à Lyon avec le professeur Roland Château-Bobois, j'ai la chaire d'enseignement à l'université d'Urbino, je suis médecin-chef. Regarde dans quel état je suis. Selon les anciens paramètres, je devrais être une honte ambulante, un être infréquentable, un pignouf pété de tunes, un camé, un personnage méprisable qui s'enrichit sur les faiblesses de quelques vieilles rombières, et pourtant, il n'en est rien. Je suis aimé et respecté. Je suis même invité à la fête de la République au Quirinal et dans toutes les émissions médicales à la con. Excuse-moi, mais pour en venir à des trucs personnels... Cette émission que t'as faite à la télé, c'était pas une grosse daube ?

Ciba essaya de se défendre. – Eh ben...

– Laisse tomber, c'était une grosse daube.

Fabrizio fit un signe d'assentiment.

– Et cette histoire avec l'autre là, la fille... Je ne me souviens plus, bref, tu t'es tapé la honte aussi.

Ciba fit une grimace de douleur. – Bon, maintenant ça suffit.

– Et qu'est-ce qui t'est arrivé ? Rien de rien. Combien d'exemplaires en plus t'as vendus avec toutes ces hontes théoriques ? Des tas. Et tout le monde dit que t'es un génie. Donc, tu vois que tu me rejoins ? Ce que tu appelles ces moments de honte, ce sont des éclairs de splendeur médiatique qui donnent du lustre à ton personnage et te rendent plus humain et sympathique. S'il n'existe plus de règles éthiques et esthétiques, les moments de honte périclitent en conséquence. – Bocchi se pencha vers Ciba et l'enlaça affectueusement. – Et puis, tu sais qui est le seul à s'être jamais tapé la honte dans sa vie ? Même pas une fois ?

L'écrivain fit non de la tête.

– Jésus-Christ. En trente-trois ans, pas une seule fois. Et en disant ça, j'ai tout dit. Maintenant, tu vas me faire plaisir. Tu prends cette friandise. Bocchi sortit de la poche de sa veste une pilule ovale violette.

Fabrizio l'observa, soupçonneux. – Qu'est-ce que c'est ?

Bocchi écarquilla les yeux, les globes saillants dans ses orbites comme ceux d'un crapaud marin, et avec le ton d'un vieux marchand d'épices rares, il expliqua : – Phénolhydrochlorure Benjorex. C'est pas le premier hallucinogène venu, on n'en trouve pas partout. Y a que ton petit tonton qui l'a, cette came-là. Tu vois les champignons magiques, peyotl, ecstasy, MDMA ? Tous autant qu'ils sont, c'est environ l'équivalent des Dragées Fuca, comparés à cette petite pilule. C'est un médicament fiché par l'association Human Rights Watch comme arme chimique. Il a été utilisé par des neuropsychiatres expérimentateurs dans les prisons russes pour faire retomber en enfance les terroristes tchétchènes, et par l'organisme de la recherche spatiale russe dans les recherches sur ses effets psychotropes en absence de pesanteur. Alors on va s'en prendre une chacun et tu verras que ce gros hangar va devenir soudain le monde du magicien d'Oz et toi et moi, on va s'amuser comme des fous. Il fourra la pilule dans la poche du veston de Ciba qui se leva, horrifié, et fit trois pas en arrière.

– Bocchi, tu vas vraiment mal. En plus d'être un camé, t'es aussi un psychopathe. Tu veux ma peau, dis la vérité. Tu me hais. Les Tchétchènes… L'absence de pesanteur… La fin de la honte… S'il te plaît. Je te demande une faveur. Je t'implore. Laisse-moi tranquille. Toi et moi, on n'a jamais rien eu en commun. Même pas au lycée. On n'a jamais été amis, frères, que dalle. On n'a rien à voir l'un avec l'autre. Donc, fais-moi ce plaisir, fous-moi la paix et si tu me rencontres, change de trottoir.

Bocchi lui sourit. – OK. Il sortit une autre pilule, se la fourra dans la bouche et siffla son mojito.

39.

Sasà Chiatti était passé pour expliquer la chasse au tigre. – Comme nous l'enseigne la tradition victorienne, la chasse au tigre se fait à dos d'éléphant. J'ai trouvé quatre magnifiques spécimens provenant d'un cirque de Cracovie et j'ai fait installer dessus pour vous des nacelles en osier tressées à la main à Torre Annunziata, qui peuvent contenir jusqu'à quatre chasseurs. Chaque bête est conduite par un cornac indien, qui connaît son animal comme lui-même. Le tigre a cinq ans, son nom est Kira. Je l'ai acheté après de longues tractations au zoo de Bratislava. C'est une splendide femelle albinos, comme ma douce moitié, pour qui il a fallu plus de tractations encore pour la convaincre de sortir avec moi. Cette chasse durera environ trois heures et à la fin il y aura un dîner sur des maisons flottantes où a été dressé un buffet indien.

À quelques dizaines de mètres, derrière les baraquements des cuisines, les Enragés d'Abaddon s'étaient réunis en session extraordinaire.

– On est dans la merde ! fut l'ouverture de Mantos.

Murder, la bouche pleine d'un toast à l'esturgeon, grommela : – Qu'est-ce qui se passe ?

– Larita, elle participe pas à la chasse.

– Je vous l'avais dit ! C'est une défenseuse des animaux, cette gonzesse, fit Silvietta, toute contente.

Mantos sentait qu'il allait se foutre en rogne, mais il essaya de garder son calme. – Bon, c'est bien, tu le savais ! Et alors ? Eh ben maintenant, va falloir que j'active le plan B.

Zombie, qui se tenait à l'écart, l'air renfrogné, se leva d'un bond. Il avait les yeux gonflés et tremblait presque. – Basta ! J'en peux plus, éclata-t-il. Maintenant tu nous sors un plan B ? Comme s'il existait un plan A ! Ça, mon cher Mantos, c'est la démonstration flagrante que toi, tu seras jamais un Kurtz Minetti ou un Charles Manson. Toi… toi, tu improvises. C'est pas une secte satanique, ça, c'est une secte de pauvres types. Ces deux-là… – il indiqua Murder et Silvietta. – Laissons tomber, ça vaut mieux. La vérité, c'est que vous êtes pas des pros. Elle aurait dû s'arrêter à la pizzeria, cette histoire à la con. Mon erreur, c'est de vous avoir suivis. Toi aussi, Mantos, tu m'as déçu. Tu t'es pointé et tu nous as fait voir la Villa Ada sur un plan de Rome. Mais tu te rends compte ? Durandal… On l'enlève dans les bois… On se suicide… On devient la secte satanique numéro un d'Italie. Mais allez souffler dans votre sarbacane ! Tu sais ce que je vous dis, moi ? Allez tous vous faire foutre ! Et il se dirigea vers la route.

Saverio regarda ses deux adeptes, ébahi : – Il a pété les plombs ? Qu'est-ce qui lui prend ?

– Je le sais, moi, ce qu'il a, fit Silvietta, et elle lui courut après.

Murder, le toast à la main, regarda son leader. – Mais qu'est-ce qui se passe ?

– Et qu'est-ce que j'en sais, moi ! C'est ta fiancée, pas la mienne. Bouge.

Murder soupira et s'éloigna en courant, à sa poursuite.

Le leader des Enragés s'affaissa sur la chaise, se couvrant le visage de ses mains.

Comment lui donner tort ? Il n'existait aucun plan B. Quant au plan A, il faisait eau de toutes parts.

Pourquoi je n'ai pas accepté la proposition de Kurtz Minetti ? Je n'aurai jamais l'étoffe d'un leader. Et maintenant, qu'est-ce que je vais faire ?

Il avait coupé tous les ponts, il ne pouvait plus faire marche arrière. Et quand Antonio reprendrait connaissance, il lui ferait sa fête.

La seule possibilité, c'était une mission kamikaze. Courir vers Larita et, en récitant rapidement les Tables du Mal, lui planter Durandal dans le cœur.

– Silvietta ! Silvietta, mon amour, arrête-toi. J'ai un point de côté, haletait Murder, en appuyant une main sur son ventre, tandis qu'il suivait sa fiancée dans le bois. Où tu vas ? Y a les bêtes féroces… C'est dangereux.

La vestale fit encore quelques pas, puis, comme si sa batterie était déchargée, elle s'arrêta et se laissa tomber à terre sous un grand figuier sauvage qui ployait ses branches lourdes vers le sol.

Murder s'approcha d'elle, s'agenouilla et tendit une main sans la toucher, comme craintif. – Qu'est-ce qui t'arrive, ma puce ? Qu'est-ce que tu as ?

Elle parla, le visage caché dans ses bras. – Zombie nous a entendus.

– Quoi ?

Silvietta se retourna. Elle avait les joues zébrées de larmes. – Le mariage. Il a tout découvert. Il a la rage.

– Qu'est-ce qu'il t'a dit ?

– Qu'on est deux traîtres. Deux infâmes. Qu'on l'a abandonné. Et il a raison.

Murder serra les poings, se releva. – Bon, mais faut pas exagérer non plus… D'accord, on s'est pas très bien comportés, mais des infâmes traîtres, c'est un peu beaucoup.

Elle lui attrapa une jambe et le regarda, le visage éclairé à moitié par un rayon de soleil qui filtrait à travers les feuilles. – Écoute-moi, j'ai réfléchi. On peut pas les planter. J'en ai pas le courage et c'est pas juste. On a fait le pacte satanique. Dans le bois de Sutri, on a juré de lutter ensemble, unis contre les forces du Bien. Tu te souviens ?

Murder, à contrecœur, fit signe que oui.

– Donc, on doit se suicider.

Il la regarda dans les yeux. – Tu crois ?

– Viens ici, allez.

Il se baissa. Silvietta lui arrangea de l'index une mèche de cheveux qui lui tombait sur le front. – Oui, je crois que oui.

Murder se mit à hocher la tête et à soupirer. – Ouais, mais c'est chiant quand même ! Et comment on va faire maintenant ? – Il essaya de se lever, mais elle le retint. – J'ai déjà versé les arrhes pour le *Vecchio Cantinone*, sans parler de la réservation des billets pour Prague. Si j'avais su, j'aurais pas fait d'emprunt. Et mes parents qui sont en train de tout organiser.

Silvietta sourit. Elle avait les yeux brillants, mais sereins. – Murder, qu'est-ce qu'on en a à fiche... De toute façon, on sera morts.

– Bien sûr... Mais tu me connais. Je déteste avoir des comptes en suspens.

– Qu'est-ce que ça peut faire, le mariage ? Nous, on s'aime et on va mourir ensemble. L'un près de l'autre. On restera unis pour l'éternité. Comme Roméo et Juliette.

Ce grand gaillard la serra très fort contre lui, jusqu'à manquer l'étouffer et il posa sa tête contre son épaule. – Oui, mais moi, j'ai peur... J'ai pas envie...

Silvietta lui effleura le cou de ses lèvres. – Rassure-toi, mon chéri. Je suis là, avec toi. On se tiendra la main. Tu verras, ce sera très beau.

Il y eut un long chant strident d'un oiseau inconnu.

Silvietta releva la tête. – Tu as entendu ? On aurait dit un perroquet.

– Tu crois que c'est un perroquet ?
Elle lui susurra dans l'oreille. – Je t'aime.
Murder l'embrassa.

Organisation des groupes-chasse
Distribution des vêtements et attribution des armes

40.

Après le discours de Chiatti, le troupeau des invités se dirigea du buffet à la zone de préparation pour la chasse. On respirait une atmosphère excitée et alcoolisée. Les drinks dans l'estomac et la drogue dans la tête les avaient tous rendus enjoués et de bonne humeur. Comme l'avait promis le promoteur immobilier, ils trouvèrent les tentes pour se changer. Sur un côté, il y avait une armurerie. Des dizaines de fusils étaient posés sur les râteliers. Les hôtesses inscrivaient sur des feuilles les noms des participants aux différents safaris et faisaient signer une déclaration de non-responsabilité. Si quelqu'un se faisait mal, se blessait, ce n'était pas le problème de Sasà Chiatti.

Fabrizio Ciba rôdait dans le campement en repensant aux paroles de Bocchi. Ce balourd n'avait pas tous les torts. En fin de compte, la vidéo porno pouvait lui apporter un max de pub et peut-être que les ventes de ses romans repartiraient fortement à la hausse. Sans compter qu'il pouvait devenir une idole du sexe, ce qui ne répugne à personne.

À cet instant, l'administrateur délégué de Martinelli accompagné de Matteo Saporelli et du critique Tremagli sortirent d'une tente, affublés d'une tenue coloniale. Short, chemise kaki et chapeau d'explorateur en liège. Ils serraient dans leurs mains de gros fusils, les regardant comme si c'étaient des armes de martiens.

La chasse au lion est à exclure.

Simona Somaini quitta la tente de la chasse au renard vêtue d'un pantalon qui lui moulait les jambes et le cul comme une seconde peau, et d'une petite veste rouge ouverte juste ce qu'il fallait pour montrer ses nichons comprimés. Elle était suivie d'un bestiau avec bouc et catogan, habillé en treillis militaire, un fusil à pompe à la main.

Fabrizio avait déjà vu le bestiau. Ça devait être un sportif.

L'écrivain fit deux pas et Larita se présenta devant lui. L'envie lui vint de la prendre dans ses bras, mais il se retint.

La chanteuse aussi semblait contente de l'avoir retrouvé. – Je t'ai cherché partout. Où tu étais passé ?

Ciba fit ce qui lui était le plus naturel. Il mentit. – Je te cherchais. Dis-moi, qu'est-ce qu'on fait ? Ne me dis pas que tu as envie de prendre part à cette mascarade ?

– Moi ? Tu es fou ? Je suis une défenseuse des animaux.

– Bravo ! – Ciba était soulagé. – Alors, sauvons-nous d'ici.

Elle le regarda, étonnée. – Mais je ne peux pas m'en aller, moi, je dois chanter… Je suis venue ici pour ça.

Fabrizio tenta de masquer sa désillusion. – Tu as raison. Je n'y avais pas pensé, mais… – Il n'arriva pas à finir sa phrase car un lipizzan blanc surgit devant lui, cabré sur ses jambes postérieures. Sasà Chiatti, chevauchant le destrier, essayait, en tirant sur les rênes, d'immobiliser l'animal qui faisait des écarts de droite et de gauche. – Qu'est-ce que vous faites là, vous deux ? Pourquoi vous vous êtes pas changés ? J'ai un éléphant qui va partir à moitié vide.

Larita lui fit signe que non de la main. – Moi, je suis contre la chasse. Je ne tirerai jamais sur un tigre.

Le promoteur se pencha sur le cou luisant du cheval pour ne pas se faire entendre des autres invités. – Mais qui parle de tirer ? C'est un moment ludique. Et puis, le tigre, il a un cancer du côlon. Il lui reste un mois à vivre, si les choses tournent bien pour lui. Vous lui rendez juste service. C'est une balade. Et jamais vous retrouverez une opportunité pareille. Allez… – Il se retourna et siffla comme un charretier.

Un barrissement résonna dans le jardin à l'italienne. Des chênes verts s'envolèrent perroquets et corneilles. Puis la terre se mit à sursauter. Un éléphant déboucha du bosquet en projetant autour de lui des rayons de lumière éblouissante. On l'avait peint en orange et azur et recouvert de tissus sur lesquels étaient cousus des centaines de petits miroirs ronds. La longue trompe arrachait des branches aux arbres et se les portait à la bouche. On lui avait attaché sur l'échine une nacelle en osier tressé. À l'intérieur, il y avait un vieux monsieur à lunettes, loden vert et drôle de feutre. Il serrait un fusil entre ses mains. À côté de lui, un adolescent aux yeux cachés sous une frange sombre. Tous deux se tenaient aux bords de la nacelle qui tanguait à chaque pas de l'animal. Assis sur le cou, un petit Philippin avec un pagne blanc et un turban conduisait la bête, en la fouettant avec un roseau.

– Voilà votre éléphant. – Chiatti leva une main et le Philippin arrêta le pachyderme. Puis il s'adressa à l'homme dans la nacelle. – Monsieur Cinelli, s'il vous plaît, jetez la petite échelle. Vous avez deux autres passagers.

Le vieux pointait le fusil vers les arbres, cherchant le tigre.

– Grand-père ! Grand-père ! T'as entendu ? Le monsieur a dit de jeter l'échelle. OK, d'accord, on oublie… – Le garçon se pencha, prit l'échelle de chanvre et la jeta : – Excusez-moi, il est un peu sourd.

Larita regarda Fabrizio, partagée. – Qu'est-ce qu'on fait ?

Ciba haussa les épaules. – C'est toi qui décides.

Larita, à voix basse, gênée : – J'ai l'impression qu'il faut qu'on y aille. C'est peut-être malpoli de rester là. Mais on tire pas, hein ?

– Qui veux-tu qui tire ?

41.

Murder s'assit à côté de son leader, qui se tenait la tête baissée sur les genoux, et lui mit un bras autour des épaules. – Tout n'est pas perdu, Maître.

– T'inquiète, Mantos, on va y arriver, fit Silvietta.

Saverio les regarda, ému. – Je vous ai déçus. Je suis vraiment désolé. Je n'ai aucun charisme.

Silvietta lui prit la main. – Non, Mantos, tu as beaucoup de charisme et tu ne nous as jamais déçus. Tu as donné un sens à notre vie. Et nous, on ne te trahira jamais, on restera toujours à tes côtés.

Murder s'agenouilla et demanda : – Qui est le père charismatique ?

Mantos secoua la tête, embarrassé. – Allez… Laisse tomber.

Murder alors se leva. – Qui a écrit les Tables du Mal ?

– Toi ! Silvietta indiqua leur leader.

– Qui nous a appris la Liturgie des Ténèbres ?

Mantos prit une grande inspiration et dit : – Moi.

Zombie courait au milieu des tentes.

C'était le chaos. Des gens qui, en grinçant des dents, tentaient d'enfiler les bottes d'équitation. Une vieille, en dette d'oxygène, s'était enroulée dans un sari de soie violette comme une truite saumonée dans du papier alu. Le vice-président de la région Latium, équipé de chaussures coloniales trop petites de trois pointures, avançait comme un automate, tenant dans ses bras un énorme fusil. Le comique Sartoretti, snipper incontesté des vendredis soir d'Italia I, n'arrivait pas à fermer son pantalon de zouave et hurlait à l'hôtesse : – Mais ça c'est du 46. Moi je fais du 52 !

L'Enragé, d'un bond, dépassa Paolo Bocchi qui, allongé par terre, pâle et en sueur, regardait le ciel comme s'il parlait avec le Créateur et répétait comme un Mantra : – Je t'en prie… Je t'en prie… Je t'en prie…

Zombie continua à courir à perdre haleine jusqu'au jardin à l'italienne.

Silvietta et Murder, assis à une table, étaient en train de manger une pizza rustique farcie à la ricotta et aux épinards.

Le sataniste s'arrêta, plié en deux de fatigue. – Qu'est-ce que vous faites encore ici, vous deux ?

Silvietta se leva. – On se marie plus. On participe à la mission jusqu'au bout.

Murder se leva lui aussi. – Pardonne-nous. On a compris.

Zombie eut le souffle court. – Vous… je veux pas… vous parler. Il est où, Mantos ?

– Il est allé se prendre une assiette au buffet.

Silvietta le prit par le bras. – T'as compris ? On vous laissera pas seuls. On se suicide nous aussi.

– C'est ça, ouais… J'y crois pas.

Silvietta se mit une main sur la poitrine. – Je te le jure. C'est toi qui avais raison, on allait se comporter comme des salauds. Mais toi tu m'as fait réfléchir.

À ce moment-là, apparut Mantos, avec une énorme assiette de raviolis au homard. – Zombie ! T'es revenu ?

L'adepte voulait parler, mais il avait encore le souffle court. – Larita… Larita…

– Quoi ? demanda le leader des Enragés. Larita quoi ?

– Elle est partie… pour la chasse… au tigre !

Départ des safaris

42.

Entre une chose et l'autre, les chasses étaient parties avec deux heures de retard sur le programme.

Le soleil déclinait derrière les bois du fort Antenne, emportant avec lui toutes les couleurs, mais grâce à l'art savant du directeur de la photographie coréen Kim Doo Soo, les bois et les prairies du parc s'étaient transformés en une forêt enchantée. Des projecteurs de dix mille watts camouflés dans la végétation inondaient d'une lumière artificielle les troncs recouverts de lichens argentés, les champignons et les roches vertes de mousse. Une brume basse et dense, créée par les machines fumigènes, recouvrait le sous-bois et les prés où broutaient des troupeaux de gnous, de bouquetins et d'élans. Des milliers de leds lumineuses éparpillées sur la prairie s'allumaient et s'éteignaient comme des essaims de lucioles. Douze gigantesques ventilateurs cachés sur les hauteurs produisaient une brise légère qui agitait les étendues herbeuses sur lesquelles une famille d'ours bruns et un vieux rhinocéros aveugle se reposaient, entre les balançoires et les toboggans recouverts de lierre.

Chiens et cavaliers de la chasse au renard avaient déjà disparu derrière les collines à l'est.

Les rabatteurs africains, suivis des chasseurs à pied, ratissaient la prairie à la recherche du lion.

Les éléphants quittaient la villa. En file indienne, les pachydermes entrecroisaient leur trompe à leur queue, et, à pas lents mais irrépressibles, ils se dirigeaient droit vers les marais au nord-ouest où l'on disait qu'était caché Kira, le tigre albinos.

Sasà Chiatti, sur la terrasse de la Villa Royale, observait aux jumelles les groupes qui pénétraient dans son immense propriété.

Tout, là-bas, était à lui. Des pins séculaires aux lierres grimpants, jusqu'à l'ultime fourmi.

On l'avait insulté, raillé, on l'avait traité de fou mégalomane, de bouseux enrichi, de voleur, mais lui, il n'avait écouté personne. Et à la fin, c'était lui qui avait gagné. Ils étaient tous venus à la cour lui rendre honneur.

Ecaterina Danielsson le rejoignit sur la terrasse. Elle s'était changée et portait un corset de cuir marron qui enserrait sa taille fine. Ses épaules couvertes d'une étole de renard argenté. Ses jambes gainées par des bottes. Elle tenait deux coupes en cristal.

Le mannequin lui tendit le vin. – Tu en veux ?

Sasà ferma les yeux et huma. Le parfum fin, agréable, éthéré était celui qu'il fallait. Il trempa ses lèvres. Sec, chambré et légèrement tannique. Il sourit, satisfait. C'était bien du merlot d'Aprilia. Il le siffla d'un trait.

Ecaterina, par derrière, lui enserra la taille. – Comment tu te sens ?

Il finit son verre et le jeta par-dessus son épaule. – Comme le huitième roi de Rome.

43.

Mantos, Murder, Zombie et Silvietta, habillés en serveurs, marchaient sur un terrain sablonneux et meuble constellé de flaques d'eau et de mares. C'était un pullulement de moustiques, moucherons, vermines, mouches, libellules et de tout un tas d'animalcules dégoûtants cachés dans les roseaux, les papyrus et les lotus.

Mantos regardait autour de lui, perdu. – Moi, je m'en souvenais pas de ce marécage… Et vous ?

– Non, moi non plus, fit Murder, en regardant ses chaussures crottées.

– Moi, j'y suis venu quelquefois, quand j'étais petit. C'est mon père qui m'amenait ici le dimanche, après qu'on était allés écouter le pape. Je me souviens qu'il y avait des manèges, mais un marécage, non.

– On est sûrs que c'est la bonne direction ? demanda Silvietta. En réalité, elle s'en fichait un peu. Elle devait faire la paix avec Zombie. Il était en queue et marchait la tête basse.

–Je pense que oui. J'ai vu qu'ils allaient vers le nord. – Mantos dépassa Murder et prit la tête de la file. Sur son sac à dos était attachée Durandal. – Dites, c'est quoi ces arbres ? Ils sont drôlement bizarres.

Des arbres aux troncs tortueux enfonçaient des centaines de doigts longs et sombres dans le sable. Dessus, il y avait des colonies de cercopithèques qui les observaient.

Murder chassa une mouche métallisée. – Euh… Ça doit être des oliviers.

– Mais qu'est-ce que tu racontes ? Ça, c'est des mangroves. T'en as jamais vu dans les documentaires ? soupira Silvietta.

Mantos commençait à être essoufflé. – Attendez… mais, les mangroves, elles poussent dans les climats continentaux ?

Murder se mit à rire. – Quand on sait pas, on se tait. Ici, c'est pas un climat continental, c'est un climat tempéré.

Mantos le désigna en tendant sa main à plat. – Écoutez-le, Monsieur-Je-sais-Tout. Tu viens juste de prendre des mangroves pour des oliviers.

– Vous arrêtez de vous disputer, tous les deux ? Grouillons-nous, les moustiques sont en train de me dévorer toute crue – fit Silvietta et elle s'éloigna pour rejoindre Zombie. Elle se mit à marcher à côté de lui. – Doudou, je sais que t'es super en rogne, mais maintenant tu peux plus continuer à me faire la tronche jusqu'à ce qu'on se suicide. C'est nos dernières heures, et on est en train de faire la chose la plus importante de notre vie et il faut qu'on soit unis et qu'on s'aime. Je te demande pardon, mais là tu dois me faire un sourire. Je suis ta meilleure amie, oui ou non ?

Il marmonna une chose qui pouvait être un oui comme un non.

– Allez, s'il te plaît. Tu sais que je t'aime beaucoup.

Il arracha un roseau à la boue. – Tu m'as fait de la peine.

– Je t'ai demandé pardon.

– Pourquoi tu m'as pas dit que vous deviez vous marier ?

– Parce que je suis une idiote. Je te l'aurais dit, mais j'avais honte. S'il y avait pas eu la mission, je t'aurais demandé d'être mon témoin.

– Et moi j'aurais refusé.

Elle rit. – Je sais... S'il te plaît, ne dis pas à Mantos qu'on voulait se marier, il le prendrait trop mal.

– Bon, d'accord.

– Et maintenant, tu me le fais, ce sourire ? Un seul, tout petit, petit.

Pendant une seconde, Zombie tourna la tête vers Silvietta et un sourire fugace comme un battement d'ailes éclaira son visage et fut aussitôt recouvert par les cheveux.

Chasse

44.

Fabrizio Ciba, dans sa jeunesse, avait été un skippeur plutôt bon. Il avait traversé l'Adriatique en catamaran, et, sur un deux-mâts, il avait rallié Ponza. Durant ces croisières, il avait essuyé des grains et des tempêtes et jamais, même une seule fois, il n'avait eu le mal de mer. Mais là, en revanche, dans ce foutu panier à dos d'éléphant, il avait une nausée furibonde. Il se tenait aux bords de la nacelle et sentait dans son estomac les toasts au crabe et les rigatoni grenouiller dans son whisky Jim Beam.

C'était franchement pas le jour. Juste au moment où il pouvait être seul avec Larita, il se sentait dans un état pitoyable.

La chanteuse le scruta. – T'es un peu pâlichon. Tu te sens bien ?

L'écrivain ravala un rot acide. – Non, c'est rien, j'ai juste un peu un mal de cr… Il n'arriva pas à finir sa phrase car il reçut sur la nuque le canon du fusil du sieur Cinelli.

Ciba se retourna vers le vieux. – Bon, ça suffit, maintenant ! C'est la troisième fois que vous me flanquez un coup sur la tête. Faites un peu attention !

Le vieillard, dans sa parfaite surdité, l'ignora superbement et continua à balancer son arme de droite et de gauche, la pointant sur les fourrés qui enserraient la caravane.

On a fait une belle connerie en obéissant à Chiatti.

Non seulement ils étaient entassés à quatre dans un mètre carré cahotant avec un vieux croûton, mais en plus leur éléphant était en tête de la caravane, si bien qu'ils devaient faire gaffe aux branches basses. Mais il y avait un tourment plus subtil qui angoissait notre écrivain. Il avait la sensation d'avoir perdu un peu de son vernis et de ne plus être aussi brillant que d'habitude. Cette promesse de se revoir, peut-être que Larita l'avait faite par gentillesse, tout comme elle avait accepté de participer à la chasse par politesse envers Chiatti. Incroyable, il avait l'impression d'être redevenu l'adolescent balourd du lycée. À cette époque, il n'était pas le Ciba entreprenant et effronté d'aujourd'hui, le mec cool, le snipper, mais un gamin maladroit, tignasse ébouriffée et lunettes de vue, qui se cachait sous de gigantesques pulls élimés et des pantalons immondes. Chaque fois qu'il essayait de draguer une fille, c'était une tragédie. Il échafaudait des plans très compliqués pour arriver à faire sa connaissance de la manière la plus naturelle possible. Il détestait montrer ses sentiments, sa faiblesse, donc il voulait que ce soient toujours elles qui fassent le premier pas. Il restait planté sous la porte cochère de sa proie et feignait d'être là par hasard. Il l'ignorait exprès, ou il la traitait mal, espérant attirer son attention. Il imaginait des dialogues brillants à la Woody Allen où il apparaîtrait comme un adorable malchanceux.

Maintenant, face à Larita, il se sentait pataud et maladroit comme au temps de son adolescence.

– Baisse-toi ! hurla la chanteuse.

Ciba baissa la tête et il évita d'un poil une branche qui coupait le sentier en deux. Cinelli se la prit en pleine poire, il perdit ses lunettes et roula sur lui-même, enfilant la pointe de son fusil sous l'aisselle de Fabrizio.

– Aïe ! Put… Vous allez arrêter avec ce truc ?! – L'écrivain le lui arracha des mains. – Et il est chargé en plus. Si le coup part, vous me trucidez !

Le gamin prit la défense de son grand-père. – Pour qui vous vous prenez ? Tu parles d'un courage ! Vous attaquer à une personne âgée !

Larita offrit un mouchoir au petit-fils. Il se mit à tamponner les égratignures sur le visage du vieil homme qui, stoïque, ne se plaignait pas.

Derrière quelqu'un hurla : – Oh, bordel ! Vous vous bougez le cul ! On dirait un cortège funèbre.

Ciba se tourna vers l'éléphant qui les suivait. Dans la nacelle, il y avait Paco Jiménez de la Frontera et Milo Serinov avec leurs gonzesses.

Fabrizio fit signe de rester calme. – Vous croyez que c'est de notre faute ? C'est l'Indien qui conduit.

– Ma qué Indien ? C'est un Philippin. Et en tout cas, dis-lui de se remuer le train, dit Mariapia Morozzi, ex-potiche de la télé, fiancée du gardien de but russe.

Larita se retourna. – Vous voyez pas que c'est un éléphant ? Si tu voulais cavaler, fallait faire la chasse au renard.

– *¡Yo te quiero, señorita! ¡Por la virgen de Guadalupe!* Magnez-vous le fion ! hurla le footballeur argentin. Il avait le regard fixe et le sourire forcé de qui use et abuse de la cocaïne.

Ciba intervint pour défendre l'honneur de la jeune fille : – Eh, l'ami ! Calmos ! Ne sois pas grossier !

– *Desculpe, es un gioco…* Paco Jiménez ricana nerveusement en embrassant sa fiancée Taja Testari.

Du troisième éléphant une voix s'éleva : – S'il vous plaît ? Quelqu'un aurait du Mercalm ? – C'était Fabiano Pisu, le fameux acteur de séries télé. Vert comme un haricot, il avait les yeux écarquillés. Avec lui, il y avait son fiancé, le styliste maghrébin Khaled Hassan, le chef de la fiction RAI Ugo Maria Rispoli et l'agent de cinéma Elena Paleologo Rossi Strozzi. – Alors ? Quelqu'un a un Mercalm ?

– Non… J'ai un Mars, fit Milo.

Dans la nacelle du quatrième pachyderme, il aurait dû y avoir Cachemire et ses Animal Death, le groupe rock métal d'Ancône, révélation du festival de Castrocaro. Mais la nacelle semblait vide. Seul une pataugas émergeait. Ils étaient tous les quatre avachis au fond, cuits par l'alcool et un cocktail de psychotropes.

Je vous hais tous, se dit Fabrizio Ciba.

Il se sentait vulnérable et perdu comme un immigré au bureau des permis de séjour de la préfecture. Il était en cage, sur le dos de cet éléphant. Son secret était de se tenir au plus près de la vie, afin d'observer l'horreur de l'humanité avec sarcasme, mais jamais à l'intérieur. Maintenant, au contraire, il se trouvait au beau milieu de ce cirque et ne se sentait pas différent de ces pantins. Il était même en train de faire piètre figure avec Larita. Mieux valait rester silencieux, dans l'attitude pensive digne d'un écrivain.

Il se mit à observer d'un air réfléchi la nuque du Philippin qui continuait à fouetter le cou de la bête. Le sentier était de plus en plus étroit et sombre, le tigre, on n'en voyait pas trace. Les derniers rayons de soleil trouaient le sous-bois et l'on entendait d'étranges cris, on ne comprenait même pas s'il s'agissait d'oiseaux ou de singes.

Un faible lamento s'éleva du troisième éléphant. Le visage de Pisu avait pris une couleur terre de Sienne. – Allez, s'il vous plaît, donnez-moi un… Mercalm… un Tricosteril… une banane… je suis en train de mourir.

– Fatche de ! Encore ? ! lui répondit la fiancée du Russe, agacée. T'es dur à la comprenette, hein ? On n'en a pas !

– Vous plaisantez, mais moi... – Le malheureux n'eut pas le temps de finir sa phrase car de sa bouche jaillit un flot de vomi jaune qui atterrit sur le cou du conducteur d'éléphant. Le Philippin se retourna. – La rascasse de tes morts ! dit-il – et il secoua de son turban la salade de calamars et clams. – C'est dégueulasse ! Et d'un geste sec du poignet, il balança un coup de fouet dans le visage de l'acteur télé.

– Ahhhhhh ! hurla Fabiano, tandis qu'il bondissait en dehors de la nacelle, allant s'écraser dans une énorme flaque aux pieds de l'éléphant.

– Hombre in mare ! hurla Paco Jiménez de la Frontera.

À part Khaled Hassan, qui gesticulait en direction de son compagnon à terre, plus personne n'en avait rien à fiche du destin du pauvre Pisu. Pendant ce temps, les éléphants, dans leur antique sagesse, continuaient leur marche lente, abandonnant à la merci des bêtes du parc l'interprète de *La Marquise de Cassino*.

45.

Le leader des Enragés d'Abaddon était rechargé en énergie, il allait droit vers la mort et avait de nouveau ses Enragés à ses côtés. Il se tourna pour leur dire d'entonner un chant propitiatoire à Satan et vit Murder et Silvietta qui marchaient main dans la main, sereins, comme s'ils participaient à une partie de campagne.

Murder a vraiment de la chance, se dit Mantos.

Saverio Moneta, en quarante ans de vie, n'avait jamais connu cette façon d'être aimé. Avant Serena, le leader des Enragés avait eu de rares aventures durant ses sombres années de comptabilité. Des histoires en passant, des coups de quelques semaines, où vous vous mettiez ensemble parce que, si vous étiez casé, vous étiez moins ringard aux yeux de vos copains de classe. Plus que de fiançailles, il s'agissait d'associations de secours mutuel.

Serena Mastrodomenico, en revanche, il l'avait remarquée dès qu'il avait été engagé au magasin de meubles. Si ténébreuse et maigre qu'elle lui rappelait beaucoup Laura Gemser, l'actrice de *Black Emmanuelle*. Un topos onaniste de sa puberté.

Il était fou de Serena, mais ne voyait pas comment l'avoir. Lui, il était le dernier des comptables et elle, la fille du patron. Elle se pavanait, déesse en minijupe, à travers les couloirs du magasin et Saverio rêvait juste de pouvoir lui parler, l'inviter à dîner au lac de Bracciano. Mais elle ne daignait même pas lui jeter un regard. Elle passait tous les jours devant lui, sans jamais le remarquer. Et c'était normal. Pourquoi une femme du monde raffinée aurait-elle dû s'intéresser à une nullité comme lui ? Un type qui n'avait même pas de bagnole pour rentrer chez lui. Un type qui avait perdu sa vie à lire des volumes entiers sur les mystères des Templiers et du Triangle des Bermudes ?

Un soir, Saverio était au bureau en train de contrôler pour la énième fois le bilan semestriel. Ses collègues étaient partis et il était seul au magasin. Il avait acheté une part de pizza aux champignons et crevettes et de temps en temps il mordait dedans, en faisant attention à ne pas tacher les registres. Il avait des écouteurs et écoutait à plein volume *La Chevauchée des Walkyries*.

Soudain, il avait levé les yeux. De l'autre côté du couloir, la porte du bureau d'Egisto Mastrodomenico était ouverte et la pièce allumée.

Ça ne pouvait pas être le Vieux. Il était parti pour la foire du Meuble rustique de Vercelli.

Un voleur s'était introduit ici et il ne s'en était pas aperçu ? Il allait appeler la sécurité quand, de la pièce, était sortie Serena, un tas de sacs de shopping à la main. Le cœur de Saverio Moneta avait explosé. Tremblant, il avait ôté ses écouteurs et avait levé timidement une main pour la saluer, mais elle n'avait même pas répondu. Mais ensuite, elle était revenue sur ses pas, et avait incliné la tête pour mieux l'observer. – Tout seul ?

– Ben… oui…, avait-il réussi à dire en essayant de se tenir droit sur sa chaise.

Elle était entrée dans le bureau de la comptabilité et avait regardé autour d'elle, comme pour vérifier qu'il n'y avait vraiment personne. Saverio ne l'avait jamais vue aussi en forme. Elle avait dû aller chez le coiffeur, elle portait une combinaison pantalon rose adhérente comme une peau de serpent, la fermeture Éclair bien ouverte sur son décolleté, et des bottes de cuir blanc qui lui arrivaient aux genoux. À ses oreilles, pendaient deux anneaux d'or grands comme des CD.
– Tu t'ennuies ?

– Non, avait répondu Saverio d'un trait – puis il avait songé qu'aucune personne sensée ne s'amuse en contrôlant les bilans semestriels et il avait corrigé : – Enfin... un peu... Mais de toute façon, j'ai presque fini.

Elle avait mis de l'ordre dans ses cheveux et lui avait proposé : – Ça te dirait, un petit pompier ?

Saverio avait eu l'impression qu'elle lui avait demandé s'il avait envie d'un petit pompier. Mais il devait avoir mal compris. Elle devait lui avoir demandé un café.

– Le distributeur est cassé... Ils devraient le réparer dans la semaine.

– Je t'ai demandé si ça te dirait, un petit pompier.

Saverio n'en croyait pas ses oreilles. Peut-être que les champignons de sa pizza étaient hallucinogènes.

Il continuait à la regarder, bouche bée, comme un idiot.

Alors ? Mâchouillant son chewing-gum, elle avait répété la question, exactement comme si elle lui demandait s'il voulait un café.

– Comment ?

– Tu veux ou pas ? Serena commençait à s'impatienter.

– Comment ? L'esprit de Saverio était au point mort.

– Tu sais pas ce que c'est ? Le pompier ou la pipe est une pratique sexuelle selon laquelle je prends ta queue dans ma bouche et je te la suce.

Pourquoi lui faisait-elle ça ? Quel mal lui avait-il fait ?

C'était évident. C'était un piège pour l'accuser de violences sexuelles, comme dans les films américains.

– Bon, j'ai compris. – Serena avait fait le tour du bureau, s'était accroupie, avait rajusté ses cheveux, avait enlevé le chewing-gum de sa bouche et le lui avait remis. – Tiens-le-moi, s'il te plaît.

Saverio avait serré le chewing-gum entre ses doigts tandis que la fille de son boss, avec la même habileté froide que celle d'une infirmière qui enlève les vêtements à un blessé, dégrafait sa ceinture et déboutonnait sa braguette.

– Ça pourrait bien te plaire. Elle avait baissé son caleçon et observé sa queue sans commentaire. Puis, de la main droite, elle l'avait attrapée, soupesée et serrée comme on le ferait avec le pis d'une vache. De la main gauche, en revanche, elle avait pris son scrotum et s'était mise à faire tourner ses testicules dans la paume de sa main comme si c'étaient deux boules chinoises anti-stress.

Saverio, les jambes écartées, serrait les bras du fauteuil, une expression de peur peinte sur le visage. C'était prodigieux ce que cette femme fabriquait avec son appareil reproducteur.

Mais le spectacle n'était pas encore fini. Serena avait ouvert grand la bouche, sa petite langue pointue avait humecté ses lèvres et puis elle l'avait avalé tout entier, jusqu'aux couilles. Saverio était tellement terrorisé qu'il n'éprouvait même pas de plaisir, mais ensuite, il lui avait suffi de réaliser que Serena Mastrodomenico tenait dans sa bouche sa bite tout entière pour lui arracher un orgasme explosif et embarrassant.

Elle s'était passé le dos de la main sur la bouche, l'avait regardé dans les yeux et lui avait demandé, d'une petite voix satisfaite : – Dis-moi, demain, tu m'accompagnerais chez Ikea ?

Lui, il avait répondu par un seul et simple : – Oui.

Cela avait été son premier oui. Le premier d'une série infinie.

Saverio Moneta, à dater de ce jour, d'obscur comptable, se transforma en sherpa durant les razzias que Serena menait dans les centres commerciaux, en chauffeur de son SUV, coursier, porteur, Pony Express, plombier, réparateur d'antennes paraboliques, mari et père de ses enfants.

Ah, ce fut aussi la première et ultime pipe qu'il reçut en dix ans de vie commune avec Serena.

Mantos observait Murder et Silvietta.

Lui, grand et gros, elle, si menue. Elle qui lui flanquait pour de faux des coups de pied pour le faire avancer. Lui qui riait et pilait exprès.

Saverio chercha dans sa mémoire une promenade avec Serena. Pas une seule. Peut-être chez Ikea. Lui qui poussait le caddy, elle devant, qui parlait dans son portable.

Ces deux-là, en revanche, on comprenait en les regardant qu'ils étaient complices. Depuis qu'ils s'étaient rencontrés dans le train, en parlant de leur passion pour le Heavy Metal et la Lazio, ils ne s'étaient plus quittés. Si l'un d'eux lisait un livre, l'autre devait le lire aussi. Cette façon de se toucher, de s'effleurer qu'ils avaient. Ils savaient qu'ils pouvaient compter l'un sur l'autre.

Comme si on lui avait enlevé un bandeau des yeux, il vit l'horreur. Il avait convaincu des jeunes qui s'aimaient de se tuer pour résoudre un de ses problèmes.

Tu ne crois pas à l'amour, eux si. Tu as la haine, eux non.

Une griffe se planta dans sa gorge et descendit jusqu'à son cœur. Il ralentit le pas. Il enleva de ses épaules son sac à dos qui semblait plein de pierres.

– Tu les as vus ? Zombie marchait à côté de lui.

Mantos n'arriva pas à proférer un mot. Dans sa gorge, s'était formé un nœud. Il ouvrit grand la bouche et regarda son adepte, perdu.

– Laisse-les partir. Eux, ils sont différents de nous. Eux, ils vivent dans la lumière ; nous, dans les ténèbres.

Mantos déglutit, mais le nœud resta. Il regarda autour de lui, désorienté. L'air lui manquait. La griffe maintenant lacérait ses poumons.

– Il est encore temps. Laisse-les partir.

Saverio s'agrippa au bras de Zombie comme s'il n'arrivait pas à rester debout. Il cligna des yeux, humides, et le regarda. – Merci.

Il les appela avec le peu de souffle qui lui restait. – Vous deux, venez ici.

Murder et Silvietta s'approchèrent d'eux. – Qu'est-ce qu'il y a ? Tu te sens mal ?

Saverio mit ses mains dans ses poches, essaya de trouver une excuse sensée, mais il était trop nerveux, il prit sa respiration et réussit juste à dire : – Rentrez chez vous, allez.

Murder tendit le cou, comme s'il n'avait pas compris. – Quoi ?

– Rentrez chez vous. Sans faire d'histoires.

– Et pourquoi ?

Mauvais. Tu es un fils de Satan.

– Vous n'êtes pas dignes d'être des Enragés d'Abaddon.

Murder avait blêmi. – Et qu'est-ce qu'on a fait de mal ?

Le leader des Enragés serra ses poings dans ses poches. – Vous êtes dégoûtants. Vous vous aimez. Vous vous chérissez. C'est la haine qui doit vous nourrir et vous, au contraire, vous êtes remplis d'amour. Vous me faites gerber.

Silvietta secoua la tête et regarda Zombie. – Tu lui as dit pour le mariage... Mais pourquoi ? Je t'avais demandé de pas le faire.

Mantos regarda Zombie sans comprendre. De quoi parlaient-ils ? Il allait le demander quand l'adepte se précipita pour dire : – Oui, je lui ai dit que vous vouliez vous marier. Je pouvais pas le lui cacher.

Ô mon Dieu, ils voulaient se marier. Pourquoi ne m'ont-ils rien dit.

Murder le regarda, les yeux coupables : – J'ai essayé de te le dire.

Ils n'ont pas eu le courage.

– ... mais... on a changé d'avis, je te le jure. On veut plus se marier. C'était une connerie, un truc comme ça. On veut rester avec vous, jusqu'à la fin.

Mantos aurait voulu les embrasser. – Vous avez rompu le pacte satanique. Donc, moi, leader des Enragés d'Abaddon, je vous expulse de la secte. Il le dit avec toute la méchanceté qu'il avait dans le corps, mais, en le faisant, il s'arracha aussi un lambeau de cœur.

– Tu ne peux pas faire ça. C'est pas juste. Silvietta éclata en sanglots et essaya de lui prendre la main.

Mantos fit trois pas en arrière et la jeune fille tomba à genoux. – Ce qui est juste ou pas, c'est moi qui le décide. Je vous ordonne de vous en aller. – Il s'adressa à Zombie. – Allez, on se casse.

Murder enlaça Silvietta. – Ne pleure pas, mon trésor.

Ce qui restait des Enragés d'Abaddon se mit en marche en direction des bois, sans plus se retourner.

46.

– Même sur la perspective Nevski à huit heures du soir, on n'avance pas si lentement, dit Milo Serinov à Paco Jiménez.

– Tienes ragione, hombre. Mais tu vas voir. – L'avant-centre se pencha au-dessus de la nacelle, vers le cornac. – Oh… niño…

Le Philippin se retourna et regarda en l'air. – Hein ?

– ¡Descansate ! – L'avant-centre balança une bourrade au pauvre malheureux qui perdit l'équilibre, disparaissant sans un cri dans un buisson de mûres. Avec sa proverbiale agilité, Paco sauta sur le cou de l'éléphant et se mit à flanquer des pains sur la tête du pachyderme. La bête roula un œil rond comme une poêle à frire et tenta de regarder le footballeur, qui malgré tout ne s'arrêtait pas. Alors, il leva sa trompe en émettant un barrissement puissant et s'élança au galop.

Paco, Milo et leurs fiancées hurlaient, tout excités.

Ciba vit l'éléphant de derrière foncer sur eux comme une locomotive sans frein, puis les deux animaux se mirent à se bousculer. Les nacelles tanguaient affreusement.

– Putain, mais qu'est-ce que vous foutez ? hurla l'écrivain, qui faillit gicler par-dessus bord.

– Écartez-vous, bande d'escargots ! – Milo Serinov s'amusait vraiment. – Laissez-nous passer ! – hurla Taja Testari, mais la branche d'un chêne séculaire la frappa sur la cloison nasale et un jet de sang empourpra la robe de Mariapia Morozzi. – Ahhh ! J'ai mal ! hurla le top model en s'affaissant dans la nacelle.

– Un de moins ! hurla Ciba, qui avait perdu son aplomb intellectuel et commençait à s'exciter.

Paco aussi semblait possédé du démon. Rien ne pouvait l'arrêter. – ¡Ándale ! ¡Ándale con juicio ! – Il allait les dépasser quand, à une dizaine de mètres, rapide comme l'éclair, le renard lui coupa la route, et Dieu seul sait comment la bête avait réussi à tromper ses chasseurs.

À son passage, tout le monde hurla : – Le renard ! Le renard !

– C'est la chasse au tigre ici. Qu'est-ce qu'il fait là, le renard ? demanda Larita.

Le vieux Cinelli se réveilla de son coma et, d'un geste rapide, attrapa le fusil au fond de la nacelle en hurlant lui aussi : – Le renard ! Le renard ! Et il se mit à tirer au hasard dans les broussailles.

Les projectiles sifflaient de toutes parts.

La chanteuse se recroquevilla, mains sur les oreilles, tandis que Ciba saisit le canon du fusil et tenta de l'arracher au vieux gâteux, qui continuait à appuyer sur la gâchette sans répit. Un projectile atteignit la boucle de métal de la nacelle de l'éléphant de queue. La grosse sangle s'ouvrit et le groupe de rock métal d'Ancône se renversa. Les musiciens atterrirent dans un champ d'orties.

Enfin, le fusil de Cinelli fut déchargé. Le vieillard regarda autour de lui. – Je l'ai touché, hein ? Je l'ai touché ?

La course des éléphants continuait, emportant tout sur son passage. Branches, arbres abattus, ronciers.

Un hurlement terrifiant s'éleva du bois à leur gauche. En selle sur un étalon, Paolo Bocchi galopait en faisant tournoyer un sabre comme un hussard à la bataille de Marengo. Il longea les éléphants et les dépassa en criant : – La Savoie ou la mort ! – Il ne portait qu'un pantalon de cavalier. Sa poitrine nue était écorchée par les branches et les épines. Au passage du destrier, les deux éléphants s'emballèrent plus encore et accélérèrent leur course. Le chirurgien, rapide comme le vent, sauta une haie et disparut dans le bois. Un instant après, une meute hurlante de chiens jaillit sous les pattes des pachydermes, à la poursuite de Bocchi et du renard. L'éléphant conduit par Paco Jiménez pila, terrorisé. L'avant-centre de la Roma et la nacelle giclèrent comme des projectiles et disparurent dans la végétation.

Un son de cor anglais s'éleva des ténèbres du bois. Et un piétinement de sabots se fit entendre, de plus en plus près. En sens inverse, se matérialisèrent trente-huit cavaliers en veste rouge assoiffés de sang de renard. Ils virent trop tard les éléphants qui leur barraient la route. Parmi les rangs des cavaliers, beaucoup tombèrent, d'autres furent traînés, le pied coincé dans l'étrier sur des kilomètres. Très peu en sortirent indemnes.

L'éléphant avec l'agent de cinéma Elena Paleologo Rossi Strozzi, le styliste maghrébin et le directeur de la fiction Rai capota comme une A112 Abarth dans la grande courbe de Monte Mario.

Fabrizio Ciba, encore sur le dos de l'éléphant, s'aperçut que le cornac philippin avait disparu. Il essaya d'arrêter l'animal en le frappant avec la crosse du fusil, mais la bête fit un écart sur le côté et partit par le bois épais. Le vieux Cinelli roula sur lui-même, fit un vol plané arrière, rebondit sur une des fesses de l'éléphant et resta accroché à sa queue. Le petit-fils tenta un geste à la fois héroïque et désespéré. Il sortit de la nacelle et, se tenant d'une main au bord, il essayait de l'autre d'attraper son grand-père. Le vieux prit la main du gamin. – Tire, tire !

Ils roulèrent à terre tous les deux, parmi les buissons de houx.

Ciba et Larita étaient seuls sur le dos de la bête en furie.

47.

Soulagement et douleur se fondaient dans l'âme tourmentée de Mantos, tandis qu'ils se frayaient un passage au milieu des roseaux qui poussaient au bord du marais. Zombie le suivait en silence.

Depuis qu'ils avaient abandonné Murder et Silvietta, aucun des deux n'avait ouvert la bouche.

Le leader des Enragés continuait à les voir là, enlacés, qui les regardaient tandis qu'eux s'éloignaient.

Il repensa aux paroles prophétiques de Kurtz Minetti. « Les Enragés d'Abaddon sont une réalité insignifiante dans le monde du satanisme. Vous êtes finis. » Il ne s'était pas trompé, la situation était désespérée. Il avait perdu deux des éléments fondamentaux de l'équipe et son plan pour assassiner Larita prenait eau de toute part. Et puis, il y avait autre chose qui ne collait pas. Pourquoi Zombie voulait-il se suicider ? Pourquoi n'était-il pas parti avec ses amis ? N'étaient-ils pas toujours ensemble ces trois-là ? Il s'était approché de lui comme un serpent pour lui susurrer de laisser tomber les deux autres.

Ça serait pas plutôt que le sympathique Zombie, en catimini, aurait rejoint les rangs de Kurtz Minetti ?

Le prêtre des Fils de l'Apocalypse pouvait l'avoir corrompu et chargé de boycotter l'assassinat de Larita, pour lui foutre la honte face à la communauté des satanistes. Et se venger de son non. Même cette colère qu'il avait piquée juste avant à la villa était bizarre.

Mantos s'arrêta, feignant de reprendre son souffle. – Tout va bien ?

Zombie, épuisé de fatigue, appuya ses mains sur ses flancs et acquiesça. Son visage était encore plus olivâtre que d'habitude.

Le leader des Enragés le regarda droit dans les yeux. – Écoute, et si on laissait tout tomber ? – C'était une question piège pour essayer de comprendre si son adepte était un infâme traître. – Peut-être qu'on devrait abandonner nous aussi… On est en train de faire une connerie. À deux, on n'y arrivera jamais. Et puis, si, à la fin, on n'a pas le courage de se suicider ? On risque juste de finir en taule. Si on rentre chez nous maintenant, on est tirés d'affaire.

Zombie se remit à marcher, tête basse. – Moi, je laisse rien tomber du tout. Si tu veux, fais-le, toi.

– Mais pourquoi ? Je ne comprends pas pourquoi, subitement, tu y tiens tant à cette histoire. D'habitude, y a rien qui te va. Tu m'expliques pourquoi maintenant tu veux te suicider à tout crin ?

– J'ai pas envie d'en parler.

Mantos lui prit le bras et le fixa, l'air menaçant. – Non, au contraire, tu vas m'en parler maintenant.

– Fiche-moi la paix. L'adepte essaya de se libérer de l'étau.

– Dis-le-moi. Je suis ton chef. Je te l'ordonne.

Zombie déglutit puis se mit à parler d'une voix lointaine. – Il y a quelques nuits, je me suis réveillé en sursaut, comme si quelqu'un m'avait secoué par le bras. Je pensais que c'était mon père qui me disait que maman allait mal. Mais non, tout le monde dormait. Comme d'habitude, je m'étais endormi avec la télé allumée. Et il y avait un truc de théâtre, en noir et blanc. Un vieux truc. Ces choses qu'ils passent sur RAI 3 à quatre heures du mat. J'ai pris la télécommande et j'allais éteindre quand l'acteur, un vieillard avec des yeux exorbités et une petite frange, a dit une chose. De ma vie, je n'avais jamais rien entendu de ce genre et, à partir de cette nuit-là, tout a changé, plus rien n'a eu de sens pour moi.

Mantos était scié. – Et qu'est-ce qu'il a dit ?

Zombie semblait indécis, se demandant s'il allait répondre ou pas, et puis : – Tu veux entendre ?

– Oui, bien sûr.

– Je l'ai appris par cœur. J'ai acheté le livre. Mais je l'ai jamais récité à personne.

– Allez, fais-moi entendre.

– D'accord. – Zombie écarta les jambes, comme si des vagues douloureuses se brisaient contre son corps. Il ferma les yeux, les rouvrit, regarda vers le ciel et se mit à interpréter, d'une voix brisée et hésitante. – J'ai depuis peu, je ne sais pourquoi, perdu toute ma gaieté, renoncé à tous mes exercices accoutumés ; et, vraiment, tout pèse si lourdement à mon humeur, que la terre, cette belle création, me semble un promontoire stérile. Le ciel, ce dais splendide, regardez ! ce magnifique plafond, ce toit majestueux, constellé de flammes d'or, eh bien ! il ne m'apparaît plus que comme un noir amas de vapeurs pestilentielles. Quel chef-d'œuvre que l'homme ! Qu'il est noble dans sa raison ! Qu'il est infini dans ses facultés ! Dans sa force et dans ses mouvements, comme il est expressif et admirable ! par l'action, semblable à un ange ! par la pensée, semblable à un dieu ! C'est la merveille du monde ! l'animal idéal ! Et pourtant qu'est à mes yeux cette quintessence de poussière ? L'homme n'a pas de charme pour moi... ni la femme non plus[1].

Mantos resta silencieux, puis lui demanda : – Mais c'est de qui ?

Zombie renifla. – William Shakespeare. C'est Hamlet. Eh ben moi, je me sens encore plus mal que lui. Et dans un tel état, je pourrais même faire quelque chose de bon... J'y ai réfléchi... Mais c'est mille fois plus difficile que de faire quelque chose de mauvais. Et franchement, je m'en contrefous d'aider, qu'est-ce que j'en sais moi... les enfants africains. Ils me font chier comme le reste de l'humanité et donc, je préfère en finir et qu'on se souvienne de moi comme ce salaud psychopathe qui a zigouillé Larita. Et n'oublie pas que ça, c'est toi qui l'as dit en premier. Tout est très simple et... – il prit une grande inspiration. – ... triste. En tout cas, si tu veux laisser tomber toi aussi, y a pas de problème. C'est moi qui vais la liquider, la chanteuse. Mais, s'il te plaît, décide-toi vite, les moustiques sont en train de me saigner à blanc.

Mantos eut honte d'avoir pensé que Zombie pouvait être un traître. C'est vrai que c'était une véritable loque, il devait avoir arrêté les antidépresseurs. – Zombie, écoute-moi bien. Entre nous deux, il ne sera plus question de grade. Y a plus un chef et un adepte. On est égaux. Les Enragés, c'est toi et moi. Un duo. Genre Simon et Garfunkel, pour me faire comprendre.

Les yeux de Zombie devinrent brillants. – Toi et moi. Égaux et ensemble. Jusqu'à la fin.

1. Traduction française de François-Victor Hugo (*N.d.T.*).

– Égaux et ensemble. Jusqu'à la fin, répéta Mantos.

Zombie regarda le ciel. – Il fait nuit maintenant. Je vais saboter la centrale électrique.

– OK. Moi, j'enlève Larita et on se retrouve au temple du fort Antenne. Cette nuit, il y a exactement la lune qu'il nous faut pour en finir.

48.

Avec un vacarme assourdissant, un énorme pin séculaire s'abattit dans le bois. Le poids de l'arbre entraîna dans sa chute des yeuses, des chênes, et des lauriers, et la terre dégagea un nuage de poussière et de feuilles d'où émergea, comme un cauchemar primordial, le grand éléphant. Sous les pattes de la bête lancée au galop, la terre tremblait. Rien ne pouvait l'arrêter. Son cerveau était réduit à une impulsion simple et primitive, courir. Sa fameuse mémoire était mise à zéro et, dans l'échelle évolutive, il s'était enfoncé dans les abysses où les sardines fuient, poursuivies par les thons.

Il ne se rappelait plus son enfance passée dans une cage ambulante. Il ne se rappelait plus les exercices sur la piste du cirque. Il ne se rappelait plus les révérences, les éclaboussures aux clowns, il ne se rappelait même plus les coups de fouet et les gnons. Il ne se rappelait plus rien, l'effroi l'avait terrassé. Qu'est-ce que c'était, ce lieu sombre et inhospitalier ? Qu'est-ce que c'était, ces poteaux qui sortaient de terre ? Ces odeurs ? Il lui fallait juste fuir, et les ronces, les troncs abattus, les buissons, les mauvaises herbes, rien ne pouvait arrêter sa course. De temps à autre, il repliait sa longue trompe et, lançant un barrissement déchirant, il déracinait un tronc et le balançait au loin. Le caparaçon bigarré qui le couvrait était réduit en lambeaux et une longue estafilade sur un flanc laissait échapper du sang qui dégoulinait sur ses membres postérieurs. Une branche s'était fichée comme un harpon dans son épaule droite. Il se cognait la tête, un œil tuméfié et l'autre grand ouvert qui roulait une pupille affolée, il se taillait un chemin dans le mur de végétation.

La nacelle, à demi détruite, était encore attachée à sa croupe mais pendouillait, déséquilibrée, sur un flanc. À l'intérieur, Fabrizio et Larita, agrippés aux sangles du harnais, hurlaient, tout aussi épouvantés.

L'animal évita un chêne et faillit trébucher sur une racine aussi grosse qu'un anaconda, mais il se rattrapa et se remit à galoper, se jetant dans des buissons. Il sauta un fossé, fit un pas, un autre et soudain, il sentit la terre se dérober sous ses pieds. L'œil fou cessa de tournoyer, il ouvrit grand la bouche de surprise et, agitant ses pattes et sa trompe, il tomba en silence dans un précipice recouvert de végétation. Il vola vers le fond de l'abîme pendant une vingtaine de mètres, se cogna la tête contre des aiguilles de roche, rebondit, se retourna et s'encastra entre deux arbres qui pointaient comme une fourche au-dessus du précipice.

L'animal, la colonne vertébrale brisée, le ventre à l'air, se débattait en poussant de terribles hurlements de douleur, de plus en plus faibles.

Fabrizio fut projeté hors de la nacelle et se retrouva lui aussi à tomber dans l'obscurité, totalement désarticulé, rebondissant entre les branches, les lianes et tiges de lierre et il s'écrasa au milieu des racines tordues d'un chêne accroché à la falaise.

Un instant après, Larita lui atterrit dessus et glissa vers le précipice.

L'écrivain tendit le bras et l'attrapa par le revers de sa veste un instant avant qu'elle ne finisse en bas. Le poids exerça une traction et une douleur au triceps lui coupa le souffle.

Larita, suspendue en l'air, s'agitait et regardait en bas en hurlant : – Au secours ! Au secours !

– Arrête de bouger ! Arrête de bouger ! implorait Ciba. Si tu bouges, j'arrive plus à te tenir.

– Aide-moi ! Je t'en supplie, aide-moi. Ne me lâche pas.

Ciba ferma les yeux, essayant de faire entrer de l'air dans ses poumons. Ses biceps vibraient sous la tension. – J'en peux plus. Agrippe-toi à quelque chose.

Larita tendit une main vers un faisceau de lierre qui serpentait entre les roches. – J'y arrive pas ! J'y arrive pas, putain !

– Essaye de t'étirer, je n'en peux plus… Ciba avait le visage pivoine et son cœur résonnait à ses tympans. Il ne devait pas regarder en bas, il y avait au moins trente mètres de chute libre.

Je ne suis pas un homme. Je suis une borne d'amarrage. Je n'ai pas de douleur et je n'ai pas de cerveau, commença-t-il à se répéter. Mais les muscles de ses bras tremblaient. Avec horreur, il sentit que les doigts agrippés à l'étoffe de la veste lâchaient prise. De désespoir, il mordit la racine en hurlant intérieurement : – Je te lâche pas. Je te lâche pas !

Et au lieu de quoi, il lâcha.

Le visage contre la liane, il resta immobile, presque paralysé. Trop secoué pour réussir à penser, à pleurer, à regarder en bas.

Mais alors une petite voix faible : – Fabrizio, je suis là en dessous.

L'écrivain se pencha et, dans la clarté de la lune, il vit Larita au-dessous de lui, à quelques mètres, accrochée au lierre qui poussait contre la paroi.

Ils restèrent en silence, haletants. Quand Fabrizio retrouva du souffle pour parler, il lui demanda : – Comment ça va ? Tu vas bien ?

Larita était collée contre la plante. – Oui. J'ai réussi... J'ai réussi.

– Ne regarde pas en bas, Larita. Ciba se cala contre la racine, massant son bras droit endolori.

Un petit caillou rebondit sur son front. Puis un autre. Puis ce fut une pluie de cailloux, de terre et de branches mortes. Ciba regarda au-dessus de lui. La sphère de la lune était au milieu du ciel. Il pencha la tête et au centre du satellite, se dessina, comme en ombre chinoise, la silhouette noire de l'éléphant allongé sur le chêne.

Il était juste au-dessus de lui.

Tandis qu'il mettait une main sur ses yeux pour s'abriter de la terre, il entendit le bruit du bois qui craquait. L'arbre oscillait.

– Oh, mon Dieu ! murmura-t-il.

– Qu'est-ce qui se passe ? demanda Larita.

– L'éléphant ! Il va...

Avec un grondement, le tronc céda d'un coup. Le pachyderme poussa un ultime cri désespéré et sombra dans le précipice en même temps que le chêne et une cascade de pierres.

Ciba, d'instinct, enserra sa tête entre ses bras. Il ferma les yeux. Ses boyaux remontèrent dans sa gorge.

Maintenant, il volait dans le noir. L'obscurité l'enveloppait comme une mère miséricordieuse, l'empêchant de voir sous lui le terrain qui s'approchait. Combien de fois s'était-il demandé si les suicidés qui se jettent des immeubles ou des ponts avaient le temps de comprendre leur fin avant de s'écrabouiller au sol. Ou alors si le cerveau, charitablement, face à une mort aussi horrible, subissait un black-out et obscurcissait les sens.

Maintenant il savait. Son cerveau fonctionnait très bien et il hurlait : « Tu vas mourir ! »

49.

La lune, une boule au milieu du ciel, teintait l'herbe d'argent mais Edo Sambreddero dit Zombie traversait la savane tête basse, sans daigner lui jeter un regard. Dans une main, il serrait le ciseau à volailles.

Un petit vent léger, assez froid pour le faire frissonner, s'insinuait dans sa veste. Le sataniste se frotta les bras pour essayer de chasser ce froid glacial qui ne l'abandonnait plus.

Devant lui, passa un troupeau de gazelles suivi par un groupe de kangourous. Même ce spectacle ne captiva pas son attention.

Comment il disait Hamlet ? « la terre, cette belle création, me semble un promontoire stérile. Le ciel, ce dais splendide, regardez ! ce magnifique plafond, ce toit majestueux, constellé de flamme d'or, eh bien ! il ne m'apparaît plus que comme un noir amas de vapeurs pestilentielles ».

Oui, la terre était un lieu vraiment écœurant.

Il n'y a que dans un lieu écœurant comme celui-là que Silvietta peut épouser un type comme Murder.

Quand il avait surpris les amoureux en train d'évoquer leur mariage, au début il avait pensé que c'était une plaisanterie. *Ça ne peut pas être vrai*, continuait-il à se répéter tandis qu'ensemble ils parlaient église, réception et autres couillonnades. Puis lorsqu'il avait vu Silvietta pleurer d'émotion, il avait compris que tout était vrai et quelque chose alors s'était asséché en lui pour toujours.

Enfant, son grand-père l'emmenait au potager, un petit bout de terrain sous le viaduc d'Oriolo, et il lui donnait une fiole de poison pour éliminer les mauvaises herbes envahissantes. « Il suffit d'une goutte », recommandait son grand-père, et Edo, avec un compte-gouttes, faisait tomber une seule goutte noire comme du pétrole sur le sommet de la plante, et celle-ci, en moins d'une demi-heure, perdait toutes ses couleurs et se transformait en broussaille aride.

C'est exactement ce qui m'est arrivé. Silvietta lui avait asséché le cœur pour toujours.

Combien de fois elle s'était plainte de Murder auprès de lui, qu'il était grossier et distrait, qu'il oubliait toujours leur mensiversaire ?

« J'arrive pas à parler avec lui comme avec toi. Toi, tu es différent. Toi, tu me comprends… »

Combien de nuits ils avaient passées au téléphone à regarder « Italia got's talent » à la télé et à détester ces petits monstres nuls qui se disputaient, ou à parler musique, des Motorhead et de l'importance historique de « Denim and Leather » des Saxons ? Combien de fois, le samedi après-midi, ils avaient arpenté via del Corso en avant et en arrière, oubliant le temps qui passait, les soldes dans les magasins, les gens autour d'eux, le car qui les ramenait à la maison ?

D'accord, ils n'étaient pas fiancés. Elle, elle était avec Murder. Mais qu'est-ce qu'il avait de plus que lui, ce gros lard à pellicules ?

Bon, lui il souffrait d'halitose congénitale, mais il avait lu sur Internet qu'il existait une cure définitive avec les cellules staminales. En Italie, c'était interdit, mais dès que sa mère serait morte, il recevrait en héritage ses pièces d'or du pape Jean-Paul Ier et il aurait les sous pour aller se faire soigner en Amérique.

Une fois, Murder était parti rendre visite à sa tante à Follonica, et eux deux étaient allés dîner à la pizzeria *Jerry 2*. Ç'avait été une soirée particulière, une intimité unique s'était créée. Elle lui avait raconté ses peurs d'enfant, son rêve de devenir une reine du death metal.

Après, il l'avait raccompagnée à la maison, et il l'avait saluée avec l'habituelle bise sur la joue, mais elle, de ses lèvres, elle avait frôlé le coin de sa bouche.

Ç'avait été juste un instant, et pourtant, sa peau, là où Silvietta avait déposé ce baiser, était restée sensible comme quand on se brûle avec une fourchette incandescente.

Pendant des mois, il avait repensé à ce baiser. Si lui, comme un idiot, il n'avait pas bougé la tête, probablement ils se seraient embrassés sur la bouche.

Il posa son doigt sur la commissure ardente. Il éprouva un frisson et serra les dents pour ne pas se mettre à pleurer. Il repensa à la nuit du sacrifice dans le bois de Sutri. Les autres s'étaient limités à la niquer et à la monter comme une meute de chiens en rut. Lui non, pour lui, ça avait été différent, lui, il y avait mis de l'amour et quand, enfin, il avait joui, il s'était étendu sur ses petits seins blancs, les larmes aux yeux, avec l'envie de la prendre et de l'emmener.

Et après qu'ils l'avaient enterrée vivante, en cachette des autres, il avait remué la terre afin que Silvietta puisse émerger de la fosse. Quand il l'avait revue, trois jours après, assise sur un banc devant le cinéma, il avait compris que cette fille incroyable était la femme de sa vie.

Et maintenant, il avait découvert que ces deux-là se mariaient.

Doudou.

Il n'y avait pas grand-chose à ajouter, sinon que cela n'avait plus aucun sens de vivre.

50.

La chance n'abandonna pas Fabrizio Ciba, même cette fois. Il atterrit sur le ventre flasque de l'éléphant, qui était étendu sur le flanc dans une rigole qui coulait entre cailloux et fougères. Larita, entortillée dans un écheveau de lierre, tomba à côté de lui une seconde après. Tous deux restèrent immobiles, écorchés, douloureux et sans mots, incrédules d'être encore vivants.

Puis Fabrizio se releva, aida Larita à descendre de l'éléphant et regarda autour de lui. Ils se trouvaient au fond d'une gorge étroite couverte de végétation. Juste au centre, se dessinait un sentier de gravier, ponctué par des réverbères qui formaient de petites coupoles lumineuses. Tout le reste, sur les côtés, au-dessus de leurs têtes, était enveloppé dans les ténèbres.

Il ne pouvait penser à ce qui venait de lui arriver. S'il n'y avait pas eu l'éléphant pour amortir sa chute, à cette heure il était bel et bien mort.

Comment peut-on organiser un safari à Villa Ada ? Il n'y a qu'un fou mégalomane comme Chiatti pour concevoir une idée aussi idiote.

Mais ce n'était pas la faute de Chiatti s'il avait failli y laisser la peau.

C'est la mienne. C'est de ma faute si je suis venu à cette fête. J'avais qu'à pas y venir. Bordel, qu'est-ce que je fous ici ? Putain, comment j'ai fait pour me laisser convaincre de grimper sur ce bestiau ? Au milieu de ces monstres ? Moi, je suis un écrivain, bordel… Moi, je… Je dois écrire mon roman. Mon roman…

Il se tâta le bras. Il avait du mal à le plier.

Si je me suis démis une épaule, je ne pourrai plus jamais écrire...

C'en était trop pour Fabrizio Ciba. Dans son estomac, se mit à bouillir une rage acide comme du vinaigre qui remontait vers l'œsophage. Plus il repensait à ce qui venait de lui arriver, plus il se foutait en rogne. Il était si plein de rage qu'il risquait d'exploser comme un ballon. Il se mit à balancer de bas en haut sa tête, comme un pigeon qui picore des graines et puis, dents serrées, il se mit à parler tout seul et à gesticuler. – Allez vous faire enculer ! Moi je les encule tous. Un par un. Je les mets en rang et je les encule un par un. – Ses narines s'étaient dilatées sous la fureur. – Pour commencer, j'encule ce bouffon de Chiatti... J'écris un article et je le démolis. Il a fini de jouer au roi, cette baudruche pleine de merde. J'ai comme l'impression qu'il n'a pas vraiment compris à qui il a à faire.

Il se tourna brusquement vers Larita, cherchant un soutien. – Et tu m'expliques ce qu'ils faisaient là, putain, les chasseurs au renard... ? Mais il se tut en la voyant immobile, paralysée à côté de l'animal mort.

On aurait dit la scène finale de *King Kong*. Quand la fille est auprès du gorille tombé du gratte-ciel.

Larita était vraiment minuscule à côté de l'éléphant. Et, mort, le pachyderme semblait encore plus grand que vivant. La trompe allongée comme un serpent parmi les pierres du ruisseau. Les pattes ramenées contre le ventre, une défense brisée. L'œil grand ouvert reflétait la lumière du réverbère. De sa bouche, coulait un filet de sang qui se diluait dans le petit cours d'eau.

Larita, soudain, comme délivrée d'un enchantement, ouvrit la bouche en essayant d'inspirer, mais quelque chose, un nœud à la gorge peut-être, l'en empêcha. Alors lentement, elle tendit la main et la posa sur le front rugueux de l'éléphant. Comme si on avait coupé les fils qui la tenaient debout, elle s'affaissa et se recroquevilla contre la croupe, se mettant à pleurer, secouée de sanglots.

Fabrizio mit une main sur sa bouche. Comment avait-il fait pour oublier Larita ? C'était elle la seule et unique chose précieuse dans toute cette merde. C'était elle l'ange qui le sauverait. Elle et lui étaient différents. Elle et lui, ils n'avaient rien à voir avec cette fête. Et lui, il devait prendre soin de cette créature et l'amener en lieu sûr.

Il courut vers elle et l'enlaça fort, sentant ce petit corps ébranlé par les sanglots. Elle était si menue. Si désarmée.

Larita, les yeux noyés de larmes, le visage en feu, avalant de l'air, essayait de lui parler : – Le pau… Le pau… Le pauvre…

De qui elle parle ?

– C'est… c'est pas juste… il avait rien fait de… mal. Et elle fut de nouveau saisie de sanglots.

De l'éléphant, imbécile.

Il lui serra la tête et la posa sur son épaule. – Ne pleure pas. Je t'en prie… Ne pleure pas, lui susurrait-il à l'oreille en lui caressant les cheveux. Mais elle n'arrêtait pas. Dès que le rythme ralentissait, elle reprenait son souffle et recommençait.

Fabrizio essaya de dire quelque chose. Un murmure de phrases sans beaucoup de sens. – Non… Il n'a pas tant souffert que ça… Il s'est brisé l'échine, il n'a rien senti… Il a été libéré… Une vie enchaînée.

Mais rien, elle continuait à pleurer, elle semblait alimentée par une batterie. Désespéré, ne sachant plus que faire pour la calmer, il lui attrapa le cou, lui enleva les cheveux du visage et, avec un naturel qu'il n'avait jamais connu de sa vie, il entrouvrit les lèvres et l'embrassa.

51.

Zombie arriva à la centrale électrique, fatigué mais toujours déterminé.

Des spots halogènes créaient une bulle de lumière autour de la construction, qui brillait dans le noir comme une station sous-marine. La centrale était entourée d'un grillage métallique de trois mètres de hauteur. Pour y accéder, on passait par un petit portail sur lequel était accrochée une pancarte jaune. On y voyait une tête de mort et une phrase d'avertissement : HAUTE TENSION. DANGER DE MORT. Sur l'esplanade autour de la maisonnette en briques étaient disposées deux rangées de gros transformateurs métalliques qui ronronnaient comme des ruches. Un tas de câbles s'enroulaient sur les électrodes en céramique et, de là, s'enfonçaient dans la terre.

Zombie, dans sa brève carrière d'apprenti électricien, avait été confronté tout au plus à l'installation de

Villa Giorgini à Capranica, 9 kWh triphasés, à usage domestique avec compteur et tableau disjoncteur.

Maintenant, il avait devant lui une véritable centrale en miniature. Il se rappelait avoir lu quelque chose dans ses cours par correspondance de l'École Radio Electra. Il y avait les centrales thermoélectriques, les hydroélectriques et les nucléaires. Elle ne pouvait pas être hydroélectrique, puisqu'il n'y avait ni fleuve ni barrage. Nucléaire, c'était à exclure. Il s'agissait probablement d'une thermoélectrique, et de toute façon on en avait rien à foutre, lui, la seule chose qu'il avait à faire, c'était la saboter.

Heureusement, il n'y avait personne pour garder l'installation. Le portail était fermé avec un cadenas et une petite chaîne.

Zombie plaça les ciseaux à volaille en argent sur un maillon et serra. Le métal ne cédait pas. Il grinça des dents et serra encore plus fort. Sous l'effort, son visage devint pivoine. Lentement, l'anneau commença à plier. Il augmenta encore la pression et soudain, aussi bien la chaîne que les ciseaux à volaille sautèrent. Il ne lui resta entre les mains que les poignées de l'ustensile. Il le jeta et entra.

Il s'approcha du bâtiment. Bien entendu, la petite porte en métal était fermée à clé. Il flanqua un coup de pied dedans et celle-ci s'ouvrit en grand sur une pièce tapissée de tableaux électriques. Des ampèremètres, des interrupteurs, des curseurs, des leds lumineux, des leviers. Zombie observa, perplexe, tout cet appareillage. Il avait l'impression d'être dans la cabine de pilotage d'un avion. Il essaya de pousser des boutons, d'abaisser quelques leviers, mais il ne se passa rien de significatif. En manœuvrant les manettes, peut-être qu'il réussirait à l'éteindre, mais on pourrait toujours la remettre en marche. Lui, il devait la détruire et laisser le parc dans l'obscurité.

Dans un caisson en verre, il vit une grosse hache à manche rouge. Il le brisa et empoigna l'engin. Il s'aperçut qu'au milieu de tout cet appareillage, sur un mur, était vissée une grande plaque de métal. Trois câbles épais comme les amarres d'un ferry entraient dans un énorme interrupteur d'acier. Au centre, il y avait un levier et un verrou qui empêchait de le soulever. C'était ça le cœur de la centrale.

Il devait couper un de ces câbles et…

Quelle tension ils ont ?

Il n'en avait aucune idée. Mais assez pour le carboniser.

Il crèverait, et comme ça il aurait mené à bien sa mission. Même si, désormais, pour dire la vérité, il n'en avait plus rien à foutre de la mission, du Diable, de Mantos, des conneries satanistes.

Il se sentait triste à mourir, mais il avait l'étrange sensation qu'il y avait un public qui l'observait en train d'accomplir des ultimes gestes. Il était le héros maudit de son film, toujours le même, tragique.

Sur le comptoir, il y avait un bloc-notes. Il arracha une feuille et, sans trop réfléchir, il griffonna quelques lignes. Il la replia et écrivit dessus : « A Silvietta ».

52.

Mantos, nu, debout sur un rocher, observait la lune et ses cratères. Le vent lui caressait la peau.

Les bras tendus. Les jambes légèrement fléchies. Durandal entre les mains, pointée en avant. Inspirant et expirant, il chassa toute pensée inutile. Serena se décomposa, le vieux salopard se décomposa, Silvietta et Murder se décomposèrent et Mantos se concentra sur ce miracle de coordination qu'était son corps. À chaque mouvement, il devenait de plus en plus conscient de l'énergie qui parcourait les fibres de ses muscles, de la puissance meurtrière contenue dans Durandal.

Il sentait arriver la douleur de quitter la vie terrestre. Il l'accueillit, lui souhaita la bienvenue. Il abaissa Durandal, plaça la poignée contre son ventre et souleva la jambe gauche. Il isola chaque tendon, chaque muscle, jouissant de la sensation que cela lui procurait. Le froid lui enserrait le scrotum.

Mantos était enfin à son aise. Il réussissait à tout entendre. Le bruissement du vent dans les arbres, les grognements gutturaux des phacochères près des marais, les cris des chauves-souris du Siam accrochées en grappe aux branches des pins, la circulation sur l'Olimpica, les télévisions allumées dans les salons, le monde malade.

Puis, quelque chose le fit tressaillir. Sa trachée se serra et un frisson parcourut son épine dorsale. La perception que quelqu'un, caché dans les ténèbres, était en train de l'épier.

Ce n'était pas un animal. Mais ce n'était pas non plus un être humain. Qu'est-ce que c'était ?

Il tendit l'épée vers l'avant et commença à bouger sur lui-même. Il ne vit personne. Le leader des Enragés d'Abaddon sauta au bas du rocher, et, toujours en pointant son arme vers l'avant, il prit sa torche dans son sac à dos et l'alluma. Le faisceau de lumière se peignit sur les massifs de laurier, sur les buissons de mûres, sur les troncs des arbres, sur une poubelle rouillée.

Il n'y avait personne. Peut-être que ses sens s'étaient trompés. Et pourtant, restait l'impression que quelqu'un l'observait. Des yeux chargés de haine.

Mantos enfila en vitesse son pantalon, ses chaussures et sa tunique noire. Il chargea son sac à dos sur ses épaules et s'éloigna en vitesse.

53.

Zombie frôla de son médium la commissure de ses lèvres, là où l'avait embrassé Silvietta, il accrocha le message au panneau, se cracha dans les mains, attrapa la hache et, jambes écartées, il se plaça face au câble.

Le moment était venu de montrer le courage qu'il avait caché à tout le monde.

– L'homme n'a pas de charme pour moi… ni la femme non plus. Il leva le manche et de toute la force et le désespoir qu'il avait dans son corps frêle, il trancha le câble.

Dans ce fil de cuivre, circulait une tension de vingt mille volts, environ dix fois plus que celle de la chaise électrique. Le flux d'électrons traversa la lame et le manche de la hache qui, bien qu'elle soit en bois, devint cendres sur-le-champ.

Le même sort échut aux mains et aux bras de l'adepte. Le reste de son corps prit feu en une flambée spectaculaire.

La torche humaine se mit à se cogner et à rebondir contre les murs de la petite pièce, puis s'arrêta, écarta les bras comme un ange déchu qui voudrait prendre son envol et s'écroula à terre et se consuma jusqu'à ce que, d'Edo Sambreddero dit Zombie, il ne resta plus qu'un tronc en cendres.

Les turbines de la centrale s'arrêtèrent. Le ronronnement se tut. Les lumières du parc et de la villa s'éteignirent. De même que s'éteignirent les ordinateurs qui contrôlaient les cascades, les flux d'eau dans les lacs, les mangeoires pour les animaux et tout le reste.

Un générateur se mit en marche. Il alluma les lumières de secours dans la maison et activa les pompes pneumatiques des portails d'acier des points d'accès, qui se fermèrent, laissant Villa Ada dans l'obscurité et séparée du reste de la ville.

Arrivée aux bivouacs et dîner

54.

Fabrizio Ciba et Larita étaient en train de s'embrasser à côté du cadavre de l'éléphant, quand les réverbères des sentiers s'éteignirent. L'écrivain ouvrit les yeux et se retrouva plongé dans le noir absolu. – Les lumières ! Les lumières se sont éteintes !

– Oh, mon Dieu ! – Larita enlaça Fabrizio, apeurée. – Et maintenant ? Qu'est-ce qu'on va faire ?

L'écrivain mit quelque temps à comprendre l'entité du problème. Ce baiser passionné l'avait étourdi. Sa rage était passée et une étrange sensation de bien-être le rendait tout alangui. Maintenant qu'il avait trouvé l'amour, enfin, le reste lui semblait sans importance. Tout ce qu'il désirait, c'était la laver, la soigner, désinfecter ses plaies et lui faire l'amour. La course sur l'éléphant dans le bois, le vol plané, la certitude de la mort et la surprise d'être vivant, ce mélange de peur, de rage et de mort, tout cela l'avait sacrément excité.

– Et maintenant, comment on va faire ? Elle se serra contre lui.

Fabrizio sentit le cœur de Larita qui battait fort derrière ses nichons. – Je ne sais pas… Excuse-moi mais… On ne pourrait pas rester ici ? Qu'est-ce que ça peut faire. Il avait oublié l'antique plaisir de sentir la consistance d'une paire de seins non refaits.

– T'es devenu fou ?

– Pourquoi ? Attendons l'aube. Nous pourrions nous cacher dans les anfractuosités et comme des êtres primitifs et sans règles…

Si cela n'avait pas été la vraie vie, mais un de ses romans, le protagoniste aurait déjà pris Larita et, sans tergiverser, il l'aurait dénudée puis possédée sur la carcasse de l'éléphant et le sang, le sperme, les larmes se seraient mêlés en une orgie ancestrale. Oui, dans son nouveau roman, il mettrait une belle scène de cul de ce genre. En Sardaigne, quelque part près d'Oristano.

Larita interrompit ses pensées. – Le parc est plein d'animaux féroces. Le tigre… Les lions…

Il avait complètement oublié les bêtes sauvages. Il lui pressa la main.

– Bon, t'as raison, il faut qu'on bouge. Mais on n'y voit rien. Espérons que la panne va être réparée tout de suite.

– Il faut qu'on aille sur le sentier.

– Mais de quel côté ? À droite ou à gauche ?

– À gauche, je pense. J'espère…

– D'accord. Allons sur le sentier. Il est à quelques mètres. – Fabrizio décocha son ton le plus décidé. Malgré sa peur des bêtes sauvages, avoir à ses côtés cette femme à protéger le faisait se sentir fort et impavide. Il se leva et aida Larita à se mettre debout. – Accroche-toi à ma ceinture et reste derrière moi. – Il tendit les bras comme un somnambule et, titubant entre les rochers, il fit quelques pas incertains dans le noir. – Tu sais, comme ça, on va se faire mal. Il vaut mieux qu'on se mette à quatre pattes.

Et ainsi, à croupetons, tous les deux avancèrent jusqu'à ce qu'ils sentent les graviers sous leurs paumes.

Là, au centre de la gorge que les arbres n'atteignaient pas, le ciel reflétait les lumières de la ville et l'on réussissait à voir une palissade qui délimitait le fossé au milieu de la route.

– On y est ! – Fabrizio se releva. – Tenons-nous à la palissade et continuons. Mais auparavant, je veux quelque chose, sinon je ne sais pas si je vais réussir à avancer.

– Quoi ?

– Un autre baiser.

Il ouvrit la bouche et sentit la langue de Larita qui glissait sur la sienne et s'agitait en lui léchant le palais et les amygdales. Il la serra, l'attira tout contre lui, mais il s'abstint de lui faire sentir son érection.

Oui, ils faisaient vraiment un beau couple.

Celle-là, je me l'épouse…

Quelle chance de l'avoir rencontrée. Et c'était grâce à ce bouffon de Salvatore Chiatti et de sa fête à la con.

C'est bon, Sasà, tu l'as échappé belle. Je ne vais pas écrire contre toi.

55.

– Bravo, Zombie, t'es génial ! avait hurlé le leader des Enragés d'Abaddon en levant les poings quand la Villa avait sombré dans les ténèbres.

Il était temps que quelque chose aille bien. Maintenant, il lui fallait attraper la chanteuse.

Mantos pointa la torche autour de lui pour comprendre où il se trouvait. La route qu'il parcourait s'enfonçait dans une espèce de gorge qui partageait le bois en deux. De son sac à dos, il sortit le plan de la Villa Ada et l'étudia attentivement.

– Parfait ! Il était dans la bonne direction, il devait longer le canyon et il arriverait tout droit au lac où était organisé le bivouac pour les participants de la chasse au tigre. Là, il trouverait la chanteuse et les autres invités, tous effrayés. Dans la confusion et à la faveur des ténèbres, ce serait un jeu d'enfant de l'anesthésier et l'enlever.

Tout content, il se mit à courir, Durandal dans la main gauche, la torche dans la main droite et l'adrénaline qui inondait ses artères. Quel phénomène singulier, maintenant qu'il s'apprêtait à mourir, il se sentait vivant comme il ne s'était jamais senti de toute sa vie, capable de tout. Satan était enfin de son côté. Lui, il était le libero, l'esprit anarchiste, le limier du chaos. Et Zombie était son partenaire satanique naturel. Quelqu'un comme lui ne craignait pas la mort, et il donnait le meilleur de lui-même là où régnait le chaos.

Tu verras à qui tu as affaire, mon cher Kurtz Minetti.

Tandis qu'il sautait pour franchir une flaque, une lueur derrière lui éclaira le sentier. Le leader des Enragés éteignit sa torche, se jeta sur le côté de la route et se cacha derrière un chêne.

Une automobile arrivait. Il voyait les phares se rapprocher mais n'entendait aucun bruit. Ça devait être une de ces petites voitures électriques qu'ils utilisaient pour se déplacer à l'intérieur de la Villa.

Il s'immobilisa et attendit qu'elle passe. Dans la décapotable, il n'y avait que le conducteur.

Et si je me la prenais, cette voiture ? Je pourrais l'utiliser pour charger Larita et l'emmener sur le lieu du sacrifice.

Sans plus y penser davantage, il s'élança, tête basse, à la poursuite de la voiturette.

56.

Fabrizio Ciba, heureux, pensa que d'ici quelques jours, il serait avec sa belle à Majorque, à Capdepera, chez lui. Mais aussitôt, il se rappela l'humidité, les araignées mortes dans la baignoire, les radiateurs hors service. Et la table avec son roman qui l'attendait. Il devait redéfinir toute la trame, couper des pers…

Le cerveau de l'écrivain se mit un instant à l'arrêt puis se réinitialisa, effaçant la dernière pensée.

Comment il s'appelle cet hôtel cinq étoiles avec un spa… ?

Ils devaient se faire des vacances aux petits oignons, partir pour un endroit lointain où décompresser et vivre leur histoire d'amour. Il posa un bras sur les épaules de Larita comme s'ils étaient de vieux compagnons.

– Dis-moi, et si on se prenait de belles petites vacances pour nous remettre ? Je sais pas, pourquoi pas les Maldives ? Tu sais, ces bungalows sur la mer, les nuits brûlantes sous une voûte étoilée, les lits avec les moustiquaires.

– Bien sûr, ça me plairait. – Larita resta un instant en silence. – Écoute, Fabrizio…

– Dis-moi.

Elle mit quelques secondes de trop à lui poser la question. – Tu es fiancé ?

– Moi ? Tu plaisantes ou quoi ? se hâta de répondre Ciba.

– Ça te dégoûte ?

– Non, pas du tout. C'est que je suis un écrivain… Bon, toi tu es musicienne, tu peux peut-être me comprendre. J'ai un peu peur des sentiments, s'ils sont trop forts, je crains qu'ils ne m'assèchent. C'est une peur irrationnelle, je sais, mais j'ai la sensation qu'en vivant un amour, il ne m'en resterait plus assez à donner aux personnages de mes livres. – Il lui révélait une chose qu'il n'avait jamais racontée à personne. – Mais ça ne signifie pas que je ne suis pas prêt à essayer. Et toi ? Il aurait voulu la regarder, mais l'obscurité ne laissait entrevoir que sa silhouette.

– Je sors d'une histoire difficile avec un type qui se voulait du mal. En d'autres mots, un con. Et moi, en le suivant, j'ai failli mourir. J'ai été sauvée par la communauté de don Toniolo et par la foi.

Tandis que Larita parlait, Fabrizio se souvint d'avoir lu quelque part qu'elle avait été fiancée à un chanteur camé et qu'ils avaient failli mourir d'une overdose.

– Et puis, une fois revenue à la vie, je n'ai pas eu le courage de vivre d'autres histoires. J'ai peur de rencontrer un autre connard. Même si rester seule, parfois, c'est un peu triste.

Fabrizio l'attira à lui et lui enserra la taille. – Nous deux, on pourrait être bien ensemble. Je le sens.

Larita se mit à rire. – Qui sait pourquoi, mais j'étais sûre que tu étais fiancé. Après le déjeuner dans la villa, j'ai tenté d'appeler mon agent pour savoir, mais son portable était éteint. Dis-moi, mais toi, tu y crois au destin ?

– Je crois aux faits. Et les faits disent qu'on est deux survivants. Et ils disent qu'il faut qu'on essaye. Il la serra fort, comme si elle pouvait s'échapper, et il l'embrassa. Quel dommage d'être dans le noir, il aurait voulu la regarder dans les yeux.

Soudain, elle se détacha. – Et si on allait plutôt à Nairobi ?

– Tu veux aller au Kenya ? J'y suis allé une fois. À Malindi. La mer est pas mal, mais les Maldives, c'est incomparable.

Ils se remirent à marcher.

– Non... Non... Tu as mal compris. Dans les bidonvilles de Nairobi, pour vacciner les enfants. Moi, je le fais chaque année. C'est une chose importante. Si tu venais toi aussi, un écrivain célèbre, tu leur ferais un très grand cadeau. Tu aiderais les missionnaires à mettre en lumière une situation terrible.

Fabrizio leva les yeux au ciel. Mais putain de bordel, lui, il avait envie de se faire une semaine de repos, peinard, et elle, pour réponse, elle lui proposait un cauchemar humanitaire. – Ben, ouais... Bien sûr... On pourrait... Mais..., balbutia-t-il.

– Mais quoi ?

Fabrizio n'arriva pas à ne pas être sincère. – Voilà... Moi je pensais à des vacances. Cinq étoiles. Petit déj au lit. Des trucs comme ça.

Elle le caressa sur le cou. – Tu verras, ce sera mille fois mieux... Je suis sûre que cette expérience t'aidera aussi à écrire. Tu ne peux pas imaginer combien d'idées te viennent quand tu côtoies toute cette douleur.

L'écrivain resta silencieux. S'il voulait avoir une relation sérieuse avec une femme, il devait commencer par prendre en considération ses désirs et essayer de lui donner confiance. Et Larita était spéciale, elle avait une force qu'il n'aurait jamais imaginée, c'était un typhon qui balaye tout sur son passage et en même temps, elle avait quelque chose de vulnérable et de naïf qui vous remettait complètement en question.

– OK, dit Fabrizio. C'est bon, je viens. J'emporte mon ordi et le soir, après les vaccins, j'écris.

Larita lui serra fort la main et, d'une voix émue, elle dit : – Allez, sortons de cet endroit. Le vrai monde nous attend.

57.

Heureusement, ce tacot était lent.

Mantos, à bout de souffle, tendit la main, s'agrippa au hayon et, d'un saut maladroit, monta dedans. Le chauffeur ne s'était aperçu de rien.

Dans le coffre, étaient rangées de grandes marmites qui dégageaient une forte odeur de curry.

Maintenant, il devait mettre hors-jeu le conducteur. Il remonta sa capuche, banda ses muscles comme un chat et, en poussant un rugissement à la Sandokan, il s'élança sur l'homme qui, entendant ce hurlement bestial et pensant que c'était le tigre, pila d'instinct.

En revanche, le leader des Enragés d'Abaddon, épée à la main, continua son vol plané, survola le capot et alla s'affaler de tout son long au milieu de la route. Durandal gicla dans les airs. Le pare-chocs s'arrêta à vingt centimètres de ses pieds.

Mbuma Bowanda, originaire du Burkina Faso, où il avait été berger pendant des années, avait vu une étrange créature planer au-dessus de sa tête, le dépasser et disparaître devant le museau de la voiture.

Dans son petit village près de Ouagadougou, la capitale du Burkina Faso, il y avait une antique croyance selon laquelle, les nuits de pleine lune, la boue des fleuves donnait naissance à des démons ailés, noirs comme la poix, qui escamotaient vaches et brebis. On les appelait les Bonindà. Lui, il ne croyait pas à ces fables folkloriques, et pourtant, cet être était vraiment identique aux monstres dont lui parlait sa grand-mère quand, petit enfant, elle l'endormait.

Il se leva tremblant de son siège. Le démon était encore étendu devant la voiture. Il semblait mort.

Je vais lui rouler dessus…

Mais il ne le fit pas. D'abord, il n'était pas sûr que les démons puissent être tués ainsi, et en plus, les roues de sa voiture étaient trop petites pour lui passer dessus.

Il enclencha la marche arrière quand le démon noir se leva de terre, appuya ses mains sur le capot et poussa un hurlement terrifiant.

On avait raconté à Mbuma que les gens se pissent dessus de peur, mais cela lui avait toujours semblé être une exagération. Il dut se raviser. Il venait de s'oublier.

Il bondit de la voiture et, les jambes à son cou, se mit à courir vers la villa.

Bien qu'il eût les mains et les coudes écorchés par les graviers, le leader des Enragés d'Abaddon eut une sorte d'orgasme en voyant ce pauvre diable s'enfuir en courant, terrifié.

Le hurlement à la Sandokan faisait vraiment peur. Il venait de se découvrir un talent naturel pour les hurlements. S'il avait su, il l'aurait utilisé contre Serena pour l'épouvanter à mort quand il s'était présenté à elle dans la chambre, nu et armé de son épée.

En boitillant, il alla ramasser Durandal qui avait atterri dans le pré et monta dans la voiturette. Il partait quand il s'aperçut que quelqu'un lui hurlait de s'arrêter. Il n'arrivait pas à les voir, mais ils ne devaient pas être loin.

Morts de trouille, hein ?

Mantos se paya une bonne tranche de rigolade et décida d'aller récupérer Zombie. À deux, ce serait bien plus facile d'enlever Larita, et ça leur éviterait toute la marche jusqu'à fort Antenne.

Retour à la Villa Royale

58.

Quand les phares étaient apparus, Fabrizio Ciba et Larita s'étaient mis à hurler en agitant les bras. Mais la voiture avait stoppé à une centaine de mètres et, quelques minutes après, avait fait demi-tour.

L'écrivain secouait la tête. – Non mais, regarde un peu…

Larita était devant lui. – Allez, ce n'est pas grave, on est presque arrivés. Il me semble voir des lumières.

Fabrizio s'aperçut que, au fond du vallon, les ténèbres se diluaient dans une lueur rougeâtre. – C'est vrai ! Le campement n'est pas loin. Dépêchons-nous.

Ils se remirent à marcher avec plus d'allant, le gravier crissait sous leurs pas. La lueur, au fond du canyon, était assez forte pour teinter de rouge la route. Un gros nuage écarlate s'élevait du lac, dominant les cimes des arbres.

– Mais qu'est-ce qu'ils fabriquent ? se demanda Larita.

– Ils ont dû allumer des feux pour faire griller de la viande. – Fabrizio accéléra le pas. – Il me prend une de ces faims…

– Moi, je suis végétarienne, mais ce soir, un petit steak, je dirais pas non…

Au bout de cinquante mètres, une odeur suffocante de bois brûlé commença à leur irriter la gorge. Au centre du grand nuage de fumée, on apercevait maintenant de longues langues de feu qui se reflétaient dans les eaux noires du lac.

Larita s'était mis une main sur la bouche. – C'est pas un peu trop de fumée pour un barbecue ?

Finalement, le canyon s'ouvrit sur une grande plaine et sur le lac artificiel. Juste au centre du bassin, une maison flottante était enveloppée par les flammes. La poupe avait déjà disparu dans l'eau et la proue s'élevait dans l'air, comme un bûcher.

Larita saisit la main de Fabrizio. – Mais qu'est-ce qui se passe ?

– J'en sais rien. Ça doit être un spectacle. Chiatti, pour étonner ses invités, il tuerait père et mère.

Ils avancèrent encore un peu. Larita lui indiqua une voiture électrique retournée contre un pin. Des marmites en acier étaient renversées par terre, et le riz basmati était éparpillé partout. Ils se regardèrent sans un mot, puis Fabrizio lui prit la main. – Reste près de moi.

Ils longèrent le lac pour atteindre les autres péniches, amarrées en face d'un ponton protégé par un long kiosque. Dans l'eau, là où n'arrivaient pas les lueurs du bûcher, on entendait d'étranges mouvements et des éclaboussures et des battements de nageoires. Comme si d'énormes poissons luttaient pour de la nourriture.

En s'approchant du ponton, ils trouvèrent jetés à terre les poêles en forme de champignon et les tables du buffet. Des bouteilles cassées. Des lanternes en papier carbonisées. Et au milieu de ce désastre, un troupeau de phacochères et de vautours faisait une razzia sur les restes du dîner indien. On aurait dit que venait de passer une horde de barbares.

Une petite voix raisonnable dans l'esprit de Fabrizio lui suggéra qu'il valait mieux s'éloigner au plus vite.

Peut-être qu'une meute de lions a attaqué le bivouac.

Et pourtant, ça ne semblait pas être l'œuvre d'animaux, mais plutôt d'êtres humains. Les tentes avaient toutes été arrachées et mises en boule.

Larita regardait autour d'elle, égarée. – Où ils sont passés ?

Serveurs, cuisiniers, tout le personnel avait disparu.

Elle se dirigea vers le quai. Fabrizio, de mauvais gré, la suivit.

Dans les bateaux amarrés, la situation était la même. Le buffet avait été pillé. Les restes du dîner indien répandus parmi les fleurs, les statues de la divinité hindoue brisées, une estrade désertée avec un sitar détruit. Perché sur une table, un gros corbeau noir becquetait des morceaux de poulet tandoori.

Fabrizio s'approcha de Larita. – Moi, je m'en irais d'ici le plus rapidement possible. Toute cette histoire ne me dit rien qui vaille.

Larita souleva une chaussure argentée de terre. – Je ne comprends pas…

– Ça ne fait rien… Allons-nous-en.

Une voix féminine, dans leur dos, les interrompit. – Mon mari…

Une femme se tenait sur le pas de la porte, le regard catatonique. Ses bras pendaient le long de son corps et elle tenait debout à grand-peine. Le sari qu'elle portait était arraché et pendouillait entre ses jambes comme si elle s'était couverte avec des haillons. Son soutien-gorge avait une bretelle déchirée et sa poitrine était marquée de longues écorchures rouges. Il lui manquait une chaussure. Ses cheveux blonds, qu'elle avait dû ramasser en chignon, n'étaient plus qu'un enchevêtrement poisseux de sang. Un filet séché coulait près de son oreille.

De prime abord, Fabrizio ne la reconnut pas, mais en l'observant mieux, il se souvint. C'était Mara Baglione Montuori, femme d'un galeriste de Milan spécialiste d'art contemporain. Il la connaissait parce qu'elle était la directrice d'une revue de mode et qu'une fois, il y avait très longtemps, elle l'avait interviewé. Maintenant, elle était le spectre de cette femme élégante et snob qu'il avait rencontrée chez *Rosati*, piazza del Popolo. Elle avait cette expression distante et traumatisée d'une femme qui vient de se faire violer. Comme si quelque chose, quelqu'un, lui avait grillé le cerveau.

Fabrizio s'approcha d'elle et s'aperçut qu'elle puait. Elle avait une odeur âcre de sueur.

– Mara, que vous est-il arrivé ? Où sont les autres ? Fabrizio se rendit compte qu'il avait les boyaux contractés.

La femme évita ses yeux, mais elle regarda autour d'elle lentement. – Mon mari…

Larita ramassa une chaise et y fit asseoir la femme. – Où est-il ?

Mara Baglione Montuori enleva son autre chaussure et la tint à la main, comme si elle voulait la cajoler. – Mon mari…

La chanteuse se mit à parcourir le bateau à la recherche du mari.

Pendant ce temps, Fabrizio prit les poignets de Mara, tentant d'intercepter son regard. – Écoutez-moi, vous vous souvenez de moi ? Je suis Fabrizio Ciba, nous nous connaissons.

La femme le regarda dans les yeux et sourit comme si une pensée amusante lui traversait l'esprit. – Mardi, on doit aller à Portofino, pour le mariage d'Agnese.

Fabrizio n'avait jamais été très patient envers les gens traumatisés ou malades, pensez maintenant, dans cette situation. – J'ai compris que vous êtes bouleversée, je suis vraiment désolé… Mais là vous devez m'expliquer ce qu'il s'est passé ici, bon Dieu !

Mais elle, elle était ailleurs. Probablement à Portofino. – Mon mari déteste le mari d'Agnese, je ne comprends pas pourquoi. C'est un gentil garçon. Il fera son chemin… Pierre, à son âge, n'était pas…

Il la secoua. – Il est où maintenant ton mari ? Il était avec toi ?

Elle s'irrita, comme si Fabrizio l'importunait et elle lui tourna le dos. À terre, il y avait un plateau d'argent et elle y vit son reflet.

– Oh, mon Dieu, dans quel état je suis… Mon maquillage… Mes cheveux… Je ne suis pas montrable. – Sur la table, elle prit une fourchette. – Quand on était petites, mes sœurs et moi, à Punta Ala, on utilisait ça pour peigner nos poupées. Et elle se mit à la passer dans ses cheveux englués de sang.

Ciba rejeta la tête en arrière de frustration. – Non, elle a pété un câble.

– Oh mon dieu, c'est horrible… Viens voir ! Vite. – Larita était près d'une fenêtre et regardait quelque chose, la main sur la bouche.

Fabrizio la rejoignit, prit son courage à deux mains et regarda dehors lui aussi.

Ciba avait toujours aimé Animal Planet, sur le satellite, qui diffusait des documentaires sur la nature. Il lui arrivait souvent, lorsqu'il écrivait, d'avoir la télé allumée sur cette chaîne. Quand il y avait des séquences où le prédateur, déchargeant toute l'énergie de ses muscles, bondissait sur sa proie avec la force et la brutalité de la faim, Fabrizio se levait et allait s'asseoir sur le divan pour mieux voir. Il aimait l'œil écarquillé du gnou, le coup de patte du lion, le nuage de poussière où se mêlaient félin et herbivore, et la tête de la victime qui se soulevait pour la dernière fois.

Dans ces combats, il reconnaissait la férocité de la vie naturelle. Celle-là même qui gouvernait le monde des hommes.

Mais maintenant, observer pour de vrai une scène similaire, à quelques mètres de distance, il ne trouva pas cela aussi excitant. Il détourna le regard sur l'eau qui bouillonnait, de façon à ne voir que du coin de l'œil. Mais l'astuce ne marcha pas. Il n'arrivait pas à ne pas regarder. Et une fois commencé, il lui était difficile d'arrêter.

Les restes de Piero Baglione Montuori flottaient dans l'eau, trois énormes crocodiles se les disputaient. Des rangées de dents arrachaient des lambeaux de graisse au tronc du fameux galeriste milanais, connu pour avoir découvert Andrew Dog, le sculpteur jamaïcain. Lorsqu'ils avaient du mal à taillader la chair, les reptiles s'enroulaient sur eux-mêmes, en une profusion d'éclaboussures sanguinolentes. La tête du malheureux cognait contre les parois du radeau avec le bruit sourd d'une noix de coco.

59.

Le leader des Enragés d'Abaddon pila en faisant crisser les pneus devant la centrale électrique.

En chemin, il n'avait pas rencontré Zombie, en revanche il avait croisé des groupes d'invités en pleine débandade. Sur son passage, ils avaient gesticulé, lui hurlant de s'arrêter. Et plus d'un s'était posté au beau milieu de la route pour tenter de le bloquer. Mantos n'avait même pas ralenti malgré tous les « putain de ta race » qu'ils lui avaient lancés. Tout se passait exactement comme il l'avait prédit. Dès que l'obscurité était tombée, les stupides créatures de la lumière avaient paniqué et la Villa s'était transformée en un parc de l'horreur. En revanche, lui qui était une créature des ténèbres, l'obscurité l'avait rendu plus déterminé et féroce. Durandal à la main, il descendit de la voiturette, alluma la torche et regarda autour de lui.

Où diable était passé Zombie ?

Il a probablement dû décider de couper à travers les prés et le bois en se fichant éperdument des animaux sauvages.

C'était un Enragé d'Abaddon, il n'avait peur de rien ni de personne.

Avant de s'en aller, Mantos, par scrupule, jeta un coup d'œil à la centrale.

En s'approchant de l'édifice, il sentit une odeur étrange.

On dirait de la viande rôtie.

Le portail était grand ouvert. Par terre, la chaîne, le cadenas et le ciseau à volailles brisés.

Mantos sourit et pointa la lumière vers la cabine. Le mur tout autour des chambranles et le bois de la porte béante étaient noircis comme si, à l'intérieur, un incendie avait fait rage. Ce cinglé de Zombie avait foutu le feu à tout.

Le leader des Enragés baissa sa torche : – Excellent travail, mon preux compagnon. Le faisceau de lumière coupa le sol et éclaira une chose noire au centre de la pièce. Mantos fit deux pas en avant pour mieux comprendre ce que c'était.

Un morceau de pneu brûlé ? Non... Une chaussure.

Il fit un autre pas en avant. Ça semblait vraiment être une chaussure. Une chaussure carbonisée. Sur la semelle, on reconnaissait encore les fers fondus.

Mantos déglutit plusieurs fois. Il retint son souffle et fit encore un pas en avant, sans avoir le courage de pointer la torche plus loin. Puis il la leva.

Il vit, reliée à la chaussure, une jambe et puis les restes calcinés d'un corps humain. Les vêtements avaient brûlé complètement et la peau noire et dessé chée collait comme de la poix aux os. Du buste, il ne restait qu'une masse informe, d'où pointait la cage thoracique. Les bras étaient levés et les mains avaient les doigts tordus comme s'ils avaient été pliés par la chaleur. Le feu avait littéralement dévoré la tête. Il en restait une sphère noircie et sans traits d'où pointait une rangée de dents longues et blanches.

Réduit en cet état, même sa mère ne l'aurait pas reconnu. Mantos pourtant savait que c'était lui. La forme du front, la taille, les chaussures, les dents.

Oh... Doux Jésus. Zombie avait cramé comme une allumette.

Durandal lui tomba des mains. Il eut l'estomac tout retourné. Il se couvrit la bouche de sa main et dut faire un effort pour ne pas vomir. Ses jambes cédèrent sous lui, alors il se recroquevilla à côté de la porte, incapable de croire à ce qu'il voyait.

Il devait s'être carbonisé en coupant le courant.

Saverio tendit une main. – Zombie, dans quel état tu t'es mis… Comment… Mon ami… Et il aurait voulu hurler, expulser toute sa rage, mais il ouvrit grand la bouche et serra sa tête entre ses mains.

Pourquoi ? Pourquoi comme ça ? Ça ne devait pas se passer ainsi. Pas de cette manière. Nous devions nous suicider ensemble, unis, après avoir sacrifié la chanteuse à Satan. Voilà le pacte.

Pourquoi as-tu rompu le pacte ?

La douleur emporta Mantos comme une vague, le submergea avec la force du déferlement de l'océan. Et il fut ébloui par l'impitoyable lumière de la vérité.

Il est mort par ma faute. Qu'est-ce que j'ai fabriqué ?

Si tu n'avais pas été là… Il lui sembla presque voir ce mannequin carbonisé se relever de terre et pointer sur lui ses doigts tordus. *Si tu n'avais pas été là… Moi, en ce moment, je serais à Oriolo Romano. Avec ma mère. Avec Murder et Silvietta. Avec toute la vie devant moi. Mais pour qui tu te prends, de me faire mourir de cette façon ?*

Mantos, blotti à côté de la porte, s'observa. Il observa la tunique noire qu'il avait cousue avec les vieux rideaux mis au rebut du cinéma Flamingo. Il observa sa Durandal achetée sur eBay. Et il s'aperçut à quel point il était pathétique.

– Mais qu'est-ce que je suis en train de faire ? susurra-t-il, espérant que le mannequin calciné lui donnerait une réponse.

Un nœud de douleur explosa comme une bulle dans sa trachée. Il cligna des yeux, tandis que les larmes lui voilaient la vue. Le petit théâtre où Saverio Moneta, employé au magasin de meubles des Maîtres Charpentiers Tyroliens, rêvait d'être méchant et impitoyable comme Charles Manson, ce petit théâtre s'était écroulé sur lui. Satan, le grand Mantos, les Enragés d'Abaddon, le sacrifice de Larita, tout cela n'était que des conneries inventées par un minus pathétique qui avait réussi à faire se tuer un garçon en grave dépression.

À quatre pattes, sanglotant comme un enfant, il s'approcha des restes de son adepte. – Pardonne-moi, Edo… – Il lui attrapa le poignet qui s'effrita dans sa main. – Qu'est-ce que je dois faire ? Dites-moi ce que je dois faire.

Mais personne ne pouvait le lui dire. Il était seul. Seul et désespéré comme personne au monde. Zombie n'était plus là. Serena et le vieux salaud voulaient le voir mort. Murder et Silvietta, il les avait perdus.

Il s'assit en reniflant et en essuyant la morve de son visage.

Il devait prendre ces restes et les enterrer. Ou les jeter dans les eaux du lac de Bracciano.

Il s'essuya les yeux. – Je ne vais pas te laisser ici… T'inquiète. Je te ramène à la maison. À Oriolo. Y en a assez de toutes ces conneries.

Il se releva et, avec la torche, regarda autour de lui. Il devait trouver un gros carton. Ce qui serait génial, ce serait un de ces immenses sacs bleus de chez Ikea.

Il s'aperçut que sur un tableau, était accrochée une feuille pliée en quatre. Il s'approcha et vit que dessus était écrit : « À Silvietta ». Il la prit et allait l'ouvrir quand il entendit dans son dos une voix masculine qui hurlait : – Les enfants ! Vous sentez cette bonne odeur ? Le barbecue ! Voilà le barbecue ! Youpi ! On a réussi. En tout cas, putain quelle enculerie, c'te fête. Chiatti est un gueux, il a même pas payé sa facture d'électricité.

Spaghetti party de minuit

60.

Fabrizio prit Larita à part et lui dit à mi-voix : – Bon, maintenant, toi et moi, l'air de rien, on va s'en aller d'ici. Et en vitesse. J'ai un mauvais pressentiment.

– Et cette pauvre femme ? – La chanteuse indiqua Mara Baglione Montuori, qui continuait à se démêler les cheveux avec la fourchette. – Qu'est-ce qu'on en fait ?

– Impossible de l'emmener avec nous, elle nous ralentirait. Dès qu'on rencontre quelqu'un, on lui dit d'aller la chercher.

Larita était indécise. – Je ne sais pas… La laisser toute seule ici, je trouve pas ça juste.

– Si, c'est juste, écoute-moi. – Fabrizio lui prit une main et la tira sur le ponton. – Je crois me souvenir que près du lac, il y a une entrée de la Villa. – Il arracha de terre un long roseau de bambou sur lequel brûlait une lampe à pétrole. – Magnons-nous.

Ils se mirent en chemin le long de l'avenue bordée de grands platanes, laissant le lac derrière eux.

Un tas de questions roulaient dans la tête de l'écrivain. Il continuait à voir les crocodiles qui arrachaient des lambeaux de chair au corps déchiqueté du galeriste.

Larita marchait derrière lui, tête basse, et elle ne parlait pas.

Il allait lui dire de se dépêcher quand il perçut, ou il lui sembla percevoir, des mouvements dans l'obscurité. Il fit signe à Larita de s'arrêter et resta aux aguets. Rien. On n'entendait, au loin, que le bruit des voitures sur la via Salaria.

J'ai dû me tromper.

Il regarda Larita. Elle avait les yeux brillants et tremblait.

Fabrizio s'aperçut que son cœur battait la chamade. Il lui prit la main.

– On devrait être presque arrivés.

Ils se remirent en marche.

– Qu'est-ce que c'est, là ? hurla Larita en faisant un bond en arrière.

Fabrizio s'immobilisa. – Où ?

– Cet arbre, là.

Fabrizio, les jambes molles comme des tentacules, leva la lampe vers le point que lui avait indiqué Larita. Il ne voyait rien. Il fit un pas en avant, agitant la lampe autour de lui. Les branches des arbres se déployaient sur la route. Il n'y avait rien, mais putain, il pétait de trouille. La panique le saisit à la gorge… ce truc-là, c'était quoi ?

Une silhouette noire était accrochée à une branche.

Un singe ?

Ça ne pouvait pas être un singe. Trop grande.

Un gorille ?

Trop gras. Un instant, il pensa que c'était une sculpture, un mannequin accroché.

Il recula et la faible lueur de la lampe éclaira le reste des feuillages de l'arbre. Accrochés, il y avait deux autres…

Hommes.

Deux mastodontes qui se balançaient.

Il tourna sur lui-même et hurla à Larita : – Sauve-toi ! Vite !

Il entendit dans son dos un bruit assourdi et un râle. Un de ces monstres devait s'être laissé tomber.

Il se mit à courir à perdre haleine. La lampe s'éteignit dans sa main et l'unique lueur resta celle, lointaine, du bivouac.

Il galopait, désespéré, comme il ne l'avait jamais fait de sa vie, sentant le gravier crisser sous les semelles de ses chaussures, et l'air qui tournoyait dans sa trachée.

Il espérait que Larita était à côté de lui.

Et si elle était restée en arrière ?

Retourne-toi ! Arrête-toi ! Appelle-la ! lui hurlait sa tête.

Il aurait bien voulu, mais la seule chose qu'il réussissait à faire, c'était à courir et à prier qu'elle en fasse autant.

Mais au bout de quelques dizaines de mètres, il l'entendit crier.

Ils l'ont attrapée ! Putain de bordel de merde, ils l'ont attrapée !

Tandis qu'il courait, il tourna la tête. Tout était plongé dans le noir et, dans ce noir, il entendit ses plaintes et les cris gutturaux des monstres. – Fabrizio ! Aide-moi ! Fabrizio !

Il s'arrêta, plié en deux par l'essoufflement et soupira : – Je suis trop vieux pour ces conneries. – Puis, avec un courage insoupçonné, il hurla : – Lâchez-la, salopards ! Et il revint sur ses pas, poings fermés, en faisant des moulinets avec les bras, espérant les effrayer, les chasser, les anéantir.

Mais il trébucha, tomba à terre et se cogna la mâchoire contre le gravier. Malgré la douleur, il se releva, du sang entre les dents, et au moment où il se relevait, un poing, un bâton, quelque chose de lourd s'abattit avec une violence inouïe sur son épaule droite, il se retrouva de nouveau à terre, et, en hurlant à s'en faire éclater les tempes, il essaya encore de se relever, obstiné, mais un autre coup de poing s'enfonça dans son estomac.

Fabrizio Ciba s'affaissa comme un ballon crevé et mille petites lumières orange explosèrent devant ses yeux. Il expulsa tout l'air qu'il avait dans le corps et, tandis qu'il était là à agoniser, il sentit des mains énormes l'empoigner et le soulever aussi facilement qu'un humain soulève un cabas.

Il était en apnée, affalé sur l'épaule de l'être qui marchait. Il entrouvrit les yeux. Le ciel rosé était audessus de lui, il pouvait le toucher de la main et il entendait le râle de ses poumons écrabouillés qui, comme des petits sacs sous vide, aspiraient l'air.

Et tandis qu'il envisageait de réussir à reprendre son souffle et à ne pas mourir, il se rendit compte que l'obscurité était quelque chose de plus que la simple absence de lumière. C'était la substance dans laquelle il se noierait.

Un coup derrière la nuque lui arracha cette ultime pensée.

61.

– Qu'est-ce que tu manges ? Allez, donne-nous-en un bout. Sois pas infâme.

Saverio Moneta vit trois types se présenter sur le seuil de la porte. Le plus grand avec une grosse frange et des lunettes sans monture, il l'avait vu à coup sûr à la télé, ça devait être un animateur. L'autre, plus râblé et le front bas, ça devait être un politicien. Et le troisième, euh… Il ne le connaissait pas.

Avec leurs uniformes de chasseurs griffés Ralph Lauren, leurs cheveux gominés, leurs bouteilles de champagne à la main, ils se sentaient comme des Pères éternels mais ils n'étaient que trois sacs à merde ivres morts.

Et Saverio s'y entendait en sacs à merde. Il avait eu affaire à eux très tôt, pendant ses années de classe.

En général, ils évoluaient en bande pour se soutenir les uns les autres. Et s'ils vous avaient dans le collimateur, s'ils comprenaient que vous vouliez juste qu'on vous fiche la paix, ils rôdaient autour de vous comme des hyènes affamées.

Si vous vous en sortiez bien, ils vous attendaient devant le bahut, vous cherchaient des crosses sous un prétexte quelconque, vous flanquaient une rouste et ça s'arrêtait là. En revanche, ils se déguisaient parfois en amis, se montraient sympathiques et cordiaux, vous faisant croire que vous pouviez être un des leurs et vous, comme un abruti, vous baissiez alors la garde et eux, ils vous brisaient le cœur en se foutant de vous. Et puis, ils vous jetaient comme un jouet cassé. Mais le dimanche, ils allaient à la messe en famille et ils communiaient. Après le lycée, sponsorisés par le capital familial, ils partaient étudier à l'étranger. Là, ils se rachetaient une conduite, et revenaient à Oriolo, devenus avocats, experts-comptables, dentistes. Apparemment des gens bien, mais au fond, c'étaient toujours des sacs à merde. Souvent, ils entraient en politique et parlaient de Dieu, de valeurs familiales et de patrie. Ils étaient les nouveaux chevaliers de la culture catholique.

Saverio fourra vite dans sa poche de pantalon le billet de Zombie. Il cligna des yeux et ses lèvres s'étirèrent en un rictus sardonique. – Tu veux voir ce que je suis en train de manger ?

Le type au bouc jubila. – Toi et moi, on se comprend, mon frère. Fais voir les trésors que tu caches.

Et le politicard ajouta : – Partage avec tes amis.

Saverio se retourna, les yeux exorbités. Il ramassa de terre le corps de Zombie. Il s'étonna de voir à quel point il était léger. – Qu'est-ce que vous préférez, une cuisse ou un bras ? Et il leur montra les restes carbonisés.

Au début, les trois hommes ne comprirent pas ce que c'était. Le type au bouc fit un pas en avant, puis un pas en arrière, en une espèce de tarentelle maladroite. – Oh mon Dieu…

– Putain, mais qu'est-ce que c'est ? Le politicard attrapa le bras de l'animateur.

– On dirait un mort carbonisé. Bon sang, quelle horreur, conclut le troisième en lâchant la bouteille de champagne qui se désintégra en mille éclats.

Saverio reposa Zombie, attrapa Durandal des deux mains et la souleva plus haut que son épaule. – Alors, qu'est-ce que je vous découpe ? Un bras, une cuisse ?

Les trois fripouilles tournèrent les talons et s'enfuirent, se bousculant pour franchir en premier le petit portail. Le politicard poussa un hurlement désespéré et s'enfonça jusqu'au buste dans la terre, qui s'ouvrit comme une bouche pour l'engloutir. Le pauvre se mit à gesticuler, mais quelque chose, de dessous, le tirait vers le bas. Il écarta les bras pour tenter de résister mais un instant plus tard, il avait disparu dans le trou noir.

Les deux autres restèrent là, debout sur le bord, médusés, sans savoir que faire. Puis l'animateur prit son courage à deux mains, et se pencha un instant au-dessus du trou, mais une seconde suffit pour qu'un énorme bras jaillisse et l'attrape par la barbichette.

L'homme, tête la première, fut entraîné dans la fosse et avalé lui aussi dans les viscères de la terre.

Le troisième allait s'enfuir quand une main jaillit et lui attrapa la cheville pour le tirer à l'intérieur. L'homme chuta et se mit à ruer pour se libérer de l'étau. De l'autre pied, il frappait l'énorme main accrochée à sa jambe. Mais cela n'avait aucun effet. Ces doigts gros comme des cigares et aux ongles noircis étaient insensibles à la douleur. Il essayait de lutter en plantant ses mains dans le sol et il implorait : – Aidez-moi ! Je vous en supplie ! Aidez-moi ! – Il réussit à s'agripper à un pilier du portail. Une autre main lui saisit la jambe libre et, à ce moment-là, il n'y eut plus rien à faire, il disparut lui aussi dans le trou.

Saverio Moneta, pétrifié sur le pas de la porte de la cabine, avait vu la scène. Elle avait duré moins de trois minutes.

Putain... Putain... Putain... C'était le seul et unique mot que son cerveau réussissait à formuler tandis qu'il voyait sortir du trou, lentement mais sans trop d'efforts, deux bras gros comme des jambons, suivis d'une tête petite et chauve enchâssée entre deux omoplates tombantes et puis le reste d'un être phénoménal enveloppé d'énormes bourrelets de graisse. Apparemment, il portait un jogging vert de Sergio Tacchini.

Il doit peser au moins deux cents kilos.

Saverio avait lu divers traités sur l'utilisation des armes blanches dans le Japon féodal et il savait qu'il existait un coup mortel mythique que le maître du XVIe siècle Hiroyuki Utatane avait appelé Le Vent dans les Lotus. Il exigeait beaucoup d'équilibre, mais bien effectué, il était capable de trancher net la tête de l'adversaire.

Il poussa un hurlement, leva un pied, sauta en l'air et en même temps accomplit une pirouette de cent quatre-vingts degrés en tenant Durandal droit devant lui.

L'épée fendit l'air tandis que l'être, avec la rapidité et la grâce d'une ballerine obèse, fit un pas en arrière, tendit une main et s'empara de la lame.

Saverio, par contrecoup, fit un vol plané arrière et s'effondra contre le mur de la cabane. Il lui restait le pommeau entre les mains. Mais le reste de l'épée était au poing de la créature, qui le jeta à terre comme un déchet.

Toujours de la camelote, sur eBay... Saverio jeta ce qu'il restait de l'épée sacrificielle. *Je ne crois pas que j'aurai l'occasion de donner un feed-back négatif à ces salauds de* The Art of War *de Caserta.*

Le bestiau s'approcha de lui à un mètre. Il le dominait du haut de toute sa carrure.

Le leader des Enragés d'Abaddon leva la tête pour le regarder. Un rayon de lune blafard brillait dans les petits yeux rouges et inexpressifs du monstre, qui secoua la tête et sourit en découvrant une rangée de dents tordues et cariées. Saverio se sentit attrapé par les bras et soulevé en l'air. Il ferma les yeux, essayant de ravaler sa douleur dans ses poumons.

Il sentait l'haleine putride du monstre. Il aurait voulu lui cracher à la gueule, mais sa bouche n'avait plus de salive.

Peu importe. Il était prêt à mourir. Il ne supplierait pas, n'implorerait pas. Il mourrait en tant que Mantos, le dieu étrusque de la Mort.

Le monstre le lança contre un arbre et la dernière chose que Saverio vit avant de s'écrabouiller contre le tronc fut la lune, ronde et immense, qui avait réussi à trouver un passage entre les voiles laiteux des nuages.

Elle était si proche.

Troisième partie

Katakumba

But I'm a creep,
I'm weirdo.
What the hell am I doing here ?
I'dont belong here.

RADIOHEAD, *Creep*

Le baron Pierre de Coubertin, né à Paris en 1863, est resté célèbre pour avoir forgé la phrase odieuse : « L'important n'est pas de gagner, mais de participer » (qui, soit dit en passant, n'est pas de lui mais d'un évêque de Pennsylvanie). Outre cela, Coubertin est connu pour avoir réformé le système éducatif français et avoir fait renaître au monde moderne les antiques Jeux olympiques grecs. Grand défenseur du sport et de l'activité physique dans la formation du caractère de la jeunesse, le baron fut chargé par le gouvernement français de créer une société sportive internationale. Après avoir consulté quatorze nations, il fonda le Comité international olympique qui organisa en 1896 les premiers Jeux olympiques modernes à Athènes. Ce fut un énorme succès, reproduit quatre ans plus tard à Paris. Les troisièmes JO se tinrent en 1904 à Saint Louis, aux États-Unis. Pour la quatrième édition, le baron espérait les amener à Rome, voulant recréer la mythique rivalité entre Rome et Athènes, les deux puissances du monde antique. Mais l'Italie à cette période, pour changer un peu, avait des problèmes économiques et déclina l'offre.

Le 16 juin 1955, le rêve du baron de Coubertin devint enfin réalité : la ville de Rome, à l'issue d'un coude à coude passionnant avec Lausanne, emporta le droit d'accueillir les Jeux de la dix-septième olympiade prévue pour l'année 1960.

Le gouvernement italien investit environ cent milliards de lires pour montrer au monde entier que l'Italie aussi faisait partie du club très fermé des pays riches.

La Ville éternelle devint un chantier à ciel ouvert pour se préparer à l'événement. On traça de nouvelles routes et l'on édifia, entre la Villa Glori et le Tibre, un village olympique pour les athlètes du monde entier. Un grand complexe d'immeubles modernes plongés dans la verdure à quelques kilomètres du centre historique. On construisit deux palais des sports. Le stade olympique fut restructuré pour contenir jusqu'à soixante-cinq mille spectateurs. Et aussi de nouvelles piscines, des vélodromes, des terrains de hockey. De plus, pour la première fois dans l'histoire des JO, les images des compétitions furent retransmises dans toute l'Europe par la RAI.

Rome dévoila au monde la beauté des sites où se déroulaient les compétitions : les thermes de Caracalla accueillaient la gymnastique, la basilique de Maxence la lutte, quant au marathon, il partait du Capitole et, en empruntant l'Appia Antica, se terminait sous l'arc de Constantin. Lors du marathon, justement, il advint une chose extraordinaire. Abebe Bikila, petit athlète de la garde impériale éthiopienne, gagna la course en courant pieds nus. À la ligne d'arrivée, il avait réalisé le nouveau record du monde.

Avec le beau chiffre de trente-six médailles, l'Italie se plaça au troisième rang, derrière les Soviétiques et les Américains.

Tout cela est bien connu. En revanche, ce que très peu de gens savent, c'est ce qu'il arriva à un petit groupe d'athlètes soviétiques durant la nuit de clôture des Jeux.

L'URSS concourait aux JO depuis deux éditions seulement. La première participation d'athlètes soviétiques eut lieu en 1952 à Helsinki. Auparavant, les dirigeants du Parti commu-

niste considéraient les Jeux comme « un moyen pour détourner les travailleurs de la lutte des classes et leur offrir un entraînement pour de nouvelles guerres impérialistes ». En réalité, la méfiance du Kremlin dissimulait l'intention de se présenter sur le devant de la scène olympique uniquement lorsque l'Union soviétique aurait la possibilité d'y jouer un rôle de protagoniste. À partir de 1952, les deux superpuissances, congelées par la guerre froide, trouvèrent dans les JO un parfait champ de bataille pour faire étalage de leurs forces. D'un côté, l'Union soviétique, avec une implacable organisation paramilitaire que des études scientifiques ne cessaient d'accroître, éveillant soupçons et insinuations sur l'utilisation de remèdes pour doper la puissance de leurs athlètes. De l'autre, les États-Unis d'Amérique, protagonistes de toutes les éditions des Jeux depuis 1896, aidés par la possibilité de sélectionner les meilleurs parmi les milliers de sportifs des lycées et des universités.

Humiliée aux Jeux d'Helsinki, et largement victorieuse à Melbourne, l'Union soviétique était arrivée à Rome avec l'intention de montrer la supériorité du régime communiste.

La représentation soviétique était isolée de tous et occupait des immeubles réservés. Les sportifs ne devaient avoir aucun contact avec les autres nations, symboles du capitalisme occidental corrompu. Ils étaient constamment tenus sous contrôle par des adeptes du Parti.

Parmi les athlètes, il y avait Arkady et Ludmilla Brusilov. Lui, le javelot, elle la gymnastique artistique. Ils s'étaient mariés en 1958 à Kutuko, un village près de Moscou. Tous deux avaient dans le cœur un rêve : abandonner l'URSS et aller vivre en Occident. Ils haïssaient le régime autoritaire communiste et voulaient donner le jour à leurs enfants dans le monde libre. Mais cela n'était qu'un rêve, personne ne pouvait quitter le pays. Et cela était valable encore plus pour des athlètes considérés comme des représentants officiels de l'idéologie et de la force soviétique dans le monde entier.

Durant les Jeux, ils se mirent à échafauder un plan pour s'enfuir et se réfugier en Occident. Le lendemain du jour où elle remporta la médaille d'argent, Ludmilla évoqua par mégarde devant sa colocataire Irina Kalina, sauteuse à la perche, leurs projets de fuite. Irina les supplia de l'emmener avec eux. Ils lui expliquèrent que c'était dangereux et que ce choix conditionnerait le reste de son existence. Le KGB ne leur laisserait aucun répit. Ils devraient se réfugier dans un lieu secret et vivre en totale clandestinité.

– Peu importe… Je suis prête à tout, fit Irina, dont le grand-père avait fini au goulag en Sibérie.

Peu à peu, le secret circula parmi les athlètes. Et à la fin, ils se retrouvèrent vingt-deux, hommes et femmes, à organiser leur évasion.

À la façon dont se passaient les compétitions, il était évident que ce seraient les Soviétiques qui remporteraient le palmarès. Et après la clôture des Jeux, on trinquerait sûrement pour avoir battu, pour la seconde fois et de manière encore plus cuisante, les impérialistes américains.

Et il en fut ainsi. Les dirigeants organisèrent pour toute la délégation un dîner, au menu macédoine, carpe bouillie, patates en papillote et daube à l'oignon, le tout arrosé de litres de vodka. À neuf heures déjà, organisateurs, entraîneurs, athlètes et adeptes du parti étaient ivres morts. Qui chantait, qui entonnait d'anciennes poésies, qui jouait des ballades au piano. L'atmosphère était en apparence joyeuse, mais l'ensemble était voilé d'une terrible nostalgie.

Les vingt-deux dissidents avaient rempli d'eau leur bouteille de vodka. À un signe préétabli d'Arkady, leur groupe se retrouva dans le jardin du pavillon. Les deux gardes endormis gisaient sur un banc. Il fut facile d'enjamber la clôture et de fuir, protégés par la nuit romaine.

Ils coururent très vite le long du Tibre jusqu'au stade de l'Acqua Acetosa, de là ils remontèrent sans jamais s'arrêter vers le quartier des Parioli et ils se retrouvèrent face à une grande colline couverte de bois. Ils l'ignoraient, mais il s'agissait de Fort Antenne, la pointe extrême d'un immense parc appelé Villa Ada.

Ils y entrèrent, et on n'eut plus aucune nouvelle d'eux.

Bien entendu, les autorités soviétiques nièrent la chose. Elles ne pouvaient admettre face au monde que quelques-uns de leurs plus glorieux athlètes s'étaient enfuis, répudiant le communisme et leur propre pays. Ils lancèrent les services secrets à leur trousse pour les retrouver et le leur faire payer. Des années durant, les agents les recherchèrent aux quatre coins du monde. Rien. Un coup d'épée dans l'eau. Ils semblaient s'être évanouis, comme si quelque pays occidental les avaient aidés à effacer leurs traces.

Nous l'avons dit, le sous-sol de la Villa Ada est traversé par les antiques catacombes de Priscilla. Plus de quatorze kilomètres de galeries et de chambres funéraires creusées dans le tuf, réparties sur trois étages, remplies des restes des anciens chrétiens. Le nom de la nécropole souterraine est dû à la Romaine Priscilla, née dans la seconde moitié du IIe siècle après J.-C. Il semble que la femme ait offert le terrain aux chrétiens, qui y creusèrent leur cimetière.

C'est là-dedans que se cachèrent Arkady et la bande de dissidents. Après avoir exploré la nécropole de haut en bas, ils organisèrent leurs logis dans la galerie de l'étage le plus profond, à plus de cinquante mètres sous la surface de la terre. Cette zone, fraîche en été et chaude en hiver, avait été explorée, cartographiée, puis fermée au public et oubliée. Les touristes ne visitaient qu'une partie du premier étage, dans la zone située devant le monastère des sœurs bénédictines.

Les Russes, de nuit exclusivement, remontaient des galeries après la fermeture du parc et sortaient chercher de la nourriture. Leur alimentation se basait sur ce que les Romains abandonnaient durant la journée : des restes de sandwichs, omelettes, chips, Chipster, goûters, casse-croûte, et le fond des canettes de Coca-Cola. Leur économie, essentiellement centrée sur le ramassage des déchets, ressemblait, par certains côtés, à celle des cueilleurs du paléolithique. Ils s'habillaient avec les survêtements, sweat-shirts et bonnets que les gens distraits oubliaient dans les prés ou perdaient sur le parcours de santé. Les éthologues pourraient comparer la relation qui s'était instaurée entre les athlètes soviétiques et les Romains à la symbiose entre les hippopotames et les hérons. Ces splendides oiseaux vivent sur le dos des gros mammifères en se nourrissant des parasites de leur peau. De la même manière, les Romains trouvaient toujours une Villa Ada propre, et les Russes de la nourriture et des vêtements.

Dans les galeries des catacombes, la communauté se mit à se reproduire et à s'agrandir peu à peu. Bien entendu, étant une petite population, les croisements entre consanguins se produisaient souvent, engendrant une dérive génétique incontrôlée et accélérée. De même, la vie hypogéenne, dans l'obscurité des galeries, et un régime riche en graisses et hydrates de carbone contribuèrent à les transformer morphologiquement. Les nouvelles générations étaient obèses, avec de graves problèmes dentaires, et très pâles. En revanche, ils avaient une vue adaptée à l'obscurité et, descendant en ligne directe d'athlètes, ils étaient très agiles et très forts.

Cela semble incroyable, mais en presque cinquante ans, personne ne remarqua leur présence. Seuls les balayeurs et le personnel de la manutention de la Villa Ada entretenaient la légende des hommes taupes. Ils racontaient qu'ils sortaient la nuit des trous d'aération des catacombes et nettoyaient les ordures du parc, leur ôtant le gros du travail. Certains juraient les avoir vus bondir d'arbre en arbre, accomplir d'incroyables acrobaties. Mais ce n'était, semble-t-il, qu'une légende métropolitaine de plus.

L'achat de la Villa par Chiatti brisa le délicat rapport entre le parc et ses hôtes souterrains.

Du jour au lendemain, les Russes ne trouvèrent plus les poubelles dégueulant de restes de nourriture. Puis, peu à peu, le parc s'était peuplé de bêtes féroces. N'étant pas chasseurs mais cueilleurs, avec un métabolisme qui réclamait constamment des glucides et du cholestérol, les habitants des catacombes commencèrent à ne pas se sentir bien et à tomber malades en se nourrissant de rats, d'insectes et d'autres petits animaux.

Rompant avec la règle antique et absolue qu'ils s'étaient imposée à leur entrée aux catacombes, laquelle interdisait de sortir à découvert pendant la journée, le vieux roi Arkady envoya à la surface un petit détachement d'explorateurs équipés de lunettes de soleil, dirigé par son fils Ossacatogna, pour comprendre ce qu'il pouvait bien se passer dans la Villa.

À leur retour, les explorateurs racontèrent que le parc avait été fermé et qu'il était devenu une sorte de zoo privé d'un homme très puissant, qui allait organiser une grande fête.

On convoqua aussitôt le conseil des vieux athlètes, auquel participa même le roi, désormais totalement aveugle et dévoré par le psoriasis. Lui, il savait ce qui se passait. Ce qu'il avait toujours redouté en cinquante ans de vie souterraine. L'empire soviétique avait fini par triompher, ses armées avaient envahi l'Italie et désormais le communisme régnait sans partage sur la planète tout entière.

À n'en pas douter, ce parc était devenu la résidence d'un bureaucrate, une huile du Parti, et la fête était une célébration de la victoire soviétique.

– Alors, que devons-nous faire, père ? demanda Ossacatogna.

Le roi prit quelques minutes avant de répondre. – Pendant la nuit de la célébration, nous sortirons à découvert et nous attaquerons les Soviétiques, et nous prendrons tout ce dont nous avons besoin pour survivre.

Concert live de Larita à la Villa Ada

62.

Sasà Chiatti, en robe de chambre en satin, boxer rayé et lunettes à infrarouges, était debout au centre de la terrasse de la Villa Reale. Sous son bras droit, il tenait un fusil d'assaut TAR-21 plaqué or, la crosse parsemée de diamants Swarovski, et sous le gauche, un lance-grenades M79 avec crosse en albâtre et canon en plaqué argent. Entre les dents, il mordait un cigare Cohiba Behike, roulé par les mains habiles de la cigarière cubaine Norma Fernández.

Il s'approcha du grand escalier qui conduisait au jardin et écarta les armes en un geste de salut. – Bienvenue à la fête.

Jamais il n'aurait imaginé qu'ils auraient le courage de se présenter le jour de son couronnement. Il avait été naïf de ne pas y croire. C'était évident. Ainsi, face au monde, sa défaite serait totale et absolue. Un avertissement à ceux qui essayaient de n'en faire qu'à leur tête.

Il descendit quelques marches, fit feu sur la table des alcools forts et la désagrégea. – Je suis là, me voilà ! Alors, vous faites dans vos frocs, hein ? ! hurla-t-il dans la nuit verte de son viseur.

Il avait envie de rire. Ils venaient le punir parce qu'il avait osé s'élever, qu'il avait montré à tous que même un enfant pauvre, fils d'un modeste carrossier de Mondragone, était devenu, grâce à son esprit d'entreprise, l'un des hommes les plus riches d'Europe. Parce qu'il avait donné du travail aux chômeurs et de l'espoir à tout un tas de crève-la-faim. Parce qu'il avait remis en marche l'économie de ce pays à la con.

Sa sainte femme de mère, qui n'avait pas fait d'études mais avait un cerveau qui fonctionnait bien, l'avait averti. « Salvato', tôt ou tard, ils trouveront le moyen de te baiser. Ils s'y mettront à plusieurs et ils te noieront dans la merde. »

Depuis des années, Sasà Chiatti dormait l'angoisse au ventre, redoutant ce moment-là. Il avait engagé des armées d'avocats, des experts-comptables, des économistes. Il avait fait construire une muraille autour de sa Villa pour se défendre, il avait fait creuser un bunker souterrain où se cacher, il avait engagé des gardes du corps israéliens et blindé ses automobiles.

Cela n'avait servi à rien. Ils étaient passés quand même. Ils avaient saboté sa centrale électrique, ils avaient gâché sa fête, et maintenant, ils voulaient le zigouiller.

À travers son viseur nocturne, il en vit quelques-uns, des mastodontes, qui détalaient au milieu des reliefs du buffet, les bras chargés de sacs de victuailles.

– Fumiers ! Vous savez quoi ? Je suis content, comme ça on va en finir avec toute cette histoire. – Il chargea le lance-grenades. – Et vous savez quoi encore ? Eh ben, la fête, les invités, ces connards de VIP, ils peuvent tous aller se faire foutre, descendez-les tous.

Et même cette Villa de merde, j'en ai rien à branler. Allez-y, démolissez-la. C'est la guerre que vous voulez ? Vous l'aurez ! Il visa la grande fontaine qui explosa. Des éclats de marbre, d'eau et de nénuphars s'éparpillèrent sur des dizaines de mètres.

Il descendit trois autres marches. – Vous voulez savoir qui je suis, putain de merde ? Vous voulez savoir comment un mariole de Mondragone se paie le luxe de s'acheter Villa Ada ? Eh ben, je vais vous le dire. Je vais vous faire voir un peu qui est Sasà Chiatti quand on lui casse les couilles. Il commença par arroser à la mitraillette le buffet. Les plats de canapés à la truffe, les plateaux de croquettes de poulet et les carafes remplies de Bellini se désintégrèrent sous les projectiles. Les tables se désagrégeaient à terre, criblées de balles.

C'était une chouette sensation. La mitraillette avait chauffé et lui brûlait la main. Tandis qu'il sortait de la poche de sa robe de chambre un chargeur et le remplaçait, il repensa au livre qu'il avait lu sur les héros grecs.

Il y en avait un qu'il estimait beaucoup, c'était Agamemnon. Dans le film *Troie*, il était interprété par un excellent acteur, dont le nom lui échappait pour l'instant. Le héros grec avait vaincu les Troyens et il avait gardé comme butin de guerre Chryséis, une belle gonzesse. Un dieu, un cador, un proche de Zeus, lui avait offert en échange de la fille un trésor, mais Agamemnon, il avait refusé. Agamemnon, il ne craignait pas les dieux. Et les dieux, ils s'étaient vengés et avaient lancé contre son campement une terrible peste.

– C'est ça, votre vengeance... – Il regarda en l'air le ciel verdâtre. – Z'oubliez une chose : les dieux grecs, ils étaient grands et puissants. Les dieux italiens, ils sont minables. Z'avez envoyé ces gros pleins de soupe pour me zigouiller. Il visa une espèce de molosse qui traînait un grand sac rempli de boissons et l'envoya au tapis.

Il arriva en bas des marches. – Ça devrait pas être ça, l'objectif de la démocratie ? Une chance pour tous ? – Chiatti, d'un geste sec du bras, rechargea le lance-grenades. – Moi, je vous offre une chance d'aller vous faire foutre. Et il fit exploser un mastodonte chargé d'un cochon rôti entier sur l'épaule.

– Saletés de crève-la-faim... Vive l'Italie. – Il cracha son cigare et se mit à courir et à tirer comme un fou, fauchant les sicaires obèses. – *Fratelli d'Italia, l'Italia s'è desta...* – il chantait l'hymne national tandis que les douilles du TAR-21 jaillissaient de toutes parts. – *Dell'elmo di Scipio si è cinta la testa...* Il en atteignit un, son crâne éclata comme une pastèque mûre.

– Abrutis, z'êtes même pas armés ! Putain, pour qui vous vous prenez pour venir ici comme ça ? Z'êtes pas immortels. Dites à ceux qui vous ont envoyés qu'il en faut d'autres pour dézinguer Sasà Chiatti ! – Il s'arrêta, hors d'haleine, puis éclata de rire. – J'ai comme l'impression que vous pourrez rien leur dire du tout, vous serez tous trucidés. Il enfila une autre grenade et atteignit le triporteur des glaces Algida. Il y eut une explosion qui, l'espace d'un instant, illumina a giorno le jardin à l'italienne, le labyrinthe de buis, le kiosque des informations, et les tentes de la chasse. La roue antérieure du tricycle jaillit de la boule de feu, survola les tables des apéritifs, les restes de la fontaine, les massifs d'hortensias et cueillit le promoteur immobilier en plein front.

Sasà Chiatti, avec ses quatre-vingt-dix kilos, tangua et sembla résister à l'impact, mais ensuite, tel un gratte-ciel auquel on aurait miné les fondations, il s'effondra. Tandis que le monde autour de lui se renversait, il pressa sur la détente du fusil-mitrailleur, arrachant la pointe de sa pantoufle en velours bleu, ornée de ses initiales cousues en lettres d'or. Dedans, il y avait quatre orteils et un bon morceau de pied.

Il s'affala par terre et sa tête heurta l'angle d'une table en cristal. Un long éclat triangulaire se ficha juste au-dessus de la nuque, traversa la boîte crânienne, la dure-mère, l'arachnoïde, la pie-mère et se planta dans le tissu mou du cerveau comme une lame affûtée dans une Danette à la vanille.

– Ahhhhh… Ahhhh… Quelle douleur… Vous m'avez eu, réussit-il à balbutier, avant de se vomir dessus les restes à demi digérés des rigatoni *all'amatriciana* et des paupiettes aux pignons et raisins de Corinthe.

Dans le viseur nocturne déformé, il observa ce qu'il restait de l'extrémité de sa jambe gauche. Le moignon, un amas de chairs vives et d'os saillants, perdait, comme un robinet au pas de vis faussé, un liquide vert sombre. Le promoteur tendit la main, saisit une nappe d'une table renversée et pansa comme il put sa blessure.

Puis il prit une bouteille d'amaro Averna et en siffla un quart.

– Salauds. Vous pensez m'avoir fait mal ? Vous vous gourez ! Allez, étonnez-moi, montrez-moi ce que vous savez faire. Je suis là, de la main il fit signe d'avancer. Il attrapa le fusil-mitrailleur et continua à tirer tout autour de lui jusqu'à ce qu'il n'y ait plus rien sur quoi tirer. Il resta un instant en silence et s'aperçut qu'il avait le cou et les épaules inondés de sang. Il se toucha la nuque. Au milieu de ses cheveux pointait un bout de verre. Il l'attrapa entre le pouce et l'index et essaya de l'extraire, mais il lui glissait entre les doigts. En haletant, il réessaya, et dès qu'il le bougea, un flash rose lui aveugla l'œil gauche.

Il décida de le laisser là et s'affaissa contre les restes de la sculpture en glace d'un ange et, avec le peu de forces qui lui restait, il siffla le reste de l'amaro, sentant la saveur douce-amère de l'Averna se mêler au goût salé du sang. – Vous m'avez rien fait, que dalle... Vous m'avez pas... Complot d'enfoirés. De la tête de l'ange et des ébauches d'ailes fondues tombait une pluie glacée qui dégoulinait sur son crâne lisse et sur le masque à infrarouges, ruisselait sur ses joues rebondies et gouttait sur son ventre dilaté, sur sa robe de chambre, et inondait la mare de sang dans laquelle il baignait.

La mort était froide. Et une pieuvre de glace enroulait ses tentacules gelés le long de son épine dorsale.

Il pensa à sa mère. Il aurait voulu lui dire que son petit chenapan de fils l'aimait, et qu'il avait été courageux. Mais il n'avait plus de souffle dans les poumons. Heureusement qu'il l'avait cachée en sécurité dans le bunker.

Putain de bordel…, se dit-il en esquissant un sourire. C'était beau de s'en aller comme ça. Comme un héros. Comme un héros grec dans la bataille. Comme le grand Agamemnon, le roi des Grecs.

Il avait sommeil et se sentait épuisé. C'était drôle, son pied ne lui faisait plus mal. Et sa tête non plus ne pulsait plus, elle était légère. Il eut l'impression d'être sorti de son corps et de se voir.

Là, affaissé sous un ange qui fond.

Sa tête tomba sur sa poitrine. La bouteille glissa entre ses jambes. Il regarda ses mains. Les ouvrit et les ferma.

Mes mains. Ce sont mes mains.

À la fin, c'étaient eux qui avaient gagné.

Eux, mais qui, eux ?

Salvatore Chiatti s'endormit avec une question à emporter dans l'au-delà.

63.

Fabrizio Ciba revint à lui comme s'il émergeait d'un puits sans fond. Les yeux clos, il ouvrit grand la bouche et resta étendu en position fœtale, à avaler et rejeter de l'air. Il se rappela l'obscurité et les grappes de mastodontes pendus aux arbres.

Ils m'ont enlevé.

Il resta immobile, sans ouvrir les yeux, jusqu'à ce que son cœur commence à ralentir. Il était rompu des orteils jusqu'à la pointe des cheveux. Dès qu'il bougeait, une douleur atroce lui remontait dans les épaules…

Là où il m'a frappé.

(N'y pense pas.)

… et le long des muscles du cou se propageait comme une secousse électrique jusque derrière les oreilles et les tempes. Sa langue était si gonflée qu'elle avait du mal à rester dans sa bouche.

Ils sont tombés des arbres.

(N'y pense pas.)

Exact, il ne devait pas y penser. Il devait juste rester sans bouger et attendre que la douleur passe.

Il faut que je pense à quelque chose d'agréable.

Voilà, il était à Nairobi, allongé sur un lit. Les rideaux de lin agités par un vent chaud. À ses côtés, Larita, nue, qui vaccinait les petits enfants kenyans.

Où est-elle, Larita ?

(N'y pense pas.)

Bientôt, il allait se lever, il prendrait un Voltarène et se préparerait un bon pamplemousse pressé.

Ça ne marche pas.

Il était étendu sur une surface trop dure et froide pour pouvoir rêver.

Il posa une main sur le sol. Il était mouillé et semblait en terre battue.

N'ouvre pas les yeux.

De toute façon, tôt ou tard, il faudrait qu'il les ouvre et découvre où le monstre l'avait transporté. Pour l'instant, valait mieux pas, il se sentait trop mal et ne voulait pas d'autres mauvaises surprises. Il préférait rester là, peinard, à imaginer l'Afrique.

Mais il flottait une odeur bizarre, d'humidité, qui lui donnait la nausée. Elle lui rappelait celle qu'on sentait dans la cave creusée à même le tuf chez son oncle à Pitigliano. Et il faisait froid, tout comme là-bas.

Je suis sous terre. Ils étaient au moins cinq sur cet arbre. Ils m'ont enlevé. C'était un traquenard pour me kidnapper.

Un groupe de terroristes obèses étaient tombés des arbres et l'avaient enlevé.

D'abord lentement, puis de plus en plus vite, son cerveau se mit à échafauder cette idée bizarre, à la pétrir et à la faire lever telle une pâte à pizza. Et il aurait mis sa main au feu que l'enlèvement avait été coordonné par ce fils de pute de Sasà Chiatti, véritable mafieux de mèche avec le pouvoir. La fête, les safaris, tout ça n'était qu'un écran de fumée pour cacher un plan global destiné à éliminer un intellectuel gênant, qui pointait du doigt la dégradation morale de la société.

C'est évident, ils veulent me le faire payer.

Durant toute sa carrière, il s'était exposé contre les pouvoirs occultes, sans se soucier des conséquences. Il estimait que c'était le devoir civique d'un écrivain. Il avait écrit un article enflammé contre les lobbys des bûcherons finlandais qui abattaient les forêts millénaires. Ces bestiaux qui l'avaient enlevé pouvaient très bien être une phalange extrémiste finlandaise.

Une autre fois, il avait déclaré ouvertement dans le *Corriere della Sera* que la cuisine chinoise c'était de la merde. Or, c'est bien connu, les Chinois sont une mafia et ils punissent ceux qui ont le courage de les attaquer publiquement.

Certes, ces colosses étaient un peu trop dodus pour être chinois…

Et s'ils s'étaient coalisés avec les bûcherons finlandais ?

Il lui vint à l'esprit le grand Salman Rushdie et la fatwa islamiste.

Et maintenant, ils vont m'exécuter.

Bon, s'il finissait ainsi, il mourrait au moins avec la certitude qu'on se souviendrait de lui comme d'un martyr de la vérité.

Genre Giordano Bruno.

Tout entier occupé à démêler l'écheveau de son esprit, l'écrivain ne s'aperçut pas qu'il n'était pas seul, jusqu'à ce qu'il entende une voix.

– Ciba ? Tu m'entends ? Tu es encore vivant ?

C'était une voix basse, presque un murmure. Derrière lui. Une voix avec un *r* grasseyant énervant. Une voix qui lui tapait vraiment sur le système.

Fabrizio ouvrit les yeux et lâcha un juron.

C'était ce casse-couilles de Matteo Saporelli.

64.

Le jour où il était venu pour organiser le buffet de la fête, l'imprévisible chef bulgare Zóltan Patrovič avait reluqué dans le bureau de Chiatti une peinture à l'huile de Giorgio Morandi qui représentait deux ou trois grandes bouteilles sur une table.

Cette œuvre du peintre bolonais donnerait du prestige à la salle Émilie-Romagne de son restaurant *Les Régions*.

Le restaurant, situé via Casilina à l'angle avec la via Torre Gaia, était depuis des années au sommet des classements des guides gastronomiques européens. C'était Hiro Itoki, l'architecte japonais, qui l'avait dessiné en 1990, comme une Italie miniature. En le regardant d'en haut, le long édifice avait la forme et les proportions de la péninsule italienne, y compris les grandes îles. Il était subdivisé en vingt salles qui correspondaient, par leur forme et leurs spécialités culinaires, aux régions italiennes. Les tables avaient les noms des chefs-lieux.

Le tableau de Morandi serait parfait au-dessus de la cave à vin réfrigérée où il rangeait le Lambrusco.

Le Bulgare avait décidé de se le faire offrir par Salvatore Chiatti à l'issue de la fête. Et si, comme il l'imaginait, le promoteur se montrait réticent, il le convaincrait de lui en faire don en créant dans sa tête un peu de confusion.

Maintenant que la réception avait fini en eau de boudin, que les invités étaient disséminés dans le parc et qu'il avait vu le corps sans vie de l'entrepreneur dans une mare de sang, il n'y avait aucune raison pour ne pas se récompenser de son travail par cette œuvre d'art.

Dans l'obscurité, une bougie à la main, silencieux comme un chat noir, il monta le grand escalier qui conduisait au premier étage de la villa, abandonnée par les serveurs et le staff.

Les marches étaient couvertes de fragments de meubles, de vêtements, de plats, de statues brisées.

Les mastodontes avaient mis la résidence à feu et à sang. Le chef se fichait de savoir qui ils étaient et ce qu'ils voulaient. Lui, il les estimait. Ils avaient apprécié sa cuisine. Il les avait vus se jeter sur le buffet avec fougue et une violence primordiale. Dans leurs yeux délavés, il avait entrevu l'extase ancestrale de la faim.

Depuis quelque temps, il lui arrivait de rentrer de son restaurant las et frustré. Il détestait la façon dont les gens utilisaient leur fourchette pour investiguer dans leur assiette, la façon dont ils entrecoupaient de bouchées leur bavardage, leur manie d'organiser des déjeuners de travail autour d'inutiles antipasti. Pour retrouver la paix intérieure, il était contraint de regarder des documentaires sur la faim dans le monde.

Oui, l'imprévisible chef bulgare adorait la faim et haïssait l'appétit. L'appétit était l'expression d'un monde repu et satisfait, prêt à la reddition. Un peuple qui savoure au lieu de manger, qui grappille au lieu de se rassasier, est déjà mort et il ne le sait pas. La faim est synonyme de vie. Sans la faim, l'être humain n'est que l'apparence de lui-même et par conséquent, il s'ennuie et se met à philosophailler. Et Zóltan Patrovič abominait la philosophie. Surtout celle qu'on appliquait à la cuisine. Il regrettait la guerre, les famines, la pauvreté. Bientôt, il vendrait tout le saint-frusquin et irait s'installer en Éthiopie.

L'imprévisible chef bulgare arriva à l'étage. L'air était saturé de fumée, et partout où il posait la lumière vacillante de la bougie, tout n'était que destruction. De la chambre à coucher, provenaient des murmures et les lueurs d'un feu.

Lui, il se fichait de savoir ce qui se passait là-dedans, son objectif était le bureau, mais la curiosité l'emporta. Il souffla la bougie et s'approcha de la porte. Une grande tapisserie et les tentures de brocart brûlaient et les flammes illuminaient la pièce. Sur le lit à baldaquin, était étendue Ecaterina Danielsonn, complètement nue. Ses cheveux, comme un nuage rouge, encadraient son visage anguleux. Autour d'elle, une dizaine de mastodontes agenouillés murmuraient une étrange cantilène et tendaient les mains et effleuraient ses minuscules seins blancs aux tétons couleur prune, son ventre plat au nombril en forme de coupelle, son pubis recouvert d'une mince bande de toison carotte et ses très longues jambes.

La top model, le dos arqué comme un félin, remuait paresseusement la tête, les yeux mi-clos dans une expression extatique, la bouche large et humide, ouverte. Elle haletait, posant ses mains sur les têtes des mastodontes prostrés autour du lit comme des esclaves adorant une déesse païenne.

Zóltan s'éloigna, ralluma la bougie, suivit le long couloir et entra dans le bureau de Chiatti. Il leva la flamme. Son tableau était encore là. Personne n'y avait touché.

Quelque chose qui ressemblait à un sourire apparut un instant sur le visage du chef. – Je ne le désire pas, mais je dois le posséder. Il fit un pas vers le tableau, mais il entendit des bruits dans l'obscurité de la pièce. Il se tapit derrière une bibliothèque.

Plus que des bruits, c'étaient des sons dégoûtants.

Zóltan déplaça la bougie et vit, entre deux bibliothèques, dans un coin, un homme à genoux. Il était réduit à l'état de squelette. Sa petite tête chauve, courbée vers le plancher, était cachée derrière des omoplates frêles et l'on ne voyait que le dos avec les vertèbres saillantes comme une chaîne de montagne. La peau, fine comme du papier vélin, était couverte de rides entrelacées et, toute flasque, pendouillait des bras aussi grêles que des brindilles. Il arrachait quelque chose et se le fourrait dans la bouche, produisant des bruits gutturaux et des gargouillis.

Intrigué, le cuisinier fit un pas en avant. Le parquet craqua sous ses pieds.

L'homme à terre se retourna d'un bond et grinça des quelques dents pourries qu'il avait encore dans la bouche. Ses petits yeux brillaient comme ceux d'un lémurien. Le visage desséché était poisseux d'un liquide sombre et huileux. Il recula en grognant, dos au mur. Entre les jambes, il avait un grand plat à four avec les restes d'une parmigiana d'aubergines.

Le chef sourit. – Elle est bonne, hein ? C'est moi qui l'ai faite. Dedans, il y a un coulis de tomates. Et les aubergines sont frites dans une huile légère. Il s'approcha du tableau.

Le vieillard tendit le cou, sans le perdre de vue.

– Mange tranquille. Moi je prends juste ça et je m'en vais, dit le chef d'une voix basse et rassurante, mais l'autre, en miaulant, attrapa le plat par terre et se jeta sur lui. Zóltan tendit la main droite et lui enserra la boîte crânienne.

Alexeï Yousoupov, célèbre marathonien, s'immobilisa sur-le-champ. Ses yeux s'éteignirent et ses bras retombèrent le long du corps. Du plat qu'il tenait encore serré contre lui, glissèrent les restes de la parmigiana.

C'était étrange, soudain il n'avait plus peur de cet homme noir, au contraire il se rendit compte qu'il l'aimait bien. Il lui rappelait le vieux moine de son village. Et la main sur son front irradiait une tiédeur bénéfique le long de son vieux squelette arthritique. Il lui semblait ressentir une énergie curative qui enveloppait ses os et assouplissait ses articulations raidies par le temps et l'humidité de la vie souterraine. Il se sentait fort et en forme exactement comme quand il était un petit garçon.

Depuis toutes ces années, il ne pensait plus à cette période de sa vie.

Il courait pendant des kilomètres et des kilomètres le long de la côte gelée du lac Baïkal sans jamais se fatiguer. Et son père, emmitouflé dans son manteau, contrôlait ses temps. Pour fêter, s'il avait amélioré son record, ils allaient pêcher sur un long ponton d'où l'on voyait les monts de la Bargouzine couverts de neige. En hiver, c'était encore plus beau, ils découpaient un trou dans la glace et y jetaient leurs lignes. Et s'ils avaient de la chance, ils attrapaient de grandes carpes marron. Des animaux vigoureux, qui luttaient fièrement avant de céder.

Comme elle était bonne, cette chair grasse, bouillie avec des patates, du chou noir et du raifort. Il aurait donné n'importe quoi pour éprouver de nouveau la sensation de ces filets qui fondaient dans la bouche et du raifort qui lui piquait le nez.

Alexeï se retrouva dans le cabanon de pêche, éclairé juste par une lampe à kérosène et les lueurs du poêle à bois. *Papa* qui lui faisait boire de la vodka et lui disait que c'était du carburant pour le corps d'un coureur et ils se mettaient au lit, sous des couches de couvertures rêches qui sentaient le camphre. L'un à côté de l'autre. Et puis, *papa* le serrait fort et lui disait à l'oreille, avec une haleine qui puait l'alcool, qu'il était un gentil petit gars, qu'il courait comme le vent et qu'il ne devait pas avoir peur... Que c'était un secret entre eux. Qu'il ne faisait pas de mal, au contraire...

Non. Je veux pas. S'il te plaît... Papa, *me fais pas ça.*

Quelque chose se brisa dans l'esprit d'Alexeï Youssoupov.

La tiédeur bénéfique disparut de ses membres et la terreur l'enveloppa comme une douche froide. Il cligna des yeux pleins de larmes et devant lui, il vit son père habillé en moine.

– Пошел вон ! Я тебя ненавижу[1], fit Alexeï et en mettant toute la force qu'il avait, il frappa l'auteur de ses jours avec le plat au double fond en acier.

L'imprévisible chef bulgare, incrédule, tomba à terre et l'athlète russe l'acheva à coups de plat à four.

Spectacle pyrotechnique by Xi-Jiao Ming and the Magic Flying Chinese Orchestra

1. Va-t'en ! Je te hais.

65.

L'ex-leader des Enragés d'Abaddon se réveilla dans le noir profond, ballotté comme un sac de patates.

Il mit peu de temps à comprendre qu'il était sur les épaules du monstre qui l'avait balancé contre un arbre. Il rua en essayant de se libérer, mais un bras le serra si fort qu'il lui fit comprendre qu'il valait mieux rester tranquille, s'il ne voulait pas étouffer. Le mastodonte marchait vite sans se fatiguer et il semblait y voir parfaitement dans les ténèbres, il tournait à droite et à gauche comme s'il était né dans ce labyrinthe. De temps à autre, une coulée de lune réussissait à filtrer par les ouvertures de la voûte et les ténèbres laissaient entrevoir des squelettes couchés dans les niches funéraires d'une longue galerie souterraine.

Je suis dans les catacombes.

L'ex-leader des Enragés connaissait les catacombes de Priscilla. Au collège, il y était venu lors d'une sortie scolaire. À cette époque, il était amoureux de Raffaella De Angelis. Une fille maigre comme un clou, aux longs cheveux bruns et avec un appareil en argent vissé aux dents. Elle lui plaisait parce que son père avait une Lancia Delta bleue avec des sièges en alcantara bleu ciel.

Pour faire son intéressant, pendant leur progression dans les catacombes, Saverio avait marché derrière elle en catimini et lui avait pincé le mollet en murmurant : « L'Étrusque tue encore. » Raffaella avait poussé un hurlement, en jouant des coudes, terrorisée. Saverio avait été frappé sur le nez et il s'était évanoui.

Il s'en souvenait comme si c'était hier, du réveil dans la niche funéraire de la Velata. Tous ses camarades de classe qui formaient un attroupement autour de lui, la prof Fortini qui secouait la tête, la vieille sœur du couvent qui se signait et Raffaella qui lui disait qu'il était un abruti. Malgré la douleur au nez, il s'était rendu compte que pour la première fois de sa vie il était au centre de l'attention. Et il avait compris qu'il était nécessaire d'accomplir des choses extraordinaires (pas forcément intelligentes) pour se faire remarquer.

Le père de Raffaella l'avait raccompagné chez lui dans la Lancia Delta, qui avait la bonne odeur des voitures neuves.

Qui sait ce qu'elle était devenue, cette fille si mignonne ?

S'il ne lui avait pas fait cette blague idiote, s'il avait été gentil avec elle, s'il avait été plus sûr de lui, si… peut-être…

SI et PEUT-ÊTRE étaient les deux mots qu'on devrait graver sur sa tombe.

Saverio Moneta rejeta la tête en arrière et s'abandonna sur les épaules de son ravisseur.

66.

Fabrizio Ciba observait la voûte d'une grotte éclairée par des lueurs rougeâtres d'un feu. Le plafond avait une forme géométrique grossière. Comme une crypte creusée dans la roche. Accroché au mur, brûlait un flambeau, les fumées noires et denses s'élevaient et remontaient dans des trous qui faisaient office de conduits d'aération. Dans les parois étaient creusées des dizaines de petites niches funéraires où étaient recueillis des petits tas d'ossements.

Matteo Saporelli continuait à faire chier. – Alors… Comment tu vas ? Tu arrives à te lever ?

Fabrizio poursuivit son inspection, en l'ignorant.

Rassemblées contre les parois, toutes couchées par terre, il voyait les silhouettes de plein de gens. En observant mieux, il s'aperçut qu'il s'agissait des invités de la fête, des serveurs et de quelques hommes de la sécurité. Il reconnut deux ou trois acteurs, le comique Sartoretti, un sous-secrétaire aux Biens culturels, une potiche de la télé. Et, chose étrange, personne ne parlait, comme si cela leur avait été interdit.

Matteo Saporelli, en revanche, le tourmentait à voix basse. – Alors ? Qu'est-ce que tu en dis ?

Accablé par ces questions incessantes, Fabrizio se retourna et vit le jeune écrivain. Il était dans un sale état Avec un œil tuméfié et cette entaille sur le front, on aurait dit le brouillon de Rupert Everett tabassé par un plus gros et plus méchant que lui.

Fabrizio Ciba se massa le cou douloureux. – Qu'est-ce qui t'est arrivé ?

– Des mastodontes m'ont enlevé.

– Toi aussi ?

Saporelli tâta son œil gonflé. – Moi, ils m'ont cogné quand j'ai essayé de m'enfuir.

– Moi aussi. J'ai mal partout.

Saporelli baissa la tête, comme s'il lui fallait admettre une terrible faute. – Écoute… Je ne voulais pas… Je suis vraiment désolé…

– De quoi ?

– De tout ce bordel. Vous êtes tous embringués là-dedans par ma faute.

Fabrizio se pencha pour mieux le regarder. – En quel sens ? Je ne comprends pas.

– Il y a exactement un an, j'ai écrit un essai pointu sur la corruption en Albanie pour un petit éditeur de Foggia. Et maintenant, la mafia albanaise me le fait payer. – Saporelli effleura sa blessure de la pointe de ses doigts. – Mais, de toute façon, je suis disposé à mourir. J'implorerai qu'on vous épargne tous, c'est injuste de s'en prendre à vous. Vous n'avez rien à voir là-dedans.

– Je suis navré d'avoir à te le dire, mais je crois que tu te goures. – Fabrizio se frappa la poitrine. – Tout est de ma faute. C'est un groupe subversif de bûcherons finlandais qui nous a kidnappés. Moi, j'ai démasqué le massacre qu'ils font dans les forêts millénaires du nord de l'Europe.

Saporelli éclata de rire. – Tu parles… Je les ai entendus discuter, ils parlent albanais.

Fabrizio le regarda, perplexe. – Ah oui, parce que toi, maintenant, tu connais l'albanais ?

– Non, je ne le connais pas. Mais on dirait vraiment de l'albanais. Ils emploient certaines consonnes typiques des idiomes balkaniques – il continuait à tâter son hématome avec obsession. – Écoute, dis-moi la vérité, dans quel état je suis ? J'ai le visage défiguré, hein ?

Fabrizio l'observa quelques secondes. Il n'était pas si mal en point que ça, mais il fit un lent oui de la tête.

– Tu crois que je vais redevenir normal ?

Ciba lui annonça la mauvaise nouvelle. – Je ne pense pas. C'est un sale coup... Espérons au moins que ton œil fonctionne encore.

Saporelli s'affaissa à terre. – J'ai un cercle terrible dans la tête. Dis-moi, t'aurais pas du Saridon ? De l'Advil ?

Il allait lui répondre non, quand il se rappela la pilule magique que lui avait donnée Bocchi. – T'as du pot, comme d'hab. J'ai ce cachet. Tu verras, tu vas te sentir en pleine forme après.

De son œil sain, le jeune auteur l'examina. – C'est quoi, ce truc ?

– T'inquiète. Avale.

Le prix Strega, après un instant d'incertitude, l'ingurgita.

À cet instant, provenant de l'obscurité d'une galerie, on entendit un rythme lent de percussions. Cela ressemblait à des battements de cœur.

– Oh mon Dieu, ils arrivent. On va tous mourir ! hurla Alighiero Pollini, le sous-secrétaire aux Biens culturels, et il tomba dans les bras du Mage Daniel, le célèbre prestidigitateur de *Canale 26*. La potiche se mit à pleurnicher, mais personne ne prit la peine de la réconforter. Les battements devenaient plus forts et résonnaient dans la crypte.

Fabrizio, obnubilé par la trouille au point que même ses plombages lui faisaient mal, dit : – Saporelli, je... je... Je t'estime.

– Et moi, je te considère comme mon père littéraire. Un modèle à imiter, répondit le jeune homme, dans un élan de sincérité.

Ils tombèrent dans les bras l'un de l'autre et fixèrent l'entrée de la galerie. Elle était si sombre que l'obscurité semblait palpable. Comme si des millions de litres d'encre devaient se déverser, d'une seconde à l'autre, à l'intérieur de la crypte.

Le rythme tribal, abrité par les ténèbres, semblait composé de percussions, de tambours, mais aussi de battements de mains.

Lentement, comme si elles se libéraient de l'obscurité qui les emprisonnait, apparurent des silhouettes.

Tous arrêtèrent de pleurnicher, de se lamenter et restèrent en silence à regarder la procession.

Ils étaient énormes. Blancs comme de la craie, une tête minuscule enchâssée dans des épaules tombantes. Des bourrelets de graisse leur cachaient la taille et leurs bras ressemblaient à des jambons. Certains avaient des bongos qu'ils tenaient sous l'aisselle et les autres se frappaient la poitrine, produisant le rythme ancestral. Il y avait aussi des femmes, plus petites, aux seins plats et larges comme de la scamorza, et des enfants, replets et gros eux aussi, qui serraient, apeurés, la main de leur mère.

Lentement, le troupeau timide et gauche s'avança. Ils étaient habillés de survêtements, de sweat-shirts élimés, de restes d'uniformes de jardinier. Aux pieds, ils avaient des tennis déformées et rapiécées avec des bouts de ficelle et du fil de fer. Autour de leurs biceps adipeux, des colliers de chien. Certains portaient des écouteurs cassés auxquels ils avaient accroché des pendentifs, des médailles avec nom et numéro de téléphone, des capsules de bouteilles. D'autres avaient des pneus de bicyclette autour de la poitrine.

Leur peau était dépourvue de pigmentation et leurs petits yeux, rouges et exorbités, semblaient gênés par la lumière. Leurs cheveux, sans couleur, étaient entrelacés avec des rubans de plastique blanc et rouge servant à délimiter les travaux en cours.

Soudain, tous ensemble, ils cessèrent de taper et ils restèrent silencieux face à leurs invités. Puis ils s'écartèrent en deux ailes pour laisser passer quelqu'un.

Un groupe de vieillards si rachitiques qu'ils semblaient sortis d'un camp de concentration se fraya un chemin au milieu des mastodontes. Ils étaient très blancs, mais n'étaient pas albinos. Certains avaient des cheveux sombres.

Les mastodontes s'agenouillèrent. Puis ils déposèrent au centre de la pièce un homme et une femme, assis sur des chaises en plastique blanc.

Le vieux avait sur la tête un couvre-chef ornemental, qui ressemblait de loin à ceux des Indiens d'Amérique, composé de stylos bic, de bouteilles de Campari Soda et de pelles en plastique coloré. De grandes lunettes de soleil Vogue leur couvraient presque tout le visage. Autour du buste, il portait une armure composée de frisbees en plastique coloré.

La femme était coiffée d'un seau bleu et sur les côtés retombaient des nattes de cheveux blancs entrelacées avec des lanières de chambre à air et des plumes de pigeons. Elle était enveloppée dans une doudoune

North Face crasseuse d'où pointaient deux petites jambes chétives et variqueuses.

Le roi et la reine, se dit Fabrizio.

67.

Ces deux-là, c'est le roi et la reine, se dit Saverio, qui se trouvait de l'autre côté de la grande crypte.

Le mastodonte l'avait déposé là, au milieu des autres invités. À côté de lui, il y avait deux femmes d'un certain âge, habillées en cavalières. Elles étaient silencieuses et hochaient la tête en mesure, comme les marionnettes sur la plage arrière des voitures. Dans un coin, il y avait Larita, couchée par terre, et elle ne semblait pas aller très bien. Elle se frottait de manière obsessionnelle le visage et le cou, comme s'ils étaient couverts d'insectes.

Saverio se sentit étrangement tranquille. Une terrible lassitude s'était abattue sur lui. Le fait d'avoir ramassé le cadavre carbonisé de Zombie l'avait rendu insensible. Tel un bouddha, il était assis immobile, le visage détendu, à côté des figures contractées par la peur, bouleversées par les larmes, des autres invités.

Peut-être que c'est ça, l'esprit du samouraï dont parle Mishima.

Il y avait une différence substantielle entre lui et ces gens. Contrairement à eux, lui, il ne tenait plus à la vie. Et par certains côtés, il se sentait plus semblable à ces monstres, sortis comme un cauchemar des viscères de la terre. À ceci près que, eux, ils étaient capables de faire ce que les Enragés et lui n'avaient pas réussi. Créer la terreur à la fête.

Un mastodonte, tenant une roue de bicyclette en guise de bouclier, frappa un bâton par terre et dit dans une langue inconnue : Тише[1] !

Le vieux roi, assis sur son trône en plastique, observa les prisonniers, et puis, avec un filet de voix, murmura : – Вы советский[2] ?

Saverio aurait voulu être un des leurs, il aurait subi une sorte d'initiation, il se serait fait pendre par des crochets dans la chair pour leur montrer qu'il était un élément valable, un guerrier. Un membre du peuple de l'ombre.

Les invités se regardèrent, espérant que quelqu'un connaîtrait ce curieux idiome.

Un type à frange avec un œil tuméfié et une estafilade au front se leva et demanda le silence. – Mes amis, ne vous inquiétez pas, ce sont des Albanais. C'est après moi qu'ils en ont. Je vais tous vous faire libérer. L'un d'entre vous connaissant l'albanais pourrait-il me servir d'interprète ?

Personne ne lui répondit, puis Milo Serinov, le gardien de but de la Roma, dit : – Я русский[3].

Le vieillard lui fit signe de se mettre debout

Le footballeur obéit et tous deux entamèrent une discussion, à la stupeur générale. Puis, finalement, Serinov s'adressa aux kidnappés. – Ce sont des Russes.

1. Faites silence !
2. Êtes-vous soviétiques ?
3. Moi je suis russe.

– Et qu'est-ce qu'ils nous veulent ? Qu'est-ce qu'on leur a fait de mal ? Pourquoi ils nous libèrent pas ? Tu leur as dit qui on est ? Tous posaient des questions, tous voulaient savoir.

Serinov, dans son italien approximatif, expliqua que c'étaient des athlètes russes dissidents échappés pendant les Jeux olympiques de Rome et qu'ils vivaient dans les catacombes par peur d'être tués par le régime soviétique.

– Et nous, qu'est-ce qu'on vient faire là-dedans ?

Le footeux sourit, amusé. – Ils croyaient... Voilà... Ils croyaient qu'on était des communistes.

Un éclat de rire bruyant et spontané s'éleva parmi les invités.

– Ahahah ! Nous ? Mais ils nous ont pas regardés ? Nous, on les déteste, les communistes, fit Riccardo Forte, entrepreneur émergent dans la branche de l'aluminium laminé. – Tu leur as expliqué que le communisme est mort et enterré ? Que les communistes sont plus rares que les... La comparaison ne lui venait pas.

– Que les *Paninari* des années quatre-vingt, ajouta Federica Santucci, la DJ de Radio 109.

– Bien sûr que je le leur ai dit et je leur ai raconté que le régime soviétique n'existe plus et que maintenant les Russes sont beaucoup plus riches que les Italiens. Je leur ai dit que moi aussi je suis russe, et je suis footballeur et que je fais ce qui me plaît quand ça me plaît vu que je gagne un max de blé.

Parmi les invités, soudain, on respirait un air léger et pétillant. Tous étaient contents et se donnaient des tapes de solidarité.

Le vieux roi s'adressa de nouveau au footballeur, qui traduisit : – Le vieillard ici présent a dit qu'il nous libérera si nous promettons de ne rien révéler de leur existence. Ils ne sont pas prêts à abandonner les catacombes.

– Évidemment. À qui tu veux qu'on le dise ? fit quelqu'un.

– Où est le problème ? Moi je les ai déjà oubliés, dit un autre.

Une fille aux longs cheveux roux jetait un regard circulaire. – Quel phénomène singulier ! Moi, je ne les vois même plus.

Michele Morin, le metteur en scène de la série télé « La dottoressa Cri », se mit debout. – Les enfants, s'il vous plaît ! Sérieusement ! Un moment d'attention ! On jure croix de bois, croix de fer ? Comme ça, on les rassure. Ils le méritent.

– Ouais, mais ce serait pas mal quand même si on faisait une ou deux photos. Ils sont si folklos. Moi, je travaille pour *Vanity Fair*.

– En tout cas, moi, je me suis super marré. Je suis impatient de le raconter à Filippo…

Tout le monde s'était levé et se promenait dans la crypte, en regardant avec intérêt le peuple souterrain. Enfin on commençait à s'amuser. C'était autre chose que les chasses organisées par Chiatti. La véritable surprise, elle était là.

– Adorables mastodontes.

– Regardez leurs enfants. Ils sont pas mignons ?

68.

Sous la gestion du conseil municipal de Rome, l'ancienne vanne qui contrôlait le flux d'eau dans le grand bassin artificiel de Villa Ada avait donné du fil à retordre aux employés chargés de la manutention. Durant les dix dernières années, elle avait cédé au moins six fois, et chaque fois elle avait été réparée. Un peu de temps passait, puis la grosse valve rouillée recommençait à fuir et le lac se retirait, laissant derrière lui un tapis de boue sombre et nauséabonde.

Quand Villa Ada avait été achetée par Sasà Chiatti, le réseau hydrique fut remplacé par un réseau neuf, plus sophistiqué. Pour créer le schéma hydraulique complexe qui alimenterait les cours d'eau et rivières, les deux lacs artificiels, les abreuvoirs pour les animaux sauvages, les fontaines et la piscine à débordement, avait débarqué en droite ligne d'Austin un ingénieur hydraulique texan, le jeune et génial Nick Roach, célèbre pour avoir supervisé la construction du barrage Stanley d'Albuquerque et de l'AquaPark de Taos.

Le technicien avait disséminé dans les bassins de Villa Ada des capteurs qui enverraient en continu aux ordinateurs de la salle de contrôle des informations sur le niveau d'eau, la température, la dureté carbonatée et le pH. Un programme, élaboré par Roach avec l'aide du logiciel Douphine Inc., contrôlait grâce à des pompes tous les flux dans les bassins, recréant les conditions naturelles du lac Victoria, du bassin de l'Orénoque et du delta du Mékong.

Pendant qu'il dirigeait la réalisation de ce réseau hydrique, l'ingénieur était tombé sur l'ancienne vanne du grand lac méridional. La valve était une pièce d'archéologie industrielle, énorme, recouverte de mousse, avec le volant en fonte. Dessus, était gravée la marque de fabrique : « Fonderies Trebbiani. Pescara. 1846. » Roach était resté à l'observer, muet, puis il s'était agenouillé et s'était mis à sangloter.

Sa mère s'appelait Jennifer Trebbiani et elle était originaire des Abruzzes.

Les derniers jours de sa vie, quand le cancer avait rongé aussi ses intestins, elle bredouillait à son fils que son bisaïeul avait quitté Pescara pour les Amériques, laissant à son frère la direction de la fonderie familiale.

Donc, en toute logique, cette valve avait été produite dans la fonderie de ses ancêtres.

Dans un élan de nostalgie, Nick Roach avait décidé de laisser la vanne à sa place dans le nouveau réseau hydrique. Il savait que ce n'était pas correct du point de vue de son projet, et que, sans doute, en cas de black-out, il exposerait la valve à des pressions supérieures à ses capacités, mais il l'avait fait quand même, en l'honneur de sa mère et de ses ancêtres de Pescara.

Quand, la nuit de la fête, l'énergie électrique avait soudain été coupée, tous les ordinateurs qui réglaient les flux et les pompes qui maintenaient constant le niveau du bassin s'étaient éteints et le lac avait commencé à se remplir d'eau, soumettant les tuyaux et les vannes à une pression exceptionnelle.

À quatre heures vingt-sept, tous les joints de la conduite d'eau giclaient comme des arrosoirs, mais l'ancienne valve semblait bien résister. Et puis, il y eut un bruit sinistre, un hurlement métallique, et le volant en fonte sauta en l'air comme un bouchon de champagne. La conduite explosa et deux millions de litres d'eau contenus dans le lac furent avalés dans la bouche d'aspiration au centre du lac, formant en quelques minutes un Maelström qui aspira les crocodiles, les tortues d'eau, les esturgeons, les nénuphars et les lotus.

Toute cette eau ouvrit un gouffre dans la terre et défonça la voûte en tuf d'une galerie des catacombes qui passait juste sous le lac, et se mit à la remplir comme si c'était une énorme canalisation. Elle mit moins de trois minutes à submerger le premier étage de l'antique cimetière chrétien et, emportant tout sur son passage, ossements et pierres, araignées et rats, elle se lança, entre éclaboussures et tourbillons, dans les escaliers raides, creusés à grand-peine par les lames rudimentaires des chrétiens, qui conduisaient à l'étage inférieur. Là, freinée par le petit diamètre des escaliers, l'eau sembla perdre de la vigueur, mais ensuite, une énorme ligne de faîte en tuf se désagrégea comme un château de sable sous une vague, et l'eau s'ouvrit une nouvelle voie qui lui permit d'exprimer toute son irrépressible rage et de submerger tout ce qu'elle rencontrait. Les antiques fresques représentant deux colombes en amour, qui étaient là depuis deux mille ans, furent arrachées des parois de la tombe d'un riche marchand de tissus.

À ce moment-là, l'épouvantable front des eaux, vrombissant comme un réacteur, poursuivit dans le noir vers la grande crypte où se trouvaient les invités et le peuple qui vit sous terre.

Danses new and revival by dj Sandro

69.

Les invités bavardaient, exprimaient des jugements, se pressaient dans la crypte autour des Russes comme s'ils étaient à un vernissage. Federico Gianni, l'administrateur délégué de Martinelli, vêtu des lambeaux de l'uniforme de la chasse au lion, discutait avec Ciba. – Écoute, ça c'est une histoire de folie… les athlètes soviétiques qui vivent pendant cinquante ans dans le sous-sol de Rome. Ça ferait un roman incroyable. Un truc genre *Le Nom de la rose*, si tu vois ce que je veux dire.

Fabrizio restait sur son quant-à-soi. Ce gars-là était un traître faux-jeton. – Tu crois ? Ça ne me semble pas si exceptionnel que ça. Ce sont des choses qui arrivent assez souvent.

– Tu plaisantes ou quoi ? Ça pourrait donner un grand livre. Cette histoire, distribuée dans les librairies avec le bon lancement, elle ferait un malheur.

L'écrivain se caressa le menton. – Je ne sais pas… Je ne suis pas convaincu.

– Et c'est toi qui dois l'écrire. Ça ne fait aucun doute.

Fabrizio ne put se retenir. – Pourquoi tu ne la fais pas écrire par Saporelli ?

– Saporelli est trop jeune. Pour ça, il faut une plume mûre, de ton calibre. Un type qui a dépoussiéré la littérature italienne.

Ces éloges commençaient à entamer la cuirasse de l'auteur de *La Fosse aux lions*.

En effet, le salopard ne se trompait pas, cette histoire était bien meilleure que sa grande saga sarde, mais il ne devait pas tout de suite baisser son froc. – Faut que j'y réfléchisse...

Mais le grand dépendeur d'andouille ne semblait pas prêt à lâcher l'affaire. Ses yeux brillaient. – Tu es le seul à pouvoir faire une chose pareille. On pourrait même y inclure un DVD.

L'idée commençait à le titiller. – Un DVD ? Tu crois ? Ça marcherait ?

– Et comment ! Des tas de bonus. Qu'est-ce que j'en sais, l'histoire des catacombes... Et un tas d'autres trucs. C'est toi qui décides de tout. Je te donne carte blanche. – Gianni lui mit un bras sur les épaules. – Écoute, Fabrizio. Ces derniers temps, on ne s'est pas beaucoup parlé, toi et moi. C'est ça, l'ennui d'avoir à faire tourner la boutique. Pourquoi on ne se ferait pas un déjeuner de travail un de ces quatre ? Tu mérites beaucoup plus. – Il fit une pause technique. – Dans tous les sens.

Un poids terrible disparut, son diaphragme contracté se relâcha d'un coup et Fabrizio s'aperçut que, depuis la présentation de l'Indien, il n'avait cessé de vivre dans un état de malaise physique. Il sourit. – OK, Federico. On s'appelle demain et on se met d'accord.

– Excellent, Fabri'.

Depuis quand il ne l'appelait plus Fabri' ? Le réentendre fut du miel à ses oreilles.

– Dis-moi, je t'ai vu avec cette chanteuse… Comment elle s'appelle ?

Putain, Larita ! Il l'avait complètement oubliée.

Les yeux de Gianni s'attendrirent à la pensée de la fille. – Un beau petit lot, hein ? Tu te l'es faite ?

Tandis que Fabrizio se retournait pour voir où elle était passée, un vacarme résonna dans l'antique nécropole.

Au début, l'écrivain pensa à une explosion en surface, puis il s'aperçut que le vacarme continuait, et devenait même de plus en plus fort, et que la terre tremblait sous ses pieds.

– Allons bon, qu'est-ce qui se passe maintenant ? Y en a marre…, soupira le mage Daniel.

– Ça doit être le feu d'artifice… Dépêchons-nous… On a raté la spaghetti party de minuit, et je ne veux manquer sous aucun prétexte la croissants party…, lui répondit tout excité son fiancé, l'acteur de théâtre Roberto De Veridis.

Non. Ça, ça n'est pas un feu d'artifice, se dit Fabrizio. Ça ressemble davantage à un tremblement de terre.

Son infaillible instinct animal qui lui disait toujours si cela valait la peine ou non d'aller à une fête, qui lui faisait comprendre s'il devait ou non donner une interview et lui suggérait le moment le plus opportun pour apparaître et disparaître des feux de la rampe, son instinct cette fois-là l'informa qu'il devait immédiatement quitter les lieux.

– Excuse-moi un instant…, dit-il à Gianni.

Il se mit à chercher Larita, mais ne la vit nulle part. En revanche, il trouva Matteo Saporelli qui, dans un coin, s'était déshabillé et se badigeonnait le corps de terre en chantant *Livin' la vida loca*.

Il s'approcha de son collègue. – Saporelli. Faut y aller. Vite. Faut qu'on sorte d'ici. Il lui tendit la main.

Le jeune écrivain le regarda avec des yeux ronds où les pupilles étaient réduites à des têtes d'épingles et il se mit à se tartiner la terre sous les aisselles. – Non, merci, mon chou... Moi je trouve cet endroit magique. Et je trouve aussi qu'on devrait peut-être essayer de nous aimer un peu plus. C'est ça le problème d'aujourd'hui. On a oublié que cette planète est notre maison et qu'elle devrait héberger notre progéniture pendant encore des milliers d'années. Qu'est-ce qu'on veut leur laisser ? Des nèfles ?

Ciba le regarda, consterné. La pilule l'avait fait voyager. Heureusement, un bon trip. – C'est ça, oui. Pourquoi on n'irait pas dehors, pour que tu me l'expliques mieux ?

Saporelli l'étreignit, ému. – T'es le meilleur, Ciba. Je viendrais bien avec toi, mais je ne peux pas. Ici, j'érigerai un temple en future mémoire, quand les extraterrestres débarqueront et qu'ils verront les restes antiques de cette civilisation malade. Et n'oublie jamais que la terre n'appartient à personne. Personne ne peut se permettre de dire, ça c'est à moi, ça c'est à toi... La terre appartient aux hommes, un point c'est tout.

– D'accord, Saporelli. Bonne chance. Ciba se fraya un chemin dans la foule. Tous avaient cessé de bavarder et écoutaient en silence ce bruit de plus en plus assourdissant.

Mais putain, où elle est, Larita ? Peut-être qu'ils ne l'ont pas amenée ici.

Une bouffée d'air chaud et humide, comme celui que produit le passage du métro, lui ébouriffa les cheveux. Fabrizio se retourna et l'entrée d'une galerie propulsa un nuage noir et ailé qui se répandit dans l'antre souterrain.

Il n'eut pas le temps de comprendre ce que c'était qu'une chauve-souris grosse comme un gant atterrit sur son visage. Il sentit le poil répugnant de l'animal lui effleurer les lèvres. En hurlant de dégoût, il chassa le chiroptère et se baissa, se protégeant la tête de ses bras.

Comme pris de tarentisme, les invités hurlaient et sautaient au milieu des rats qui leur filaient entre les jambes, agitant les bras pour éloigner les chauves-souris.

Pourquoi les rats fuient-ils ? Parce qu'ils abandonnent le navire qui coule.

Fabrizio s'aperçut que les Russes filaient rapidement par une galerie opposée à celle d'où provenait le vrombissement. Les hommes avaient pris les enfants dans leurs bras et le roi et la reine avaient été chargés sur les épaules de deux mastodontes. Il devait les suivre.

Tandis qu'il jouait des coudes au milieu de la foule, il vit Larita. Elle était à terre et des centaines de rongeurs lui cavalaient dessus. Le sol tremblait de plus en plus fort. Des niches funéraires tombaient des tibias, des crânes, des côtes.

Fabrizio s'arrêta. – Lar… – Un vieux sénateur UDC l'entraîna en hurlant : – C'est la fin ! – et une femme, fémur au poing, qui tentait d'abattre les chauves-souris, atteignit dans sa fougue la cloison nasale de l'écrivain. Ciba se couvrit le visage. – Aaahhh… Putain de bordel de salope ! Il se tourna vers la chanteuse. Elle était encore là, à terre. Sans défense. Elle semblait évanouie.

La caverne était secouée par des essaims de vibrations et on avait du mal à rester debout.

Tout va s'effondrer ici.

Il ne pouvait pas mourir. Pas comme ça.

Il regarda Larita. Il regarda la galerie.

Il choisit la galerie.

70.

Bien que les chauves-souris soient des animaux sacrés pour les adorateurs du satanisme, Saverio Moneta les avait en horreur. Heureusement, la capuche de sa tunique le protégeait. Du plafond de la catacombe se détachaient des pierres et de la terre et tout tremblait. Les invités semblaient devenus fous, ils se débattaient entre rats et chauves-souris. Personne toutefois n'osait s'aventurer dans l'obscurité des galeries. La seule chose qu'ils arrivaient à faire était de hurler comme autant de singes enfermés dans une cage.

Pendant ce temps, les Russes, en catimini, s'étaient tirés.

Il devait les suivre et chercher une issue. Mais dans cet enfer, il n'arrivait pas à avancer. Il se déplaça vers le mur, glissant contre la roche.

– Maître ! Quelle joie ! – Un jeune homme, nu et barbouillé de terre, se jeta contre lui et l'attrapa par la tunique. – Maître, tu es arrivé ! Tant mieux. Je suis en train d'ériger le temple en future mémoire.

– Comment ? – Saverio ne comprenait rien. Le garçon s'était agenouillé face à lui. Les cris des gens, les vibrations du cimetière et les lointains vrombissements l'assourdissaient. – Qu'est-ce que tu racontes ? Il se baissa pour écouter.

– Nous y sommes. L'horreur est là.

Un gros fragment de voûte s'écroula au milieu de la foule. Un nuage de terre enveloppa tout. Les invités se bousculaient comme des ombres dans la poussière.

L'ex-leader des Enragés regarda le type dans les yeux et comprit qu'il avait perdu la boule. – Excuse-moi, je dois y aller. Le garçon s'accrocha à lui.

– L'horreur ! L'horreur ! La terre n'appartient à personne.

Mantos se libéra de l'étau. – Lâche-moi. Laisse-moi partir, s'il te plaît.

– Tu devrais comprendre et tu ne comprends pas. Le frère qui tue le frère. Voilà ce qu'est notre monde.

Les décombres avaient enseveli une femme, au milieu de la caillasse pointait une jambe. Sur son mollet maigre serpentait un long tatouage de lierre qui disparaissait dans les débris.

Saverio, désespéré, se coltina le fou qui ne cessait de jacasser. – Toi, tu dois m'indiquer le chemin et au lieu de ça tu veux nous abandonner.

Mantos lui balança un coup de pied et il réussit enfin à le faire lâcher prise. – Mais qu'est-ce que tu me veux ?

Le fou, agenouillé, le regarda dans les yeux. – Toi, tu le sais ce que tu dois faire.

Mantos recula, terrorisé. Pendant un instant, il lui avait semblé que ce type-là était Zombie.

– Putain, mais qui tu es, toi ? balbutia l'ex leader des Enragés, et il s'élança vers la galerie en se frayant un chemin, tête baissée.

Dans un coin, il vit Larita.

Saverio pila.

La fille était recroquevillée par terre et les gens la piétinaient.

Tu dois terminer ton devoir ! Tu dois la sacrifier. Au moins ma mort aura servi à quelque chose, eut-il l'impression que lui disait Zombie.

Il hurla et, en luttant contre le courant des invités, en jouant des coudes et des poings, il rejoignit la chanteuse.

La fille avait la bouche grande ouverte, les joues en feu, et elle essayait d'avaler de l'air comme si elle avait une crise d'asthme.

Saverio lui fit un bouclier de son corps. Il allait la tirer de ce trou et il l'emmènerait au fort Antenne. Là, il la sacrifierait en l'honneur de Zombie.

Larita sanglotait. – J'ai eu une crise de panique. Je n'arrivais plus à respirer. Et tout le monde me marchait dessus.

– Je suis là. Mantos la serra fort entre ses bras.

Lentement, la jeune fille recommença à respirer. Elle essuya ses larmes et le regarda pour la première fois. Elle vit la tunique noire. – Qui tu es, toi ?

Il resta silencieux, sans savoir quoi répondre. Il aurait voulu lui dire la vérité. La lui susurrer à l'oreille. *Je suis ton assassin.* Mais il lui dit : - Tu me connais pas.

– Tu es si gentil.

– Écoute, on ne peut pas rester ici. Relève-toi. Tu arrives à marcher ?

–Je crois que oui.

– Alors, allez, on essaie. Il l'attrapa par un côté et la mit debout.

Elle lui prit la main. - Merci.

Il la regarda dans ces yeux couleur noisette.

Et qui sait, peut-être que Saverio Moneta alias Mantos lui aurait dit qu'elle ne devait pas le remercier. Peut-être que pour la première fois de sa vie, il aurait eu les couilles de dire… Comment il disait, le type à poil ?

L'horreur ! Oui, l'horreur de toute une vie d'erreurs.

Qui sait ce qu'il lui aurait dit, si un torrent d'eau noire et d'écume ne les avait pas entraînés et charriés avec lui.

71.

Fabrizio Ciba avançait dans une galerie en s'éclairant avec son briquet. On n'y voyait goutte et, tous les dix pas, il trébuchait dans un tas de terre ou dans un trou.

Ça l'ennuyait d'avoir abandonné Larita. Mais s'il avait dû la traîner, il n'aurait jamais pu s'en tirer.

Seuls les plus forts survivent. Quand ils n'ont pas un boulet à se coltiner.

Le bruit, derrière lui, était devenu assourdissant.

Il se retourna d'un bloc et, à la lueur de la flamme, il vit un mur d'eau qui fonçait sur lui, noir et furieux.

– Fait chier…, réussit-il à dire, juste avant que l'eau ne le retourne comme du linge sale dans une machine à laver et le charrie tel un boulet.

72.

Piero Ristori, soixante-dix-sept ans, habitait rue de Trasone, à quelques pas de la Villa Ada. Il était à la retraite depuis dix ans. Et du jour où il avait cessé de travailler, il avait du mal à dormir. À deux heures, il se réveillait et restait allongé dans son lit, attendant l'aube. Immobile à côté du corps endormi de son épouse, il se souvenait. Dans le silence scandé par le tic-tac du réveil, remontaient à la surface, comme des gnocchis mis à bouillir, des images de son enfance à Trente. Il se rappelait son adolescence, le pensionnat, les vacances en Ligurie. Avec nostalgie, il revoyait sa femme jeune, en maillot de bain, belle à couper le souffle, allongée sur une embarcation légère à Cesenatico. La première fois, ils avaient fait l'amour alors qu'ils n'étaient même pas mariés. Et puis Rome. La rédaction du journal. Des milliers d'articles écrits en toute hâte. Le bruit des machines à écrire. Les cendriers débordants de mégots. Les déjeuners à l'auberge *La Gazzella* avec les collègues. Et surtout, il repensait à ses voyages. Les Jeux olympiques d'Helsinki. Les championnats d'athlétisme à Oslo. Les championnats du monde de natation aux États-Unis. Une Portugaise avec une petite frange et des taches de rousseur dont il avait oublié le nom.

Dans l'obscurité de sa chambre à coucher, une déchirante mélancolie étreignait Piero Ristori et lui coupait le souffle. De toute sa vie, il ne lui restait que des souvenirs inutiles et décousus. Des sensations, des odeurs, et l'envie de revenir en arrière.

Quelle vie fantastique il avait eue. Du moins jusqu'à ce qu'il parte à la retraite.

À dater de ce jour, tout avait été clair pour lui. Il était vieux, et c'était ça le purgatoire sur terre. Parfois, il regrettait de ne pas être assez gâteux (comme la plupart de ses amis) pour ne pas s'en rendre compte. Il était douloureusement conscient de son changement de caractère. Il se foutait en rogne à la moindre connerie, détestait les jeunes, le désordre, ceux qui continueraient à vivre alors qu'il engraisserait les asticots. Il cumulait tous les défauts de la vieillesse et pas une seule qualité.

Le seul moment de la journée qu'il aimait, c'était quand la lumière commençait à filtrer à travers les persiennes et que les oiseaux se mettaient à chanter. Il bondissait de son lit avec un sentiment de délivrance, quittant ce sépulcre où gisait sa femme comateuse, il s'habillait et sortait Max, leur petit jack russell. La ville était silencieuse et paisible. Il achetait du lait et du pain frais au marché, puis les journaux. Il s'asseyait sur un banc du parc Nemorense (avant, il allait à Villa Ada, il ne pouvait croire que la mairie ait accepté de la vendre) et il feuilletait ses quotidiens, laissant Max libre de courir un peu.

Ce jour-là, il était arrivé au kiosque de la via Salaria avec une dizaine de minutes de retard par rapport à son tableau de marche. La veille, il avait pris un somnifère pour ne pas entendre l'enfer de la fête de Salvatore Chiatti. Toute la journée, le quartier avait été bouclé pour les intérêts de ce mafieux.

Piero Ristori acheta *Il Messaggero*, *La Gazzetta dello Sport* et *La Settimana Enigmistica* chez Eugenio, le marchand de journaux, qui finissait de déballer les paquets de quotidiens à peine déchargés.

– Bonjour, *dottore.* Vous avez entendu les heurts entre police et manifestants, hier ?

Pour des raisons obscures, Max adorait poser sa crotte juste devant le kiosque. Piero Ristori tira la laisse, mais le chien avait déjà commencé. – Je les ai entendus. Et comment que je les ai entendus. Qu'ils crèvent tous autant qu'ils sont.

Eugenio cambra ses reins endoloris pour les dégourdir. – On dit qu'il y avait Paco Jiménez de la Frontera, Milo Serinov et toute la Magica.

Le vieux sortit de la poche de sa veste un sachet en plastique pour ramasser l'étron de Max. – J'en ai rien à foutre. Tu le sais bien, le sport ne m'intéresse plus.

Eugenio allait répliquer en lui demandant pourquoi en ce cas il achetait chaque jour *La Gazzetta dello Sport*, mais il n'avait pas envie de se chamailler avec ce vieux grincheux. Quel dommage. Il avait été un grand journaliste sportif, un type sympa, mais depuis sa retraite, il était devenu acariâtre et haïssait le monde.

Moi, ce sera tout le contraire quand je partirai à la retraite, je serai une personne meilleure, se dit le marchand de journaux. *Je pourrai enfin aller pêcher au lac de Bolsena. En attendant, faut que je serre les dents encore pendant vingt-deux ans.*

Piero Ristori jeta un coup d'œil à la une de *La Gazzetta*. On parlait d'un footballeur français, acheté à coups de millions. – Tu vois ? C'est juste une question de pognon, désormais. Le sport, le vrai. .

Il aurait voulu conclure sa phrase en clamant ce qu'il serinait chaque jour à sa femme. Le sport, le vrai, celui des anciens JO, il était mort.

Mais un grondement soudain lui cloua le bec. Il se tourna vers la Salaria, ne vit rien. Pourtant, le bruit continuait.

Il se passa une main sur le front… Cela lui rappelait quelque chose. Le vacarme qu'on entendait lorsqu'on marchait sur le barrage de Ridracoli, en Émilie-Romagne, où ils allaient pendant les vacances d'été avec les enfants. C'était un son reconnaissable entre tous, pareil à celui d'une turbine d'avion.

Le vieux journaliste, l'étron de Max dans une main et les journaux sous le bras, clignant des yeux derrière ses lunettes de vue, continua à regarder autour de lui. La via Salaria était dégagée et tout semblait normal.

Eugenio aussi regardait autour de lui, perplexe, sourcils froncés. Max en revanche était devenu fou, il tirait sur sa laisse et glapissait comme s'il avait vu un chat.

– Reste tranquille… Bon Dieu de…

Pour la deuxième fois, un bruit lui cloua le bec. Cette fois, cela ressemblait davantage à un sifflement aigu.

Eugenio regardait en l'air. Piero Ristori leva les yeux et vit dans le ciel dégagé de tout nuage un disque noir qui tournoyait plus haut que les immeubles, au-dessus de la route. Il eut le temps de comprendre que c'était la plaque d'une bouche d'égout et le disque en bronze retomba, à la perpendiculaire, venant s'encastrer dans le toit d'une Passat Variant. Les fenêtres explosèrent, les roues plièrent et l'alarme se mit à sonner follement.

Du coin de l'œil, le vieux journaliste s'aperçut que, du trottoir d'en face, se dressait, comme le cou d'un cobra, une colonne d'écume blanche. L'eau jaillissait de l'autre côté du mur d'enceinte de Villa Ada.

Puis il lui sembla que la bouche d'égout crachait en l'air une chose noire.

– Mais que dia… ? ! dit Eugenio.

À une dizaine de mètres au-dessus de leurs têtes, un être humain gesticulait et ruait dans les airs. Il retomba comme quelqu'un qui aurait plongé d'une falaise, et s'affala sur la route.

Piero Ristori ferma les yeux. Une seconde après, lorsqu'il les rouvrit, il vit que l'homme était debout sur la ligne jaune de la Salaria. Ses jambes tremblaient à cause de l'impact, mais, miraculeusement, il était sain et sauf.

Tandis que l'eau inondait le macadam, le journaliste avança de deux pas vers lui.

C'était un vieillard maigre et couvert des haillons d'un survêtement noir. La longue barbe blanche et les cheveux complètement trempés collés au corps. Il restait là, comme s'il avait les pieds collés à l'asphalte.

Le journaliste fit trois autres pas et dépassa les voitures garées le long du trottoir.

Non, ce n'est pas possible…

Bien qu'un demi-siècle soit passé, malgré l'artériosclérose qui encrassait ses vaisseaux sanguins, malgré la longue barbe qui cachait le visage de l'homme, les vieux lobes temporaux de Piero Ristori, voyant ces yeux froids comme les plaines sibériennes, ce grand nez, les lobes se souvinrent.

Il fut ramené en arrière dans le temps, à l'été 1960. Rome. Les Jeux olympiques.

Ce type-là était Sergueï Pelevin, le grand sauteur à la perche qui avait remporté la médaille d'or. Il avait disparu pendant les Jeux avec un groupe d'athlètes russes et personne n'avait jamais su ce qu'ils étaient devenus. Piero Ristori l'avait interviewé pour le *Corriere della Sera* après sa victoire.

Mais que faisait-il un demi-siècle plus tard au centre de la via Salaria ?

Le journaliste, les mains tremblantes, tirant derrière lui son chien, s'approcha de l'athlète, qui continuait à rester planté comme une statue au milieu de la rue.

– Sergueï… Sergueï…, balbutia-t-il. Mais qu'est-ce que tu étais devenu ? Où tu étais passé ? Pourquoi tu t'es sauvé ?

L'athlète se retourna et, au début, il ne parut même pas voir le journaliste.

Puis il ferma et rouvrit ses yeux brillants, comme si ce soleil à l'horizon le dérangeait. Découvrant ses gencives édentées, il dit :

– Свободу… я выбрал[1]…

Il n'eut pas le temps de finir sa phrase, car une Smart Fortwo qui débouchait de l'Olimpica à plus de cent vingt à l'heure le heurta de plein fouet.

73.

Saverio Moneta avait réussi à ne jamais la lâcher, à lui tenir la main très fort tandis qu'ils étaient ballottés et malmenés par le courant qui les entraînait dans les galeries noires de la nécropole souterraine. Ils avaient avalé des litres d'eau, n'avaient pu respirer pendant un temps infini et puis, sans savoir comment, ils avaient affleuré dans une poche d'air restée prisonnière sous la voûte d'une galerie.

Saverio avait la pointe du nez contre le dôme et, bouche ouverte, il inspirait et toussait. Larita elle aussi, à côté de lui, n'arrêtait pas de tousser.

– Tu y arrives ? haleta la chanteuse.

Saverio arrima au mieux ses mains et ses pieds contre les niches funéraires Le courant était très fort, s'il lâchait ne serait-ce qu'un instant, il serait emporté au loin. – Oui. J'y suis.

1. La liberté… j'ai choisi…

Larita, d'une main, s'accrocha à la pointe d'une roche. – Tout va bien ?

– Tout va bien. – Et pour être plus convaincant, il répéta. – Très bien.

Ce n'était pas vrai. Il devait s'être cassé la jambe droite. Pendant qu'ils étaient charriés par le courant, il avait heurté violemment une paroi.

Il détacha du rocher sa main droite et se toucha là où il avait mal. Il sentit…

Oh mon Dieu.

… un long éclat pointu qui sortait de sa chair.

Un bout de bois, quelque chose, s'est planté dans ma cuisse…

Puis il comprit, et il faillit lâcher prise.

C'était son fémur brisé qui pointait de sa jambe comme un couteau. Sa tête se mit à tourner. Ses oreilles étaient bouillantes. Son œsophage se contracta. Une chose acide remonta jusqu'à son palais.

Je vais m'évanouir.

Il ne pouvait pas. S'il s'évanouissait, le courant l'engloutirait. Il resta immobile, accroché à la roche, attendant que passent ses vertiges.

– Qu'est-ce qu'on fait ? La voix de Larita résonnait, lointaine.

Saverio vomit et ferma les yeux.

– On reste ici ? On attend qu'on vienne nous sauver ?

Il fit un grand effort pour lui répondre. – Je ne sais pas.

Je suis en train de me vider de mon sang.

L'eau l'empêchait de voir la blessure. Et ça, c'était bien.

– Moi non plus, dit Larita au bout d'un moment. En tout cas, on ne peut pas rester là.

Je t'en prie, aide-moi, je suis en train de mourir, c'était l'unique chose qu'il aurait voulu lui dire. Mais il ne le pouvait pas. Il devait être un homme.

Quelle absurdité… Moins de quarante-huit heures plus tôt, il était un sinistre employé d'un magasin de meubles, un ringard humilié par sa famille, et maintenant il se trouvait dans une catacombe inondée auprès de la plus grande chanteuse italienne, et il était en train de mourir, saigné à blanc.

Le sort facétieux lui concédait une chance. Cette fille-là, qui ne savait rien de lui, de sa déveine congénitale, le verrait et le jugerait pour ce qu'il était en ce moment.

Au moins quelqu'un pour une fois l'aurait vu comme un héros. Un homme sans peur. Un samouraï.

Qu'est-ce qu'il disait Yamamoto Tsunetomo dans *Hagakure* ? « La voie du samouraï est un désir de mort. »

Il sentit la force de la volonté se solidifier comme un grumeau coriace au creux de ses entrailles douloureuses.

Fais-lui voir qui est Saverio Moneta.

Il rouvrit les yeux. Il faisait sombre, pourtant il voyait les ossements flotter autour d'eux. Un peu de lumière devait pénétrer de quelque part.

Larita avait du mal à résister. – Je crois que l'eau monte.

Saverio essaya de se concentrer, de ne pas penser à la douleur. – Écoute-moi… Dans pas longtemps, on n'aura plus d'air. Et on ne sait pas quand les secours vont arriver. Faut qu'on se sorte de là tout seuls.

– Comment ? lui répondit Larita.

– Il me semble voir une lueur quelque part. Toi aussi tu la vois?

– Oui… un tout petit peu.

– Bon. C'est par là qu'on va aller.

– Mais si je lâche, je vais être entraînée vers le fond.

– Je m'en occupe. – Mantos se dirigea vers la voix de la chanteuse en plantant ses doigts dans le tuf friable. – Attends… Accroche-toi à mes épaules. La douleur l'aveuglait. Pour ne pas hurler, il attrapa un tibia qui flottait et le serra entre ses dents. Puis il s'approcha de la fille, qui s'accrocha à ses épaules et, de ses cuisses, lui enserra le buste.

74.

Matteo Saporelli était un poisson.

Mieux, un thon jaune. Non, mieux encore, un dauphin. Un splendide dauphin mâle qui nageait parmi les mystérieuses ruines de l'Atlantide. Les bras collés au corps, il bougeait sa tête de bas en haut, synchrone avec ses jambes qui ondulaient, parallèles.

Je suis un mammifère marin.

Il explorait les restes d'une grande civilisation engloutie dans les abysses océaniques. Maintenant, il se trouvait dans de longs couloirs menant aux appartements royaux. Avec sa vue très aiguë, il voyait de l'or, des pierres précieuses, d'antiques bijoux incrustés d'algues et de coraux. Il voyait des crabes et des langoustes crapahuter sur des montagnes de pièces d'or.

Il se sentait à son aise. Il avait fallu une longue contre-évolution, qui avait duré des millions d'années, pour ramener les mammifères à la mer, mais cela en avait valu la peine.

La vie aquatique est supérieure.

Seul un petit problème lui gâchait cet état de grâce magique.

L'air. Il manquait un peu d'air, pour être un dauphin. Ça, ça ne lui plaisait pas du tout. Il se rappelait que les cétacés peuvent rester immergés très longtemps, tandis que lui, il avait désespérément besoin d'air.

Il essaya de s'en foutre. Il y avait trop de merveilles là-dedans, il ne pouvait pas gaspiller son temps à respirer.

Outre les bijoux et les poulpes fuchsia, il y avait des coraux incroyables qu'on aurait pu passer des heures à admirer.

Bon, tu sais ce que je vais faire ? Je vais prendre un peu d'air et puis je replonge.

Il monta vers la surface en nageant comme l'homme de l'Atlantide et il sortit son nez dans une petite poche d'air sous la voûte de la catacombe.

75.

Tandis que Saverio Moneta, avec Larita agrippée à son cou, progressait à grand-peine vers la lueur, la tête d'un homme pointa de l'eau à moins d'un mètre.

Le leader des Enragés d'Abaddon, après une seconde de stupeur, cracha le tibia et hurla : – À l'aide !

Larita aussi se mit à crier : – Au secours ! Au secours !

L'homme gonfla et dégonfla ses joues, les regarda un instant, émit un cri guttural, une sorte d'ultrason, et plongea de nouveau.

Saverio n'en croyait pas ses yeux. – Tu l'as vu, toi aussi ?

– Oui.

– C'est un marteau, ce gars-là. T'imagines même pas ce qu'il m'a dit tout à l'heure. Putain, mais c'est qui ?

Larita mit quelques instants à répondre. – Je crois bien que c'était Matteo Saporelli.

– Et c'est qui ?

– Un écrivain. Il a remporté le prix Strega. – Sa voix remonta alors d'une octave. – Regarde ! Regarde là-bas !

D'une percée dans la voûte de la catacombe, tombait un faisceau de lumière qui s'éteignait dans les eaux limoneuses.

Saverio, luttant contre le courant qui le halait dans la direction opposée, arriva à grand-peine sous le trou.

C'était un long boyau circulaire creusé dans la terre. Les parois étaient recouvertes de racines et de toiles d'araignées. Au sommet, ils virent le feuillage d'un figuier agité par le vent et, derrière, le ciel pâle de l'aube romaine.

Larita se détacha de Saverio et s'accrocha à la roche. – On peut y arriver… – Elle allongea le bras, mais c'était trop haut. Alors, elle essaya de se donner de l'élan en battant des pieds, mais rien à faire. – Si j'avais des palmes…

Elle ne peut pas y arriver, se dit Saverio, tandis qu'elle tentait de nouveau de prendre son élan vers le bord du trou. Il était à environ soixante-dix centimètres de la surface de l'eau, et il n'y avait pas de points d'appui dans le tuf, lisse comme une plaque de marbre. En agitant les jambes, elle n'y arriverait jamais.

Larita était hors d'haleine. – Essaie, toi. Moi, j'y arrive pas.

Saverio donna un coup de reins, mais dès qu'il bougea sa jambe, il poussa un hurlement désespéré. Une douleur aiguë, acérée comme la lame d'un bistouri, traversa la chair de son membre blessé. Il retomba, sans forces, bouche ouverte. Il but la tasse à plusieurs reprises.

Larita le rattrapa par la capuche de la tunique avant que le courant ne l'emporte au loin. Elle le tira vers elle. – Qu'est-ce que tu as ? Qu'est-ce qui t'arrive ?

Saverio fermait fort les yeux et se maintenait à la surface avec difficulté. D'un filet de voix, il murmura : – Je crois que j'ai la jambe cassée. J'ai perdu beaucoup de sang.

Elle le prit dans ses bras, appuya son front contre sa nuque et éclata en sanglots. – Non. Et maintenant, comment on va faire ?

Saverio sentait le nœud dans sa gorge se serrer de plus en plus. Mais il avait juré qu'il serait un homme. Il prit trois inspirations et dit : – Attends… Pleure pas… J'ai peut-être une idée.

– Quoi ?

– Si moi je me cale contre une niche funéraire, toi tu me montes sur les épaules et puis tu t'accroches aux parois du trou. À partir de là, c'est facile.

– Mais comment tu vas faire avec ta jambe ?

– Je ne me servirai que de la gauche.

– Sûr ?

– Sûr.

Saverio s'accrocha aux parois de tuf. Chacun de ses mouvements était très pénible, il était ralenti par une fatigue qu'il n'avait jamais ressentie de toute sa vie. Chaque cellule, chaque tendon, chaque neurone de son corps avait épuisé ses forces. En même temps que son sang, il perdait aussi ses ultimes énergies.

Allez, s'il te plaît, ne flanche pas, se dit-il, sentant ses yeux pleins de larmes.

Du bon pied, il tâta la paroi jusqu'à ce qu'il trouve une niche où pouvoir pousser. Il allongea un bras et s'agrippa à une petite excroissance. – Vite ! Monte sur moi.

Larita lui grimpa dessus, l'utilisant comme une échelle. Elle lui mit les pieds sur les épaules, et puis un sur la tête.

Pour ne pas lâcher la prise, Saverio fut contraint d'appuyer l'autre jambe.

Je t'en prie… Je t'en prie… Fais vite… J'en peux plus…, hurlait-il dans l'eau.

Il sentit soudain le poids s'alléger. Il regarda en l'air. Larita était arrivée en haut et elle s'étayait avec les jambes sur les bords. D'une main, elle se tenait à une racine qui pointait de la paroi.

– J'ai réussi. – Larita était à bout de souffle. – Maintenant, tends-moi la main, et je vais te tirer en haut.

– Tu ne peux pas…

– Comment ça, je ne peux pas ?

– La racine ne tiendra pas… Tu vas finir dans la flotte.

– Non. Elle est solide. T'inquiète. Donne-moi la main.

– Vas-y, toi. Et puis tu appelles les secours. Moi je t'attends ici. Vas-y, allez. Ne pense pas à moi.

– Non. Je ne te laisse pas. Si j'y vais, tu ne vas pas résister et tu vas être emporté par le courant.

– Je t'en prie, Larita… Vas-y… Moi, je suis en train de mourir… Je ne sens plus mes jambes. Y a plus rien à faire.

Larita se mit à pleurer, secouée de sanglots. – Non, non, je veux pas… C'est pas juste… Je ne vais pas t'abandonner. Toi… comment tu t'appelles, je ne sais même pas ton nom…

Saverio avait la bouche et le nez hors de l'eau. – Mantos. Je m'appelle Mantos.

– Mantos, tu m'as sauvé la vie, et moi, je te laisse mourir. Je t'en prie, faisons au moins une tentative.

– Mais si ça rate, tu me jures que tu t'en iras.

Larita essuya ses larmes et fit signe que oui.

Mantos ferma les yeux et avec les quelques forces qui lui restaient, il prit un élan et tendit la main vers celle de Larita. Il la toucha à peine et retomba, bras ouverts, comme si on lui avait tiré en pleine poitrine. Son corps s'enfonça, revint à la surface quelques instants à peine et puis le courant l'engloutit. Il n'opposa aucune résistance. Il fut emporté vers le fond.

Au début, son corps ne voulait pas céder, il luttait pour ne pas se faire broyer. Et puis, vaincu, il s'apaisa et Saverio n'entendit plus que l'eau qui bourdonnait à ses oreilles. C'était beau de se laisser aller ainsi, de se faire emporter vers le fond, dans l'obscurité. L'eau qui le tuait éteignait en lui ses ultimes ardeurs de vie.

Quelle libération, se dit-il et puis, il fut incapable de penser.

76.

Une minuscule pointe retenait le soleil ancré à l'horizon quand Fabrizio Ciba rouvrit les yeux.

Il vit une voûte de feuillages d'or, des nuées de moucherons, des papillons. Tout autour résonnaient les cris des oiseaux. Et il sentait l'eau qui coulait et gouttait, caressante comme celle d'une douche. Il aspira l'odeur de terre détrempée. Ses épaules, sa nuque et les haillons imbibés recevaient la chaleur tiède du soleil.

Il resta immobile, sans penser à rien. Puis, lentement, les souvenirs de la nuit passée, des catacombes, du mur d'eau qui l'avait englouti se coagulèrent en une pensée. Une pensée très positive.

Je suis vivant.

Cette prise de conscience le berça, et il songea que même cette mauvaise expérience passerait. Avec le temps, elle serait dédramatisée et d'ici quelques mois, il s'en souviendrait avec un mélange d'amusement et de regret. Et elle aurait un sens.

Ainsi fonctionne l'esprit humain.

Il se surprit de sa propre sagesse.

Le moment était venu de comprendre où il se trouvait. Il se hissa sur les coudes et vit qu'il était dans un lit de boue et de sable qui s'étalait entre deux petites collines couvertes d'arbres. Au centre, coulait un ruisseau. Il y avait des ossements de partout, des chaussures, une bombe d'équitation et un grand crocodile sur le dos, le ventre gonflé et blanc. Les mouches bourdonnaient déjà autour de lui.

Il se releva et se dégourdit les jambes, content de ne pas être blessé et de se sentir un peu flapi mais en forme. Et il s'aperçut qu'il avait faim.

C'est un bon signe. Un signe de vie.

Il se mit à marcher vers le soleil. Il dépassa le bosquet en bâillant mais dut s'arrêter devant un spectacle à couper le souffle.

Dans la végétation s'ouvrait une trouée. On voyait au loin l'*Olimpica* embouteillée par l'habituelle circulation du matin, les terrains de rugby déserts d'Acqua Acetosa, le coude immobile et gris du Tibre. Plus au fond, le viaduc du cours de France couvert de voitures et la colline Fleming luxuriante de végétation.

Rome.

Sa ville. La plus belle et la plus ancienne du monde. Il ne l'avait jamais aimée comme en cet instant.

Il se prit à évoquer un bar, un bar romain, n'importe lequel. Les salariés du tertiaire en costard cravate se pressant contre le comptoir plein de sucre en poudre. Les croissants à la crème. Les chaussons aux pommes. Les tramezzini. Le bruit des soucoupes et des tasses jetées dans l'évier. Le tintement des petites cuillères. Le *Corriere dello Sport*.

Il descendit la petite colline presque en sautillant. S'il se souvenait bien, la sortie était dans cette direction. Il trouva un sentier puis il se mit à dévaler deux par deux des marches qui, à travers le bois, menaient au lac.

Il y avait quelque chose, un objet étrange, juste au milieu de l'escalier. Il ralentit. Un truc métallique avec des roues. Il avança encore un peu et comprit ce que c'était.

Un fauteuil roulant.

Il était renversé sur le côté. De l'autre côté du fauteuil, il y avait un corps, affalé sur les marches. Fabrizio, retenant son souffle, s'approcha

Au début, il ne le reconnut pas, mais ensuite il vit le crâne chauve, les oreilles décollées. La poche fécale Vuitton.

Il se passa une main dans les cheveux. *Oh, mon Dieu, c'est Umberto Cruciani.*

Le vieux maître, à terre et sans son fauteuil, ressemblait à un bernard-l'hermite qu'on aurait sorti de sa coquille.

Fabrizio n'eut pas besoin de le toucher pour comprendre qu'il était mort. Les yeux écarquillés sous les sourcils sombres et fournis. La bouche édentée grande ouverte. Les mains recroquevillées.

Il avait dû débarouler dans les escaliers.

Fabrizio se pencha sur le cadavre du grand écrivain et lui ferma les yeux.

Un autre grand s'en était allé. L'auteur de *La Muraille occidentale* et de *Pain et Clous*, chefs-d'œuvre de la littérature italienne des années soixante-dix, s'en était allé en laissant un monde plus pauvre et plus triste.

Fabrizio fut secoué par un sanglot, un autre et un autre encore. Il n'avait jamais pleuré durant cette folle nuit, mais là il éclata en sanglots comme un enfant.

Il ne pleurait pas de douleur, mais de joie.

Il essuya ses larmes, caressa le visage squelettique et d'un coup sec lui arracha la clé USB de 40 GB qu'il avait autour du cou.

Il sourit en reniflant. – Merci, maestro. Tu m'as sauvé la vie.

Et il l'embrassa sur la bouche.

77.

Larita avait réussi à émerger du puits. Les racines l'avaient aidée à grimper jusqu'au sommet.

Maintenant elle marchait, tête baissée, à travers une grande prairie où paissaient des gnous, des buffles, des kangourous.

Elle ne pouvait chasser de son esprit l'image de la main de Mantos qui effleurait la sienne, lui donnait un billet et disparaissait dans l'eau noire.

Elle sortit de sa poche le bout de papier trempé. Dessus, il y avait une inscription délavée, mais encore lisible.

« A Silvietta ».

Qui était Silvietta ? Et surtout, qui était Mantos ?

Un héros apparu du néant qui s'était sacrifié pour la sauver.

Peut-être que Silvietta était son amoureuse.

La chanteuse allait ouvrir le billet quand elle entendit les sirènes de police.

Le bout de papier à la main, elle se mit à courir.

Croissants party

78.

Les pompiers, après plusieurs heures de travail, avaient réussi à ouvrir une brèche dans le mur d'enceinte de la Villa Ada. C'était plus facile que de défoncer les portails en acier. Ils avaient sécurisé la zone, désormais envahie par les curieux, les voitures de police, des dizaines d'ambulances, des journalistes et des photographes. Les invités arrivaient par petits groupes. Beaucoup tenaient à peine debout et étaient accueillis par des équipes médicales qui les allongeaient sur des civières. Corman Sullivan avait été empaqueté dans une chambre hyperbare gonflable. Antonio, le cousin de Saverio, la tête bandée d'un énorme turban de gaze, buvait un thé chaud. Paco Jiménez de la Frontera et Milo Serinov parlaient au téléphone. Cristina Lotto enlaçait son mari. Le mage Daniel, en slip, discutait avec le vieux Cinelli et un Chinois habillé en acrobate.

Larita se fraya un chemin parmi ces gens. Son cœur battait fort et ses mains tremblaient d'émotion.

Une jeune infirmière s'approcha d'elle avec une couverture. – Suivez-moi.

La chanteuse fit signe qu'elle allait bien – Un instant… Un instant seulement.

Où était-il ? *Et si…* Elle ne voulut pas achever cette pensée trop triste.

Il n'était nulle part. Puis, elle aperçut un attroupement de journalistes qui s'agglutinait autour de quelqu'un. Fabrizio était là qui répondait aux questions des interviewers. Bien qu'il fût enveloppé dans une couverture grise, il paraissait en excellente forme.

Un poids disparut du cœur de Larita. Elle s'approcha pour mieux le regarder.

Mamma mia, comme il me plaît.

Heureusement, il ne l'avait pas vue. Elle lui ferait une surprise dès qu'il en aurait fini avec les journalistes.

79.

– Alors, dites-nous… Que s'est-il passé ? demanda Rita Baudo, du JT de la 4.

Fabrizio Ciba avait décidé de ne pas parler à la presse, d'être renfrogné et inapprochable comme toujours, mais quand il avait vu tous les journalistes se précipiter sur lui, négligeant les autres VIP, il n'avait pas réussi à ne pas satisfaire son ego. Et puis, la main enfoncée dans sa poche serrait la clé USB de Cruciani qui lui insufflait 40 GB de force et de courage. De l'autre main, il toucha le lobe de son oreille droite et décocha un regard de survivant. – Il n'y a pas grand-chose à dire. Nous avons atterri dans la fête d'un mégalo psychopathe. On peut y lire la triste parabole d'un être humain arrogant et orgueilleux qui s'est pris pour César. En un certain sens, c'est un héros tragique, une figure d'un autre temps… – Il aurait pu continuer à pontifier le restant de la journée, mais il décida de conclure. – J'écrirai très vite la chronique de cette nuit d'horreur. – Quand un photographe le cadra, il ajusta la touffe de cheveux rebelles qui retombait sur ses yeux brillants.

Rita Baudo, toutefois, n'était pas satisfaite. – Mais comment ? Tu ne peux pas nous en dire plus ?

Fabrizio salua de la main, comme pour dire que, bien qu'il soit émotionnellement ébranlé, il avait eu la clémence de parler à la presse, mais que, maintenant, il avait besoin de solitude. – Pardonnez-moi, je suis très fatigué.

À ce moment, avec la délicatesse d'un pilier de rugby, fit irruption au milieu des journalistes Simona Somaini.

La blonde actrice était enroulée dans une microscopique couverture de la Croix-Rouge qui découvrait stratégiquement ses éblouissants nichons et ses tétons grands comme des dés à coudre voilés par le soutien-gorge en lambeaux, son ventre plat et le microscopique string souillé de boue. L'aventure dans les catacombes lui avait tiré les traits, ce qui la rendait plus humaine et en même temps encore plus sexy.

– Fabri' ! Te voilà ! J'ai craint..., fit-elle et elle l'embrassa sur la bouche.

L'œil vert de Ciba s'écarquilla et exprima pendant une dizaine de secondes un doute, puis il se ferma et ils restèrent tous deux enlacés, dans une explosion de flashs.

À ce moment-là, comme le rideau d'un théâtre, la couverture de Simona tomba à ses pieds, dévoilant ses 100-60-90.

Quand ils furent à court d'oxygène, elle étala sa chevelure couleur savane sur le cou de Fabrizio et essuya ses yeux brillants pour satisfaire les objectifs. – Durant cette horrible nuit, malgré tout, nous avons découvert... – Elle s'adressa à Fabrizio. – C'est toi qui le leur dis ?

Fabrizio leva un sourcil, perplexe. – Quoi, Simona ?

L'actrice resta interdite, puis elle se reprit, pencha la tête sur le côté et susurra, embarrassée. – Allez, on le leur dit. Pour une fois, ne nous cachons pas. Nous aussi, nous sommes des êtres humains... Surtout aujourd'hui. Après cette terrible aventure.

– Tu peux être plus claire ? lui demanda la journaliste de *Rendez-vous*.

– Voilà, je ne sais pas si je peux le dire.

L'envoyé de *Festa italiana* lui fourra son micro sous le nez. – Je t'en prie, Simona, parle.

Fabrizio comprit que Simona Somaini était un génie, il serra la clé USB et il sut qu'il l'aimait. C'était là le coup de théâtre final, la digne conclusion qui ferait de lui l'homme le plus important de la fête, le plus jalousé de tous. Il inspira et dit : – Nous avons décidé de nous fiancer.

Des applaudissements éclatèrent dans les rangs des journalistes, des équipes paramédicales et des curieux de l'autre côté des barrières.

Simona lui frotta son nez sur le cou comme une petite chatte. – Je serai sa Marilyn.

Fabrizio demanda un instant de silence. – Et je voulais fêter cela en vous donnant une nouvelle en avant-première. J'ai enfin fini mon roman. – Et il ajouta : – Et je ne le publierai pas chez Martinelli.

Simona Somaini l'embrassa fort et leva son mollet et sa délicieuse cheville. – Chéri, quelle nouvelle ! Je suis impatiente de le lire. Ce sera un chef-d'œuvre.

Une grosse Porsche Cayenne noire apparut, klaxonnant à tout-va. De la fenêtre, pointa la grosse tête de Paolo Bocchi. Il était encore tout congestionné. Sur l'autre siège, il y avait Matteo Saporelli qui ronflait. – Quelle fête exceptionnelle ! La meilleure depuis des années ! Les enfants, je vous dépose quelque part ?

Fabrizio prit la main de Simona. – Oui, à l'aéroport.

– Aucun problème ! dit le chirurgien esthétique.

– Où tu m'emmènes, mon trésor ? demanda Simona tout excitée.

– À Majorque.

80.

Larita avait observé la scène jusqu'à leur baiser.

Puis elle avait passé un jogging, s'était dissimulée sous la capuche et avait réussi à s'éloigner de cet enfer avant que quelqu'un puisse la reconnaître.

Elle avait été forte, elle n'avait pas éclaté en sanglots.

Avec sa déveine habituelle, cette nuit-là, elle avait rencontré un autre connard. Mais heureusement, il s'était volatilisé de son existence avant d'avoir pu faire trop de dégâts.

Dans la paume, elle avait le billet que lui avait donné Mantos. Elle l'ouvrit en faisant attention à ne pas le déchirer. Dessus, délavé mais encore lisible, il y avait écrit :

JE SUIS TOMBE AMOUREUX
SANS CONNAITRE L'AMOUR
ET JE PERDS LA VIE
SANS L'AVOIR CONNUE.
EDO DIT ZOMBIE

Fin

Quatrième partie

Quatre ans plus tard

Il y a ceux qui gagnent à Merano
Ceux qui cherchent du pétrole
Ceux qui peignent à l'huile
… ceux qui portent des lunettes
… ceux qui, somme toute…

RINO GAETANO,
Le ciel est de plus en plus bleu

Villa Ada, après la terrible nuit de la fête et la mort de Sasà Chiatti, était repassée aux mains de la municipalité. Et les Romains avaient repris l'habitude de la fréquenter comme si l'époque Chiatti n'avait jamais existé.

En effet, de ces fastes il ne restait pratiquement rien. Une plaque commémorative à l'entrée de via Panama avec les noms des VIP morts. Les rails du petit train déjà envahi par les feuillages du lierre.

Quelques phacochères et Gino et Nunzia, un couple de vautours dodus comme des dindons, qui pillaient les poubelles. Les autres animaux avaient atterri dans les parcs naturels de la péninsule.

Pour le reste, elle était redevenue la bonne vieille Villa Ada. Immense, labyrinthique, crasseuse, épineuse, poussiéreuse, repaire de sans-papiers, de chiens errants et de rats colossaux. Les pins séculaires, pourris jusqu'à la moelle, continuaient à tomber sur les passants. De nouveau, les prés étaient envahis de ronces. Les lacs verts et puants, berceaux des moustiques tigres, des ragondins et des tortues d'eau. De nouveau, on voyait les chiens sans muselière, les policiers flirter avec les filles au pair, les cyclistes vêtus comme des cataphotes, les joueurs de bongo, les fumeurs de pétards, les vieux assis sur les bancs.

Mais le 29 avril, quatre ans exactement après la nuit de la fête, par une journée romaine ensoleillée mais encore fraîche, il y avait aussi Murder et Silvietta.

Allongés sur un plaid écossais, ils faisaient un pique-nique à base d'omelettes aux macaronis, de croquettes de riz et de pizza aux champignons.

Depuis trois ans, ils avaient résolu de dédier ce jour à la mémoire de Mantos et de Zombie.

Non qu'ils fassent grand-chose pour honorer leurs amis, mais eux, ça leur convenait comme ça. Ils prenaient un jour de congé (ils avaient créé une entreprise familiale de traitement de carrelage en terre cuite à Oriolo), ils montaient dans leur Ford Ka et s'en venaient à Rome. Et s'il faisait beau, comme ce jour-là, ils déjeunaient sur l'herbe, lisaient et parfois se laissaient aller à piquer un petit roupillon en plein air.

C'est ainsi qu'ils se souvenaient de leurs amis.

Mais cette année était spéciale. Ils avaient amené avec eux Bruce, leur fils de deux ans qui marchait maintenant et qui, si on ne le surveillait pas, cavalait sur ses petites jambes instables et disparaissait dieu sait où.

Silvietta leva les yeux de son livre. – Allez, va le chercher..., dit-elle à son mari.

Murder se leva et bâilla. – Il te plaît ce bouquin, hein ?

– C'est super, *Une lumière dans la nuit*. J'arrive pas à m'en détacher. À mon avis, c'est bien meilleur que *La Fosse aux lions*. Ciba, il a atteint sa maturité. Et puis ces histoires de paysans de la Basse Padanie, c'est super émouvant.

Murder mordit dans sa pizza. – Comment il fait pour les connaître, ces gens ? Lui, il a toujours vécu à Rome.

– C'est un génie. Un pur et simple talent. Je me rappelle quand il a lu la poésie à la fête. Quel type extraordinaire. – Silvietta regarda autour d'elle. – Allez, bouge. Joue ton rôle de père. Va récupérer Bruce.

Murder s'étira. – D'accord, ma reine, je te ramène ton chérubin. Il lui donna un baiser et alla vers les manèges, où s'était dirigé le bambin.

Silvietta resta un instant à regarder son mari qui s'éloignait. Elle devait absolument lui refaire l'ourlet décousu de son jean. Puis elle replongea dans son roman. Il lui restait moins de cinquante pages. Mais au bout de même pas trois minutes, elle entendit Murder qui l'appelait. – Chérie… Chérie… Viens vite.

Silvietta ferma le livre et le laissa sur le plaid. Elle trouva son mari et son fils près d'un chiot de berger allemand. Le petit tendait sa menotte vers l'animal, qui lui courait autour en remuant la queue.

Bruce n'avait pas peur, au contraire. Il riait à gorge déployée et essayait de l'attraper.

Silvietta s'approcha de son fils. – Il te plaît, mon cœur ?

Murder caressa le chiot et celui-ci se coucha ventre à l'air, prêt pour une bonne partie de gratouilles. – Peut-être qu'on devrait lui en prendre un. Regarde comme il aime ça.

– Ouais, et qui c'est qui le sortira ?

Murder haussa les épaules. – Moi. Où est le problème ?

– Je te crois pas. Silvietta donna une bourrade affectueuse dans l'épaule de son mari.

Murder prit Bruce dans ses bras, qui se mit à chougner.

– Allez, on va manger, tout va être froid.

Mais, arrivés au plaid, ils trouvèrent leur pique-nique dévasté. Quelqu'un avait pris le sac de croquettes, et l'omelette aussi avait disparu.

Murder mit ses mains sur ses hanches et écarta les jambes. – Non, mais regarde-moi ça, les fils de pute ! On peut pas s'éloigner une seconde…

Silvietta ramassa son sac. – C'est bizarre, ils ont pas pris le fric.

Murder indiqua une croquette émiettée sous un buisson de laurier.

Le mari et la femme, muets, essayant de ne pas faire de bruit, s'approchèrent. Au début, ils ne virent rien, puis ils s'aperçurent que, sous les branches, était couché un homme vêtu d'un jogging en haillons, avec un étrange couvre-chef en plumes de pigeon et canettes de Coca. Il dévorait leur pique-nique.

– Eh ! Toi ! Le voleur ! lui hurla Murder. Rends-moi mon omelette !

L'homme, pris en flagrant délit, fit un saut d'épouvante. Pendant un instant, il se tourna et les regarda, un instant à peine, puis il ramassa l'omelette par terre et en boitant il disparut dans la végétation.

Ils restèrent là tous les deux, pétrifiés.

Silvietta mit une main sur sa bouche. – Ne me dis pas que c'était…

Murder fixait les buissons, puis il déglutit et regarda sa femme. – Non. Je ne te le dis pas.

Et nous en arrivons aux remerciements.

En tout premier lieu, je dois remercier Antonio Manzini. Merci, mon ami, sans ton funambulesque bagou, tes inventions, tes incitations, cette histoire n'aurait jamais existé. Et puis, je remercie Lorenza qui voit plus loin que moi et je remercie ma merveilleuse famille. Un merci particulier va aussi à Vereno, Massimo et Sauro pour m'avoir construit le meilleur refuge du monde et à Marco, le chef d'orchestre d'une petite folie. Puis, il y a Severino Cesari et Paolo Repetti, Antonio Franchini, Kylee Doust et Francesca Infascelli, merci de m'avoir soutenu tandis que je ramais à contre-courant.

Ah, oui, bien sûr, comment puis-je oublier Nnn… nnn… nnn… ntwinki et Nicaredda, silencieuses et attentives compagnes de vie.

Bien entendu, ce roman est le fruit de mon imagination et de rêves turbulents. Si vous y voyez des choses et des faits qui ressemblent à la réalité, c'est votre affaire. En revanche, pour l'histoire de la Villa Ada et des Jeux olympiques, j'ai pillé Wikipedia et d'autres sites Internet. Je tiens à ajouter une dernière chose. La Villa Ada est dans un état de dégradation terrible. L'un des ultimes poumons verts d'une métropole asphyxiée par le smog et assourdie par le bruit va mourir. Si les institutions n'interviennent pas au plus vite, en essayant de soigner (soigner ne signifie pas décapiter) les pins malades, d'assainir les lacs et de restaurer des structures délabrées, nous perdrons un autre fragment de cette vieille ville fatiguée qu'est Rome.

À la prochaine.

Aucun animal n'a subi de mauvais traitements ou n'a été blessé durant l'écriture de ce roman.

Composé par Nord Compo Multimédia
7, rue de Fives, 59650 Villeneuve-d'Ascq

Cet ouvrage a été imprimé en France par

CPI
BUSSIÈRE

à Saint-Amand-Montrond (Cher)
en mars 2011

N° d'édition : 50657/01 – N° d'impression : 110762/4
Dépôt légal : avril 2011